Ashley Carrington, Jahrgang 1951, absolvierte eine Operngesangsausbildung und studierte Theater-, Film- und Fernsehwissenschaft, bevor er sich dem Schreiben zuwandte und 1977 freischaffender Schriftsteller wurde.
Der erfolgreiche, preisgekrönte Autor verbrachte mehrere Jahre auf einer Farm in Virginia, von wo aus ihn zahlreiche Abenteuerreisen in viele Teile der Welt führten. Zur Zeit lebt er abwechselnd in Florida und im Bergischen Land.

Von Ashley Carrington sind u. a. erschienen:

Küste der Verheißung (Band 3165)
Fluß der Träume (Band 3247)
Belmont Park (Band 3135)
Hickory Hill – Das Vermächtnis der Alice Shudwell (Band 2962)

Jessica oder Das Ziel aller Sehnsucht (Band 1388)
Jessica oder Die Insel der verlorenen Liebe (Band 2834)
Jessica oder Im Sturmwind der Leidenschaft (Band 2837)
Jessica oder Alles Glück hat seinen Preis (Band 2838)
sowie weitere Titel der Australiensaga

Valerie – Erbin von Cotton Fields (Band 2021)
Valerie – Herrin auf Cotton Fields (Band 2022)
sowie weitere Titel der Südstaaten-Saga

Dieses Buch wurde auf chlor- und säurefreiem Papier gedruckt.

Originalausgabe September 1993

Umschlaggestaltung Adolf Bachmann, Reischach
Umschlagfoto South African Tourism Board, Frankfurt
Satz MPM, Wasserburg
Druck und Bindung Ebner Ulm
Printed in Germany
ISBN 3-426-03166-3

1 3 5 4 2

ASHLEY CARRINGTON

Verlockendes Land

Roman

Knaur

Dedicated to
Margaret and Douglas McMaster,
Ladysmith, Natal.
Thank you for a wonderful time!

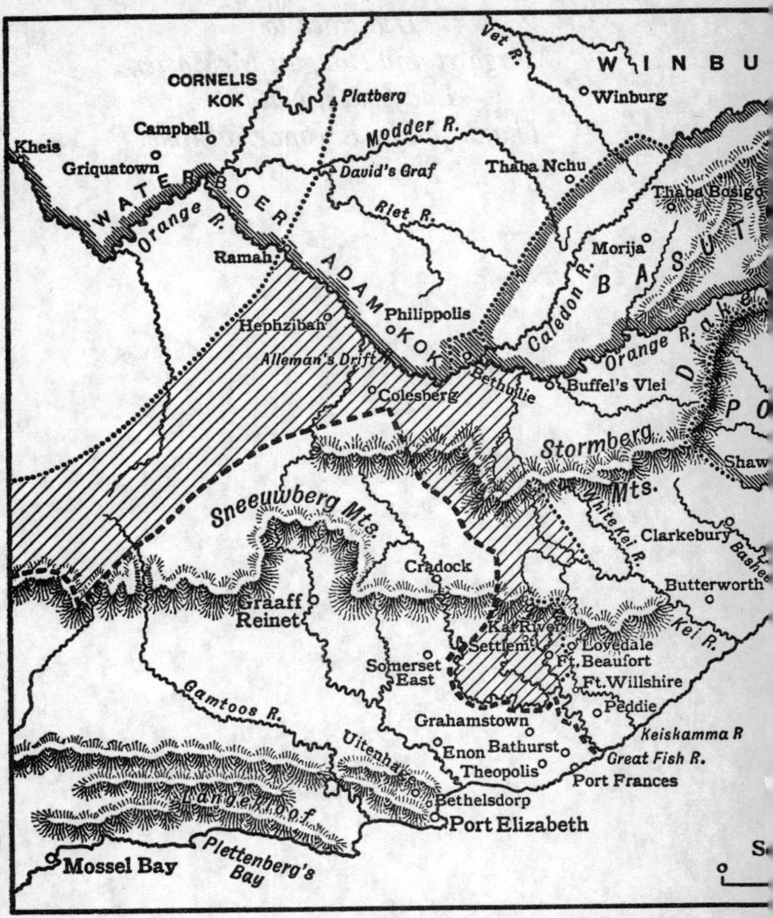

Longmans. Green & Co. Ltd. London, New York, Toronto, Calcutta, Bombay & Madras

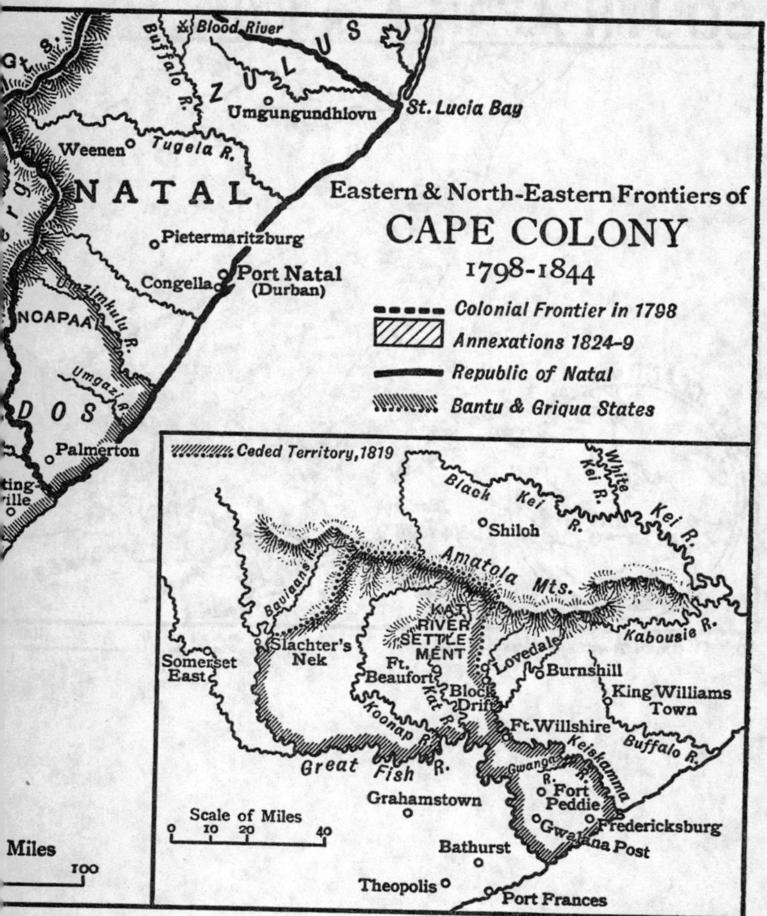

Emery Walker Ltd. sc

SOUTH AFRICA IN 1806.

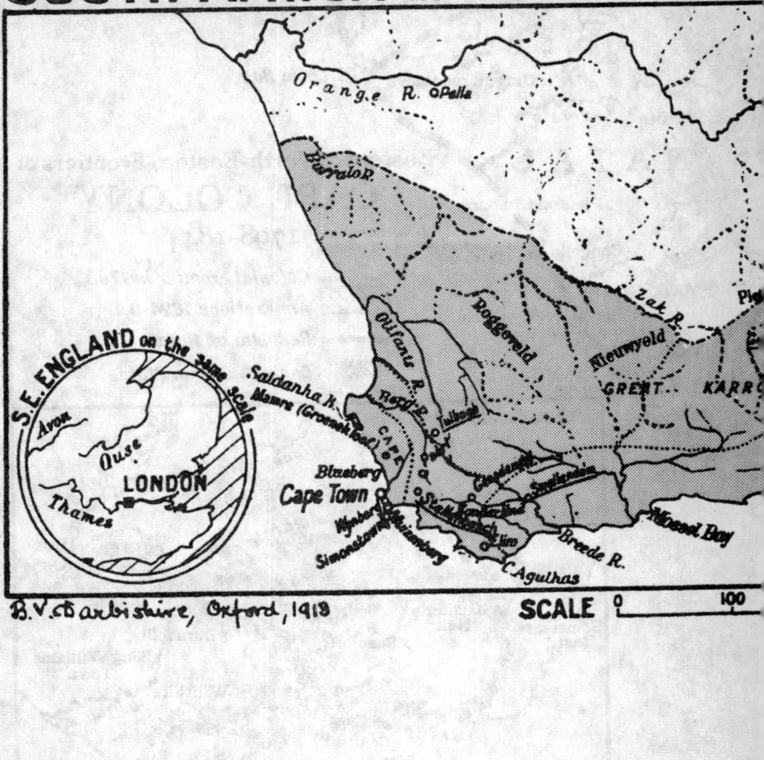

B.V. Darbishire, Oxford, 1919

SCALE 0 100

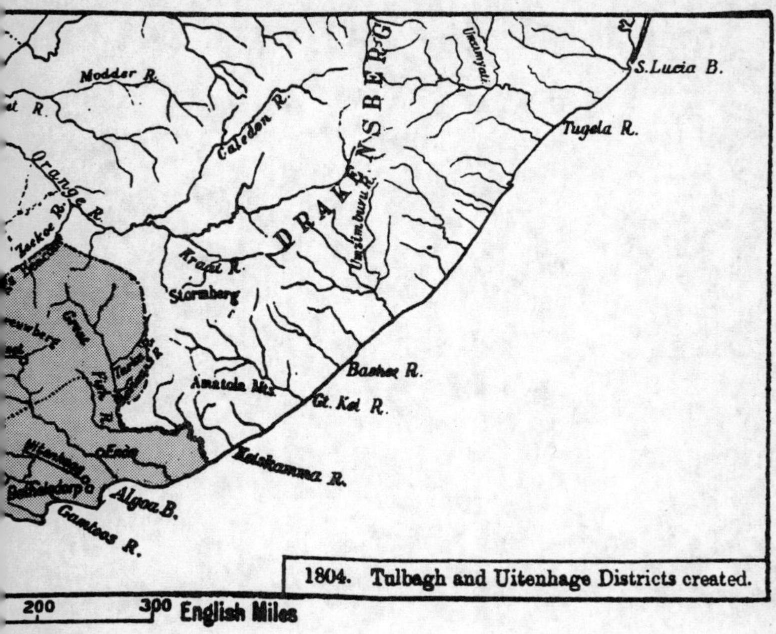

1804. **Tulbagh and Uitenhage Districts created.**

Teil I

Grahamstown

1

Die kühlen Schatten auf dem Hinterhof schmolzen mit der steigenden Sonne wie Kerzenwachs auf einer glühenden Herdplatte. Der Dezemberhimmel über Grahamstown und dem Farmland am Great Fish River war von Horizont zu Horizont wolkenlos und leuchtete schon am frühen Morgen mit einer blauweißen Helligkeit, die den Augen schmerzte. Dieser Montag versprach ein besonders heißer Sommertag zu werden.

Hendrik McAllister spürte die Sonne auf dem Rücken und den nackten Armen, während er auf dem Hof dem ersten der drei alten Fässer mit der groben Bürste zu Leibe rückte, doch sie machte ihm nichts aus. Er hatte schon viele extrem heiße Sommer hier im östlichen Grenzgebiet der Kapkolonie erlebt. Mit der brennenden Sonne Südafrikas war er aufgewachsen, siebzehn Jahre und neun Monate, um genau zu sein, und sie gehörte so selbstverständlich zu seinem Leben wie das schwere Gehörn zu einem Zugochsen.

Die Vorstellung, daß im gut siebentausend Meilen entfernten England die Jahreszeiten völlig auf den Kopf gestellt waren und die Monate zwischen November und März von Nebel und Regen, Kälte und Schnee und einem scheinbar ewig trüben Himmel bestimmt wurden, ließ ihn schaudern. Im Gegensatz zu seinen drei älteren Brüdern Stuart, Kevin und Colin hatte er nie auch nur den Anflug eines Wunsches verspürt, einmal England oder Schottland zu sehen, das die Heimat ihres Vaters gewesen war. Vielleicht lag das daran, daß er der einzige der vier Brüder war, der auf afrikanischem Boden gezeugt und zur Welt gekommen war. Daß er zwar denselben Vater hatte wie sie, seine Mutter jedoch eine Treckburin gewesen und nach zwei Jahren Ehe davongelaufen war, hatten Stuart, Kevin und Colin ihn schon von Kindesbeinen an kaum einen Tag vergessen lassen. Sie hatten ihm immer das Gefühl gegeben, daß das burische Blut, welches in seinen Adern floß, ein Makel war, und ihr Vater, James McAllister, hatte sie noch darin bestärkt. Es hatte lange gedauert, bis er das Gefühl, minderwertig und an dem Verrat seiner Mutter irgendwie mitschuldig zu sein, überwunden hatte. Jetzt war er stolz auf seine Herkunft mütterlicherseits, hütete sich jedoch, das vor seinem jähzornigen Vater und insbesondere vor seinen Brüdern zu zeigen – nicht aus Feigheit, sondern aus der Erkenntnis heraus, daß es sinnlos war. Damit würde er sie nur zu noch mehr Gemeinheiten herausfordern, und er hatte es auch so schon schwer genug, sich zu behaupten.

Bei dem Gedanken an seine drei Brüder nahm Hendriks Gesicht einen grimmigen Ausdruck an, und er scheuerte die Dauben so hart, als wollte er ein Loch in die Wandung bürsten. Daß Colin, mit seinen fast vierundzwanzig Jahren der älteste der McAllister-Söhne, ausgerechnet ihn mit der Säuberung der alten Fässer beauftragt hatte, war typisch. Die Dreckarbeiten blieben immer an ihm hängen.

Hendrik richtete sich kurz auf, um für einen Moment dem übelkeiterregenden Gestank zu entkommen, der den alten Fässern entströmte und ihn an einen verwesenden Tierkadaver erinnerte. Er wünschte, er könnte jetzt draußen auf dem *veld* sein, wie die Buren das weite, offene Land nannten. Er sehnte sich nach der Arbeit auf HIGHLANDS zurück, der Farm von Douglas Mackenzie im Kariega-Tal, zu Pferd eine knappe Stunde südlich von Grahamstown. Das Leben eines Krämers, das alle anderen McAllisters für so erstrebenswert hielten, verabscheute er, mochte ein Laden wie McAllister's Emporium auch noch so groß und gewinnbringend sein. Er liebte die Arbeit unter freiem Himmel, die Weite der Felder und Weiden, wo allein der ferne Horizont den Blick begrenzte. Aber wann hatten seine Brüder oder sein Vater auch schon etwas darauf gegeben, was er fühlte und wünschte.

Zornig versetzte er dem Faß einen Tritt und wollte sich wieder an die Arbeit machen, als die Hintertür des langgestreckten, weißgekalkten Gebäudes aufflog und sein Bruder Colin erschien, in dunkelgrauen Tuchhosen und einem makellos weißen Hemd, über dem er eine braune Weste trug. Er hatte die kantige, stämmige Figur ihres Vaters geerbt, wie auch Kevin und Stuart, und war ihm mit dem dunklen, drahtigen Haar, den starken Brauen und der kurzen, breiten Nase wie aus dem Gesicht geschnitten. Und er führte sich auch ebenso herrschsüchtig auf, als hätte er schon jetzt als ältester Sohn die Nachfolge angetreten.

»Hendrik!« rief er im Befehlston.

Dieser warf ihm einen verdrossenen Blick zu. »Was ist?«

»Das würde ich ganz gern von dir wissen!« herrschte Colin ihn an. »Warum ist das Schaufenster noch nicht geputzt und die Veranda nicht gefegt?«

Hendrik beherrschte seinen aufsteigenden Ärger. »Du hast gesagt, ich soll mir die Fässer vornehmen, und genau das habe ich getan.«

»Aber das Schaufenster und die *stoep* kommen morgens immer zuerst dran«, blaffte Colin zurück. »So viel wirst du ja wohl noch in deinem burischen Farmerschädel behalten können!«

»Ich kann eine ganze Menge mehr als das behalten, so zum Beispiel, daß dies bisher die Aufgabe meines liebreizenden Bruders Stuart gewesen ist und ich nicht euer Kuli bin, wenn es um Arbeiten geht, bei denen man sich die Finger schmutzig macht!« begehrte Hendrik auf.
Colin funkelte ihn böse an. »Werd bloß nicht unverschämt, sonst bring' ich dir Manieren bei!« drohte er ihm mit scharfer Stimme Prügel an. »Wenn Vater nicht im Haus ist, bestimme ich, wer was zu tun hat! Stuart und Kevin habe ich für wichtigere Arbeiten im Laden eingeteilt. Also wirst du gefälligst das Schaufenster putzen und vor dem Haus fegen!«
Stuart, zwei Jahre älter als Hendrik, tauchte hinter Colin auf, ein gehässiges Lächeln auf dem Gesicht. Er hatte natürlich jedes Wort mitbekommen und kostete die Situation weidlich aus. In der rechten Hand hielt er den Besen und in der linken das lederne Putztuch.
»Ich glaube, das hast du vorhin vergessen, mit nach draußen zu nehmen, Bruderherz«, höhnte er und warf ihm erst den Besen vor die Füße und dann den Lappen vor die Brust.
Hendrik war einen Moment lang versucht, sich auf ihn zu stürzen. Doch er wußte, daß Stuart und Colin nur darauf warteten, ihn grün und blau zu prügeln. Diesen Vorwand wollte er ihnen nicht geben. Deshalb bezähmte er sich und rührte sich nicht von der Stelle. Es gelang ihm sogar, ein Lächeln auf sein Gesicht zu zwingen.
»Wie tröstlich, wenn man solche Brüder hat, auf die immer Verlaß ist«, sagte er mit beißendem Sarkasmus.
»Rührend, nicht wahr? Aber werd uns jetzt bloß nicht zu sentimental, Kleiner«, sagte Stuart mit einem breiten Grinsen und zeigte dabei die Lücke in seinen oberen Vorderzähnen, die er einer Rauferei verdankte. Fäuste waren sein liebstes Argument.

Colin machte eine unwillige, herrische Handbewegung. »Genug der Rederei, mach dich an die Arbeit, Hendrik!« befahl er. »Und ich will hinterher keine Schlieren auf der Scheibe sehen, verstanden?« Ohne eine Antwort abzuwarten, drehte er sich um und verschwand wieder im Gebäude.

Stuart spuckte in den Sand zu seinen Füßen, warf seinem Halbbruder einen hämischen Blick zu und schloß die Tür, die ins Lager führte, hinter sich.

Hendrik wartete einen Augenblick, dann stieß er eine Verwünschung aus und schleuderte die Bürste gegen die Tür. Es war eine Geste der Ohnmacht. Die Hände zu Fäusten geballt und die Lippen zusammengepreßt, stand er auf dem Hof und starrte auf die Tür.

»Nicht mehr lange!« schwor er sich. »Lange macht ihr das nicht mehr mit mir!«

Dann hob er Lappen und Besen auf, füllte den Holzeimer an der Wasserpumpe zwischen Stall und Remise mit frischem Wasser und begab sich über die Seitengasse nach vorn zur Vorderfront von MCALLISTER'S EMPORIUM.

2

Als Hendrik um die Ecke bog und die drei Stufen zur überdachten Stoep hinaufging, wie längst auch britische Siedler und Farmer zur Veranda sagten, herrschte auf der Hauptstraße, die Grahamstown durchschnitt, schon reger Betrieb. Er erhaschte einen kurzen Blick auf eine Abteilung regulärer Dragoner, wegen ihrer roten Uniformen allgemein Rotröcke genannt, und eine Gruppe schwarzer Hottentottensoldaten, die sechs Häuserblocks die Straße weiter

unten den staubigen Kirchplatz überquerten. Schwarze Bedienstete und Straßenhändler, bis auf einige angolanische und madagassische Sklaven, zumeist Hottentotten, waren ebenfalls schon mit ihren bauchigen Bastkörben, Bauchläden und Handkarren unterwegs. Mehrere Reiter und offene Kutschen bevölkerten die Straße. Und von oben sah er zwei schwere Planwagen in die Stadt kommen, von jeweils zwölf bulligen Ochsen mit mächtigem Gehörn gezogen. Feldschoner hießen diese klobigen, aber ungemein robusten Gefährte, die bis zu neun Tonnen Fracht auf ihre Achsen nehmen konnten und je nach Beschaffenheit des Geländes vierzehn und mehr Zugochsen benötigten, um ein Dutzend Meilen pro Tag zu bewältigen. Von den Buren schon vor über hundertfünfzig Jahren als ein langsames, aber für das wilde und so gut wie straßenlose Land mit seinen Halbwüsten und zahllosen Bergketten als das einzig verläßliche Transportmittel befunden, waren auch alle anderen Kolonisten dem Beispiel der Buren gefolgt. Die Hauptstraßen wurden in den Siedlungen deshalb so angelegt, daß ein Feldschoner mit einem Gespann von vierzehn Ochsen ohne Problem wenden konnte.
Hendrik stellte Eimer und Besen ab, während die beiden Feldschoner näher kamen und mit ihnen das Knallen der Peitsche über den Köpfen der Ochsen sowie das Rumpeln der Wagen lauter wurde. Barfüßige Hottentottenjungen in kurzen, ausgefransten Hosen liefen als *voorloper* an der Spitze eines jeden Gespanns.
Widerwillig mußte Hendrik eingestehen, daß sein Vater als Geschäftsmann ein gutes Gespür gehabt und eine hervorragende Wahl getroffen hatte, als er vor zwölf Jahren nach Grahamstown gekommen und diese Parzelle nahe des Kirchplatzes erstanden hatte, um MCALLISTER'S EMPORIUM

zu eröffnen, das 1816 natürlich kaum mehr als eine etwas größere Lehmhütte gewesen war.

Grahamstown wurde 1812 nach dem blutigen 4. Kaffernkrieg als starker, vorgeschobener Militärposten gegründet, um das abgelegene Siedlungsgebiet am Great Fish River, der die Ostgrenze der Kapkolonie darstellte, besser vor den Überfällen der Xhosa zu schützen. Damals ahnte niemand, daß ausgerechnet diese Siedlung, die doch keine fünfzehn Meilen von der gefährlichen Grenze zum sogenannten Kaffernland, dafür aber sechshundert Meilen von Kapstadt, dem politischen und wirtschaftlichen Zentrum der Kolonie, entfernt lag, daß ausgerechnet diese Neugründung im Distrikt Albany nach Kapstadt die am schnellsten wachsende Stadt der Kolonie sein würde.

Hendrik bezweifelte, daß sein Vater diese Voraussicht besessen hatte, was aber nichts daran änderte, daß er auf das richtige Pferd setzte, als er Swellendam verließ und an die Ostgrenze nach Grahamstown kam. Jetzt, im Dezember 1828, war Grahamstown jedenfalls eine geschäftige Garnisonsstadt mit über vierhundert Häusern und mehr als zehnmal soviel Einwohnern, die umliegenden Farmen nicht gerechnet. Bis nach Port Elizabeth am Indischen Ozean waren es zudem nur siebzig Meilen. Und seit der Gouverneur vor wenigen Jahren endlich erlaubt hatte, daß von Port Elizabeth aus direkt mit England Handel getrieben werden durfte, hatte der Hafen für den wirtschaftlichen Aufschwung des östlichen Hinterlandes noch mehr an Bedeutung gewonnen.

Die Ochsenwagen zogen langsam vorbei, und Hendrik fegte die Terrasse. Dann machte er sich daran, das lange Sprossenfenster zu putzen. Er ließ sich Zeit. Die drei stinkenden Fässer konnten warten. Sein Vater hatte sie von seiner letzten Fahrt nach Port Elizabeth mitgebracht und ganz stolz verkündet, für welch einen Spottpreis er sie im Hafen erstanden hatte. Sie hatten ihn nicht mal halb soviel gekostet, wie Jacob Pretorius, der Faßbinder, für seine Fässer nahm. Und er hatte sich lang und breit und voller Mißgunst darüber ausgelassen, daß Pretorius angeblich viel zu teuer war und seine Kunden übervorteilte. Colin, Kevin und Stuart hatten ihm natürlich beigepflichtet, denn sie hatten dieselbe Krämerseele wie ihr Vater. Sie dachten von morgens bis abends an nichts anderes als daran, wie sie einen möglichst großen Profit machen konnten, reagierten aber mißgünstig und redeten von Preistreiberei, wenn andere für ihre Arbeit einen ehrlichen Lohn verlangten. Bei ihnen drchte sich alles um Geld. Ihre Bibel war das große schwarze Rechnungsbuch, wo jeder ausgegebene und eingenommene Penny eingetragen wurde. Und wenn die wöchentliche Bilanz am Samstagabend einen hübschen Gewinn erbrachte, dann war ihnen das wichtiger als alles andere auf der Welt. Am liebsten hätten sie den Laden auch sonntags noch geöffnet, um Geschäfte zu machen.

Hendrik dachte, wie eng und armselig solch ein Leben doch war. Er jedenfalls haßte es aus tiefster Seele, und er würde nicht zulassen, daß sein Vater und seine Brüder ihn dazu zwangen, sein Leben hinter einer Ladentheke zu verbringen. Als er den Lappen wieder einmal im Holzeimer auswusch und dabei den Kopf wandte, sah er Emily Dickson. Zielstrebig kam sie auf das Geschäft zu. Eine gefältelte weiße Haube, *kappie* oder Schute genannt, schützte ihr rundes rosiges Gesicht vor der intensiven Sonne. Hendrik fand, daß ihr kastanienbraunes Kleid, das sich unten wie eine Glocke öffnete und einen üppig gerüschten Saum besaß, ihrer etwas molligen Figur nicht unbedingt zum Vorteil gereichte.

Emily Dickson schien ihn völlig zu übersehen, als sie ihre Röcke raffte und die drei Stufen zur Stoep hinaufschritt. Sie hielt den Kopf sogar leicht abgewandt, als wollte sie ihm zu verstehen geben, daß er Luft für sie war.
Das war ihm doch zu dumm. »Tag, Emily!« grüßte er deshalb betont fröhlich.
Sie hielt im Schritt inne, und ihr Kopf fuhr scharf zu ihm herum, wie der einer Schlange, die im nächsten Moment zubeißen und ihr Gift verspritzen will. »Miss Dickson, wenn ich bitten darf!« belehrte sie ihn spitz, und ihr wütender, strafender Blick schien ihn durchbohren zu wollen.
»Wie bitte?«
»Ja, du hast mich richtig verstanden. Ich verbitte mir deine Vertraulichkeiten!« fauchte sie ihn an. »Es wird Zeit, daß dir jemand Umgangsformen beibringt, Hendrik McAllister!«
Hendrik sah sie verblüfft an. Sie waren fast gleichaltrig! Emily war sogar noch ein halbes Jahr jünger als er, und sie kannten sich von Kindesbeinen an. Also, was sollte dieses affige, hochnäsige Getue?
Doch plötzlich verstand er, warum sie ihn zuerst ignoriert hatte und dann so von oben herab behandelte, als wäre er es nicht mal wert, sie bei ihrem Vornamen zu nennen. Sie war wütend auf ihn, weil er vorletzten Sonntag nach dem Gottesdienst zufällig Zeuge ihres peinlichen Gesprächs mit Jan de Waal, dem ältesten Sohn des Wagenbauers, geworden war.
Er hatte den alten und fast blinden Farmer Caspar Langeveld aus der Kirche und zu seinem Wagen geführt, wo sein Hottentottenkutscher auf ihn wartete und sich seiner annahm. Als er danach durch die Reihen der auf dem Kirchplatz abgestellten Wagen und Einspänner spazierte, riß ihm ein Schnürsenkel. Er ging in die Hocke, um mit dem länge-

ren Ende den Schuh provisorisch zuzubinden. Und als er da hinter einem klobigen Kastenwagen hockte und sich mit seinem Schuhriemen beschäftigte, hörte er plötzlich hastige Schritte und dann Emilys Stimme.
»Jan, warte!« rief sie gedämpft.
»Was ist?« Die Stimme des Mannes klang so, als fühlte er sich belästigt.
Er blickte von seinem Schuh auf und sah durch einen Spalt zwischen zwei Pferden, daß es sich bei dem Mann, dem Emily Dickson nach dem Gottesdienst so eilig gefolgt war, um Jan de Waal handelte, der mit seinen zweiundzwanzig Jahren in etwa so alt wie Kevin war. In seinem schwarzen Sonntagsstaat sah er recht attraktiv aus.
»Du hast es heute so eilig, nach Hause zu kommen, Jan. Ich dachte, du würdest nach dem Gottesdienst noch eine Weile bei den anderen stehen und ... und vielleicht noch ein paar Worte mit meinen Eltern wechseln.«
»Ich habe heute keine Zeit.«
O je, das klingt ja reichlich distanziert und kurz angebunden, dachte Hendrik und schmunzelte bei dem Gedanken, daß Emily ein Auge auf Jan de Waal geworfen hatte.
»Gestern auch nicht? Ich habe den ganzen Abend auf dich gewartet«, sagte Emily mit vorwurfsvollem Schmollen. »Und ich habe extra eine schöne neue *opsitkers* bereitgehalten.«
Bei den Buren und mittlerweile auch bei allen anderen in der Kolonie war es Brauch, daß die Eltern ihrer heiratsfähigen Tochter eine Kerze schenkten, wenn ein junger Mann um sie zu werben begann. Besuchte der junge Mann das Mädchen seiner Wahl, was meist am Samstagabend der Fall war, zogen sich Eltern und Geschwister nach einer Weile des Zusammenseins zurück und ließen das Paar allein in der Wohnstube, wo dann die Opsitkers entzündet wurde. War

die Kerze niedergebrannt, verlangte es die Sitte, daß der Mann ging. Erwiderte das Mädchen die Gefühle des um sie werbenden Mannes, sorgte sie an diesen kostbaren Abenden stets für eine möglichst lang brennende Opsitkers. Wollte sie ihn dagegen entmutigen, ohne ihn mit Worten zu verletzen, fand der Mann nur einen Kerzenstummel vor, was aber nicht immer das Ende sein mußte. Oft genug war eine kurz brennende Kerze auch nur ein Test für die Ernsthaftigkeit und Entschlossenheit des Mannes, und nach einer Zeit mickriger Talgstummel konnten daraus wunderschöne Kerzen erwachsen, die viele Stunden Licht und Freude spendeten, wenn das Mädchen während des gegenseitigen Kennenlernens eine immer stärkere Zuneigung entwickelte.
Daß Emily Dickson für Jan de Waal die besten Opsitkerzen bereitgehalten hatte, verwunderte Hendrik nicht. Der Sohn des Wagenbauers, gutaussehend und als ausgezeichneter Handwerker geachtet wie sein Vater, konnte seine Wahl zweifellos unter den Töchtern vieler gutsituierter Familien aus Grahamstown und Umgebung treffen – und kaum ein heiratsfähiges Mädchen würde ihn bei seinem ersten Besuch mit einem Kerzenstummel begrüßen.
»Tut mir leid, aber ich kann mich nicht erinnern, dir versprochen zu haben, daß ich kommen würde«, erwiderte Jan reserviert.
Hendrik fand, daß diese Worte deutlich genug waren. Jan hatte, aus welchen Gründen auch immer, kein Interesse mehr an ihr. Das kam immer wieder vor, und dafür waren die Abende, an denen man zusammensaß und sich besser kennenlernen konnte, auch da. Er nahm an, daß Emily klug genug sein würde, es dabei zu belassen.
Dem war jedoch nicht so. Emily wollte sich nicht damit abfinden, wie ihr Insistieren verriet. »Aber du bist doch in

den letzten drei Monaten jeden Samstagabend gekommen, Jan. Warum auf einmal nicht mehr?«
»Emily, bitte! Wir haben uns gegenseitig nichts versprochen.« Jan klang nun verlegen und ärgerlich zugleich. »Lassen wir es dabei.«
»Was ist es, was dich plötzlich anderen Sinnes sein läßt?« bohrte sie nach, nicht bereit, ihre Träume, seine Frau zu werden, so einfach aufzugeben.
»Ich glaube nicht, daß ich dir darüber Rede und Antwort stehen muß, Emily.«
»Doch, du mußt!« beschwor sie ihn, und Hendrik tat es fast körperlich weh, mit anhören zu müssen, wie sie sich ihm aufdrängte und dabei allen Stolz und alle Selbstachtung verlor. »Wenn es etwas gibt, was dir an mir mißfällt, brauchst du es mir nur zu sagen, Jan. Ich kann es abstellen. Ich werde mich ändern und so sein, wie du mich haben möchtest. Ich bin dir zu dick, nicht wahr? Ich werde nicht mehr so viel essen, das verspreche ich dir. Ich weiß, das habe ich mir schon mehrmals vorgenommen, doch diesmal mache ich es bestimmt wahr!«
»Es hat keinen Sinn, Emily! Wir passen nicht zusammen, und damit hat es sich!« entgegnete Jan hart. »Finde dich endlich damit ab, und mach dich nicht selbst herunter. Ich will dir nicht weh tun. Also benimm dich nicht wie ein lästiger Hund, dem man einen Tritt versetzen muß, damit er aufhört, einem nachzulaufen.«
Damit sprang er in seinen Einspänner und fuhr los. Emily sah ihm mit leichenblassem Gesicht nach. Dann stampfte sie zornig mit dem Fuß auf und murmelte in ohnmächtiger Enttäuschung: »Fahr doch zum Teufel, Jan de Waal! Du bist es ja gar nicht wert, daß ich dir auch nur eine Träne nachweine!«

Und dann stürmte sie durch die Lücke zwischen den beiden Wagen, hinter denen Hendrik war. Er fand keine Zeit mehr, sich abzuwenden oder ihr gar aus dem Weg zu gehen, damit sie nicht merkte, daß er jedes Wort mitbekommen hatte.

Abrupt blieb sie stehen, als sie ihn sah.

Er fühlte sich ertappt wie ein gemeiner Lauscher. Es war ihm peinlich, und er wußte nicht, was er sagen sollte. Das einzige, was ihm in diesem Moment einfiel, war: »Mir ist der Schnürsenkel gerissen.« Und dabei hielt er das andere, kurze Ende wie zum Beweis hoch, daß er ihrem Gespräch mit Jan de Waal rein zufällig zugehört hatte.

Emily öffnete den Mund, schnappte nach Luft, ohne jedoch einen Ton herauszubringen. Das Blut schoß ihr ins Gesicht, und sie wurde rot bis hinter die Ohren.

»Ist ja nicht das Ende der Welt, Emily«, sagte er, weil er glaubte, irgend etwas zu diesem Thema von sich geben zu müssen. Er meinte es nur gut, hätte jedoch gar nichts Falscheres sagen können.

»Untersteh dich!« zischte sie, ohne auszuführen, wovor genau sie ihn warnte, und bedachte ihn mit einem wütenden Blick. Dann hastete sie davon ...

Hendrik hatte in den folgenden Tagen gar nicht mehr daran gedacht, weil er genug eigene Probleme hatte. Sie war ihm in der Woche auch nicht wieder begegnet, selbst gestern beim Gottesdienst nicht, wie ihm jetzt bewußt wurde. Und wenn Emily ihm gerade nicht so affektiert gekommen wäre, hätte er sich auch nichts weiter gedacht und sich gleich wieder seinen eigenen Überlegungen gewidmet. Doch ihre plötzlich hochnäsige Art und besonders dieser wütende, strafende Blick, als hätte *er* sich irgend etwas zuschulden kommen lassen, hatten ihm die peinliche Auseinandersetzung zwischen ihr und Jan am vorletzten Sonntag nachdrücklich in Erinnerung gerufen.

»Ich bitte untertänigst um Entschuldigung, *Miss* Dickson«, sagte er jetzt und öffnete ihr die Tür zum Geschäft, während er eine tiefe Verbeugung machte, ein breites Grinsen auf dem Gesicht, denn das hatte sie verdient. »Wünsche einen schönen Einkauf, *Miss* Dickson. Fragen Sie doch meinen Bruder nach unseren besonders schönen Opsitkerzen. Aber nein, vermutlich haben Sie im Augenblick wenig Bedarf dafür. Dennoch, einen schönen Tag, *Miss* Dickson.«

Emily sog die Luft vor Empörung scharf ein, vermochte jedoch nicht mit einer schlagfertigen Erwiderung auf seinen Spott zu antworten. Mit roten Flecken im Gesicht rauschte sie an ihm vorbei in den Laden, und Hendrik machte sich mit einem vergnügten Lachen wieder an die Arbeit, die letzten Sprossenfenster zu putzen. Er vergaß den Vorfall schnell und hing seinen Gedanken nach, die sich mit seiner Zukunft in Grahamstown beschäftigten. Und wie er es drehte und wendete, seine Aussichten erschienen ihm alles andere als rosig.

3

Wenige Minuten später ging die Tür auf, und als Hendrik Kevin den Kopf mit geringschätziger Miene zur Stoep herausstrecken sah, wußte er instinktiv, daß Ärger in der Luft lag.

»Komm rein! Colin will mit dir reden.«

»Was ist?« fragte Hendrik, warf den Lappen in den Eimer und wischte sich die nassen Hände an der Hose ab. »Hat Emily Dickson sich beschwert?«

»Schlechtes Gewissen, was?«

»Du kannst mich mal«, murmelte Hendrik.
»Paß auf, was du sagst!« raunte Kevin ihm zu und verpaßte ihm eine Kopfnuß, als er an ihm vorbeikam.
Hendrik fuhr zu ihm herum. »Das nächstemal bekommst du dafür eins auf die Nase!« zischte er.
»Ich kann's gar nicht erwarten, Kleiner«, erwiderte Kevin mit einem abfälligen Grinsen. »Und jetzt troll dich zu Colin hinüber, sonst reißt der dir deinen Burenschädel vom Hals, bevor ich es tun kann.«
Und schon schallte Colins schneidende Stimme durch den langgestreckten Raum, der mit Regalen und Verkaufsvitrinen aller Art vollgestellt war. »Beweg dich, Hendrik! Wir warten auf dich!«
»Aye, aye, Sir«, brummte Hendrik und begab sich zu Colin hinter die lange Verkaufstheke, die sich fast vor der gesamten hinteren Längsfront erstreckte.
Wann immer Hendrik den Laden betrat, fühlte er sich von der Vielzahl der Waren, die von den schweren Deckenbalken hingen, auf dem Dielenboden aufgestapelt waren sowie Dutzende Regale füllten, regelrecht erdrückt. Ob Gewürze, Stoffe, Lebensmittel, Farben, Werkzeug, landwirtschaftliche Geräte oder zweifelhafte Heiltinkturen – in McAllister's Emporium konnte man finden, wonach man suchte und woran man gar nicht gedacht hatte. Jede Ecke war genutzt, um irgendeine Ware zu präsentieren, ob es sich nun um dreibeinige schwarze Kaffernkessel in verschiedenen Größen handelte, die wie die Schinken in ihren Leinensäcken und die gebündelten Trockenkräuter von der Decke hingen, oder um Knöpfe und Hutbänder. Der Geruch im Laden war eine eigenartige Mischung aus Lebensmitteln wie Mehl, Öl, Zucker, Salz, sonnengetrocknetem Fleisch namens *biltong*, Stoffen aller Art, Talg, Fett und gewachstem

Holz sowie kaltem Tabakrauch. Ein Geruch, der angenehm war, wenn man sich nur eine kurze Weile im Geschäft aufhielt, auf Hendrik auf die Dauer jedoch abstoßend wirkte und ihm Kopfschmerzen bereitete.
Colin bedachte ihn mit dem gereizten Ausdruck eines Mannes, dessen Geduld und Gutmütigkeit über Gebühr strapaziert worden ist, der sich aber dennoch weiterhin um Nachsicht bemühte. Ein Benehmen, das Colin ganz besonders gern in Gegenwart von Kunden an den Tag legte.
»Ja?« fragte Hendrik und warf Emily einen schnellen Blick zu. Sie stand auf der anderen Seite der Theke, den Kopf hochmütig in den Nacken gelegt. Vor ihr auf dem polierten gelben Holz des Ladentisches lag ein Ballen dunkelblauen, teuren Tafts. Stuart und Kevin lehnten rechts von ihr an zwei Fässern. Aus ihren Mienen sprach unverhohlene Schadenfreude.
Colin sah ihn grimmig an und wandte sich dann wieder Emily zu. Mit dem routinierten Höflichkeitslächeln des Verkäufers, der einer guten Kundin fast um jeden Preis recht zu geben gewillt war, bat er sie: »Ich wäre Ihnen dankbar, Miss Dickson, wenn Sie Ihre Beschwerde in Gegenwart meines Bruders noch einmal wiederholen würden.«
»Nun ja«, zierte sie sich. »Es lag eigentlich gar nicht in meiner Absicht, mich zu beschweren, denn so etwas kann ja immer mal vorkommen. Ich wollte es nur erwähnt haben ...«
»Himmel«, murmelte Hendrik und verdrehte die Augen. Er war von seinen Halbbrüdern ja eine Menge gewöhnt, aber er hätte nie geglaubt, daß Colin aus dieser Bagatelle solch eine Affäre machen würde.
»Halt den Mund!« herrschte Colin ihn an, und mit einer entschuldigenden Beugung des Kopfes zu Emily sagte er: »Bitte fahren Sie fort, Miss Dickson.«
Emily räusperte sich. »Es ist wegen der Nägel, die ich vor

zehn Tagen hier für meinen Vater gekauft habe. Ihr Bruder hat mich bedient.«

»Erinnerst du dich?« fragte Colin scharf.

»Ja, sicher«, antwortete Hendrik verständnislos, hatte er doch erwartet, daß sie sich wegen seines Verhaltens vorhin auf der Stoep beschwert hatte.

»Fünf Pfund Nägel zu sechs Inch, und auf ein Pfund gehen genau siebzehn Nägel«, fuhr Emily belehrend fort.

»Richtig, siebzehn auf ein Pfund«, bestätigte Colin.

»Das wären also fünfundachtzig Nägel gewesen. Doch als ich zu Hause nachgezählt habe, waren es nur neunundsiebzig. Es fehlten sechs Nägel, was immerhin gut ein Drittelpfund weniger ist, als ich bezahlt habe.«

»Das kann nicht sein!« widersprach Hendrik. »Ich weiß ganz genau, daß ich zweimal nachgezählt habe, wie ich das immer tue. Sie will doch nur ...«

Emily fiel ihm mit schriller, gehässiger Stimme ins Wort. »Es waren sechs Nägel zuwenig! Und ich verbitte mir, daß man die Wahrheit meiner Worte in Zweifel zieht!« plusterte sie sich auf.

»Es waren genau fünfundachtzig 6-Inch-Nägel!«

»Soll das heißen, daß ich eine Lügnerin bin?« empörte sich Emily, sah dabei aber Colin an.

Bevor Hendrik wußte, wie ihm geschah, landete Colins Hand in seinem Gesicht. Die Ohrfeige war so kräftig, daß er gegen das Regal mit den Stoffballen taumelte.

»Wage es nicht noch einmal, dir solch eine Unverschämtheit gegenüber unseren Kunden herauszunehmen!« fuhr Colin ihn zornig an. »Es ist schon schlimm genug, daß man kein Vertrauen in deine Arbeit haben kann und daß du zu solch unangenehmen Beschwerden Anlaß gibst! Hol ein Pfund von diesen Nägeln, und zwar ein bißchen flott!«

»Das hat sie ja bloß gesagt, um mir was anzuhängen, weil ich ...« setzte Hendrik zu einem wütenden Protest an.

»Ihr Bruder nennt mich wahrhaftig eine Lügnerin!« zeterte Emily.

Colin schlug ihn ein zweitesmal. Hendrik riß den Arm hoch, um sich zu schützen, doch seine Aufmerksamkeit und Empörung hatten einen Augenblick zu lange Emily gegolten. Colins Handrücken traf, und der schwere Siegelring, den sein Halbbruder am Mittelfinger trug, ließ seine Unterlippe im rechten Mundwinkel aufplatzen.

»Du taugst zu gar nichts! Es ist eine Schande mit dir! Geh uns bloß aus den Augen!« schrie Colin ihn an, packte ihn und stieß die Tür zum Lager auf.

»Hab' ja schon immer gesagt, daß unser kleiner Halbbruder unseren guten Namen noch mal in Verruf bringt«, bemerkte Stuart hämisch.

Bevor Colin ihn aus dem Geschäft in das Halbdunkel des Warenlagers stieß, sah Hendrik noch den triumphierenden Blick in Emilys Augen. Sie hatte ihm seinen Spott auf ganz gemeine, niederträchtige Art heimgezahlt, und bessere Partner als seine Halbbrüder hätte sie sich dabei gar nicht wünschen können.

Die Tür fiel krachend hinter ihm zu.

Blinde Wut kochte in Hendrik. Ihm wurde fast übel vor ohnmächtigem Zorn, als er hörte, wie Colin sich wortreich bei Emily entschuldigte und sie ihm mit zuckersüßer Stimme versicherte, daß sie es ihnen nachsehen werde und froh sei, sagen zu können, daß sie bei allen anderen McAllisters bisher nie auch nur den Hauch eines Anlasses zur Klage gehabt habe und sicher sei, daß es auch in Zukunft so sein würde. Und sie bedauere, daß der »junge McAllister«, wie sie ihn herablassend nannte, als wäre er ein dummer Bengel

und sie eine reife Frau, es sehr an Höflichkeit und Wahrheitsliebe mangeln lasse.
Hendrik stand hinter der Tür, schmeckte Blut auf der Zunge und spürte, wie seine Unterlippe schmerzhaft pochte und anschwoll. Er preßte die Fäuste gegen die Stirn und wäre am liebsten wieder ins Geschäft gestürzt. Aber seine Vernunft war stärker als seine Wut.
Es gab nichts, was er gegen Emilys Verleumdungen und die Voreingenommenheit seiner Brüder hätte ausrichten können. Colin, Stuart und Kevin begrüßten jede auch noch so fadenscheinige Gelegenheit, ihm eins auszuwischen und ihm zu verstehen zu geben, daß er in ihren Augen kaum mehr als ein Bastard war.
Als er noch klein gewesen war, hatten sie ihn auf andere Weise tyrannisiert. Wenn er sich ein Spielzeug geschnitzt oder ein Pferd aus Ton geformt hatte, war einer von ihnen absichtlich drauf getreten. Mehr als einmal hatten sie ihm sein Taschenmesser oder etwas anderes, was ihm teuer gewesen war, gestohlen oder für immer »ausgeliehen«. Sie hatten ihm Kot in seine Stiefel und Ungeziefer in sein Bett gekippt und ihn mit Skorpionen und Schlangen zu Tode erschreckt. Ihre Phantasie war unerschöpflich gewesen, wenn es darum gegangen war, ihm einen bösartigen Streich zu spielen und ihn vor ihrem Vater in ein schlechtes Licht zu stellen. Er hatte sich gewehrt, so gut es eben ging, doch da er von jeher sehniger, schlanker Figur war und es immer mit wenigstens zweien von ihnen auf einmal zu tun hatte, hatte er nie eine reelle Chance gehabt. Auch wenn Colin, Stuart und Kevin sich untereinander stritten und ihre Meinungsverschiedenheiten hatten, gegen ihn hielten sie immer zusammen. Daran hatte sich auch in späteren Jahren nichts geändert, und deshalb war es für ihn geradezu eine Erlösung gewesen,

als sein Vater, der ewigen Zankerei und seiner wohl auch sonst überdrüssig, ihn mit zehn zu Douglas Mackenzie nach HIGHLANDS geschickt hatte, damit er bei ihm etwas lernte und sich auf der Farm nützlich machte. Daß er ihn nicht zu jemandem in Grahamstown in die Lehre gegeben, sondern auf eine Farm am Kariega River abgeschoben hatte, war bezeichnend gewesen. Sein Vater hatte ihn aus den Augen haben wollen, und ihm war es mehr als recht gewesen. HIGHLANDS war zu seinem Zuhause geworden. Praktisch war er die letzten siebeneinhalb Jahre auf der Mackenzie-Farm aufgewachsen, bis sein Vater ihn im Oktober nach Grahamstown zurückbefohlen hatte, und seitdem hatte er vor seinen Brüdern nicht einen Tag Ruhe gehabt.

Innerlich aufgewühlt, ging Hendrik durch das Lager hinaus auf den Hof, wo die stinkenden Fässer auf ihn warteten. Alles begehrte in ihm auf, und er beschloß spontan, sich den Tag nach eigenem Gutdünken einzuteilen und auf der Stelle nach HIGHLANDS ins Kariega-Tal zu reiten. Was hatte er denn schon noch groß zu verlieren? Auch wenn er sich hier den Rest des Tages abschuftete, würde Colin noch dafür sorgen, daß sein Vater wütend auf ihn sein würde, wenn er morgen aus Salem zurückkam.

Hendrik tat alle inneren Bedenken mit einem Schulterzucken ab. Sein Entschluß war gefaßt. Er würde dorthin gehen, wo er willkommen war und die glücklichste Zeit seines Lebens verbracht hatte – auf HIGHLANDS. Er lief in den Stall, sattelte Whisper, seine geliebte dreijährige Fuchsstute, und wollte schon aus dem Hof reiten, als ihm einfiel, daß er beinahe etwas Wichtiges vergessen hätte – und zwar die Zuckerstangen für den kleinen Robin Mackenzie und seine beiden Geschwister Tim und Lena, den Tabak für Douglas und irgendeine Kleinigkeit für dessen junge, warmherzige Frau Rachel.

Er sprang aus dem Sattel, band die Zügel an den Pfosten neben der Hintertür und tätschelte der Stute den Hals, als sie ungnädig über die Verzögerung schnaubte. Es schien, als spürte sie, wohin er mit ihr wollte.
»Keine Sorge, es dauert nicht lange. Ich bin sofort wieder zurück«, sagte er, öffnete vorsichtig die Tür und schlich sich auf Zehenspitzen ins Warenlager. Er kannte sich gut genug aus, um zu wissen, wo er das Gesuchte finden würde.
Fünf Minuten später saß er wieder im Sattel und preschte im Galopp aus dem Hof.

4

Auf dem Rücken seines Pferdes fühlte sich Hendrik gleich um einiges besser. Er ritt die Straße hinunter. Die Sonne ließ die weißgekalkten Häuser, von denen manche im typischen kapholländischen Stil mit auffälligen Giebeln erbaut waren, intensiv leuchten. Den Büschen und Blumenrabatten vor den Häusern und den Gärten mit den Obstbäumen entströmte ein schwerer sommerlicher Duft, der sich mit dem von frischem Pferde- und Ochsendung auf der Straße vermischte.
Hendrik atmete tief durch, grüßte einige *burgher* im Vorbeireiten, wich auf dem Kirchplatz dem Einspänner eines Offiziers aus, der in Begleitung einer hübschen jungen Frau war und es offensichtlich eilig hatte, und gelangte Augenblicke später zum *outspan* von Grahamstown. Hier konnten die Farmer und Händler, die mit ihren schweren Feldschonern und einem Gespann von zehn, zwölf Ochsen in die Stadt kamen, die Zugtiere ausspannen, sie mit Futter und Wasser versorgen und die Wagen abstellen. Der Outspan war zu-

dem in jeder Stadt und Siedlung der Kolonie der Ort, wo man sich traf, um Geschäfte abzuwickeln, Klatsch auszutauschen und über die wirtschaftliche wie politische Lage zu diskutieren.

Ein gutes Dutzend Wagen und zwei klobige Einspänner, die mit Sicherheit nicht aus den Werkstätten der hochangesehenen Wagenbauer von Grahamstown kamen, hatten sich an diesem Morgen schon auf dem Outspan eingefunden. Und bei den langen Tränken stand eine Gruppe Männer und Frauen zusammen. Es waren überwiegend Buren, das sah Hendrik auf den ersten Blick.

Die burischen Farmer und besonders die Treckburen, die als wandernde Viehzüchter mit ihren Herden weit über die Grenze der Kolonie hinaus über die Grasebenen zogen und sich in ihrer Rastlosigkeit und Freiheitsliebe von jeher jeder Kontrolle durch Verwaltungsbehörden widersetzten, diese Buren erkannte man leicht an ihrer traditionell selbst hergestellten Kleidung, die von Kopf bis Fuß aus Leder bestand. Auch im Sommer trugen die Männer ihre derben Lederhosen und -jacken sowie Hüte, deren riesige Krempen an Wagenräder erinnerten. Es waren große, stämmige Gestalten mit bärtigen Gesichtern, von denen manche so aussahen, als wären sie geradewegs dem Alten Testament entsprungen, auf dem ihr strenger calvinistischer Glaube beruhte und das sie als das einzig gültige Gesetzbuch akzeptierten. Die Frauen, züchtig in ihren schmucklosen Kleidern in gedeckten Farben und alle mit makellos sauberen Schuten, standen ihren Männern durchweg an Robustheit in nichts nach. Und mit dem *boer roer*, dem schon legendären Vorderlader, ohne den ein Bure im Grenzgebiet keinen Schritt vor die Tür setzte und den er sogar mit zum Pflügen aufs Feld nahm, verstanden

diese Frauen kaum schlechter umzugehen wie ihre Väter, Männer und Brüder.
Erregte Stimmen drangen von den Buren, die bei den Tränken standen, zu Hendrik herüber, und seine Neugier war geweckt. Er ritt mit Whisper zum Outspan hinüber, glitt dann aus dem Sattel und führte die Stute am Zügel nur zwei Pferdelängen von der kleinen Ansammlung zur Tränke. Die Männer und Frauen, von denen ihm einige mit Namen und viele vom Gesicht her bekannt waren, ließen sich in ihrer erregten Diskussion nicht von ihm stören. Einige nickten ihm sogar beiläufig zu, als ihr Blick auf ihn fiel, schenkten ihm darüber hinaus jedoch keine weitere Beachtung.
Hendrik sah, daß offensichtlich Willem Bickenstroem, ein breitschultriger Farmer mit zottigem Vollbart, das Wort führte. Er stand auf dem *disselboom*, der Deichsel seines Wagens, so daß er alle anderen gut zwei Kopflängen überragte.
»... und es ist so, wie ich es sage, Freunde. Wir hier im Osten sind nicht nur die vergessene Provinz, sondern die verratene Provinz der Kolonie!« verkündete er erregt. »Wir müssen nicht nur die Fehler und Ignoranz der Gouverneure in Kapstadt ausbaden, sondern wir Buren müssen auch noch die Verachtung und Verleumdungen der *rooineks* in England hinnehmen.«
Zustimmendes Gemurmel erhob sich, und der Bäcker Carl Koosten sagte: »Nur zu wahr, Mijnheer Bickenstroem. Seit die verdammten Rotröcke sich unsere Kolonie mit Gewalt angeeignet und ihrem Empire einverleibt haben, sind wir Buren, die wir dieses Land mit dem Blut unserer Väter und Vorväter, ja und mit dem unserer toten Kinder und Frauen erschlossen und besiedelt haben, seitdem sind wir Buren für alles die Sündenböcke.«

»Ja, es ist eine Schande, was sie mit uns treiben!« rief Martha, die burschikose Ehefrau des Farmers Isaac Reyneveld. »Und diese 50. Ordinance des Gouverneurs ist ein Schlag ins Gesicht! Den Hottentotten dieselben bürgerlichen Rechte einzuräumen wie uns weißen Christenmenschen ist ebenso lächerlich wie ungeheuerlich.«
»Schon gut, Weib«, versuchte ihr Mann sie zu beruhigen. »Es gibt wohl keinen, der mit dir darin nicht einer Meinung ist.«
»Aber es muß auch ausgesprochen werden!« fuhr Martha erbost fort. »Die Engländer wollen uns alles nehmen, woran wir glauben! In unserem eigenen Land ist nicht länger unsere *taal* die offizielle Sprache. Aber damit hat die planmäßige Zerstörung unserer Kultur nicht begonnen, und damit wird sie auch nicht aufhören.«
»Recht haben Sie, Mevrouw Reyneveld!« unterstützte Willem Bickenstroem sie. »Überall im Land muß unser Protest gehört werden. Die Hottentottengesetze von 1809 und 1812 mit ihren Paßvorschriften und festen Arbeitsverpflichtungen für die Schwarzen haben schon ihren Sinn gehabt. Wir alle wissen doch nur zu gut, was jetzt geschehen wird, nachdem den Hottentotten die gleichen bürgerlichen Rechte wie uns zugesprochen worden sind. Sie können jetzt ihren Arbeitgeber nach Belieben wechseln und brauchen keinen Paß mehr, wenn sie von der Farm ins Dorf oder sonstwohin wollen. Im fernen England klingt das nur recht und billig. Aber wozu wird das hier bei uns führen?« Seine Frage war rein rhetorischer Natur, denn jeder Farmer und Siedler, der Hottentotten beschäftigte, wußte um die Folgen, die die 50. Ordinance haben würde.
»Natürlich zu noch mehr Vagabundentum und einem drastischen Anstieg von Viehdiebstählen!« rief David Joubert,

ein anderer Farmer, grimmig und unter beipflichtendem Stimmengewirr. »Als wäre es mit dem Herumlungern und den Diebereien der Hottentotten, Kaffern und Buschmänner auch ohne diese schändliche 50. Ordinance nicht schon schlimm genug.«

»In den Augen der Engländer sind wir ja alle Sklavenhalter, die ihre Sklaven und Hottentotten bis aufs Blut ausquetschen und von Sonnenaufgang bis Sonnenuntergang schuften lassen«, warf ein anderer erzürnter Bure ein. »Die Greuel, die die Herren in London aus ihren Kolonien auf den Westindischen Inseln und auf Mauritius über die dortigen Plantagenbesitzer zu hören bekommen – und das sind durch die Bank alles Engländer! – diese Greuelgeschichten übertragen sie unverschämterweise blind auf die Kapkolonie und auf uns Buren. Sie haben ihr Urteil über uns gefällt, ohne auch nur das geringste über unser hartes, gottgefälliges Leben zu wissen, denn wir leben nach dem Wort und den Geboten der Heiligen Schrift!«

»So ist es!«

»Der Allmächtige ist unser Zeuge!«

»Noch nie in meinem Leben habe ich einen meiner Sklaven oder Hottentotten ausgepeitscht«, nahm Willem Bickenstroem den Faden auf. »Ganz im Gegensatz zu vielen britischen Marineoffizieren, denn auf den Kriegs- und Handelsschiffen Seiner Majestät gehört das gnadenlose Auspeitschen mit der neunschwänzigen Peitsche schon für das kleinste Vergehen bekanntlich zum Alltag auf See. Aber nein, wir sind es, die als brutale Tyrannen ungestraft weltweit gebrandmarkt werden dürfen!«

»Ja, dank der jahrelangen Verleumdungskampagne der Philanthropen und Missionare, denen die blutrünstigen Kaffern mehr am Herzen liegen als wir Buren, mehr auch

als ihre eigenen britischen Siedler!« erinnerte Martha die Umstehenden.
»Fünf blutige Kaffernkriege in nicht einmal fünfzig Jahren haben wir hier im Osten am Great Fish River schon durchstehen müssen«, meldete sich ein gedrungener alter Mann mit schlohweißem Bart zu Wort. »Ich war vierzehn, als 1781 die Kaffern zum erstenmal plündernd und mordend über unsere Farmen herfielen, und seitdem habe ich vier weitere Kaffernkriege erlebt. Immer und immer wieder haben die Kaffern den Great Fish River als vereinbarte Grenze ignoriert, haben bei Nacht den Fluß überschritten und sind über uns hergefallen. Durch die Assegais der Xhosas sind zwei meiner Söhne, eine Tochter und meine zweite Frau gestorben. Doch es ist nicht ihr Tod, der mich so bitter macht, es ist die Tatenlosigkeit unserer neuen Herren in London. Seit zwei Jahrzehnten haben uns der Gouverneur in Kapstadt und der Kolonialminister immer wieder versprochen, daß sie die Grenze zum Kaffernland unter stärkeren militärischen Schutz stellen und unsere Farmen und Siedlungen vor den ständigen Übergriffen schützen werden. Aber es ist nie dazu gekommen. Es hat immer nur zu halbherzigen Taten gereicht. Wir werden uns selbst überlassen. Aber wenn wir uns zu wehren und unser geraubtes Vieh zurückzuholen versuchen, ist die Empörung groß, und man gibt uns die Schuld an allem, allen voran die Missionare, die lieber ins Land der Heiden gehen als eine der vielen unbesetzten Predigerstellen in den Siedlungen ihrer eigenen Landsleute auszufüllen. Sie sind ganz besessen von der Idee der Philanthropen, daß es sich bei den Kaffern und all den anderen schwarzen Stämmen um unverstandene ›edle Wilde‹ handelt, denen man nur Gottes Wort und reichlich Geschenke von der billigen Art der Glasperlen und bunten Tücher zu bringen braucht, um sie ihre Kriegs-

lust und ihren viehischen Aberglauben vergessen zu machen. Und wenn man in den vornehmen Salons dieser britischen Ladies und Gentlemen sitzt, fällt es diesen Freunden der ›edlen Wilden‹ sicherlich auch nicht schwer, an ihren eigenen Unsinn zu glauben.«

»Ja, ein Jahr sollten sie hier bei uns leben und mindestens ein, zwei Xhosa-Überfälle mitmachen!« rief der Sattler Erik Onkruidt voller Groll. »Dann würden die meisten von ihnen ein böses Erwachen erleben.«

Hendrik hatte dem erregten Hin und Her gebannt zugehört. Noch vor ein, zwei Jahren hatte er sich für Politik und die wachsende Unzufriedenheit der burischen Kolonisten so gut wie nicht interessiert. Doch in letzter Zeit nahm er alles, was die Buren und alle anderen Vorgänge in der Kapkolonie anging, begierig in sich auf.

Er wünschte, noch länger Willem Bickenstroem und den anderen zuhören zu können. Doch er wollte ja auch noch zu Douglas nach HIGHLANDS, und das war ein Ritt von einer guten Stunde. Es war ratsam, nicht länger zu warten, wenn er nicht mit Whisper in die ärgste Hitze geraten wollte. So führte er sein Pferd widerstrebend von den Buren fort, schwang sich in den Sattel und ritt in südlicher Richtung aus der Stadt.

5

Hendrik genoß den Ritt durch das Hinterland von Grahamstown, das von vielen Hügelketten durchzogen war und noch immer einen guten Waldbestand aufwies, trotz der vielen neuen Farmen und Siedlungen, die seit der Niederlassung von fast fünftausend britischen Siedlern im Jahre

1820 auf dem Zuurveld zwischen Grahamstown und der Küste entstanden waren.

Das weite Land mit seiner roten, schweren Erde und den allgegenwärtigen Schirmakazien und Eukalyptusbäumen sowie den manchmal fast mannshohen Aloen, Proteenfeldern, Kaffernbäumen und Dornenbüschen lag grün und wellig wie die schwere Dünung einer wogenden See unter der afrikanischen Sonne. Hier und da fiel der Blick auf Ziegen-, Schaf- und Rinderherden, die von Hottentotten gehütet wurden, sowie auf Vieh*kraals* und bescheidene Gehöfte mit Farmhäusern, die man *hartebeest huisje* nannte. Die Mauern dieser Häuser wurden mit einem Gemisch aus Stroh und Lehm errichtet, das in mehreren Schichten auf ein Grundgerüst aus Balken und ineinander verflochtenen Ästen aufgetragen wurde. Der Boden im Innern des Hauses bestand aus Ochsendung und Lehm, der ausgetrocknet so hart wie Stein war. Gedeckt waren die Dächer mit einer dicken Lage Reet. Warum aber ausgerechnet das Hartebeest, die elegante Kuhantilope, die auf dem Veld häufiger als jede andere Antilopenart anzutreffen war, diesen Häusern ihren Namen geliehen hatte, das hatte Hendrik noch keiner erklären können.

Die Straße, die ins Kariega-Tal führte, verdiente diese Bezeichnung kaum, war sie in Wirklichkeit doch nichts weiter als zwei sandige Spurrillen, die sich durch das auf- und absteigende Land wanden, von den Rädern schwerbeladener Ochsenwagen aus dem struppigen Gras gekerbt. Gelegentlich bogen andere sandige Fahrspuren nach rechts und links ab, um zu Farmen zu führen, die jenseits dieser Hügelgruppe oder jener Waldzunge lagen.

Je weiter er sich von Grahamstown entfernte, desto ruhiger wurde er innerlich und desto mehr fielen Zorn und Bedrückung von ihm ab. Unter freiem Himmel zu sein und Whisper unter sich zu spüren gaben ihm das befriedigende Gefühl der Sicherheit und Ausgeglichenheit, ja erweckten in ihm sogar vorübergehend die trügerische Empfindung, sein Leben unter Kontrolle zu haben. Er wußte jedoch nur zu gut, daß dies eine Illusion war, denn in Wirklichkeit war er weit davon entfernt, die Geschicke seines Lebens nach seinen eigenen Wünschen und Bedürfnissen gestalten zu können. Ja, in gewisser Weise wußte er noch nicht einmal zu sagen, was genau er wollte und wer er eigentlich war und wo er seinen Platz im Leben suchen sollte. Was er dagegen mit absoluter Sicherheit wußte, war, daß er niemals das Leben eines Händlers führen und im Laden seines Vaters unter Colin das Dasein eines Krämers in Grahamstown oder anderswo fristen würde. Niemals und um keinen Preis!

Diese und ähnliche Gedanken beschäftigten ihn, während er nach Süden ritt und immer neue Hügelketten überquerte. Einmal sah er vier, fünf Springböcke von einer Wasserstelle davonstieben und im Handumdrehen mit dem Busch verschmelzen. Er begegnete auch einem Schabrackenschakal mit orangebraunem Fell an Körper und Läufen und schwarzer Rückenfärbung. Der Schakal lief, einen verendeten Vogel in seinen Fängen, über den steinigen Hang eines Berges und verschwand ohne Hast in einem großen Dornendickicht. Am Himmel bemerkte er einen Schwarm Marabus und später, als er das Tal am Kariega River erreicht hatte, einen Fischadler, der hoch oben majestätisch seine Kreise zog.

Hier war das Land flacher und entschieden weniger bewaldet als am Great Fish River, und wenn Hendrik einen Ort hätte benennen sollen, mit dem er den Begriff Heimat verband, dann war es das Kariega-Tal und dort die Farm der Mackenzies, die ihn wie einen Sohn aufgenommen hatten und die ihm näherstanden als sein Vater und seine drei Halbbrüder, so bitter es auch war, das von sich zugeben zu müssen.

Anderthalb Meilen vor der Abzweigung nach HIGHLANDS bemerkte Hendrik auf einem Feld zu seiner Linken eine kleine Herde von rund drei Dutzend Ziegen. Die schmächtige Gestalt, die auf einem Felsbrocken hockte und offensichtlich die Ziegen hütete, erkannte er sofort. Es war Katharina, das jüngste Kind von Johannes Marik, dessen Farm WELVERDIENT im Westen an HIGHLANDS grenzte. Die Mackenzies und die Mariks waren gut befreundet, und er, Hendrik, hatte mit Katharinas Bruder Martin, der nur ein paar Monate älter war als er, so manch arbeitsame wie auch fröhliche Stunde verbracht.

Katharina konnte noch keine zehn sein, wie Hendrik sich in Erinnerung rief, und es verwunderte ihn, sie hier draußen allein anzutreffen. Denn außer ihnen beiden war niemand sonst weit und breit zu sehen. Er ritt zu ihr hinüber.

Katharina schnitzte gerade die Rinde von einem Stock, als Hendrik zwischen den Hügeln auftauchte. Als sie den Kopf hob und ihn auf sich zukommen sah, winkte sie mit dem Messer in der Hand.

Hendrik bemerkte die Flinte, die in Reichweite an den Felsen gelehnt stand. Sie erinnerte ihn nachdrücklich daran, daß man hier im Grenzland jederzeit auf einen Überfall der Xhosas vorbereitet sein mußte. Fünf blutige Kaffernkriege hatten die Siedler entlang der Ostgrenze schon erlebt. Ungezählt dagegen waren die Viehdiebstähle kleiner Kafferngruppen, die sich zumeist bei Nacht anschlichen und das Vieh davontrieben. Aber auch tagsüber hatte es schon genug dreiste Übergriffe gegeben. Ein Farmer hatte sein Gewehr deshalb immer griffbereit in seiner

Nähe, ob er nun seine Felder pflügte, einen Kraal ausbesserte oder auf seiner Stoep saß. Und ein Viehhirte ohne Waffe war im Land am Great Fish River so selten wie ein Kaffer mit blondem Haar.

Dunkelblonde Haare lugten dagegen unter Katharinas Strohhut hervor, der löchrig und an den Rändern schon sehr ausgefranst war. Nicht weniger zerschlissen sah auch ihr schlichtes Kleid aus grauem, grobem Leinen aus. Die Mariks von WELVERDIENT waren alles andere als auf Rosen gebettet. Ihre Farm war um einiges kleiner als die der Mackenzies, und dabei zählte HIGHLANDS wahrlich nicht zu den großen Farmen. Der Getreiderost, der in den Jahren von 1820 bis 1825 südlich von Grahamstown fast alle Ernten vernichtet hatte, sowie die Heuschreckenplage und die lange Dürreperiode vor drei Jahren hatten den Mariks schweren Schaden zugefügt.

»Hendrik!« rief Katharina erfreut. »Kommst du wieder nach HIGHLANDS zurück?«

»Nein, ich mache nur einen Besuch.« Der schon lange überfällig war, aber sein Vater und seine Brüder hatten ihm keine Gelegenheit dazu gegeben, nicht einmal an den Sonntagen. »Heute abend muß ich wieder nach Grahamstown zurück.«

Katharina machte ein betrübtes Gesicht. »Ich glaube, Martin vermißt dich.«

Hendrik seufzte. »Und ich ihn.«

»Warum gehst du dann in die Stadt zurück?«

»Weil es mein Vater so will.«

Katharina schüttelte verständnislos den Kopf, daß ihr Zopf über ihren schmalen Schultern hin und her flog. »Die Städter tun mir richtig leid, so dicht aufeinander, wie sie zu leben gezwungen sind.«

»Ich glaube nicht, daß sie dir leid tun müssen, Katharina. Den meisten gefällt es so.«
»Bestimmt nicht. Ameisen wären doch auch lieber Antilopen oder Adler, wenn sie die Wahl hätten, oder etwa nicht?« hielt sie ihm mit der einzigartigen Logik eines Kindes entgegen.
Er schmunzelte. »Sehr wahrscheinlich.«
Sie nickte nachdrücklich, als hätte er reichlich lange dafür gebraucht, etwas zu verstehen, was doch ganz offensichtlich war. »Ohm Willem hat mich erst letzten Sommer, kurz nach Mutters Tod, mit nach Grahamstown genommen. Er hat es gut gemeint, aber ich habe es noch weniger gemocht als früher, als Mutter noch lebte und ich sie manchmal begleitet habe. Sie ist jedes halbe Jahr nach Grahamstown gefahren. Ich habe nie verstanden, was sie so oft in der Stadt wollte.«
»Die Menschen sind nun mal verschieden. Die einen lieben eben das Leben in der Stadt und fühlen sich auf einer Farm todunglücklich. Frag mal meine Halbbrüder.«
Unerschütterlich in ihrer Überzeugung, winkte sie ab. »Ach was, die sind doch bloß neidisch auf uns Landleute und wollen es nicht zugeben!«
Hendrik lachte. »Vielleicht ist da was dran.«
»Und ob, Hendrik!«
»Sag mal, wo ist Josh?« wollte er dann wissen. Josh war der Hottentotte, der gewöhnlich die Ziegenherde der Mariks hütete.
»Er ist weg, zusammen mit Carl und Edo.«
Hendrik war betroffen. »Ihr habt drei von euren fünf Hottentotten verloren?«
»Ja, sie sind einfach auf und davon, als sie erfahren haben, daß sie wegen dieser Organz des Gouverneurs all diese neuen Rechte haben und kommen und gehen können, wie es ihnen beliebt.«

»Du meinst die Ordinance.«
»Ja, die mit der Nummer 50«, sagte Katharina grimmig. »Ohm Willem meint, daß das eine Ohrfeige der Engländer in das Gesicht von uns Buren ist. Und Vater sagt, daß es bald mehr vagabundierende als arbeitende Hottentotten geben wird.«
Hendrik wollte sich an den Spekulationen nicht beteiligen. »Es sind schwere Zeiten für uns alle, das ist sicher. Aber daß ausgerechnet du die Ziegen hier draußen ganz allein hüten mußt, gefällt mir gar nicht.«
»Mir macht es nichts. Ich kann die Ziegen so gut hüten wie jeder andere, und mit dem Vorderlader weiß ich auch umzugehen!« erklärte sie stolz. »Hast du dich geprügelt?« Sie deutete auf seine verletzte Unterlippe.
Er zuckte scheinbar gleichgültig mit den Schultern. »Eine kleine Meinungsverschiedenheit mit meinen Brüdern. Und jetzt muß ich weiter, sonst komme ich heute nicht mehr nach HIGHLANDS.«
Sie trugen einander auf, Grüße auszurichten, und Hendrik wollte Whisper schön zurück zu den Spurrillen lenken, als ihm die Süßigkeiten einfielen. »Oh, da hätte ich doch beinahe etwas ganz Wichtiges vergessen. Ich habe da doch noch was für dich.«
»Ja?« fragte sie und sah ihn mit großen, erwartungsvollen Augen an, während er die Satteltasche öffnete und sich darin zu schaffen machte.
Katharinas Gesicht leuchtete förmlich auf, und sie sprang vom Stein, als seine Hand mit drei Zuckerstangen aus der Tasche zum Vorschein kam.
»Für mich?« rief sie, als könnte sie an soviel Glück nicht glauben.
»Ja, alle drei.«

»O Hendrik, danke!« Sie strahlte ihn an und hielt die drei Zuckerstangen mit beiden Händen vor ihrer Brust wie ein Ministrant eine geweihte Kerze.
Hendrik erreichte HIGHLANDS eine gute halbe Stunde später. Das geräumige Farmhaus, die Nebengebäude, die Rundhütten der Hottentotten sowie die beiden Viehkraals, nach der simplen Hartebeest-Methode errichtet und im September erst wieder neu gekalkt, fielen schon von weitem ins Auge. Wie Kreidewürfel hoben sich die Gebäude von dem Immergrün der Eukalyptusbäume, dem Silber der Dornenbüsche und dem dunklen Rot der Erde ab.
Sein Herz machte vor Freude einen Sprung und wurde zugleich weit vor Sehnsucht, als er auf den Hof ritt. Hier hatte er die schönste Zeit seines Lebens verbracht. Jeder Baum und Strauch und jede Gerätschaft, auf die sein Blick fiel, waren mit Erinnerungen verbunden.
Der achtjährige Robin, gefolgt von seiner sechsjährigen Schwester Lena, lief ihm entgegen. »Mom! ... Mom! ... Hendrik ist da!« rief er lauthals, was Lena, die in allem wie ihr angehimmelter Bruder sein wollte, sofort mit ihrer glockenklaren Stimme wiederholte. Lena war Robins wandelndes Echo.
»Da ist ja der Schrecken aller Erdwölfe und Iltisse!« rief Hendrik lachend und sprang aus dem Sattel, denn ganz wie bei seinem Vater war die Jagd Robins größte Leidenschaft.
»Letzte Woche habe ich meine erste Hyäne geschossen!« verkündete Robin stolz.
»Robin hat seine erste Hyäne geschossen«, wiederholte Lena so triumphierend, als hätte sie selbst solch eine großartige Tat vollbracht.
»Sie hatte das Gebiß eines Löwen, hat Dad gesagt!«
»Mit dem Gebiß eines Löwen!« betonte Lena noch einmal.

»Was ihr nicht sagt!«
»Ich habe sie auf achtzig Schritt Entfernung mit dem ersten Schuß erlegt!«
»Auf achtzig Schritt Entfernung mit dem ersten Schuß!«
»Als hätte ich es gewußt, daß du eine besondere Belohnung verdient hast, Robin«, sagte Hendrik lobend und zwinkerte Lena zu. »Und du natürlich auch.«
Hendrik verteilte die Zuckerstangen bis auf eine, als Rachel Mackenzie in einem weiten, geblümten Kleid aus dem Stall kam, den zweijährigen Tim auf dem Arm und den Leib von ihrem vierten Kind geschwollen, das seit sieben Monaten in ihr heranwuchs.
»Wie schön, daß du uns besuchen kommst, Hendrik!« Ihre Augen strahlten vor Freude.
»Wenn es nach mir gegangen wäre, wäre ich schon vor vielen Wochen gekommen. Aber sie haben es nicht erlaubt.« Er machte eine halb grimmige, halb lachende Miene. Obwohl sie wußte, wie schwer es ihm gefallen war, HIGHLANDS zu verlassen und sich dem Wort seines Vaters zu beugen, fühlte er sich doch schuldig, als hätte er sie verraten.
»Du Ärmster.« Rachel drückte ihn mit ihrer freien Hand an sich. »Wir vermissen dich hier sehr, Junge.« Sie richtete ihren Blick auf seine geschwollene Unterlippe, sagte jedoch nichts.
»Und ich euch erst«, seufzte Hendrik und drückte ihr einen Kuß auf die Wange. Tim lachte ihn mit blauen Augen und dicken Bäckchen an.
Rachel roch nach Milch. Sie kam aus einer alten Burenfamilie und war eine robuste Frau von siebenundzwanzig Jahren, mit breiten Hüften, vollen Brüsten und kräftigen Armen und Händen, die zuzupacken wußten, aber auch mit viel Empfindsamkeit Tränen trocknen und Zärtlichkeit schen-

ken konnten. Ihr Gesicht war rund und rosig wie ein saftiger Pfirsich, und in ihren braunen, lebhaften Augen hatte Hendrik noch nie einen bösartigen Blick gesehen. Sie war ebenso tüchtig wie warmherzig.
Als Hendrik mit zehn nach HIGHLANDS gekommen war, hatte Rachel mit Robin gerade ihr erstes Kind zur Welt gebracht, keine elf Monate nach ihrer Heirat mit Douglas Mackenzie. Und obwohl Rachel da noch keine zwanzig Jahre alt gewesen und zum erstenmal Mutter geworden war, hatte sie ihn wie ihr eigenes Kind behandelt und war ihm vom ersten Tag an die Mutter gewesen, die er bis dahin so sehr vermißt hatte. Daran hatte sich auch später nichts geändert. Dafür würde er ihr ewig dankbar sein.
»Hier, das ist für dich«, sagte Hendrik und drückte dem kleinen Tim die letzte Zuckerstange in die fleischige Faust. Dann holte er aus der Satteltasche, was er für Rachel mitgebracht hatte: eine Haarbürste, die reich mit Schildpatt verziert war, sowie ein Dutzend hübsche Perlmuttknöpfe.
»Mein Gott, Hendrik! Das kann ich nicht annehmen. Nimm das wieder mit!« rief sie, doch sie wäre nicht die Frau gewesen, die er kannte und liebte, wenn ihre Augen beim Anblick dieser kleinen Kostbarkeiten nicht aufgeleuchtet hätten.
Er lachte. »Kommt gar nicht in Frage, und ich will kein Wort darüber hören!«
Rachel seufzte lächelnd, nur zu bereitwillig dazu überredet, die Geschenke anzunehmen. »Mit dieser Bürste werde ich Mühe haben, abends beim Ausbürsten bei hundert Strichen aufzuhören. Und wie wunderschön die Knöpfe schillern! Ich werde sie an mein Sonntagskleid nähen, und alle werden mich beneiden.«
»Wie du es verdient hast«, sagte Hendrik, der sich mit ihr

freute. Und nach einer Weile, als Ross, ein Hottentottenjunge, Whisper schon zur Tränke geführt hatte, fragte er: »Wo steckt denn Douglas? Er ist doch heute hoffentlich nicht weggeritten.«

»Nein, keine Sorge, Hendrik«, beruhigte Rachel ihn und sagte ihm, wo er ihn finden konnte. »Was wird er sich freuen, dich zu sehen.«

»Soll ich Whisper holen?« bot Robin sich an.

»Nein, ich möchte lieber gehen.«

Hätte er sich zu Pferd zu Douglas begeben, Robin hätte ihn mit Sicherheit begleitet. Doch bei der Wärme den Weg zu Fuß zu machen hatte für Robin wenig Verlockendes, und so blieb er bei seiner Mutter und seinen Zuckerstangen. Hendrik war es recht so. Er ging den Weg über die Farm, die so lange sein Zuhause gewesen war, gern allein.

Wie herrlich es war, die warme Erde und das Gras unter seinen Füßen zu spüren.

6

Der Mais stand gut in diesem Jahr, wie Hendrik mit Wohlgefallen feststellte, als er am Rand des Maisfeldes entlangging. Nicht die geringste Spur von Schädlingsbefall. Aber der Sommer war noch lang, und nur die eingebrachte Ernte war eine sichere Ernte.

Er folgte dem Pfad, der breit genug für ein Fuhrwerk war und zwischen dem Maisfeld und Rachels kleiner Obstplantage in Richtung Fluß führte. Als er zu den drei großen Mimosenbäumen kam, sah er Douglas Mackenzie und den Hottentotten Isbrand, der ihn gut um Haupteslänge überragte. Sie hoben einen neuen Bewässerungsgraben aus. Mit nacktem Oberkörper schwang Douglas die Spitzhacke, während Isbrand ihm mit einigen Schritten Abstand folgte und die aufgerissene Erde mit dem Spaten aus der Rinne schaufelte, so daß ein zwei Fuß breiter und ein Fuß tiefer Graben entstand.

Isbrand, ein sehniger und leicht hellhäutiger Khoikhoi in den Dreißigern, bemerkte ihn zuerst. »Baas!« rief er seinem Herrn zu. »Der junge McAllister!«

Douglas ließ die Spitzhacke im Boden stecken, fuhr sich mit dem Handrücken über die Stirn und wandte sich ohne Hast um. Er war ein untersetzter, stämmiger Mann von zweiundvierzig Jahren mit dichtem schwarzem Haar und einem von Wind und Wetter gezeichneten Gesicht, in dem sich seine blauen Augen wie die klaren, kalten Seen des schottischen Hochlandes ausnahmen. Seine dichtbehaarte Brust glänzte vor Schweiß.

»Hendrik! Das nenne ich eine freudige Überraschung«, sagte er und streckte ihm die Hand entgegen.

Sie tauschten einen festen, herzlichen Händedruck. Douglas legte ihm dabei noch seine linke Hand auf die Schulter, was seine tiefe Zuneigung verriet und wie sehr er sich über ihr Wiedersehen freute.

»Ich wünschte, ich hätte schon eher kommen können«, sagte Hendrik. »Aber du kennst ja meinen Vater. Und meine Brüder sind auf ihre Weise sogar noch um einiges schlimmer.« Er verzog das Gesicht, deutete auf seine zerschundene Lippe und sagte: »Colins Art, sich vor Kunden in Szene zu setzen.«

Douglas nickte mitfühlend. »Das tut mir leid. Wir haben erst heute morgen von dir gesprochen, Junge. Es ist ja alles ein bißchen plötzlich gekommen. Ich finde, James hätte dich wirklich nicht so Knall auf Fall vom Hof holen und in die Stadt zurückbeordern müssen.«

»Was gäbe ich dafür, wenn ich ihn umstimmen und wieder zu euch kommen könnte. Aber er will nichts davon wissen.«
»Wie lange kannst du bleiben?«
»Ich reite nicht vor heute abend zurück.«
»Gut, dann kannst du mir ja hier zur Hand gehen.« Und zu Isbrand gewandt, sagte er: »Ich brauche dich dann nicht mehr. Am besten hilfst du Nabal und Moab bei der Arbeit am neuen Zaun.«
»Ja, Baas«, sagte Isbrand, reichte Hendrik den Spaten und entfernte sich in Richtung Hof.
»Hat einer von unseren Hottentotten HIGHLANDS verlassen?« wollte Hendrik wissen, als er Isbrand nachschaute, und wurde sich im nächsten Moment bewußt, daß die Zeit, da er auf der Farm von wir und uns hatte sprechen können, schon seit fast drei Monaten vorbei war.
Douglas war das »unser« nicht entgangen, und ein flüchtiges Lächeln huschte über sein wettergegerbtes Gesicht. »Nein, Gott sei Dank sind bisher alle geblieben. Aber soviel ich gehört habe, hat diese unselige 50. Ordinance auf anderen Farmen eine Menge Schaden angerichtet.«
»Mit Sicherheit auf WELVERDIENT.«
Überrascht hob Douglas die Augenbrauen. »Woher weißt denn du das?«
»Ich habe vorhin Katharina bei den Witteboom-Hügeln getroffen. Sie hütet da die Ziegen, ganz allein. Das hat mir gar nicht gefallen, Douglas. Sie ist noch keine zehn!«
Douglas machte ein betrübtes Gesicht und zuckte mit den Schultern. »Die Mariks hat es wirklich hart getroffen. Sie haben nur noch die beiden alten Hottentotten Jeremia und Zidija, und wenn man nur einen einzigen Sohn und eine Tochter hat, bleibt einem als Farmer in solch einer Situation nichts anderes übrig, als auch einem nicht mal zehnjährigen

Kind eine so verantwortungsvolle und nicht ganz ungefährliche Pflicht auf die Schultern zu legen.«

»Diese neue Ordinance wird bei den Buren für viel böses Blut sorgen.«

»Nicht nur bei den Buren, Hendrik. Wir sind alle davon betroffen, wenn plötzlich Tausende von Hottentotten ohne feste Arbeit wie die Vagabunden durch das Land ziehen.«

»Wie ich in Grahamstown gehört habe, feiern die Missionare und besonders die Philanthropen in England diese 50. Ordinance als einen Sieg für die Gerechtigkeit und Abschaffung der Sklaverei.«

Douglas machte eine unwillige Gebärde. »Ach was, die Sklaverei hat damit nichts zu tun. Die Khoikhoi oder Hottentotten haben schon immer eine Sonderstellung in der Kolonie gehabt. Sie waren nie versklavt wie die Schwarzen, die man aus Mosambik, Angola, Madagaskar und Batavia ans Kap verschleppt hat. Für die Sklaverei habe ich nie etwas übriggehabt, das weißt du, auch wenn die Kapkolonie nicht Westindien und ein Burenfarmer kein Plantagenbesitzer ist. Die Sklaven können von ihren Herren noch so gut behandelt werden und diesen noch so treu ergeben sein, so ändert das in meinen Augen doch nicht das geringste daran, daß Sklaverei unrecht ist und sich mit Christentum nicht in Einklang bringen läßt.«

»Aber viele Buren berufen sich doch gerade auf die Bibel, wenn es um die Sklaverei geht.«

Der Farmer lächelte gequält. »Ja, sogar Rachel kann sich noch immer nicht ganz von diesen alten burischen Grundsätzen lösen, die sie aus dem Alten Testament beziehen. Aber lassen wir die Sklaverei mal. Der Sklaven*handel* ist ja schon seit vielen Jahren verboten, und wie es aussieht, wird auch die Sklaven*haltung* in wenigen Jahren in allen britischen Kolonien der Vergangenheit angehören. Die entsprechenden Gesetze werden nicht mehr lange auf sich warten lassen.«

»Das wird dann aber noch mehr Empörung und Widerstand unter den Buren hervorrufen als die letzte Ordinance.«

»Ja, sehr wahrscheinlich. Doch daran will ich jetzt noch gar nicht denken. Mir reichen die Probleme, mit denen wir uns jetzt schon herumzuschlagen haben«, sagte Douglas mit düsterer Miene. »Die Hottentotten, die nun schlagartig keine Arbeit mehr nachweisen müssen und natürlich so manchen Versuchungen ausgesetzt sind, halte ich noch nicht einmal für das größte Problem. Obwohl ich es für viel vernünftiger erachtet hätte, wenn man ihnen diese Rechte über eine Periode von ein, zwei Jahren nach und nach gegeben und damit uns allen, Weißen wie Schwarzen, die Möglichkeit verschafft hätte, sich an die veränderten Verhältnisse zu gewöhnen.« Er seufzte. »Aber jetzt ist es geschehen, und wir müssen sehen, wie wir damit fertig werden.«

»Unser neuer Gouverneur Sir Lowry Cole beweist mit seiner Politik nicht gerade eine glückliche Hand«, sagte Hendrik spöttisch.

Douglas lachte grimmig auf. »In der Tat! Und da dachten wir, daß nach General Bourke mit Cole nun endlich ein Gouverneur nach Kapstadt kommt, der sieht, was dieses Land braucht – ganz besonders die vergessene Provinz hier im Osten an der Grenze zum Kaffernland, die immer alles ausbaden muß, was die Herren in Kapstadt und London versaubeuteln. Aber statt uns Siedlern im Osten endlich nachhaltig den Rücken zu stärken und uns die Xhosas vom Leib zu halten, begeht Cole einen schweren Fehler nach dem andern. Und der schlimmste Fehler von allen ist, daß er den Kaffern, die auch er für die edlen Wilden hält, die nie ein Unrecht begehen, den kleinen Finger reicht und nicht begreift, daß er sie damit geradezu einlädt, uns im Gegenzug die Arme abzuhacken. Die Politik des neutralen Territoriums zwischen Great Fish River und Keiskamma River, die Gouverneur Somerset nach dem letzten Kaffernkrieg durchgesetzt und mit der er uns einige Jahre relativen Friedens verschafft hat, wird immer mehr verwässert.«

»Weder Weiße noch Schwarze dürfen in diesem Gebiet siedeln, richtig?«

»Ja, so steht es zumindest in den alten Verträgen, die Somerset mit den Stämmen geschlossen hat. Aber Bourke hat damit angefangen zuzulassen, daß dort nun doch wieder permanente Kraals errichtet werden. Immer mehr Stämme ziehen in das Gebiet zurück, das doch eigentlich eine unbesiedelte Pufferzone bleiben sollte, und Cole zeigt sich auch tatenlos, was die dreisten Viehdiebstähle angeht, deren Zahl immer mehr zunimmt!« ärgerte sich Douglas.

»Ja, das habe ich in Grahamstown auch schon des öfteren gehört.«

»Dazu kommt noch, daß niemand dem wachsenden Alkohol- und Waffenhandel mit den Kaffern einen Riegel vorschiebt. Wenn das so weitergeht, dann ist der Tag nicht mehr fern, an dem wir die Kugeln zu spüren bekommen, die einige korrupte Gesellen entlang des Great Fish River an die Schwarzen verkaufen. Aber Kapstadt ist weit, und wir sind, wie jeder hier im Osten weiß, die ferne und vergessene Provinz am Great Fish River, auf deren Rücken eine total verkorkste Grenzpolitik ausgetragen wird. Da kann es dann auch keinen verwundern, daß die Buren auf uns Engländer nicht eben gut zu sprechen sind.«

»Ja, da braucht man nur Katharina oder ihren Vater zu fragen«, sagte Hendrik nachdenklich.

»Was die Mariks angeht, so sind die Engländer nicht ihr einziges Problem«, erwiderte Douglas. »WELVERDIENT ist einfach zu klein, um in guten Jahren genug zu erwirtschaften, damit auch in schlechten Jahren keine allzu große Not einkehrt. In den letzten Jahren fehlt dem guten Johannes auch der nötige Antrieb.«

»Ja, seit seine Frau gestorben ist«, erinnerte sich Hendrik.

»Sicher, Emmas Tod war ein schwerer Schlag für ihn und seine Kinder. Aber das Leben geht weiter, und eine Farm wie WELVERDIENT ohne die zupackende Hand einer Farmersfrau ist auf die Dauer so schlecht für alle wie ein scheuernder Sattelgurt für ein Pferd. Johannes hätte sich schon längst wieder eine neue Frau nehmen sollen, und zwar eine, die selbst halbwegs erwachsene Kinder hat, wie die Witwe Sophia Beeker. Viele seiner burischen Freunde sind doch schon zum dritten- oder gar viertenmal verheiratet. Und das kleine Erbe, das eine Frau wie die Witwe Beeker mit in die Ehe bringt, würde für Johannes einiges leichter machen und ihm die Möglichkeit geben, seine Farm zu erweitern. Das wäre für WELVERDIENT, für Sophia Beeker und ihre Kinder sowie für die kleine Katharina die beste Lösung. Ja, damit wäre jedem geholfen, ganz besonders in dieser ungewissen Zeit.«

»So hast du aber nicht gedacht, als du Rachel zur Frau genommen hast«, erwiderte Hendrik.

Douglas schmunzelte. »Eigentlich hatte ich gar nicht mehr heiraten wollen. Das hatte ich mir zumindest geschworen, als meine erste Frau in England zehn Tage nach unserer Heirat mit all meinen Ersparnissen durchgebrannt ist und noch Schulden, die sie in meinem Namen gemacht hatte, hinterlassen hat.«

»Das war doch der Grund, warum du nach Südafrika ausgewandert bist, nicht wahr?«

»Es war mit ein Grund, aber eigentlich wollte ich ja, wie dein Vater auch, gar nicht nach Afrika, sondern in unsere Kolonie in Australien. Unser Schiff, muschelbefallen und wurmstichig wie ein verrottetes Hafenpier, schaffte es jedoch bloß noch bis nach Kapstadt, und auch das nur mit viel Glück. So sind wir dann im Dezember 1809 hier in der Kapkolonie hängengeblieben. Aber um noch einmal auf Rachel zurückzukommen, so befand ich mich vor nunmehr fast neun Jahren, anders als Johannes heute, in der glücklichen Lage, nur für mich sorgen und die Wahl meiner Ehefrau auch sonst nicht von zweckmäßig nüchternen Überlegungen abhängig machen zu müssen.« Und nach einer kurzen Pause fügte er mit einem stolzen Lächeln hinzu: »Ich hätte auch keine bessere Wahl treffen können.«

»Ja«, sagte Hendrik nur und erwiderte das Lächeln.

Douglas griff erneut zur Hacke. »Stehlen wir dem Herrgott nicht die Zeit mit zuviel Faulenzen«, sagte er vergnügt und riß die Erde mit kraftvollen Schlägen auf.

Gute zweieinhalb Stunden rückten sie der schweren, festen Erde mit Spitzhacke und Spaten zu Leibe, und der Graben wurde im Schweiße ihres Angesichts immer länger. Hendrik liebte die harte körperliche Arbeit auf dem Feld. Hier fühlte er sich frei und ungebunden und tatkräftig, ganz im Gegensatz zum vollgepfropften Laden seines Vaters mit seinem stickigen, düsteren Warenlager und dem kleinen, staubigen Hinterhof. Er brauchte den freien Himmel über sich, und dann war ihm auch keine Arbeit zu schwer oder zu lang. Douglas war kräftig wie ein Bulle, und er arbeitete nach seinem eigenen, zügigen Rhythmus, doch der Abstand zwischen ihm und Hendrik blieb die ganze Zeit gleich. Dann und wann warf der Farmer ihm einen kurzen anerkennenden Blick zu. Sie waren ein in vielen Jahren harter Arbeit

eingespieltes Team und kamen gut voran, was sie beide mit Stolz erfüllte.
Es war Hendrik recht, als Douglas zur Mittagszeit nicht auf den Hof zurückkehren wollte. Robin brachte ihnen einen Wasserschlauch, der mit kühlem Wasser aus der Zisterne gefüllt war, sowie kaltes Hammelfleisch in Streifen, getrocknete Burenwurst, ein Stück Käse und einen Kanten von Rachels knusprigem Brot. Robin leistete ihnen eine Weile Gesellschaft, dann zog es ihn in die relative Kühle des Farmhauses zurück.
Hendrik dagegen fühlte sich im Schatten der alten Schirmakazie, an deren Stamm sie gelehnt saßen, so wohl wie an keinem anderen Ort. Und das deftige Essen mundete ihm um ein Vielfaches besser als alles, was er seit seiner unfreiwilligen Rückkehr nach Grahamstown in seinem Vaterhaus vorgesetzt bekommen hatte. Daß das nicht an den Kochkünsten ihrer schwarzen Köchin Becky lag, dessen war er sich bewußt. Trocken Brot und Wasser auf HIGHLANDS machten ihn einfach glücklicher als ein noch so üppiges Essen in den Räumen über MCALLISTER'S EMPORIUM.
Unwillkürlich entrang sich ihm ein Seufzer. »Mein Gott, wie habe ich all das vermißt«, sagte er, und bei dem Gedanken, daß er am Abend wieder nach Grahamstown und dort zu dem engen Krämerleben seines Vaters und seiner Halbbrüder zurückkehren mußte, wurde es ihm schwer ums Herz.
»Und er läßt dich wirklich nicht gehen?« Es war, als hätte Douglas seine Gedanken erraten.
Hendrik schüttelte den Kopf. »Kevin heiratet nächstes Jahr Edwina Donnelly, die älteste Tochter von Trevor Donnelly, dem die Sattlerei gehört. Die Donnellys haben nur Töchter, sechs an der Zahl, und Kevin soll deshalb schon gleich nach

der Hochzeit mit ins Geschäft gehen und eines Tages die Nachfolge seines Schwiegervaters antreten.«

»So wie Colin eines Tages McALLISTER'S EMPORIUM übernehmen wird.«

Hendrik nickte. »Genau, und ich soll nun Kevin im Geschäft ersetzen, denn mein Vater will keinen Hottentotten im Laden haben. Er hat sogar den Stallboy weggeschickt. Becky und die junge Rahab sind die einzigen Schwarzen, die er noch in seinen Diensten hat, und ihnen ist strengstens untersagt, ihren Fuß in das Geschäft oder ins Warenlager zu setzen. Er behauptet, daß es unter den Schwarzen nicht eine ehrliche Haut gibt und daß ihn jeder Hottentotte nur bestehlen würde.«

»Pah!« machte Douglas und spuckte ein Stück Knorpel in den Sand.

»Aber noch weniger denkt er daran, einen weißen Verkäufer oder Lehrburschen anzustellen, denn dem müßte er ja Lohn zahlen. Da komme ich ihm immer noch am billigsten. Deshalb hat er mich ja auch von der Farm geholt«, sagte er bitter. »Für meine Brüder und meinen Vater bin ich nun der Laufbursche und das Mädchen für alles.«

Douglas schwieg einen Augenblick, weil er keine Lösung anzubieten hatte. »Ist Colin noch nicht verheiratet?« fragte er nach einer Weile.

Hendrik lachte spöttisch auf. »Colin war mit Elizabeth Hayes liiert, deren Vater die Mühle besitzt. Sie wäre eine ausgezeichnete Partie gewesen, wie ich Stuart sagen gehört habe, und zudem sieht sie auch noch recht hübsch aus. Doch dann hat Elizabeth die Verbindung von heute auf morgen gelöst. Das war im August. Colin, Kevin und Stuart weihen mich ja in nichts ein und behandeln mich, als gehörte ich überhaupt nicht zur Familie. Aber was ich hier und da von ihren Gesprächen aufgeschnappt habe, deutet darauf hin, daß Colin sich seiner Elizabeth offenbar um einiges zu sicher gewesen und einmal zu forsch vorgegangen ist. Er wollte, daß sie mit ihm ... Na, du weißt schon, was ich meine.«

Douglas lächelte über seine Verlegenheit. »Du meinst, ein ganz bestimmter Teil seines Körpers, der nicht von ungefähr recht weit vom Sitz des Verstandes entfernt ist, wollte nicht bis zur Hochzeitsnacht warten.«

Hendrik errötete. »Genau.«

»Nun, das ist doch eher die Regel als die Ausnahme, wenn sich beide einig sind.«

»Waren sie aber nicht. Colin wollte sie daraufhin von seinen angeblichen Rechten überzeugen, und zwar auf ziemlich handgreifliche Art.«

»Das ist natürlich etwas anderes«, räumte der Farmer ein. »Aber so verwerflich eine derartige Handlungsweise ist, so hat sie doch auch ihr Gutes. Denn dieser Elizabeth sind so ja noch früh genug die Augen über den wahren, miesen Charakter dieses Mannes geöffnet worden, den sie beinahe geheiratet hätte. Es mag herzlos klingen, doch etwas Besseres hätte ihr gar nicht widerfahren können.«

Hendrik lachte. »Finde ich auch. Aber Colin sieht das natürlich anders, und vor allem fühlt er sich in seiner Mannesehre verletzt.«

»Bestimmt ist er deshalb so unausstehlich. Wenn er sich wieder beruhigt hat, wird er vielleicht nicht mehr so sehr auf dir herumhacken.«

Hendrik schüttelte den Kopf. »Nein, das hat damit nichts zu tun. Er war schon früher so. Ich bin für sie der burische Bastard. Darin ist er sich mit Kevin und Stuart einig. Für sie bin ich der letzte Dreck«, sagte er bedrückt und blickte über das Veld. »Als ich klein war, habe ich alles versucht, um ihre Zuneigung oder wenigstens doch so etwas wie ihre Duldung zu erringen. Ohne Erfolg. Sie haben mich nie an ihren Spielen und ihren Geheimnissen teilhaben lassen. Ich war vielmehr immer der Sündenbock und das Ziel ihrer bösartigen Streiche. Daran hat sich nichts geändert. Sie *wollen* mich nicht als ihren Halbbruder akzeptieren. Für sie bin und bleibe ich der burische Bastard.«

»Das ist doch purer Unsinn! Du bist kein Bastard«, widersprach Douglas.

»In ihren Augen schon, und allein das zählt für sie.«

»Du bist das legitime Kind von James McAllister und seiner rechtmäßig angetrauten Ehefrau Clara McAllister, geborene Magdenburg. Und du kannst stolz darauf sein, daß in dir das Blut von zwei solchen Völkern fließt, mein Junge. Halb Schotte und halb Bure zu sein, das ist in diesem Land so gut wie ein Adelstitel. Ach was, es ist viel besser!« sagte der Farmer nachdrücklich.

Hendrik war ihm dankbar für den Versuch, ihn aufmuntern zu wollen. Doch Tatsachen ließen sich nicht mit Worten aus der Welt schaffen, auch wenn sie noch so vernünftig und logisch klangen.

»Ich glaube, sie werfen mir bewußt oder unbewußt vor, daß mein Vater ausgerechnet eine Treckburin geheiratet hat und daß sie ihn dann mit mir sitzenlassen und zum Gespött der Nachbarn gemacht hat.«

»Dummes Zeug!« brummte Douglas mit ungehaltener Miene.

»Nein, sie geben mir die Schuld an allem, was damals zwischen meinem Vater und meiner Mutter falschgelaufen ist, und nicht nur sie allein. Auch mein Vater macht mich dafür verantwortlich, daß meine Mutter ihm weggerannt ist.

Er kann es tausendmal abstreiten, ich weiß doch, daß es so und nicht anders ist«, sagte Hendrik mit einem für sein Alter ungewöhnlichen Ernst und Verständnis für die Beweggründe seiner Halbbrüder und seines Vaters. Er war um einiges reifer als ein gewöhnlicher junger Mann von knapp achtzehn Jahren.
Douglas atmete tief durch. Es klang wie ein Stoßseufzer. »Du bist stark, Hendrik. Du wirst deinen Weg schon machen«, versicherte er, um Zuspruch bemüht.
»Wenn ich nur wüßte, welcher Weg das ist.«
Douglas legte ihm die Hand auf den Arm. »Mach dir mal darüber keine Gedanken, Junge. Du wirst ihn schon erkennen, wenn die Zeit dafür reif ist.«
Hendrik lächelte schwach. »Das einzige, was ich mit absoluter Sicherheit weiß, ist, daß ich niemals das Leben eines Krämers führen werde und eines Tages meine eigene Farm haben möchte. Aber wie ich das verwirklichen soll, ist mir rätselhafter als die heidnischen Rituale der alten Tamar, wenn sie an das Krankenbett eines Hottentotten gerufen wird.«
»Zerbrich dir jetzt darüber nicht den Kopf, Hendrik. Als ich in deinem Alter war, hätte ich auch nicht im Traum daran gedacht, daß ich schon wenige Jahre später meine Heimat verlassen und an einen unvorstellbar fernen, fremden Ort auswandern würde. Das Leben hält viele Überraschungen für uns bereit, angenehme wie unangenehme.«
»Ich will ja nicht ungeduldig sein, aber allmählich wird es Zeit für die angenehmen«, meinte Hendrik grimmig.
»Für eine erste kann ich sorgen«, sagte Douglas mit betonter Munterkeit, packte den Wasserschlauch aus Ziegenleder und spritzte Hendrik das Wasser in einem fingerdicken Strahl über Gesicht und Oberkörper.

Lachend und prustend sprang Hendrik auf.

»Aber verwöhnen will ich dich auch nicht«, sagte der Farmer mit gutmütigem Spott und warf ihm den Spaten zu. »Also, zurück an die Arbeit. Die wenigsten Ziele erreicht man durch Reden im Schatten einer Akazie.«

»Und du brüstest dich damit, keine Sklaven auf HIGHLANDS zu haben, du alter Sklaventreiber!« scherzte Hendrik und folgte ihm zum Graben.

»Knechtschaft beginnt zuerst im Kopf und endet zuerst auch dort, bei den Unterdrückern wie bei den Unterdrückten. Wer frei sein will, muß also zuerst einmal das geistige Joch abwerfen«, erwiderte Douglas.

»Ist das ein Rätsel?«

Douglas zuckte mit den Schultern, ein merkwürdiges Lächeln auf den Lippen. »Denk darüber nach«, sagte er nur und rammte die Spitzhacke in den Boden.

7

»Es wird Zeit, daß du dich auf den Weg machst, wenn du noch vor Einbruch der Dunkelheit in Grahamstown sein willst«, sagte Douglas am späten Nachmittag, als die Sonne wie eine glühende Kugel frisch aus der Gußform tief über dem Kariega-Tal hing.

»Ich habe es mir anders überlegt. Ich bleibe über Nacht und reite erst morgen zurück.«

Douglas bedachte ihn mit einem besorgten Blick. »Wird dir das nicht noch mehr Ärger einbringen?«

»Vater ist wegen irgendwelcher Geschäfte mit dem Wagen nach Salem gefahren. Er kommt vermutlich erst morgen zurück. Außerdem werden er und Colin so oder so toben, ob ich nun noch heute oder erst morgen wieder auftauche. Es macht also keinen Unterschied. Es ist vielleicht sogar besser, wenn ich morgen irgendwann am Vormittag zurückkomme. Da werden sie im Laden beschäftigt sein und nicht soviel Zeit haben, mir eine Strafpredigt zu halten.«

»Du mußt es wissen, Hendrik. Ich möchte nur nicht, daß du dich noch tiefer hineinreitest.«

»Noch tiefer? Wie soll das gehen?« fragte Hendrik mit einem scheinbar unbekümmerten Lächeln. Seine Augen waren daran jedoch nicht beteiligt. Ihr Ausdruck war ernst und voll ratloser Bitterkeit.

Sie arbeiteten bis in den Abend und gönnten sich nur wenige kurze Pausen. Douglas war es sehr daran gelegen, den neuen Bewässerungsgraben so schnell wie möglich fertigzustellen, und Hendrik setzte seinen ganzen Ehrgeiz darein, ihm dabei eine große Hilfe zu sein. Denn er betrachtete HIGHLANDS noch immer als sein Zuhause. Deshalb waren die Sorgen und Freuden der Mackenzies auch die seinen.

Dennoch war er im stillen recht froh, als Robin die Glocke im Hof erklingen ließ. Seit er wieder in Grahamstown lebte, sorgten sein Vater und seine Brüder dafür, daß er kaum eine ruhige Minute hatte. Sie luden ihm reichlich Arbeit auf. Doch die Aufgaben, die er zu erledigen hatte, stellten selten Anforderungen an seine körperliche Stärke und Ausdauer. Sie zermürbten ihn vielmehr psychisch, indem Colin ihm etwa auftrug, stundenlang Knöpfe zu sortieren, Nägel abzuzählen oder aber billige Glasperlen zu Halsketten aneinanderzureihen, die für Tauschgeschäfte mit den Kaffern im Grenzland großen Absatz fanden.

Sein Körper war einen langen Arbeitstag auf der Farm nicht mehr gewohnt, und dementsprechend schmerzten ihm die Glieder. Es war jedoch eine befriedigende Erschöpfung, die

Hendrik verspürte, als die Glockenschläge den harten Arbeitstag auf HIGHLANDS beendeten und zum Essen riefen.
Rachel hatte es sich nicht nehmen lassen, *sassaties* zuzubereiten. Die kleinen Fleischstücke, kräftig gewürzt und am Spieß über offenem Feuer gebraten, waren Hendriks Lieblingsgericht. Dazu gab es Kartoffeln und Kürbisgemüse und eingemachte Aprikosen als Nachspeise.
Nach dem Essen brachte Rachel Tim und Lena zu Bett, während Douglas und Hendrik auf der blank gescheuerten Holzbank vor dem Haus Platz nahmen. Robin durfte noch eine halbe Stunde bei ihnen bleiben. Dann rief seine Mutter auch ihn ins Haus.
Die Dunkelheit lag wie ein warmes schwarzes Samttuch über dem Land. Klar und kalt wie Eissplitter im Sonnenlicht glitzerten Myriaden von Sternen am wolkenlosen Nachthimmel, der sich über ihnen bis in die Unendlichkeit erstreckte. Das laute Konzert der Frösche und Grillen hatte schon eingesetzt, und von den Hütten der Hottentotten drangen ab und zu Lachen und Rufe zu ihnen herüber. Gelegentlich sahen sie auch Funken aufstieben, wenn die Schwarzen Holz in das Feuer nachwarfen, das sie vor ihren Unterkünften entzündet hatten. Der Geruch von Fladenbrot aus *mealies* lag in der Luft.
Douglas holte seinen Tabaksbeutel hervor und stopfte sich eine Pfeife. Obwohl Hendrik dem Rauchen selbst nichts abgewinnen konnte, roch er den würzigen Rauch doch gern.
Politik und Landwirtschaft bestimmten ihre Unterhaltung, die nach dem reichhaltigen Essen entspannt und gemächlich dahinfloß wie ein breiter Strom mit wenig Gefälle und viel Schlamm in seinen Fluten.
Dann gesellte sich Rachel zu ihnen, und sie brachte den

Dudelsack mit, auf dem bereits Douglas' Großvater gespielt hatte und an dem der ganze schottische Stolz ihres Mannes hing.

»Spiel uns etwas, Doug«, bat sie.

»Siehst du nicht, daß ich schon eine Pfeife im Mund habe, Frau?« fragte er gut aufgelegt und blies den Rauch mit fröhlicher Miene zu ihr hinüber. »Gib ihn Hendrik. Er kann damit schon fast so gut umgehen wie ich.«

»Aber nur, wenn auch du uns nachher etwas spielst«, machte dieser zur Bedingung.

Der Farmer grinste. »Schätze, damit kann ich leben. Und nun zeig, was du gelernt hast.«

Hendrik nahm den Dudelsack, der mit viel handwerklicher Kunst gefertigt und bunten Kordeln an den *pipes* verziert war. Douglas hatte ihn gelehrt, das Instrument zu spielen, das den Schotten so heilig war. Und diesen Teil seines schottischen Erbes hatte er mit Stolz und Liebe akzeptiert, seit er Douglas zum erstenmal spielen gehört hatte. Er hatte eine Gänsehaut bekommen, so ergriffen war er von den merkwürdigen Liedern gewesen, ganz besonders von den langsamen, die etwas bewegend Feierliches und melancholisch Trauriges an sich hatten. Und niemand verstand diese Weisen so gut zu spielen wie Douglas Mackenzie.

Er klemmte sich den ledernen *windbag* unter den linken Arm, füllte ihn mit Luft und setzte das A auf der Melodiepfeife, dem *chanter*, um dann den 1. und 2. Tenor sowie die Baßpfeife einzustellen.

Rachel lachte ihn an, als Hendrik ihr einen fragenden Blick zuwarf, was sie denn hören wollte, und wünschte sich *The Drunken Piper* und danach *The Highland Wedding*, beides schnelle Stücke.

Hendrik brauchte einige Minuten, um nach den Monaten

ohne Übung mit dem Instrument wieder so richtig warm zu werden und sich in die Musik einzufinden. Doch dann kamen die Töne klar und in harmonischer Verbindung aus den Pipes.

Rachel klatschte ausgelassen im Takt der fröhlichen, schnellen Jigs in die Hände. Danach spielte Hendrik einige der langsamen, traurigen Lieder wie *Lochaber no More* und *Hearken my Love*, die er als bedeutend schwieriger empfand als die rasanten Jigs.

»Jetzt spiel du«, forderte Hendrik Douglas auf, als dieser seine Pfeife ausgeklopft hatte, und reichte ihm den Dudelsack. »So gut wie du kriege ich die getragenen Stücke einfach nicht hin, auch wenn ich noch soviel übe.«

Douglas lächelte. »Keine Sorge, das kommt mit den Jahren, Junge, und hat mit Üben nicht viel zu tun.«

»Sondern?«

»Mit den Narben in Herz und Seele, die wir alle im Laufe unseres Lebens davontragen«, sagte der Farmer. »Lieder wie *Flower of the Forest* oder *Dark Island* haben mit Schmerz und Sehnsucht zu tun, und erst wenn man älter geworden ist und dem Leben seinen Tribut an Verlust und Kummer gezollt hat, kann man diese Lieder mit dem richtigen Ausdruck spielen.«

Hendrik sah ihn stumm an.

Douglas erriet seine Gedanken. »Ich weiß, du glaubst, daß du schon jetzt genug Schmerz und Kummer hast ertragen müssen, und ich will auch nicht sagen, daß dem nicht so ist. Aber ich meine dennoch eine andere Art von Schmerz und Verlust als das, was du bisher hast mitmachen müssen.« Er schwieg einen Moment. »Es ist der scheinbar unerträgliche Schmerz, wenn du jemanden zu Grabe trägst, den du wie niemanden sonst auf der Welt geliebt hast ... deine Frau oder dein Kind … oder wenn du das, was du in langen, harten Jahren unermüdlicher Arbeit geschaffen hast, über Nacht verlierst und du glaubst, nicht mehr die Kraft zu haben, noch einmal mit leeren Händen anzufangen. Dieses Gefühl von Schmerz und Verlust meine ich.«

Und dann spielte er *Loch Monar, Isle of my Heart* und zum Schluß *Flower of the Forest*, das sehr langsam und getragen hinaus in die Nacht drang.

Rachel liefen vor Rührung die Tränen über das Gesicht, und Hendrik hatte große Mühe, seine Gefühle unter Kontrolle zu halten. Doch als die letzten Töne dieses Liedes, das in seiner schottischen Heimat auf Beerdigungen gespielt wurde, wie Douglas ihm erzählt hatte, in der schwarzen Weite der Nacht verklangen, schwammen auch seine Augen in Tränen.

Sie schwiegen eine ganze Weile. Ein Hund kläffte, und von jenseits des Kariega River kam das rauhe Geheul einer Hyäne. Ein Nachtvogel flatterte mit lautem Flügelschlag aus der Krone einer Akazie und schien sich schon im nächsten Moment im dunklen Meer der Nacht aufgelöst zu haben.

»In Schottland war ich nur ein kleiner Pächter, der den Nacken vor der Obrigkeit beugen und mit der Not leben mußte. Wir waren Knechte der Engländer, die unsere Clans gnadenlos zerschlagen und uns alles bis auf unseren Stolz genommen hatten«, brach Douglas schließlich das Schweigen. »Hier unter der Sonne Südafrikas habe ich meinen Weg gemacht und mein Glück gefunden.« Seine Stimme hatte einen nachdenklichen, versonnenen Klang, als suchte er die Antwort auf eine Frage, die ihn nicht losließ. »Doch je älter ich werde, desto öfter träume ich von Schottland, von den Hochmooren und Seen und wilden Küsten. Siebentausend Meilen und gute zwei Jahrzehnte meines Lebens entfernt – und doch denke ich bei Heimat immer noch zuerst an Schottland.«

Hendrik nahm den Faden bereitwillig auf. »Vater hat mir nie erzählt, warum er seine Heimat verlassen hat und mit drei Kindern ausgewandert ist«, sagte er, und die Frage in seinen Worten war unüberhörbar.

»Ich kann es dir auch nicht sagen, jedenfalls nicht mit Sicherheit. Dein Vater und ich, wir haben uns erst auf der ROSEBUD kennengelernt und angefreundet, als wir feststellten, daß wir nicht nur beide Schotten waren, sondern auch noch aus derselben Gegend kamen.«

»Falkirk, richtig?«

Douglas nickte. »James ist nie ein Mann gewesen, der sein Herz auf der Zunge trägt. Was die Gründe waren, die ihn zur Auswanderung bewogen haben, darüber hat er nicht viele Worte verloren, und es ist nicht meine Art, das nicht zu respektieren und weiter in einen zu dringen.«

»Aber irgend etwas wird er doch auf der langen Überfahrt über das Leben gesagt haben, das er in Schottland hinter sich gelassen hatte – und warum.«

Douglas zögerte. »Ja, dann und wann hat er in einem Nebensatz etwas durchblicken lassen.«

»Und was?« drängte Hendrik.

»Daß er sich mit seinem älteren Bruder, der den kleinen elterlichen Laden geerbt hatte, unablässig in den Haaren gelegen hat ...«

»Das kommt mir irgendwie bekannt vor«, warf Hendrik sarkastisch ein.

»... und daß es am Schluß zu einer bösen Auseinandersetzung zwischen ihnen gekommen ist, die es ihm ratsam erscheinen ließ, möglichst viele Meilen zwischen sich und seinen Bruder zu bringen, am besten eben einen Ozean.«

»Ich kann mir meinen Vater, der von einem älteren Bruder unter der Fuchtel gehalten wird, gar nicht vorstellen, so herrisch und jähzornig, wie er ist«, sagte Hendrik. »Und andererseits kann ich es mir sehr gut vorstellen, daß er bei seiner Art nicht mit seinem Bruder ausgekommen ist.«
»Ich kann dazu wirklich nicht viel sagen, Hendrik. Dein Vater hat mir an Bord der ROSEBUD so gut wie nichts über sein Leben erzählt und sich auch in späteren Jahren nur mit ein paar vagen Andeutungen begnügt. Das reicht vielleicht für Vermutungen, doch nicht, um sich wirklich ein Bild über seine Vergangenheit zu machen.«
»Immerhin hat er dir noch mehr erzählt als mir. Aber vielleicht hat es schon seinen guten Grund, warum er kein Wort über sein Leben vor der Auswanderung und ganz besonders über das mit seinem Bruder verliert.«
»Und welcher wäre das?« fragte Douglas ruhig.
Hendrik zuckte mit den Schultern. »Wer weiß, was zwischen ihm und seinem Bruder wirklich vorgefallen ist. Vielleicht ist er ja nicht ganz freiwillig ausgewandert. Daß er so weit weg wollte, kann ja auch was ganz anderes bedeuten.«
»Du meinst Flucht?«
»Ja, zum Beispiel«, sagte er und fühlte sich unwohl, kaum daß er diese verschleierte Verdächtigung ausgesprochen hatte. Schnell fügte er deshalb hinzu: »Aber was weiß ich, Douglas. Er redet ja nicht mit mir über solche Sachen. Ich kann mich nicht daran erinnern, auch nur einmal ganz allein mit ihm ein ruhiges Gespräch über irgend etwas gehabt zu haben. Ich bekomme bloß barsche Ermahnungen und Zurechtweisungen zu hören. Ansonsten bin ich Luft für ihn.«
»Das ist schlimm und tut weh, aber rechtfertigt das eine solche Verdächtigung?« sagte der Farmer etwas tadelnd.

»Dein Vater hatte mehr als nur einen guten Grund, um in einer fernen Kolonie ein neues Leben zu beginnen. Vergiß nicht, daß seine Frau Mary kurz nach der Geburt von Stuart gestorben ist und er allein mit drei Kindern dastand, wovon eins auch noch ein Baby war. Ein derartiger Schicksalsschlag kann einen Mann schon dazu bringen, einen Strich unter sein bisheriges Leben zu ziehen und etwas zu wagen, was er sonst vielleicht niemals ernsthaft in Erwägung gezogen hätte.«

Ärger wallte in Hendrik auf. »Kann! Es kann so vieles so oder anders geschehen sein. Doch wirklich *wissen* über meinen Vater und meine Mutter tue ich nichts!« erwiderte er erregt. »Darüber wird bei meinem Vater im Haus kein Wort verloren. Es ist Colin, Kevin und Stuart offenbar gleichgültig, wer *ihre* Mutter war und wie ihr Leben mit ihrem Vater in Schottland war, solange sie nur gute Geschäfte machen und eine Frau finden, die eine gute Partie ist. Aber mir ist das nicht gleichgültig!«

»Mir wäre es das auch nicht«, sagte Rachel, die sich bisher mit keinem Wort an ihrem Gespräch beteiligt hatte, verständnisvoll und nachdrücklich, als wollte sie keinen Zweifel darüber aufkommen lassen, was sie von Menschen hielt, die ihren Kindern die eigene Familiengeschichte verschwiegen.

Douglas warf seiner Frau einen irritierten, aber nicht ärgerlichen Blick zu, atmete hörbar aus und griff wieder zu Tabak und Pfeife. »Ich verstehe dich ja ...« begann er in einem Tonfall, als wollte er ihn besänftigen.

»Bitte entschuldige«, fiel Hendrik ihm ins Wort, »aber ich glaube nicht, daß du wirklich verstehst, was das für mich bedeutet und wie ich mich fühle.«

Ein verletzter Ausdruck trat auf das Gesicht des Farmers, und er setzte zu einer Erwiderung an.

Hendrik kam ihm zuvor, indem er hastig fortfuhr: »Versteh mich nicht falsch. Das soll kein Vorwurf sein. Es ist einfach unmöglich, daß du verstehst, wie ich mich fühle.«
»So«, sagte Douglas brummig.
Hendrik nickte. »Vieles ist mir selbst erst in den letzten Monaten bewußt geworden. In den fast acht Jahren, die ich bei euch war, bin ich mit meinem Vater und meinen Halbbrüdern ja nur dann und wann einmal für höchstens ein paar Tage zusammengewesen. Und auch in dieser Zeit hat sich Vater nicht groß um mich gekümmert, und meine Geschwister wollten sowieso nichts mit mir zu tun haben. Mir war es recht so, denn du und Rachel und eure Kinder ...« Seine Stimme war belegt, und er räusperte sich, bevor er fortfuhr: »Ihr wart in all den Jahren meine Familie ...«
Rachel drückte stumm seine Hand.
»... und ich wußte ja, daß ich nach höchstens zwei, drei Tagen wieder zu euch nach HIGHLANDS zurückkehren würde. Dieses Wissen machte all die Schmähungen und Bösartigkeiten, die ich zu hören bekam, erträglich. Ich redete mir ein, meine Herkunft und meine leiblichen Eltern ignorieren und wie eine nutzlose Schlangenhaut abstreifen zu können, da ich ja euch zu meiner Familie auserkoren hatte. Mein Gott, ich dachte mit zehn und auch noch mit siebzehn, daß für mein weiteres Leben alles ohne Bedeutung sein würde, was vor dem Tag, an dem ich nach HIGHLANDS gekommen war, im Leben *aller* McAllisters passiert war.« Er machte eine Pause. »Seit ich wieder bei meinem Vater lebe, ist mir nach und nach klargeworden, daß ich mir etwas vorgemacht habe. Ihr bedeutet mir mehr als alle anderen Menschen auf der Welt ...«
»Du bist uns wie ein eigener Sohn«, versicherte Douglas mit

rauher Stimme. »Mehr brauche ich dir dazu nicht zu sagen, Junge.« Er verbarg seine Gefühle, indem er sehr geschäftig mit Tabak und Pfeife hantierte.
»Ja, ich weiß«, sagte Hendrik leise. »Aber ich denke immer öfter darüber nach, wer und was ich denn nun wirklich bin, ein Schotte mit burischem Blut in den Adern oder ein Bure mit einem Schuß schottischem Blut. Ich spreche beide Sprachen, die Taal der Buren und das Englisch der Briten.«
»Du bist ein Afrikander«, sagte Rachel und gebrauchte damit die Bezeichnung, die seit einigen Jahren hauptsächlich von den burischen Siedlern benutzt wurde, die im Land geboren und stolzer auf das Land ihrer Geburt waren als auf die Herkunft ihrer Eltern. »Und das ist allemal besser als nur Schotte oder nur Bure zu sein.«
»Ich will dir das mal durchgehen lassen, Frau«, sagte Douglas in dem Versuch, einen Scherz zu machen und das ernste Gespräch in seichtere und sicherere Fahrwasser zu lenken. Denn ihn quälte eine dunkle Ahnung, wohin das alles führen konnte. »Und wer du wirklich bist, wirst du schon herausfinden. Das Leben wird dich darüber nicht im ungewissen lassen. Es zeigt dir sehr deutlich, manchmal schmerzhaft deutlich, wer man ist und wer nicht.«
Des Farmers Ahnung wurde beklemmende Gewißheit, als Hendrik darauf erwiderte: »Du hast recht, früher oder später werde ich das wohl selbst herausfinden. Aber was mich noch mehr quält, ist die Frage, wer meine Mutter war und warum ...« Er stockte kurz. »Warum sie meinen Vater verlassen hat ... und mich.« Er vermochte Schmerz und Bitterkeit nicht aus seiner Stimme herauszuhalten, obwohl er sich darum bemüht hatte. Zu tief saß in ihm der Dorn aus Zorn und Unverständnis, daß seine Mutter ganz offenbar nicht

viel um ihr eigenes Fleisch und Blut gegeben und sich auch später nicht für ihren Sohn interessiert hatte.
»Ja, das verstehe ich. Aber an manchen Dingen, wie schmerzhaft sie auch sind, läßt sich nun mal nichts ändern. Das ist der Lauf der Welt, und das Rad der Vergangenheit kann man nicht zurückdrehen«, murmelte Douglas vage und schämte sich insgeheim für seine Allgemeinplätze. Dann meinte er: »Es ist spät geworden. Zeit, daß wir zu Bett gehen. Wir alle haben morgen einen schweren Tag vor uns.«
Er wollte sich schon erheben, als Rachel sagte: »Erzähl es ihm, Doug!«
Hendrik merkte, wie sich Douglas' Körper neben ihm anspannte und eine Abwehrhaltung einnahm. Verwundert und hellwach zugleich blickte er von einem zum anderen, um ja nichts zu verpassen. Er spürte, daß er an der Schwelle zu einer wichtigen Entdeckung stand.
»Ich weiß nicht, wovon du redest, Frau!« Douglas klang gereizt und warnend.
»Du weißt sehr wohl, was ich meine«, erwiderte Rachel energisch, aber ohne die Stimme zu erheben. »Wenn es für etwas Zeit ist, dann dafür, daß der Junge endlich die Wahrheit über seine Mutter erfährt.«
»Es ist nicht unsere ...« wollte Douglas abwehren.
»Doch, es ist unsere, besser gesagt deine Pflicht, ihm alles zu erzählen, was damals geschehen ist«, schnitt sie ihrem Mann das Wort ab. »Der Herr möge mir verzeihen, daß ich dir nicht den Gehorsam leisten kann, den ich dir am Altar geschworen habe. Aber in diesem Fall kann und werde ich mich nicht weiter deinem Willen, darüber Stillschweigen zu bewahren, beugen. Er ist alt genug, um die Wahrheit zu erfahren. Er hat ein Recht darauf, und es ist unsere Pflicht, ihm endlich zu diesem Recht zu verhelfen.«

»Rachel, bitte!« Mit einem eindringlichen, fast flehenden Blick sah Douglas seine Frau an, als hoffte er, sie noch umstimmen zu können.
»Nein, ich lasse nicht mit mir handeln. Dafür ist es jetzt auch schon zu spät. Du wirst Hendrik hier und jetzt erzählen, was du mir vor vielen Jahren, als er zu uns kam, über seinen Vater und seine Mutter erzählt hast, und ich werde euch dabei allein lassen.« Rachel erhob sich. »Doch wenn du ihm nicht alles erzählst, werde ich es tun. Der Herr ist mein Zeuge!« Damit ging sie ins Haus.
Hendriks Herz schlug wie wild vor Erregung. Was hatten Rachel und Douglas ihm all die Jahre verschwiegen? Er wollte die Antwort wissen, fürchtete sich gleichzeitig aber auch davor.

8

Für einen langen Augenblick herrschte auf der Bank ein bedrückendes Schweigen. Hendrik hatte einen trockenen Mund bekommen. »Was ist damals passiert?« stieß er schließlich hervor. »Was ist die Wahrheit über meine Mutter?«
Douglas wand sich und druckste verlegen und nach einem Ausweg suchend herum. Er fühlte sich sichtlich elend in seiner Haut und vermied es, ihn anzuschauen.
»Was hast du mir verschwiegen, Douglas?« fragte Hendrik scharf und vorwurfsvoll.
»Es ist nicht so, wie du denkst«, sagte der Farmer mit bekümmerter Stimme. »Du darfst nicht glauben, daß ich dich hintergangen hätte. Rachel und ich, wir waren uns all die Jahre einig, daß es das beste für dich ist, dich damit nicht

zu belasten. Ich weiß wirklich nicht, welcher Teufel sie geritten hat, ausgerechnet heute ...«

Hendrik packte ihn am Arm. »Weich mir nicht aus. Ich habe dir eine Frage gestellt, von der ich weiß, daß du sie beantworten kannst. Also rede bitte nicht länger um den heißen Brei herum. Erzähl mir, was du über meine Mutter weißt und was damals vorgefallen ist. Rachel hat das ganz richtig gesagt: Ich habe ein Recht darauf, es zu erfahren.«

Douglas schüttelte den Kopf und strich sich dann mit beiden Händen durch die Haare. »Ich ... ich bin nicht darauf vorbereitet, und ich weiß nicht, wo ich anfangen soll.«

»Warum nicht damit, wie mein Vater und meine Mutter sich kennengelernt haben?« schlug Hendrik vor.

»Also gut, bringen wir es hinter uns.« Der Farmer atmete tief durch. »Das war im Herbst 1810, im April, um genau zu sein, gute fünf Monate nach unserer Ankunft in der Kolonie. Dein Vater und ich, wir hatten zusammen einige Wochen in Kapstadt und Umgebung zugebracht und waren dann nach Swellendam gegangen, um uns eine Existenz aufzubauen. Dein Vater eröffnete schon nach kurzer Zeit sein erstes Geschäft, einen kleinen Laden für Stoffe, Hutbänder und solche Sachen. Die Waren hatte er schon von England auf der ROSEBUD mitgebracht. Ich hatte dagegen nicht genug Geld, um Land und Vieh kaufen zu können, und etwas anderes als Farmer kam für mich nicht in Frage. Deshalb arbeitete ich als *karweier*, als Fuhrmann. Und dann kam der Tag, an dem dein Vater Clara Magdenburg kennenlernte ...«

Hendrik hing an den Lippen des Farmers, wagte jedoch nicht, eine Frage zu stellen, weil er fürchtete, den Strom der Erzählung zu unterbrechen. Auch als Douglas nun eine Pause einlegte, blieb er stumm und wartete mit innerer

Anspannung, daß er fortfuhr, was Douglas Augenblicke später auch tat.

»Zu jener Zeit feierten die Buren ihr *nagmaal*, die heilige Kommunion, die in der Regel alle Vierteljahre einmal stattfindet. Du weißt ja, daß zu diesen Treffen Buren aus allen Himmelsrichtungen zusammenkommen und daß manche, die in den einsamen Grenzgebieten fern der großen Siedlungen leben oder gar Treckburen sind, mit ihren Familien sogar zehn Tage und länger mit ihren schweren zwölfspännigen Ochsenwagen unterwegs sind, um zumindest einmal im Jahr an einem Nagmaal teilzunehmen.«

Hendrik nickte. Er war mit den Sitten und Gebräuchen der Buren dank Rachel sehr gut vertraut, und er hatte selbst oft genug an diesen Festen teilgenommen. Das Nagmaal galt bei den strenggläubigen calvinistischen Buren nicht nur als wichtiges religiöses Fest, sondern diente auch zahlreichen weltlichen Zwecken. Oft war die Zusammenkunft zum gemeinsamen heiligen Abendmahl für die Buren in den dünnbesiedelten Gebieten eine der wenigen Gelegenheiten, wenn nicht gar die einzige im Jahr, Freunde und Familienangehörige wiederzusehen und sich in einer größeren Gemeinschaft über Fragen der Viehzucht und Bestellung der Felder zu unterhalten, über die politische Situation in der Kolonie zu diskutieren und Klatsch auszutauschen. Und es waren nicht die langen Gebete und Gottesdienste, die ein Nagmaal besonders für die jungen Buren beiderlei Geschlechts so unvergeßlich machten und zum Wiederkommen reizten, sondern die vielen Vergnügungen und weltlichen Ablenkungen im großen Zelt- und Wagenlager eines solchen Treffens. Da gab es ständig irgendwelche Wettbewerbe, wo die Buren ihre außergewöhnlichen Reit- und Schießkünste unter Beweis stellen konnten, Jagdausflüge,

Picknicks, Spiele aller Art, musikalische Darbietungen, Tänze für alt und jung und noch vieles andere mehr, was sonst nicht zum Alltag einer Burenfamilie gehörte. Daß in den Tagen eines Nagmaals mehr Ehen angebahnt und geschmiedet wurden als im Rest des Jahres, war daher nicht verwunderlich.

»Gut, es war zur Zeit des Nagmaals. Was geschah dann, mit meiner Mutter und meinem Vater?«

»Ich erinnere mich nicht genau, wie sie sich kennengelernt haben. Immerhin ist das jetzt schon fast zwanzig Jahre her. Auf jeden Fall verliebte sich James in Clara Magdenburg, die mit ihrer Familie, Treckburen in der dritten Generation, vom Zak River nach Swellendam gekommen waren. Frag mich nicht, warum ihre Familie diese lange Reise auf sich genommen hatte, um ausgerechnet an diesem Nagmaal in Swellendam dabeizusein. Ich bin sicher, sie hatten einen triftigen Anlaß, denn für die mehr als zweihundert Meilen müssen sie drei Wochen gebraucht haben.«

»Douglas, du schweifst wieder ab«, ermahnte Hendrik ihn voller Ungeduld.

»Jaja, alles braucht seine Zeit, Junge, ganz besonders so eine Geschichte«, seufzte der Farmer. »Wie gesagt, zwischen Clara und James entspann sich eine heftige Liebesaffäre, natürlich nicht zur Freude ihrer Eltern. Aber weder sie noch er gab etwas darum. Sie trafen sich heimlich und ... und legten ihrer Leidenschaft keine Zügel an. Es kam, wie es kommen mußte.«

»Meine Mutter wurde mit mir schwanger«, mutmaßte Hendrik.

»So war es«, bestätigte Douglas. »Aber das kam erst später. Davor lief Clara ihren Eltern davon, als diese wieder zu ihren Viehherden am Zak River zurückkehren wollten. James und sie, beide waren sie blind in ihrer Liebe, die ihnen alles möglich erscheinen ließ – trotz ihrer großen Gegensätze. Daß ich diese unselige Liebe letztlich auch noch unterstützt habe und zum Komplizen geworden bin, werde ich mir ewig vorwerfen.«

»Inwiefern bist du ihr Komplize geworden?«

»Ich half ihnen, auf ihrer *beider* Bitten hin, Clara vor ihren aufgebrachten Eltern und Brüdern zu verstecken, indem ich sie mit meinem Fuhrwerk aus der Stadt und zu guten Freunden auf eine Farm am Zondereind River brachte. In diesen kritischen Wochen, in denen ich sozusagen der geheime Kurier deiner Mutter und deines Vaters war und Nachrichten hin- und herbrachte, gewann ich das Vertrauen deiner Mutter. Ich war der erste, dem sie anvertraute, daß sie mittlerweile schwanger geworden war.« Er blickte einen Moment stumm in die Nacht, gefangen im Netz seiner Erinnerungen.

»Und dann?«

»Clara befand sich schon im sechsten Monat, als ihre Eltern endlich nachgaben und ihre Zustimmung zu dieser Ehe erteilten. Auf der Hochzeit waren sie jedoch nicht. Das Verhältnis zwischen Clara und ihrer Familie war unwiderruflich zerstört. Sie glaubte, darüber hinwegzukommen, denn sie hatte die Liebe ihres Mannes – und dich.«

»Mich!« sagte Hendrik mit einem Anflug von Bitterkeit und Vorwurf.

»Sie liebte dich mehr als alles andere, Hendrik. Wenn es um dich ging, gab es für sie keine Kompromisse, da bot sie sogar James die Stirn. Das begann schon mit deinem Namen. James wollte dich unbedingt auf den Namen seines Großvaters taufen lassen, doch sie bestand auf einem burischen Namen. Du solltest Hendrik heißen, und

sie setzte ihren Willen durch, so zornig dein Vater auch auf sie war.«
Ein schwaches Lächeln huschte über Hendriks Gesicht. »Ich habe mich schon oft gefragt, wie es kommen konnte, daß ein McAllister einen solchen Vornamen trägt.« Und zum erstenmal nahm seine Mutter in seinem Kopf die Gestalt an, die der Wirklichkeit entsprach und damit in krassem Widerspruch zu dem Bild stand, das sein Vater von ihr gemalt hatte.
»Erzähl weiter, Douglas.«
»Tja, das war der angenehme Teil der Geschichte, mein Junge. Denn die Liebe deiner Eltern war den Anforderungen des täglichen Lebens in Swellendam nicht gewachsen. Du weißt ja, wie dein Vater ist.«
»Sag du mir, wie er ist.«
»Nun«, Douglas machte eine etwas vage, hilflose Handbewegung, »er ist ehrgeizig, sehr bestimmend, auf den halben Penny genau sowie ... einem guten Schluck und einem hübschen Weiberrock nie abgeneigt.«
Hendrik lachte spöttisch auf. »Reden wir von ein und derselben Person, von James McAllister?«
»Ja, das tun wir«, sagte Douglas und klang ein wenig defensiv, als wüßte er nur zu gut, wo die Schwachstellen seiner Charakterbeschreibung lagen.
»Vater wäre sicherlich geschmeichelt, wenn er dich hören würde. Aber so, wie du ihn beschrieben hast, kenne ich ihn nicht«, sagte Hendrik. »Er ist nicht ehrgeizig, sondern verbissen und eigennützig. Er ist auch nicht bestimmend, sondern tyrannisch. Und was du ›auf den halben Penny genau‹ genannt hast, nenne ich den unerträglichen Geiz und die Mißgunst einer entsetzlichen Krämerseele. Was nun den Alkohol und die Frauen angeht ...« Hendrik mußte unwill-

kürlich an Rahab denken, die junge Schwarze, die sein Vater sich ins Haus geholt hatte, und er spürte, wie sich sein Magen vor ohnmächtigem Zorn und Abscheu zusammenzog. »So wissen du und ich, daß er in beidem weder Maß noch Anstand kennt.«

Douglas sah ihn schweigend an, und sein Blick verriet, daß er dem nichts entgegensetzen konnte – und auch nicht wollte. Er hatte vorgehabt, Hendrik die Wahrheit in abgeschwächter Form beizubringen. Nun erkannte er, daß dies nicht nötig war.

»Er hat meine Mutter betrogen, nicht wahr?«

»Ich weiß nicht, ob es damit begonnen hat. Daß deine Eltern sich bald nicht mehr verstanden und nur noch gestritten haben, hing wohl mit vielen Dingen zusammen«, antwortete Douglas, um Gerechtigkeit für beide Seiten bemüht. »Clara hatte geglaubt, das Leben einer Krämersfrau führen zu können, und James hatte das als gegeben hingenommen, denn der Handel ist sein Leben. Doch Clara mußte bald erkennen, das sie einer großen Selbsttäuschung erlegen war. Sie konnte nicht so leben wie dein Vater, nicht auf Dauer. Auf einem Viehtrieb in einem Ochsenwagen zur Welt gekommen und als rastlos herumziehende Treckburin auf dem freien Veld aufgewachsen, fühlte sie sich in Swellendam bald wie ein freiheitsliebender Adler, den man in einen engen Käfig gesperrt hat.«

»Wie gut ich ihr das nachfühlen kann«, murmelte Hendrik bewegt, denn zum erstenmal in seinem Leben spürte er, daß es ein starkes Band zwischen ihm und seiner Mutter gab, was immer auch geschehen war und wo sie sich auch befinden mochte. »Es ist, als ...«

»... als ob man immer weniger Luft zum Atmen bekommt«, beendete Douglas den Satz für ihn. »Es ist, als würde man

lebendig begraben, und jeder Tag ist eine Schaufel Erde mehr und ein Lichtstrahl weniger, der in die Grube fällt.«
Überrascht sah Hendrik ihn an. »Ja, das ist genau das Gefühl, das ich habe, wenn ich Tag für Tag im Geschäft und Warenlager meines Vaters eingesperrt bin.«
»So empfand auch deine Mutter, und mit diesen Worten beschrieb sie mir ihre Qual.«
»Du hast mit ihr darüber gesprochen?«
Douglas lächelte, und in seinem Lächeln vermischte sich Stolz mit Wehmut. »O ja, sehr oft sogar und meist ohne das Wissen deines Vaters.«
»Warum?«
Der Farmer zögerte. »Weil sie es so wollte. Ich war ihr Freund, der einzige, dem sie sich in ihrer inneren Not blindlings anvertrauen konnte und von dem sie wußte, daß er Stillschweigen bewahren würde, wenn sie ihn darum bat.«
»Hatte sie dafür einen besonderen Grund?« fragte Hendrik ahnungsvoll.
»Ja, den hatte sie«, bestätigte Douglas traurig.
Hendrik kannte die Antwort auf die Frage, die darauf folgen mußte. Sein Körper spannte sich an, und er merkte gar nicht, wie sich seine Hände zu Fäusten schlossen. »Er hat sie geschlagen, nicht wahr?« flüsterte er.
»Ja«, bestätigte Douglas mit rauher Stimme.
Ohnmächtiger Zorn, ja fast Haß auf seinen Vater wallte in Hendrik auf. »Dieser verfluchte ...«
»Versündige dich nicht!« fiel Douglas ihm zurechtweisend ins Wort.
»Ich kenne meinen Vater!«
»Das ist keine Entschuldigung!« hielt Douglas ihm vor, um dann weniger streng fortzufahren: »James war nicht immer

so, Hendrik. Sie haben beide darunter gelitten, daß ihre Liebe nur ein Strohfeuer war und innerhalb von nicht mal zwei Jahren wie Sand zwischen ihren Fingern zerrann.«

»Und deshalb hat er das Recht gehabt, meine Mutter zu betrügen und zu schlagen?« fragte Hendrik erregt.

»Nein, natürlich nicht. Ich will James ja auch nicht in Schutz nehmen. Und das habe ich auch damals nicht getan, ganz im Gegenteil. Ich habe versucht, was ich konnte, um ihn zur Vernunft zu bringen und ihn davon abzuhalten, Clara zu schlagen. Das hat letztlich auch unsere Freundschaft gekostet, denn danach sind wir uns nie wieder so nahe gewesen wie in den ersten zwei Jahren.«

»Nach was?«

Douglas hob besänftigend die Hand. »Laß mich der Reihe nach erzählen«, sagte er und war einen Moment aus dem Konzept gebracht. »Wo waren wir stehengeblieben?«

»Daß er sie geschlagen hat.«

»Ja, wenn er getrunken hatte und sie miteinander in Streit gerieten, war es schlimm mit ihm. Und diese Schläge hat Clara ihm nie verziehen.«

»Das verwundert mich nicht.«

»Ich sage das noch aus einem anderen Grund, Hendrik. Ich habe in meinem Leben viele unbeherrschte, gewalttätige Männer kennengelernt, die ihre Frauen geschlagen haben – angefangen bei meinem eigenen Vater. Und so sehr die Frauen diese Gewaltausbrüche ihrer Männer auch gefürchtet und verabscheut haben, sie haben sich den Schlägen doch so gut wie nie widersetzt, sondern sie mehr oder weniger gottergeben hingenommen, ja sie teilweise sogar für das verbriefte Recht des Mannes gehalten.«

»Ja, daß es sein Recht ist, davon ist Vater zweifellos auch überzeugt!« stieß Hendrik grimmig aus.

»Nicht jedoch deine Mutter. Sie war in einer anderen Kultur aufgewachsen, in der der strenggläubigen Calvinisten. Kein Bure, der seinen Glauben ernst nimmt, erhebt jemals gegen seine Ehefrau die Hand, nicht im Zorn und nicht im Suff. Niemals. Und wenn Clara auch mit vielen Traditionen und Regeln, nach denen sie erzogen worden war, brach, als sie sich gegen ihre Familie und für James entschied, dieser Teil ihrer burischen Erziehung blieb davon unberührt. Sie hat sich gewehrt und zurückgeschlagen, so gut sie konnte, was deinen Vater nur noch mehr in Rage gebracht hat.«
»Und deshalb hat sie mich und meinen Vater schließlich verlassen, nicht wahr?« fragte Hendrik, bestürzt von dem Bild der Ehe seiner Eltern, das wie ein Mosaik nach und nach vor seinem geistigen Auge entstand.
»Ja, sie hat es versucht«, präzisierte Douglas. »Mehr als einmal. Aber sie hat dich nicht verstoßen, Hendrik. Sie hat dich geliebt, und sie hat versucht, mit dir zu fliehen. Aber das war nicht so einfach. Bei wem konnte sie Schutz und Unterkunft finden? Doch nur bei ihrer Familie, aber die zog mit ihren Viehherden mehrere hundert Meilen von Swellendam entfernt von einer Weide zur anderen. Wie sollte sie, allein auf sich gestellt und mit einem Baby, durch die Kleine und Große Karroo bis ins Land der Griquas und Bastards kommen und ihre Familie finden?«
»Konntest du ihr nicht helfen?«
Douglas seufzte. »Ich habe getan, was in meiner Macht stand, der Herr ist mein Zeuge. Aber viel war es nicht, was ich tun konnte, denn James ahnte wohl schon, daß sie so etwas im Sinn hatte, und sorgte dafür, daß sie kein Geld in die Hand bekam. Und als sie das erstemal mit dir zu flüchten versuchte, war ich nicht in Swellendam. Sie hatte niemanden eingeweiht und nichts geplant, und deshalb kam sie

auch nicht weit. James holte sie ein, da war sie noch keine fünfzig Meilen unterwegs.«

Hendrik preßte die Lippen zusammen.

»Wie oft sie danach versucht hat, von ihm wegzulaufen, ohne mit dir auch nur aus der Stadt zu kommen, kann ich nur vermuten. Denn James stellte ein schwarzes Kindermädchen ein, das sich deiner annehmen sollte, dessen wirkliche Aufgabe jedoch darin bestand, Tag und Nacht ein scharfes Auge auf Clara zu halten. Sie konnte keinen Schritt tun, ohne daß ihr die Schwarze nicht wie ein Schatten folgte.«

»Er hat sie wirklich wie eine Gefangene gehalten!«

»So hat sie es zweifellos empfunden, Hendrik. Aber es gab genügend respektierte Bürger in Swellendam, die davon wußten und es nicht als etwas Verwerfliches betrachteten.«

»Und du?«

»Ich sah, wie sehr sie litt, und ich geriet mehr als einmal mit James aneinander. Aber ihm ins Gewissen reden, war schon alles, was ich tun konnte. Du mußt verstehen, Hendrik, sie waren Mann und Frau, verheiratet, und ich hatte nicht das Recht, mich über eine bestimmte Grenze hinaus in ihre Ehe einzumischen. Mir waren die Hände gebunden. Zudem war ich in dieser Zeit auch viel unterwegs.«

Hendrik nickte, als verstünde er, doch in seinem Blick lag ein stummer Vorwurf.

»Im Juni 1813 wurde deine Mutter krank. Sie lag mit Fieber im Bett. Niemand dachte daran, daß Clara in ihrem Zustand auf den Gedanken kommen würde wegzulaufen, und ihre Aufpasserin nahm es in diesen Tagen mit ihrer Wachsamkeit nicht so genau. Clara nutzte diese Gelegenheit, spannte das beste Pferd vor den Wagen und stahl sich mit dir bei Nacht aus Swellendam.«

Hendrik erschauerte. »So krank, wie sie war?«

Der Farmer nickte. »Es war ein Akt der Verzweiflung. Und es war geradezu ein Wunder, daß sie es bis jenseits der Witteberge geschafft hat. Es muß sie eine unglaubliche Willenskraft gekostet haben. Vier Tage hat sie durchgehalten, vom Fieber immer mehr geschwächt. Sie hat gespürt, daß ihr Ende nahte, und noch mit allerletzter Kraft eine Farm bei Vleifontein erreicht. Dort ist sie gestorben. Clara war schon tot, als dein Vater auf der Farm eintraf. Das ist die Wahrheit über deine Mutter. Sie hat viele Fehler gemacht, doch sie hat dich niemals im Stich gelassen.«

Hendrik war zutiefst aufgewühlt. »Und ich habe all die Jahre geglaubt, sie hätte sich nichts aus mir gemacht und uns wirklich böswillig verlassen. Warum habt ihr mir die Wahrheit verschwiegen und mich im Glauben gelassen, meine Mutter wäre das billige Flittchen gewesen, als das mein Vater sie immer hingestellt hat?« warf er Douglas erregt vor. »Warum habt ihr nur so lange geschwiegen?«

Mit einem gequälten, um Verständnis bittenden Blick sah dieser ihn an. »Und was hättest du mit der Wahrheit angefangen? Du hättest deine tote Mutter geliebt und deinen Vater gehaßt. Und mit diesem Haß in deinem Herzen wäre dein Leben noch unerträglicher gewesen. Nein, es war das kleinere Übel, das wir gewählt haben. Du warst gerade zehn, als du zu uns gekommen bist, und wir haben nicht gewußt, ob James dich nur für diesen einen Sommer oder länger bei uns lassen würde.« Er schüttelte den Kopf. »Nein, ich durfte dir davon nicht erzählen. Auch so schon hast du es mit deinen Brüdern und deinem Vater schwer genug gehabt. Es wäre verantwortungslos gewesen, geradezu unentschuldbar.«

»Ja, vielleicht«, räumte Hendrik widerstrebend ein.

»Nein, es war ganz sicher richtig, daß wir so und nicht

anders gehandelt haben«, bekräftigte Douglas, als wollte er auch vor seinem eigenen Gewissen jegliche Zweifel ausräumen. »Jetzt bist du alt genug, wie Rachel richtig erkannt hat, um mit der Wahrheit verantwortungsvoll und wie ein Mann umzugehen.«

Hendrik warf ihm einen irritierten Blick zu. »Was willst du damit sagen?«

»Daß man meist mehr verliert als gewinnt, wenn man alte Wunden aufreißt und dann auch noch Salz hineinstreut.«

»Hast du etwa Angst, daß ich meinem Vater morgen vorhalte, was du mir heute erzählt hast?«

»Ich habe keine Angst, schon gar nicht um mich«, antwortete Douglas ruhig. »Ich mache mir nur Gedanken, wie du mit dem Wissen um die Vergangenheit deiner Eltern umgehen wirst. Ich hoffe, du bist klug und reif genug, um nicht zu meinen, daß ausgerechnet du noch einem alten Ochsen neue Kunststücke beibringen kannst.«

»Du meinst also, ich soll die Vergangenheit ruhen lassen und meinem Vater die Unannehmlichkeit, daß ich die Wahrheit kenne, ersparen und weiterhin mit demutsvoller Ergebenheit seine Lügen hinnehmen?« fragte Hendrik mit beißendem Spott.

»Ich kann und will dir nicht vorschreiben, was du zu tun hast«, erwiderte Douglas nach einer Weile des Schweigens mit bedrückter Stimme. »Dein Vater hat vieles getan, was nicht meine Billigung gefunden hat, und manches, was ich ausgesprochen verabscheut habe. Aber er hat deine Mutter geliebt, Hendrik.«

»Eine schöne Liebe!« sagte Hendrik verächtlich. »Er hat sie geschlagen und betrogen!«

»Ja, wer wüßte das nicht besser als ich. Aber dennoch hat er sie geliebt, auf seine Art. Das soll keine Entschuldigung sein.

Doch er hat sie bis heute nicht vergessen, auch wenn er das niemals zugeben würde, schon gar nicht vor dir. James ist gerade vierunddreißig gewesen, als Clara vor bald sechzehn Jahren starb. Doch er hat nicht wieder geheiratet, obwohl er oft genug die Möglichkeit gehabt hat. Er hat sogar Gelegenheiten ausgeschlagen, bei denen die Frau attraktiv, jung *und* auch noch eine lukrative Partie gewesen ist. Bei seiner Geschäftstüchtigkeit heißt das etwas.«
»Er hat dennoch nie das Leben eines Mönches geführt!«
»Keine Frage, er hat sich geholt, wonach sein Körper verlangt hat ...«
»Genommen ist das passendere Wort«, warf Hendrik sarkastisch ein und dachte wieder an Rahab und all die anderen schwarzen Frauen, die seinem Vater mit ihrem Körper hatten zu Willen sein müssen.
»... aber das hat nichts mit dem zu tun, was er für Clara empfunden und was sie ihm bedeutet hat«, beendete Douglas unbeirrt seinen Satz.
Verwirrt sah Hendrik ihn an. »Weißt du, was ich am wenigsten begreife?«
»Was?«
»Daß du trotz allem noch Verständnis für ihn hast und ihn in Schutz nimmst, obwohl er dich doch seit Jahren nicht mehr besucht und für dich, wenn ihr euch mal zufällig in Grahamstown begegnet, kaum mehr als einen knappen Gruß übrig hat.«
Douglas lächelte traurig. »Das hat mit mir persönlich wenig zu tun, Hendrik. Er geht mir vielmehr aus dem Weg, weil er wohl jedesmal an Clara und alles, was damals passiert ist, erinnert wird, wenn er mir ins Gesicht sieht.«
Hendrik nickte. Das machte Sinn. »Deshalb war er wohl auch ganz froh, mich aus dem Haus zu haben.«

Sie schwiegen, jeder seinen Gedanken nachhängend, und das Schweigen war so tief und unergründlich wie die afrikanische Nacht. Die Feuer der Hottentotten waren längst erloschen. Bis auf die Grillen und Frösche war es sehr still auf HIGHLANDS geworden.
Schließlich erhob sich Douglas und legte ihm wortlos eine Hand auf die Schulter. Hendrik verstand, nickte kaum merklich und legte seine Hand auf die des Farmers, und in dieser kurzen, stummen Geste gegenseitiger Zuneigung lag mehr, als sie beide mit Worten hätten ausdrücken können.
Douglas ging zu Bett.
Hendrik fand in dieser Nacht wenig Schlaf. Er saß noch lange auf der Bank vor dem Haus, dessen Lehmwand die tagsüber gespeicherte Wärme abgab, und blickte gedankenversunken in die Schwärze der Nacht. Doch er sah nicht wirklich die Silhouetten der Akazien und der runden Erdhütten der Hottentotten. Die Dunkelheit der Nacht war wie der dunkle Hintergrund eines Theaters, auf dessen Bühne ein Drama aufgeführt wurde. Es war ein Drama ganz besonderer Art, denn die Szenen wiederholten sich immer und immer wieder. Und die Hauptrolle in diesem tragischen Stück spielte Clara Magdenburg, seine Mutter.

9

Am frühen Nachmittag kehrte Hendrik nach Grahamstown zurück. Die Stadt begrüßte ihn mit hitzeflirrender, stauberfüllter Luft und erschien ihm noch beengender als am Tag zuvor. Doch er war nun längst nicht mehr so ratlos und verzweifelt. Was er in der Nacht von Douglas erfahren hatte, gab ihm ein völlig neues Gefühl innerer Stärke und Selbstsicherheit. Er fürchtete sich auch nicht mehr vor dem Zorn seines Vaters. Die Wahrheit über seine Mutter und damit über seine eigene Herkunft erfüllten ihn nicht nur mit Schmerz, sondern auch mit Stolz und Kraft.

Stuart mußte ihn kommen gehört haben, denn kaum hatte Hendrik Whisper in den Stall geführt und ihr Sattel und Zaumzeug abgenommen, da tauchte sein jüngster Halbbruder hinter ihm auf. Lautlos schlich er sich in seinen Rücken und stieß ihn grob gegen die Bretterwand der Pferdebox.

»Wie nett, daß du dich mal wieder blicken läßt. Wir haben dich nämlich alle sehr vermißt, Kleiner«, höhnte Stuart.

Hendrik wirbelte herum. »Verschwinde!« forderte er ihn mit kühler, beherrschter Stimme auf.

Stuart kniff die Augen zusammen und packte ihn am Hemd. »In dem Ton kannst du mit einem Hottentotten reden, aber nicht mit mir!« fauchte er zurück, und in seinen Augen glitzerte die bösartige Freude, einen Vorwand für eine Prügelei zu haben.

Hendrik dachte jedoch nicht daran, sich wieder einmal einen Faustkampf aufzwingen zu lassen, bei dem Stuart jeden schmutzigen Trick, den Kevin und Colin ihm beigebracht hatten, anwenden würde. Aber es war nicht einmal die Unsauberkeit, mit der Stuart gegen ihn kämpfen würde, die ihn veranlaßte, ihm die Stirn zu bieten und gleichzeitig der Schlägerei auszuweichen. Auch wenn er sich trotz aller miesen Tricks allein gegen Stuart eine reelle Chance ausrechnen konnte, er wollte einfach nicht. Er war es ein für allemal leid, sich herumstoßen zu lassen.

»Vielleicht gefällt dir das hier besser!« erwiderte Hendrik, griff zu seinem breiten, beidseitig geschliffenen Buschmesser, das er rechts am Gürtel trug, und setzte seinem Halbbruder die Klingenspitze mit einer schnellen, fließenden Bewe-

gung unter die linke Achsel. Mit dem Messer wußte er bedeutend besser umzugehen als jeder andere McAllister, und das war kein Geheimnis.
Stuart erstarrte mitten in der Bewegung und riß in ungläubigem Erschrecken die Augen auf. »Hast du sie nicht mehr alle?« stieß er mit heiserer, angespannter Stimme hervor. »Nimm sofort das Messer weg, oder du handelst dir mehr Ärger ein, als du dir jemals vorstellen kannst!«
Hendrik fixierte ihn scharf. »Das war heute das letztemal, daß du mich angefaßt hast. Das nächstemal trenne ich dir die Muskeln und Sehnen durch!« drohte er ihm. »Und jetzt laß mein Hemd los!«
Stuart erblaßte und zog seine Hand zurück, jedoch überaus langsam, denn noch immer drückte Hendriks scharfes Buschmesser gegen seine Achselhöhle. Dann hob er den linken Arm und trat, fast auf Zehenspitzen, einen Schritt zurück, um sich aus der Reichweite der Klinge zu bringen.
Hendrik tat nichts, um ihn davon abzuhalten. »Laß mich in Ruhe, Stuart, dann lass' ich auch dich in Ruhe!« warnte er ihn noch einmal. »Das gilt ebenfalls für Kevin und Colin. Ich werde es ihnen selbst sagen, aber du kannst sie ruhig schon mal darauf vorbereiten, daß ich mich nicht länger von euch herumstoßen und wie ein Kuli behandeln lassen. Damit ist endgültig Schluß. Wenn das Messer hier die einzige Sprache ist, die ihr versteht und respektiert, werde ich mich notgedrungen damit gegen euch zur Wehr setzen.«
Stuart schluckte und verzog dann das Gesicht zu einer Grimasse aus Wut und Erleichterung. »Das wagst du doch nicht. Du bluffst ja bloß!«
Hendrik hielt den spöttischen und zugleich zutiefst verunsicherten Blick seines Halbbruders fest. »Bist du dir da auch ganz sicher? Aber du kannst mich ja auf die Probe stellen,

wenn du es genau wissen willst«, antwortete er mit so viel eisiger Entschlossenheit, wie er in seine Stimme zu legen vermochte.
Es war aber noch mehr der Ausdruck von Hendriks Augen, der Stuart erkennen ließ, daß die Drohung ernst gemeint war. Diese Erkenntnis brachte ihn völlig aus der Fassung, und er wußte nicht, was er Hendrik antworten sollte, was seine Wut und Verstörung nur noch steigerte.
»Einem burischen Bastard wie dir ist alles zuzutrauen!« stieß er schließlich aus. »Aber Dad wird dir schon noch abgewöhnen, so große Töne zu spucken, darauf kannst du Gift nehmen!«
Hendrik bedachte ihn mit einem geringschätzigen Lächeln. »Worauf wartest du denn noch, Bruder? Nun lauf schon zu Daddy, Colin und Kevin, und petz schön«, höhnte er.
Stuart lief zornrot an, als hätte Hendrik seine Gedanken erraten. »Fahr doch zum Teufel!« zischte er und hastete aus dem Stall.
Wieder allein mit Whisper und seinen Gedanken, hatte Hendrik doch leichte Gewissensbisse, daß er zum Messer gegriffen hatte. Stuart war immerhin sein Bruder, ob er sich nun mit ihm verstand oder nicht. Aber es war eine spontane Handlung gewesen, und das Maß war wirklich voll. Irgendwann mußte er den Gemeinheiten und Demütigungen ein Ende machen und sich behaupten. Dieser Tag, längst überfällig, war offensichtlich gekommen. Er hoffte nur, daß weder Stuart noch Kevin und Colin seine Entschlossenheit ernsthaft auf die Probe stellen würden, denn dann war er gezwungen, sich seiner Haut mit dem Messer zu erwehren, wenn er nicht unglaubwürdig und damit noch mehr zu ihrem Prügelknaben werden wollte. Stuart würde es vielleicht nicht versuchen, aber er fürchtete, daß Colin das

Risiko einzugehen gewillt war, und das bereitete ihm Kopfzerbrechen.
Ohne Eile versorgte er Whisper, denn auf eine halbe Stunde mehr oder weniger kam es jetzt auch nicht mehr an. Dann verließ er den Stall und begab sich durch die Hintertür in das Geschäft. Er war froh, daß ihm im Warenlager weder einer seiner Brüder noch sein Vater begegnete.
Im Laden hielt sich ein halbes Dutzend Kunden auf, die seine Brüder und seinen Vater gänzlich in Anspruch nahmen, wie Hendrik mit innerer Erleichterung feststellte, als er durch die Tür hinter der Ladentheke ins Geschäft trat. Er sah sofort seinen Vater, der auf der anderen Seite der Theke bei einem burischen *smouse*, einem fahrenden Händler, stand und dessen Anblick erschütterte seine frisch gewonnene Selbstsicherheit ein wenig.
James McAllister war ein stämmiger, breitschultriger Mann von fünfzig Jahren mit einem groben Gesicht und einem breiten Backenbart, der schon stark mit Grau durchsetzt war. Obwohl er in den letzten Jahren eine Menge Fett um die Leibesmitte angesetzt hatte, war er noch immer ein kräftiger Mann, der einem Ochsen seinen Willen aufzwingen und einen 100-Pfund-Sack notfalls mit einer Hand vom Boden heben konnte.
Colin, der eine Offiziersfrau bediente, stand Hendrik am nächsten. Er entschuldigte sich bei der Frau und trat mit zwei schnellen Schritten zu ihm.
»Wenn du glaubst, du kannst hier tun und lassen, was dir paßt, hast du dich böse verrechnet, Hendrik!« fauchte Colin ihn gedämpft an, so daß niemand sonst ihn hören konnte, und mühsam beherrschte Wut blitzte in seinen Augen. »Einfach die Arbeit liegenzulassen und für fast zwei Tage wegzureiten, das tust du nicht noch mal, das garantiere ich dir!«

»Danke für die warmherzige Begrüßung, Bruderherz«, erwiderte Hendrik mit aufgesetzter Fröhlichkeit. »Jetzt weiß ich auch, was ich seit gestern morgen so schmerzlich vermißt habe.«

Colin schien ihn mit seinem Blick erstechen zu wollen und öffnete den Mund zu einer wütenden Erwiderung, besann sich jedoch eines Besseren, und mit einer abrupten Bewegung wandte er sich wortlos ab, um zu seiner Kundin zurückzukehren.

Stuart und Kevin, die ebenfalls beschäftigt waren, warfen ihm Blicke zu, die alles andere als vor Freundlichkeit trieften. Hendrik hatte jedoch das Gefühl, als könnte er auf Kevins Gesicht auch einen verunsicherten, rätselnden Ausdruck erkennen. Hatte Stuart ihm vielleicht schon von ihrer Auseinandersetzung im Stall und seiner Drohung erzählt, und dachte er nun darüber nach, wie er sich in Zukunft ihm gegenüber verhalten sollte?

»Hendrik!«

Die scharfe, bellende Stimme seines Vater ließ Hendrik unwillkürlich zusammenzucken und den Kopf ein wenig einziehen, als müßte er sich vor einem Schlag ducken. Er schämte sich dessen, als ihm seine Reaktion im nächsten Moment bewußt wurde, und zwang sich, seinem Vater, der für seinen Jähzorn bekannt war, ins Gesicht zu sehen. »Ja?« fragte er so ruhig, wie er konnte.

»Hilf Mijnheer Kasterop beim Aufladen! Hier ist die Liste mit den Waren.« Nichts in seiner Stimme wies darauf hin, wie er ihn für sein eigenmächtiges Verhalten während seiner Abwesenheit bestrafen wollte. Der stechende Blick seiner Augen verriet jedoch, daß er keine Nachsicht zu erwarten hatte.

»Ja, Vater.« Hendrik trat hinter der Kasse durch die kleine

Schwingtür aus gedrechselten Gitterstäben, die die Ladentheke unterbrach, und begab sich zu seinem Vater auf die andere Seite.

James McAllister reichte ihm die Liste, die hinter jedem Posten seinen spitzen Haken trug. »Du hast eine Menge Arbeit aufzuholen, aber darüber sprechen wir heute abend«, sagte er mit einem unheilvollen Unterton, der Hendrik eine Gänsehaut über Rücken und Arme jagte. Den Jähzorn von James McAllister fürchtete jeder in diesem Haus, doch noch schlimmer war es, wenn der Zorn sich nicht hatte entladen können und Zeit gehabt hatte, abzukühlen und zu berechnender Strafe zu werden.

Hendrik tat in den nächsten Stunden seine Arbeit, wie man sie ihm auftrug, und wurde dabei das mulmige Gefühl heraufziehenden Unheils nicht eine Minute los. Daß seine Brüder ihn völlig in Ruhe ließen, auch nach Geschäftsschluß, beunruhigte ihn mehr als daß es ihn freute.

Als sie sich schließlich zum Abendessen an den ovalen Tisch setzten und Becky aufgetragen hatte, war Hendriks Magen so verkrampft, daß er keinen Bissen herunterbekam. Sein Vater jedoch ignorierte ihn mit Blick und Wort. Er unterhielt sich lang und breit mit Colin darüber, ob er seinen Agenten in Port Elizabeth behalten oder ihn gegen einen anderen austauschen sollte.

Hendrik hielt das Warten nicht länger aus. Er wollte die Angelegenheit endlich hinter sich bringen. Als eine kurze Gesprächspause eintrat, sagte er deshalb: »Ich soll dir Grüße von Douglas Mackenzie und seiner Frau ausrichten, Vater.«

Plötzlich wurde es ganz still im Raum. Das Klappern von Geschirr und Bestecken hörte schlagartig auf. Sogar Stuarts lautes Schmatzen erstarb.

Ganz langsam wandte James seinem jüngsten Sohn das

Gesicht zu. Einen Augenblick starrte er ihn mit finsterem Blick an, dann fragte er schroff: »Wer hat dir erlaubt, deine Arbeit zu verlassen und nach HIGHLANDS zu reiten?«

»Ich bin jetzt schon fast drei Monate in Grahamstown und habe die Mackenzies noch nicht einmal besucht. Ich war ihnen einen Besuch schuldig. Es war höchste Zeit.«

»Wer hat es dir erlaubt, habe ich dich gefragt?« bellte sein Vater.

Hendrik war entschlossen, keine Angst zu zeigen und sich zu behaupten. »Ich habe dich nicht fragen können, weil du in Salem warst.«

»Aber Colin war hier!«

Hendrik straffte die Schultern. »In solchen Dingen lasse ich mir von ihm nichts mehr sagen. Colin findet großen Gefallen daran, mich vor weiblichen Kundinnen zu ohrfeigen, nur um sich wichtig und mir das Leben zur Hölle zu machen«, sprudelte er hervor.

»Das ist eine bodenlose Frechheit!« regte sich Colin auf. »Habe ich dir nicht ...«

Sein Vater schnitt ihm das Wort ab. »Du willst dir von Colin also nichts mehr sagen lassen, ja?« fragte er lauernd.

»Ja«, antwortete Hendrik fest. »Und von Kevin und Stuart schon gar nicht.«

Sein Vater schlug mit der Faust auf den Tisch, daß Teller und Schüsseln laut schepperten. »Und von mir wohl auch nicht mehr, was?« donnerte er.

Hendrik schaffte es, diesmal nicht zurückzuzucken, und er wich auch dem flammenden Blick seines Vaters nicht aus. »Ich möchte zurück nach HIGHLANDS, Vater«, sagte er und versuchte das erregte Zittern in seiner Stimme zu unterdrücken. »Das Leben in der Stadt ist nichts für mich, und ich werde auch niemals ein guter Kaufmann werden ...«

»Mit Sicherheit wirst du das nicht!« schrie sein Vater ihn an. »Weil du nämlich keinen Gehorsam gelernt hast und deshalb zu nichts taugst! Es war ein Fehler, dich zu dem einfältigen Burschen nach HIGHLANDS zu schicken und ...«

»Douglas ist nicht einfältig!« protestierte Hendrik und fiel seinem Vater damit zum erstenmal seit Jahren ins Wort. »Er ist tüchtig, gescheit und ein Mann mit Herz. Und er ist gerechter zu dir, als du zu ihm bist. Nie hat er über dich ein schlechtes Wort verloren!«

»Uns kommen die Tränen«, bemerkte Colin sarkastisch.

Stuart und Kevin lachten, während ihr Vater grimmig nickte. »Ich gebe einen Dreck drauf, was jemand wie Douglas Mackenzie über mich sagt oder denkt. Er hat schon genug Schaden angerichtet. Und dich werde ich lehren, dich meinen Anordnungen nicht noch mal zu widersetzen. Du wirst deine Arbeit machen und nie wieder ohne meine Erlaubnis die Stadt verlassen. Und damit du nicht etwa in Versuchung kommst, werde ich dein Pferd morgen verkaufen.«

Hendrik sprang auf. »Das kannst du nicht! Whisper gehört mir! Ich habe sie aufgezogen und ...«

»Ich kann alles, was ich will!« schrie sein Vater ihn nieder, während er gleichfalls vom Stuhl aufsprang. »Ich werde dir schon beibringen, wer in diesem Haus das Sagen und wer zu gehorchen hat!«

Abscheu trat in Hendriks Augen. »Kein Wunder, daß es meine Mutter nicht bei dir ausgehalten hat!« stieß er hervor. »Ich weiß alles über Clara Magdenburg, die angeblich dich und mich im Stich gelassen hat. Das war alles Lüge!«

Sein Vater wurde bleich wie Kalk. »Halt deinen dreckigen Mund!« brüllte er.

»Das hättest du wohl gern, aber ich denke nicht daran!« Es brach wie eine Naturgewalt, die sich jeder menschlichen

Kontrolle entzog, aus Hendrik heraus. Er dachte nicht an die Folgen, die diese Auseinandersetzung mit seinem Vater haben würde. Die Wahrheit, um die man ihn so viele Jahre betrogen hatte, mußte endlich heraus und hier vor seinem Vater und seinen Brüdern ausgesprochen werden. »Du hast sie mit schwarzen Frauen wie Rahab betrogen. Du hast sie geschlagen, immer wieder und nicht nur im Suff. Und du hast sie wie eine Gefangene gehalten, als sie dich schließlich verlassen und mit mir zu ihren Eltern am Zak River zurückwollte. Du allein bist an ihrem Tod schuld, Vater! Du hast Clara Magdenburg, meine Mutter, umgebracht!«

Entsetzen breitete sich im Raum aus.

Mit einem keuchenden Laut stieß sein Vater Kevin, der ihm im Wege stand, zur Seite und schlug Hendrik mit einem wuchtigen Faustschlag zu Boden.

»Kein Wort davon ist wahr!« schrie er und zitterte am ganzen Leib.

Hendrik war benommen, fühlte seltsamerweise jedoch keinen Schmerz. Noch nicht. Er spürte nur, wie sein Herz raste. Er sah die verschwommene Gestalt seines Vaters über sich und rutschte gegen die Wand.

»Jedes Wort davon ist wahr, Vater«, preßte er hervor. »Und jeder hier im Zimmer weiß es, auch wenn es keiner zugeben wird. Meine Mutter hat dich nicht verlassen, sondern du hast sie zu einer Tat der Verzweiflung getrieben.«

»Schweig endlich!« Die Stimme seines Vaters war schrill, als wollte sie jeden Augenblick umkippen und ihm den Dienst versagen.

Der Schmerz setzte ein. Gleich glühenden Nadeln, die sich durch seine linke Gesichtshälfte bohrten, breitete er sich aus und trübte sein Sehvermögen auf dem linken Auge.

Hendrik schob sich an der Wand in eine halb sitzende

Stellung, blickte zu ihm hoch und begriff in diesem Moment, was Douglas gemeint hatte, als er davon gesprochen hatte, daß die Knechtschaft bei Unterdrückern und Unterdrückten zuerst im Kopf begann und dort zuerst auch beendet wurde. *Wer frei sein will, muß also zuerst einmal das geistige Joch abwerfen!* Das waren Douglas' Worte gewesen.

In diesem Moment, in dem der Schmerz in sein Bewußtsein drang, wurde ihm klar, daß er frei war, seine eigenen Entscheidungen zu treffen. All die Jahre war er in einem Netz aus kindlichem Gehorsam, blindem Respekt und quälenden Schuldgefühlen gefangen gewesen. Er hatte auch nie versucht, sich daraus zu befreien, weil er geglaubt hatte, dafür zu jung zu sein und daß er noch kein Recht dazu besaß. Doch nun sah er, daß er seinem Vater nicht länger Rechenschaft noch Gehorsam schuldig war. Dieses Recht hatte er verspielt. Schon vor Jahren. Nur hatte er es damals noch nicht gewußt. Wenn er einem etwas schuldig war, dann sich selbst – und dem Andenken seiner Mutter.

»Du kannst mich mit deinen Fäusten zusammenschlagen, bis kein Leben mehr in mir ist, aber die Wahrheit kannst du damit nicht töten, Vater«, sagte Hendrik und richtete sich mühsam auf. »Im Gegenteil, jeder Faustschlag macht die Wahrheit klarer, für alle ... und dich erbärmlicher.«

Kevin sog die Luft scharf ein, doch keiner von seinen Brüdern wagte ein Wort zu sagen, aus Angst, einen schrecklichen Fehler zu begehen.

James McAllister wankte wie unter einer unsichtbaren Ohrfeige, und er hob beide Hände, zu Fäusten geballt und bereit, Hendriks Gesicht, das schon anzuschwellen begann, noch übler zuzurichten.

»Hast du jemals Mutters Grab in Vleifontein besucht?« fragte Hendrik in die angespannte Stille, und er war selbst am meisten über seine völlig ruhige, gelassene Stimme überrascht.

Ein Ausdruck wie Scham und Schuld schien in den Augen seines Vaters aufzuflackern. Doch schon im nächsten Moment wurde ihr Blick hart und kalt und unerbittlich.

»Dies ist nicht länger dein Elternhaus, Hendrik!« stieß er mit heiserer, bebender Stimme hervor. »Pack deine Sachen, und geh mir aus den Augen! Für immer!« Er machte eine kurze Pause, um dann wie eine Verwünschung hinzuzufügen: »Du bist die längste Zeit mein Sohn gewesen!«

Hendrik spürte, wie eine Hitzewelle durch seinen Körper strömte, und einen Moment lang hatte er das Gefühl, über einem gähnenden Abgrund zu schweben. Dann wurde dieser Augenblick der Schwäche von Stolz und Trotz überwunden. Er richtete sich auf, straffte seine Schultern und sah seinem Vater hocherhobenen Hauptes ins Gesicht. »Ja, das ist mir jetzt auch klargeworden. Aber du hast mich nicht erst heute verstoßen, sondern schon vor sechzehn Jahren, *Vater!*«

Niemand sagte etwas oder bewegte sich von der Stelle, sogar die Fliegen hatten ihr nervöses Gesumme eingestellt und klebten unter der Decke oder saßen auf den Essensresten.

Hendrik nahm dieses Bild deutlicher als jede andere Erinnerung in seinem Leben in sich auf. Bis zu seinem Tode sollte er die erstarrten Gestalten seines Vaters und seiner drei Halbbrüder mit ihren Mienen gestochen scharf in seinem Gedächtnis behalten.

Dann drehte er sich um und ging aus dem Zimmer. Niemand hielt ihn zurück, und es hätte ihn auch niemand zu halten vermocht.

10

Er kannte den Weg von Grahamstown ins Kariega-Tal gut genug, um ihn auch bei Dunkelheit zu finden. Daß er erst lange nach Mitternacht auf HIGHLANDS eintraf, hatte deshalb nichts mit der tiefen Schwärze der Nacht zu tun. Er war bewußt langsam geritten und hatte Whisper immer wieder in einem gemächlichen Schrittempo dahintrotten lassen. Er hatte keine Eile, dafür aber um so mehr, was ihm durch den Kopf ging.

Als er die Farm erreichte, hätte Isbrand ihn beinahe mit seiner alten Flinte erschossen. Den scharfen Ohren des Hottentotten war selbst der sanfte Hufschlag im Schlaf nicht entgangen.

Isbrand fing ihn am Mimosenbaum vor dem ersten Viehkraal ab. »Halt! ... Keinen Schritt weiter!« kam seine Stimme scharf und laut aus der Dunkelheit. »Sag deinen Namen, Fremder! Und rühr dich nicht von der Stelle, bis der Baas mit der Lampe da ist!«

Erst jetzt schlugen die Hunde an. Kläffend kamen sie herangejagt.

»Du bist um deinen leichten Schlaf wirklich zu beneiden, Isbrand. Vermutlich hörst du auch heranschleichende Kaffern noch eher als die Hunde.«

»Oh, der junge Hendrik McAllister!« rief Isbrand erleichtert.

»Ich nehme an, du hältst deine alte, vorsintflutliche Flinte auf mich gerichtet, die manchmal ganz ohne dein Zutun losgeht. Mir wäre deshalb sehr viel wohler zumute, wenn du mit dem Lauf in jede andere Richtung zielen würdest, nur nicht auf mich.«

»Schon geschehen, Baas«, versicherte der Hottentotte und

trat hinter dem Stamm hervor. »Man kann nicht wachsam genug sein, wie Baas Doug ...«

Weiter kam Isbrand nicht, denn in diesem Augenblick stieß er mit der Mündung seines uralten Vorderladers gegen den Mimosenbaum. Der Zündhahn schnappte vor, und mit einem gewaltigen Knall, der die Nacht am Kariega River in Stücke zu reißen schien, löste sich ein Schuß. Die geballte Ladung aus grobem Schrot fetzte große Borkenstücke vom Stamm.

Isbrand wurde vom Rückstoß überrascht, taumelte mit einem erschrockenen Aufschrei nach hinten, stolperte über eine aus dem Boden ragende Baumwurzel und setzte sich im nächsten Moment recht unsanft in den Dreck des Hofes.

Die Situation entbehrte nicht einer gewissen Komik, und Hendrik konnte sich ein Lachen, so zwiespältig es auch war, nicht verkneifen. In einer Nacht vom eigenen Vater brutal zu Boden geschlagen und verstoßen und dazu beinahe noch von Isbrand erschossen zu werden – schlimmer konnte es doch kaum noch kommen.

Der Schuß riß Mensch und Tier aus dem Schlaf. Aufgeregte Stimmen kamen aus den Rundhütten und dem Farmhaus, schallten über den Hof und vermischten sich mit der wilden Kakophonie des aufgeschreckten, nervösen Viehs in den beiden Kraals. Lampenschein fiel in die Nacht.

Hendrik sprang schnell vom Pferd, um nicht noch einmal das Ziel für einen Schützen abzugeben, der ihn für einen Viehdieb hielt.

»Ich bin es, Hendrik McAllister!« rief er zum Hof hinüber. »Aus Isbrands Flinte hat sich ein Schuß gelöst. Sonst ist alles in Ordnung.«

Isbrand kam hastig auf die Beine und hob seine Flinte vom Boden auf. »Ja, alles in Ordnung! Keine Kaffern und kein wildes Tier nicht!« rief nun auch er. »Es ist nur der junge Baas McAllister! Nichts ist passiert!«

Hendrik warf ihm einen grimmigen Blick zu. »Ja, bis auf die Kleinigkeit, daß du mir gerade um ein Haar zu einem Grab auf HIGHLANDS verholfen hättest!«

Isbrand stammelte eine Entschuldigung.

Die Tür des Farmhauses ging auf. Douglas erschien, in der linken Hand eine Laterne, in der rechten sein Gewehr, das er nun gegen die Hauswand lehnte. Hinter ihm tauchte Rachel auf, im Nachtgewand und gleichfalls bewaffnet.

»Ihr habt gehört, was Hendrik und Isbrand gesagt haben!« rief der Farmer seinen Hottentotten zu, die sich mit Flinten, Buschmessern und keulenartigen Knüppeln bewehrt hatten. Denn sie fürchteten die Überfälle der Xhosas genauso wie die weißen Farmer. Hottentottenblut hatte schon so manchen Assegai getränkt.

»Keine Kaffern und kein wildes Tier«, wiederholte Douglas noch einmal. »Nur ein Schuß, der sich aus Isbrands Flinte gelöst hat. Kehrt in eure Hütten zurück.«

Hendrik kam aus der Dunkelheit zwischen den Viehkraals und ging quer über den Hof auf das Farmhaus zu. Whisper führte er am Zügel hinter sich her. Isbrand folgte ihm mit einigen Schritten Abstand, den Kopf schuldbewußt gesenkt und seine alte Flinte mit beiden Händen waagerecht vor seinem Körper haltend. Er ahnte, was kommen würde.

Douglas hatte die Laterne an den Wandhaken neben der Tür gehängt. Als Hendrik nun in den Lichtkreis trat und der gelbliche Schein auf sein Gesicht fiel, wurden die Augen des Farmers weit vor Bestürzung. Er wußte sofort, was geschehen war.

Rachel gab im Rücken ihres Mannes einen kurzen Laut des Erschreckens von sich. Dann drehte sie sich hastig um und scheuchte ihre Kinder, die sich mit ängstlicher Neugier um sie gedrängt hatten, in ihre Schlafkammer zurück.

»Tut mir leid wegen der Aufregung und daß ich euch aus dem Schlaf geholt habe«, entschuldigte sich Hendrik. »Ich hätte doch wohl besser bis zum Morgen warten sollen, statt hier mitten in der Nacht...«

»Red doch keinen Unsinn, Hendrik«, fiel Douglas ihm ins Wort. »Du hast es ihm gesagt, nicht wahr?«

Hendrik nickte. »Ich habe es nicht darauf angelegt. Er hat mir keine andere Wahl gelassen, Douglas.«

»Wenn du es sagst, wird es auch so gewesen sein«, erwiderte der Farmer schlicht und ohne den Anflug eines Zweifels. Dann wandte er sich Isbrand zu, der mit hängenden Schultern und auf der Brust ruhendem Kinn wie ein armer Sünder vor ihm stand.

»Gib mir die Flinte!«

»Baas...«, begann der Hottentotte mit flehender Stimme.

Douglas schüttelte den Kopf. »Nein, Isbrand. Noch einmal werde ich mich nicht von dir überreden lassen. Dein altertümliches Donnerrohr ist nicht mehr zu reparieren. Ich habe dir erlaubt, es als Andenken zu behalten, dich aber mehr als einmal davor gewarnt, es je wieder zu benutzen. Du hast von mir eine neue Flinte bekommen. Das hat leider nicht gefruchtet. Deshalb bleibt mir nichts anderes übrig, als diesmal sicherzustellen, daß du nicht wieder in Versuchung gerätst.«

»Baas, ich schwöre...«

»Ich will keinen Schwur, Isbrand. Ich will die Flinte, und zwar jetzt!« Obwohl Douglas seine Stimme nicht erhoben hatte, sondern ganz ruhig und freundlich klang, schwang doch ein unnachgiebiger Ton mit. Und den verstand jeder auf der Farm.

Hendrik bewunderte ihn dafür. Er kannte keinen anderen Farmer, der so gut mit seinen Hottentottenarbeitern umzugehen verstand wie Douglas Mackenzie. In den nahezu acht Jahren, die er auf HIGHLANDS verbracht hatte, hatte er Douglas selten einmal mit den Schwarzen schreien gehört, und nicht einmal hatte er auch nur in einer Drohgebärde zur *sjambok* gegriffen, um seinen Willen durchzusetzen. Das hatte er nicht nötig. Sie folgten ihm auch so aufs Wort – seit jener Geschichte mit dem aufsässigen Schwarzen namens Karmel.

Mit einen Seufzer der Resignation reichte Isbrand seinem Baas die alte Flinte.

Douglas packte sie am Lauf, drückte das Schulterstück in den Sand und zog den Hahn zurück. Dann stellte er den Absatz seines Stiefels auf den Hahn und brach ihn mit einem festen Tritt ab. Er bückte sich nach dem Stück Metall, steckte es ein und reichte Isbrand die Flinte. »Jetzt gibt sie ein schönes Andenken ab, das keinem von uns mehr den Schlaf rauben wird«, sagte er zufrieden. »Gute Nacht, Isbrand.«

»Nacht, Baas«, seufzte der Hottentotte.

Douglas und Hendrik gingen ins Haus. Rachel hatte schon ein Feuer in der Herdstelle entfacht und Wasser für Kaffee aufgesetzt. Sie wußten, daß sie so schnell nicht wieder zu Bett gehen würden.

Douglas holte einen Krug Branntwein, während seine Frau mit einer Dose Wundsalbe, der ein Extrakt aus Aloen beigemischt war, zu ihnen in den Wohnraum zurückkehrte.

»Laß mich dein Gesicht sehen, Junge«, sagte sie zu Hendrik und drehte sein Gesicht ins Licht. »Mein Gott, dein linkes Auge ist ja fast zugeschwollen!«

»Es sieht bestimmt schlimmer aus, als es ist«, wollte Hendrik die Sache herunterspielen, zuckte jedoch zusammen, als

Rachel die Salbe auf die Schwellungen auftrug. Es tat höllisch weh, so sanft ihre Fingerspitzen auch über seine Haut glitten.
»Wehe dem, der aus dem Becher des Zornes trinkt und seine Hand in Jähzorn und Unrecht erhebt!« zürnte Rachel. »Der Herr wird ihn dafür strafen!«
Douglas atmete schwer durch und füllte zwei Becher halb voll mit Branntwein. »Erzähl, Hendrik!« forderte er ihn auf und schob ihm einen Becher zu. »Was ist passiert?«
Hendrik erzählte, was sich im Haus seines Vaters bei Tisch zugetragen hatte. Seine Stimme hatte streckenweise einen distanzierten, ja beinahe emotionslosen Tonfall, als hätte all das nichts mit seiner Person zu tun.
Voller Mitgefühl hörten Rachel und Douglas ihm zu. Doch während er sich eines begleitenden Kommentars enthielt, gab Rachel immer wieder durch kurze entrüstete Einwürfe zu verstehen, wie schändlich sie das Verhalten von James McAllister fand.
»Das eigen Fleisch und Blut zu verstoßen!« empörte sie sich, als Hendrik geendet hatte. »Weil er die Wahrheit nicht ertragen kann. Das ist Versündigung, und der Herr wird ihn dafür bestrafen!«
»Mag sein, daß Er das tut«, murmelte Douglas bedrückt. »James hat sich damit auf jeden Fall selbst am meisten bestraft, auch wenn er sich dessen jetzt noch nicht bewußt ist. Aber das kommt noch.«
Hendrik hatte da seine Zweifel, doch das war keinen Einwand wert. Er hatte mit seinem Vater abgeschlossen. Das hatte er sich mehr als einmal auf seinem langen nächtlichen Ritt gesagt.
»Ich bin ganz froh, daß es so gekommen ist«, erwiderte er deshalb mit Nachdruck. »Endlich hat dieser Alptraum ein

Ende gefunden. Ich fühle mich wie befreit. Ich habe nie wirklich zu meinem Vater gehört, und schon gar nicht zu meinen Halbbrüdern. Nichts von dem, was ich in Grahamstown zurückgelassen habe, werde ich vermissen, ganz im Gegenteil.«

Douglas warf ihm über den Rand seines Bechers einen skeptischen Blick zu, sagte jedoch nichts.

Rachel drückte Hendriks Hand. »Wie auch immer, wir sind froh, daß du wieder bei uns bist.«

Hendrik zögerte kurz, dann erklärte er: »Ich werde nicht auf HIGHLANDS bleiben.«

Douglas zeigte sich nicht im mindesten überrascht, im Gegensatz zu seiner Frau, die ganz selbstverständlich angenommen hatte, daß Hendrik wieder Teil ihrer Familie sein würde.

»Es hat nichts mit euch zu tun«, versicherte Hendrik, als er das enttäuschte Gesicht von Rachel sah. »Bei euch habe ich die schönste Zeit meines bisherigen Lebens verbracht, aber nach dem, was heute nacht passiert ist, kann ich hier nicht bleiben. HIGHLANDS und Grahamstown sind einfach zu nah beieinander. Und obwohl sie so grundverschieden sind, gehören sie doch zu einer Welt, von der ich mich befreien möchte.«

»Befreien? Von uns?« wiederholte Rachel verständnislos und ein wenig verletzt.

Hendrik machte eine hilflose Geste und verzog das Gesicht zu einer gequälten Miene. »Nein, natürlich nicht ... jedenfalls nicht in dem Sinne, wie du es verstanden hast«, versicherte er. »Ich weiß nicht, wie ich es euch erklären soll ...«

»Das brauchst du auch nicht«, sagte Douglas nun mit einem wissenden Lächeln. »Ich verstehe dich sehr gut. Für dich ist die Zeit gekommen, das heimische Nest zu verlassen und die

Welt da draußen zu erkunden und dich als Mann zu beweisen. Und das kannst du weder in Grahamstown noch hier bei uns auf HIGHLANDS. Was wir dir fürs Leben mitgeben konnten, haben wir gegeben.« Dabei blickte er seine Frau an, um sie daran zu erinnern, daß ihr leiblicher Sohn Robin eines Tages die Farm erben würde und sie nicht vermögend genug waren, um Hendrik zu einem Start als Farmer zu verhelfen. Schon deshalb mußten sie ihn ziehen lassen, in seinem eigenen Interesse – und weil sie ihm keine Fesseln anlegen durften, auch keine emotionellen.

Rachels Gesichtszüge wurden weich und einsichtig, während ihr Mann fortfuhr: »Laß dir ruhig frischen Wind um die Nase wehen. Das wird dir helfen, zu dir zu finden und festzustellen, was du mit deinem Leben anfangen und wie du deine Ziele erreichen willst. Dieses großartige Land bietet einem jungen Mann wie dir alle Möglichkeiten. Also schau dich um und lerne, auf eigenen Beinen zu stehen und das Leben zu meistern. Alles, was du dafür brauchst, steckt in dir.«

»Ja, da hat er recht«, pflichtete Rachel ihm bei und wollte dann wissen: »Wann wirst du uns verlassen?«

»Ich breche gleich morgen früh auf«, sagte Hendrik. »Das wird am besten sein.«

Sie saßen noch lange zusammen und redeten über Ereignisse, die schon Jahre zurücklagen und sie in ihrer Erinnerung immer miteinander verbinden würden.

»Weißt du schon, wohin du reiten willst?« fragte Douglas, als sie sich zu Bett begaben.

»Erst einmal nach Westen.«

»Nach Vleifontein?«

Hendrik lächelte. »Ja.«

Douglas erwiderte das Lächeln und berührte ihn flüchtig an der Schulter. »Gut«, sagte er nur und ließ ihn allein.

Am nächsten Morgen brach Hendrik doch um einiges später auf als geplant, aber was machte das schon. Ihn drängte kein Termin. Er besaß alle Zeit der Welt, war zum erstenmal völlig Herr seiner Entscheidungen und frei wie ein Vogel.
Rachel schleppte mehr Proviant an, als er mitnehmen konnte, und tauschte seine alten Decken gegen zwei neue aus. Am liebsten hätte sie es gesehen, wenn er noch ein Packpferd mit sich geführt hätte, so viele Dinge wollte sie ihm mitgeben.
Douglas stand ihr auf seine Weise in nichts nach. Er ließ nicht zu, daß Hendrik mit seinem leichten Gewehr loszog, sondern tauschte es gegen einen guten Vorderlader aus, versorgte ihn großzügig mit Blei und Pulver sowie einem Satz Gußformen, damit er seine eigenen Kugeln gießen konnte, und bestand im letzten Moment, als sie schon Abschied voneinander genommen hatten, darauf, daß er seinen Dudelsack mitnahm.
»Nein, unmöglich! Ihr habt mir schon über Gebühr Gutes getan!« wehrte Hendrik fast erschrocken ab, wußte er doch, wie sehr Douglas an dem Instrument hing, das ihm sein Großvater vererbt hatte.
»Ich will aber, daß du ihn mitnimmst, Hendrik. Wo immer du auch sein wirst, wenn du ihn zur Hand nimmst, wird er dich an uns und HIGHLANDS erinnern.«
»Ich werde auch so an euch denken.«
Douglas lächelte. »Ich weiß, aber den Entschluß, daß der Dudelsack eines Tages dir gehören soll, habe ich nicht erst vor fünf Minuten gefaßt, sondern schon im letzten Jahr. Das ist dein Erbe, Hendrik, von HIGHLANDS ... und vom Land deiner väterlichen Vorfahren. Nimm ihn, und wenn du uns eines Tages besuchst, spielst du uns *Isle of my Heart* und *Flower of the Forest* so, wie diese Lieder gespielt werden müssen.«

Tränen der Rührung erstickten Hendriks Stimme. Er konnte nur stumm nicken und den samtgefütterten Lederbeutel mit dem Dudelsack annehmen.

HIGHLANDS und die Mackenzies verschwammen vor seinen Augen, als er sich in den Sattel schwang und vom Hof ritt. Nie würde er vergessen, was sie für ihn getan hatten.

Hendrik lenkte Whisper nach Nordwesten, wo jenseits der scheinbar endlosen Hügelketten der Sunday River lag und dahinter die Große Karroo, die er auf seinem Weg nach Vleifontein durchqueren mußte.

An diesem Tag brachte er eine gute Strecke Weges hinter sich. Als die Dunkelheit hereinbrach, schlug er am Ufer eines kleines Bachlaufs sein Lager auf. Die Sonne erlosch am Horizont, und die Nacht umschloß ihn mit einem Meer schwarzer Einsamkeit.

Sein Feuer war in sich zusammengefallen, und aus dem Busch drangen die Geräusche der Nacht, die ihm vertraut waren und zugleich doch ganz neu vorkamen. Alles war neu und anders. Plötzlich wurde er sich mit überwältigender Klarheit bewußt, daß er nun wirklich allein war und ein Leben begann, das er mit seinen eigenen Entscheidungen und Einschätzungen formen mußte.

Der Gedanke verursachte ein teils erregendes, teils mulmiges Gefühl in ihm, machte ihm jedoch keine Angst. Er wußte, daß ihn Gefahren und Enttäuschungen erwarteten. Doch stärker als alles andere waren seine Hoffnungen und Träume und die Verheißungen Afrikas.

Teil II

Groot Fontein

11

Die ersten Geier kamen, kurz nachdem er sein Pferd mit einem Gnadenschuß von seinen Qualen erlöst hatte. Er wußte, daß er möglichst schnell einen großen Abstand zwischen sich und das tote Tier bringen mußte, wenn er nicht selbst in Gefahr geraten wollte, bei lebendigem Leib von den am Himmel kreisenden Aasfressern angegriffen und in Stücke gerissen zu werden.

Er kroch über den steinigen Boden und benutzte dabei sein Gewehr, um sich abzustoßen. Jeden Fußbreit, den er sich vom Pferd wegstieß, rang er sich unter Qualen ab. Aus dem zertrümmerten Knie und dem gebrochenen Oberschenkel seines linken Beines schien glühende Lava zu quellen und sich langsam, aber unaufhaltsam in seinen ganzen Körper zu ergießen. Ihm war, als wollten ihn die Schmerzen zerreißen. Seine nicht weniger übel zugerichtete linke Hand beteiligte sich seltsamerweise nicht an dem Tumult der Schmerzen. Sie fühlte sich einfach nur taub an, als hätte der Sturz alle Nerven hinter dem Handgelenk zerstört. Das einzige, was er spürte, wenn er den linken Ellbogen in den heißen Sand drückte und sich Inch um Inch vorwärts quälte, war ein dumpfes Pochen. Doch dafür waren die Schmerzen in seinem Bein und seiner Hüfte um so schlimmer. Er schaffte es, nicht zu schreien, noch nicht, doch das Knirschen und Mahlen seiner Zähne drang weit. Allein Selbstachtung und Stolz zwangen ihn dazu, seinen wilden Schmerz nicht hinauszulassen, denn im Umkreis von vielen

Meilen gab es keine Menschenseele, die ihn hätte hören können, und er wußte das. Er verfluchte Joab und Benaja, die sich letzte Nacht davongestohlen hatten.
Der Kadaver seines Pferdes war noch warm und er noch keine fünfzehn Schritte weit gekommen, als die Geier schon vom Himmel stürzten und ihre messerscharfen Krallen in das Fell bohrten. Er erschoß die ersten beiden Aasvögel, noch bevor sie ihre krummen, scharfen Schnäbel in den Körper seines treuen Pferdes schlagen und ihm die im Tod erstarrten Augen aus den Höhlen hacken konnten.
Bei jedem Schuß stieg der Schwarm wie eine dichte Wolke aus grauschwarzen Federn auf, um Augenblicke später wieder, unbeeindruckt vom Tod eines ihrer Artgenossen, auf ihre Beute herabzufallen und ihr grausames Werk fortzuführen.
Er wandte den Blick ab, denn er wußte, daß es sinnlos war, die Geier fernhalten zu wollen. Sie würden wiederkommen, immer neue, und sie taten nur, wozu die Natur sie bestimmt hatte, wie bitter es auch für ihn war. Sie vertreiben zu wollen war ebenso zwecklos wie unvernünftig. Es war nur eine Vergeudung von Pulver und Blei.
Wieviel Kugeln hatte er überhaupt noch? Er löste den kleinen Lederbeutel vom Gürtel und schüttete den Inhalt in den Sand. Er zählte neunzehn stumpfgraue Kugeln, von denen sechs auf ein Pfund gingen. Er hatte sie speziell für die Jagd auf Raubkatzen gegossen und deshalb eine Metallmischung aus vier Teilen Blei und einem Teil Zinn gewählt. Der Anteil Zinn gab den Kugeln eine größere Durchschlagskraft. Den Leoparden, den er hatte jagen wollen, hätte er mit einem einzigen Geschoß niederstrekken können.

Diese neunzehn Kugeln würden jedoch keinem Leoparden den Tod bringen. Jetzt nicht mehr. Er würde sich mit diesen Kugeln die Hyänen so lange wie möglich vom Leib zu halten versuchen. Daß die Hyänen kommen würden, war sicher.

Er nahm ein halbes Dutzend Kugeln in den Mund, wie das jeder gute Schütze tat, wenn er wußte, daß ihm ein Kampf auf Leben und Tod bevorstand. Denn statt später kostbare Sekunden damit zu vergeuden, die Kugeln aus dem Beutel zu klauben, brauchte er sie so nur in den Lauf seines Vorderladers zu spucken.

Stöhnend kroch er weiter. Die heiße Mittagssonne erinnerte ihn daran, daß er nicht einen Schluck Wasser hatte, um seinen peinigenden Durst zu stillen. Als seine Stute mit dem Vorderhuf in das Loch des Erdwolfes geraten und mit splitternden Knochen gestürzt war, hatte sie ihn nicht nur halb unter sich begraben und zerquetscht, sondern auch den vollen Wasserschlauch zum Platzen gebracht. Aber vielleicht war er auch von einem der spitzen Steine aufgeschlitzt worden. Letztlich war es egal, denn das Resultat blieb dasselbe: Er war ohne Wasser, und bis zur nächsten Wasserstelle waren es gut zwei Meilen. In seinem Zustand bedeutete das, daß er verloren war, auch wenn ihn die Hyänen und Geier in Ruhe lassen sollten, was nicht der Fall sein würde, weil es wider die Gesetze der Natur wäre.

Niemand vermißte ihn, und deshalb würde auch niemand nach ihm suchen. Hier würde er sterben, daran bestand nicht der geringste Zweifel.

In den nächsten Stunden kam ihm mehr als einmal der Gedanke an den Tod. Er erfüllte ihn mehr mit Zorn als mit Angst. Der eigene Tod hatte nichts Erschreckendes für ihn. Es waren die Umstände, mit denen er haderte. Er wollte nicht hier und nicht so hilflos sterben, nicht als leichte Beute von Geiern und Hyänen.

Als die Sonne zu sinken begann, hatte er eine Strecke von etwa siebzig Yards zurückgelegt. Gut zwanzig Schritte weiter befand sich eine kleine Anhöhe, die mit hüfthohen Felsbrocken übersät war. Da hätte er Schutz finden können, doch er konnte einfach nicht mehr. Bei jeder Bewegung drang ein gellender Schrei aus seiner Kehle. Und wofür auch die Anstrengung? Er vermochte sein Leben vielleicht um ein paar Stunden zu verlängern, nicht jedoch seinen Tod abzuwenden.

Er lag mit dem Kopf im armseligen Schatten eines kleinen Strauches, als er die erste Hyäne bemerkte. Es war eine braune Hyäne mit langem, dichtem Haar, quergestreiften Beinen und einem großen Kopf mit zugespitzten Ohren. Geschickt nutzte sie die länger werdenden Schatten der Dämmerung, um sich ihm zu nähern.

»Du hast das Pech, zu früh zu sein!« murmelte er, legte an und streckte sie mit einem Kopfschuß nieder. Der Körper der Hyäne überschlug sich mehrmals und blieb dann unter einem Dornengebüsch liegen.

Wenig später hörte er die Laute von mehreren Fleckenhyänen. Es war das typische *Huup-huup*, wobei die erste Silbe einen tieferen Ton besaß als die zweite. Die Laute, die jede afrikanische Nacht in der Wildnis begleitete, kamen näher und verwandelten sich in fast menschlich klingende Schreie und rauhes, schrilles Gelächter.

Die furchterregenden Geräusche, mit denen sich diese im Rudel jagenden Tiere verständigten, waren ihm vertraut. Doch nun, halb wahnsinnig vor Schmerz und fast bewegungsunfähig, erhielten sie eine völlig neue, grauenvolle Bedeutung. Die Hyänen, deren Gehör- und Geruchssinn außerordentlich gut ausgeprägt waren, hatten ihr Opfer schon längst ausgemacht. Die Geier, die zu Dutzenden über seine Stute hergefallen waren, hatten gewiß noch genug für die Hyänen übriggelassen. Doch das würde sie nicht davon abhalten, sich früher oder später ihm zuzuwenden. Er hörte schon jetzt einige miteinander streiten. Und die Nacht würde noch mehr von ihnen anlocken – und spätestens dann würden sie auf ihn losgehen.

Die Nähe des Hyänenrudels weckte in ihm neue Kraft und Willensstärke. Wollte er hier unter dem schäbigen Strauch sterben? Nein, dann schon lieber dort zwischen den Felsen auf der Anhöhe.

Mit zerschundenen Ellbogen kroch er auf die Bodenwelle zu, die ihm aus seiner liegenden Perspektive wie ein Hügel vorkam. Ihm wurde übel vor Schmerz, doch die Schreie der Hyänen trieben ihn weiter, Handbreit um Handbreit.

Er suchte Kraft im Gebet, und es waren die Psalmen, die ihm abgehackt und mit keuchendem Atem über die Lippen kamen. »Wenn ich rufe, erhöre mich, Gott, du mein Retter ... Du hast mir Raum geschaffen, als mir angst war. Sei mir gnädig, und hör auf mein Flehen! ...«

Es war schon Nacht, als er endlich die Anhöhe erreichte. Es erschien ihm jedoch noch wie eine Ewigkeit körperlicher Qualen, bis er sich zwischen die Felsbrocken geschoben hatte. Sie bildeten eine unregelmäßige Umfriedung, die ihm von drei Seiten Schutz bot. Er schob sich so, daß er in Richtung der einzigen offenen Stelle blickte.

Von einem Strauch, der zwischen den Steinen wuchs, riß er Äste ab. Er kaute die Blätter und die dünnen Zweige, um seinen schrecklichen Durst ein wenig zu mildern. Es verschaffte ihm auch vorübergehend Linderung.

Er lud das Gewehr und legte Ladestock, Kugelbeutel und

Pulverhorn so hin, daß er zum Nachladen möglichst wenig Zeit brauchte. Dann rückte er sich so zurecht, daß er einen etwa kniehohen Stein als Auflage für den langen Lauf des Vorderladers benutzen konnte.

Anschließend begann das Warten – auf den letzten Kampf, den er in seinem Leben führen würde. Mit neunzehn Kugeln und einem invaliden Körper, der jede Bewegung zu einer qualvollen Anstrengung machte.

»Herr, strafe mich nicht in deinem Zorn, und züchtige mich nicht in deinem Grimm ... Sei mir gnädig, Herr, ich sieche dahin ... heile mich, Herr, denn meine Glieder zerfallen ... Meine Seele ist tief verstört ... Du aber, Herr, wie lange säumst du noch? ...«

Die milchig bleiche Sichel des Mondes ging über dem Veld auf, und der glühende, stechende Schmerz ebbte ab, um Geist und Körper mit einer fiebrigen Benommenheit zu vergiften. Die Gedanken entzogen sich immer mehr seiner Kontrolle, und er sah vor seinen Augen Bilder aufflackern, die nicht aus der Nacht der Wildnis, sondern aus dem Dunkel seiner Erinnerung aufstiegen.

Er verbrachte Stunden in diesem Dämmerzustand, und beinahe hätten ihn die Hyänen überrascht. Irgend etwas in ihm revoltierte jedoch dagegen, alarmierte und riß ihn aus der geistigen Verwirrung.

Das erste, was er wieder bewußt wahrnahm, war der intensive, abscheuliche Geruch der Hyäne – und dann sah er ihr direkt in die Augen. Sie stand keine drei Schritte von ihm entfernt, bereit, ihm an die Kehle zu springen. Das gelbweißliche, braun gefleckte Fell des Tieres leuchtete im Mondlicht. Die kurze, gedrungene Schnauze und das scharfe, entblößte Gebiß trieften von Blut.

Er hob den Lauf und tötete das Tier mitten im Sprung. Die

Hyäne war schon tot, als sie gegen ihn prallte. Angeekelt schüttelte er den Kadaver ab und stieß ihn mit dem Gewehrkolben von sich.
Die anderen Hyänen zogen sich rasch zurück, und ihr Geheul klang in seinen Ohren so, als würden sie beraten, wie sie ihn am besten zur Strecke bringen konnten.
Sie waren mutig, doch er war ein guter Schütze und wild entschlossen, sich seiner Haut bis zum letzten Atemzug zu erwehren.
Fünf Schüsse brachten fünf Hyänen den Tod. Das verschaffte ihm eine Zeitlang Ruhe, denn einige von ihnen begannen ihr blutiges Werk an ihren eigenen Artgenossen, die tot im Sand vor der Anhöhe lagen.
Ein Hyänenweibchen entwickelte jedoch besondere Raffinesse und Ehrgeiz. Sie schlich sich von hinten an ihn heran, während der Rest des Rudels von vorn kam. Er wußte nicht, was ihn warnte und dazu veranlaßte, den Kopf zu wenden, kaum daß er sein Gewehr abgefeuert und einen der Angreifer zur Strecke gebracht hatte. Vielleicht war es wieder der Geruch gewesen, vielleicht aber auch eine Bewegung, die er aus dem Augenwinkel erfaßt hatte.
Zum Laden des Gewehrs war keine Zeit mehr. Und den Kolben mit nur einer Hand als Keule zu benutzen war ein Ding der Unmöglichkeit. Deshalb ließ er den Vorderlader zwischen seine Beine rutschen und riß das Buschmesser aus der Scheide aus geflochtenen Lederriemen.
»Komm, spring nur!« stieß er aus, die breite Klinge auf die Hyäne gerichtet, die auf einem Felsen rechts von ihm mit lauerndem Blick stand. »Früher oder später werdet ihr mich wohl zur Strecke bringen, aber du wirst auch daran glauben, das schwöre ich dir!«
Das Hyänenweibchen fauchte ihn an – und war im nächsten

Moment verschwunden, als hätte es seine Drohung genau verstanden und das Risiko ohne Verstärkung nicht eingehen wollen.

Er wartete auf den nächsten Angriff, doch es kam keiner. Es gab wohl genug Aas, so daß er wieder einmal eine Zeitlang für Hyänen und Geier ohne Interesse war. Aber sie würden wiederkommen. Vielleicht nicht dieses Rudel, sondern eines, das hungrig war und sich einfach in der Meute auf ihn stürzen und ihn zerfetzen würde.

Er kämpfte mit letzter Willenskraft gegen die Benommenheit an, die erneut von ihm Besitz ergriff. Er wollte nicht im Dämmerzustand das Opfer der Hyänen werden. Doch sein Auflehnen war ohne Erfolg. Er sackte gegen den Felsen in seinem Rücken und verlor das Bewußtsein.

Als er zu sich kam, war es schon heller Tag. Erst wußte er nicht, wo er sich befand und was geschehen war. Die Erinnerung kehrte auch nur bruchstückhaft zurück. Er mußte sich die Hyänen vom Leib halten, das wußte er. Und da griffen sie wieder an. Er hörte sie kommen, so deutlich wie noch nie.

Mit einem gequälten Aufschrei brachte er sich in eine sitzende Position. Mit Mühe hob er das Gewehr und legte den Lauf auf den kniehohen Stein. Die Sonne war grell und blendete ihn. Alles um ihn herum war verschwommen. Verzweifelt versuchte er, die Schleier vor seinen Augen wegzublinzeln, doch es gelang ihm nicht.

Das war das Ende, und ohne daß es ihm bewußt wurde, formten seine trockenen Lippen die Worte des 6. Psalms, des Bußgebetes in Todesnot, während er darauf wartete, einen der Angreifer ausmachen zu können: »Ich bin erschöpft vom Seufzen ... mein Auge ist getrübt vor Kummer ... ich bin gealtert wegen all meiner Gegner ... Weicht

von mir, all ihr Frevler ...« Er sah einen dunklen Schatten im Blickfeld zwischen den Felsen auftauchen, und sein Finger legte sich um den Abzug. »Weicht zurück von mir ... Gehört hat der Herr mein Flehen, der Herr nimmt mein Beten an!«
Er drückte ab.
Der Schuß hallte in seinem Schädel wie in tiefen, endlosen Katakomben nach.
Er sah, wie der Schatten zu Boden stürzte. Es war ein merkwürdig tiefer Fall für eine Hyäne. Oder waren es zwei?
Aber was kümmerte es ihn. Er hatte getroffen.
»In Schmach und Verstörung ... geraten all ... meine Feinde«, flüsterte er und dachte, daß er noch einige Kugeln hatte und das Gewehr laden mußte. Doch sein Körper versagte ihm den Dienst. Er hatte nicht einmal mehr die Kraft, den Ladestock aufzuheben.
»In Schmach und Verstörung ...«, murmelte er. »Sie müssen weichen ... und ... gehen ... plötzlich ... zugrunde ...«
Er war am Ende.

12

Die Kugel traf Hendrik am linken Oberarm. Sie fetzte seine Lederjacke auf, riß ein Loch in sein Leinenhemd und hinterließ eine blutige Schramme.
Der Schuß kam ohne jede Vorwarnung und holte ihn äußerst unsanft aus seinen Gedanken. Mit einem Fluch sprang er aus dem Sattel, duckte sich hinter einem Felsen und griff zum Gewehr, das er beim Reiten stets über der Schulter trug. Er hörte das laute Flügelschlagen aufflatternder Vögel. Ein

Schwarm Geier schwang sich mit krächzendem Protestgeschrei in die Lüfte.
War es womöglich eine Bande Wegelagerer? Nein, das konnte nicht sein. Deserteure, entlaufene Sklaven, Diebe und Mörder aller Hautfarben rotteten sich zwar im Niemandsland weit jenseits der Grenzen der Kapkolonie zu Gruppen zusammen und bildeten hier und da auch kleine Ansiedlungen, wie es hieß, aber niemand, der auch nur ein bißchen Verstand besaß, würde einen Tagesritt von der Garnisonsstadt Graaff-Reinet entfernt einen Überfall begehen. Und wenn sich hier in den Ausläufern der Snow Mountains, deren sichelförmige Bergkette sich am Horizont scheinbar zum Greifen nah vor einem blauen Frühlingshimmel abzeichnete, solches Gesindel herumtreiben würde, dann hätte er davon mit Sicherheit von Viehhirten, fahrenden Händlern und anderen Reitern, die ihm in den letzten Tagen begegnet waren, gehört.
Daß er dennoch sein Gewehr lud, war ein Reflex. Er untersuchte kurz die Stelle, wo ihn die Kugel gestreift hatte. Die Wunde brannte ein wenig, aber das war auch schon alles. Die Beweglichkeit und Kraft seines Armes waren nicht im geringsten beeinträchtigt. Er hatte Glück gehabt. Eine Handbreit weiter rechts, und die Kugel hätte sein Schultergelenk zertrümmert.
Die Schatten der tieffliegenden Geier glitten lautlos über den Boden und gingen über ihn hinweg. Hatten sie sich an einem tierischen oder einem menschlichen Kadaver gütlich getan, bevor der Schuß sie aufgescheucht hatte?
Vorsichtig lugte er hinter seiner Deckung hervor und spähte zu der kleinen, von Felsbrocken übersäten Anhöhe hinüber. Aus der Richtung war der Schuß gekommen. Er hatte ganz deutlich die Wolke Pulverrauch zwischen den Felsen aufstei-

gen sehen. Der Schütze, wer immer es war, hielt sich dort versteckt.
Und dann erblickte er die Kadaver. Es waren fünf zerfetzte Tiere, denen die Aasfresser das Fleisch bis auf die Knochen heruntergerissen hatten. Ein sechster Kadaver lag keine zwanzig Schritte von seiner Deckung entfernt, und Reste vom Fell sagten ihm, daß es sich bei den getöteten Tieren um Hyänen handelte.
Was war hier geschehen?
Hendrik wartete noch ein, zwei Minuten. Nichts passierte. Er sah zwischen den Felsen auf der Anhöhe keine Bewegung und vernahm auch kein Geräusch. Wer immer da auf ihn geschossen hatte, er hatte sein Gewehr nicht wieder geladen. Das Schaben des Ladestocks hätte er gehört. Also was hatte der Schuß zu bedeuten?
Er hatte ein merkwürdiges Gefühl, nicht jedoch den Eindruck von Gefahr. Geduckt kam er hinter dem Felsen hervor und lief schräg und im Zickzack auf die Anhöhe zu. Kein zweiter Schuß störte die Stille des Morgens.
Hendrik verharrte kurz hinter einem Dornenbusch. Einige Schritte zu seiner Linken lag der blutige Kadaver einer Hyäne, von Abertausenden Fliegen umschwärmt. Der Kopf des Tieres zeigte in seine Richtung. Deutlich konnte er sehen, daß eine Kugel den Schädel zwischen den Augen zertrümmert hatte. Und sein merkwürdiges Gefühl verdichtete sich zu einer Ahnung, welch eine Tragödie sich hier in der Nacht abgespielt hatte.
Dennoch mahnte er sich zur Vorsicht. In den drei Jahren, die er nun schon durch die Kolonie zog, hatte er viel erlebt und gelernt, so unter anderem, daß der Schein oft genug trügt und daß man nichts als gegeben voraussetzen soll. Deshalb achtete er weiterhin auf Deckung, während er ei-

nen Bogen um die Anhöhe schlug und sich dem ungleichmäßigen Ring aus Felsen langsam näherte.
Das Gewehr schußbereit in den Händen, lief er schließlich die Anhöhe hinauf und sprang über einen der niedrigeren Felsen in den inneren Kreis.
Hendrik stieß unwillkürlich einen Schrei des Erschreckens aus, als er direkt vor seinen Füßen eine tote Hyäne und einen Schritt dahinter einen bärtigen Mann liegen sah. Der Mann war nach rechts weggekippt und hatte seinen Vorderlader halb unter sich begraben.
Schnell lehnte Hendrik sein Gewehr hinter sich an einen Felsen und beugte sich über den Fremden, der vor wenigen Minuten auf ihn geschossen hatte. Er sah schrecklich zugerichtet aus. Auf der linken Wange klaffte eine fingerlange Platzwunde. Das zerfurchte Gesicht, von mindestens sechs Jahrzehnten Wind und Wetter gegerbt, sowie der lange, zottige Bart waren mit getrocknetem, verkrustetem Blut überzogen. Die linke Hand war auf mindestens doppelten Umfang angeschwollen, und der unnatürliche Knick im Oberschenkel verriet, daß der Knochen gebrochen war.
Lebte er noch? Behutsam hob Hendrik den Kopf des Mannes an und stellte mit Erleichterung fest, daß er atmete.
»Können Sie mich hören?«
Der Mann röchelte, gab ihm jedoch keine Antwort.
»Halten Sie durch! Sie sind jetzt nicht mehr allein, Mijnheer. Sie haben den Angriff der Hyänen überstanden. Alles andere ist dagegen ein Kinderspiel. Sie dürfen sich jetzt bloß nicht aufgeben!« redete Hendrik mit Nachdruck auf ihn ein. »Ich hole Wasser, und dann kümmere ich mich um Ihre Verletzungen.« Und in Gedanken fügte er hinzu: So gut ich kann.

Whisper kam auf Zuruf, wenn sie auch nervös schnaubte und den Hyänen so weit wie möglich aus dem Weg ging. Ein stechender Gestank stieg von den Kadavern auf, und gegen Mittag würde er infernalisch sein.
Hendrik kniete sich mit der Wasserflasche neben den Mann und ließ von dem kühlen Naß ein wenig über sein Gesicht rinnen, auch über seine trockenen, rissigen Lippen.
Die belebende Wirkung war erstaunlich. Der Mann stöhnte wie erlöst und öffnete den Mund. »Wasser ... Wasser«, keuchte er.
»Hier ist Wasser, jede Menge Wasser«, sagte Hendrik und setzte ihm die Öffnung an die Lippen. »Trinken Sie.«
Er trank in gierigen Schlucken, hustete, spuckte sich das Wasser über seine derbe und schon sehr speckige Jacke aus Schaffell und schlug dann die Augen auf. Doch ihr Blick war verschleiert und unstet.
»Die Hyänen ...« stieß er gepreßt aus.
»Die Hyänen sind tot, Mijnheer«, beruhigte ihn Hendrik. »Sie befinden sich in Sicherheit. Ich werde Sie von hier wegbringen. Sie haben das Schlimmste hinter sich. Und nun trinken Sie noch etwas, aber langsam.«
Der Mann trank und stöhnte dann unter Schmerzen auf. Hendrik befreite ihn vom Gewicht des Vorderladers. Dabei fiel sein Blick auf die kleine Messingplatte, die in das Schulterstück eingesetzt war und eine Gravur trug: HERMANUS HOUTMAN – GROOT FONTEIN.
»Mijnheer Houtman? Sind Sie Hermanus Houtman von GROOT FONTEIN?« fragte Hendrik.
Der Mann schlug wieder die Augen auf und kämpfte sichtlich gegen die Bewußtlosigkeit an. »Ja ... Hermanus Houtman ... GROOT FONTEIN ... meine Farm«, antwortete er abgehackt und mit verzerrtem Gesicht. »Auf Jagd ... ge-

stern ... mein Pferd ... irgendwo da hinten ... gestürzt ... die Hyänen ... das verfluchte Pack ...«

»Strengen Sie sich nicht so an. Sagen Sie mir nur, wo ich GROOT FONTEIN finde. Alles andere hat Zeit bis später.«

»Südwesten ... im Südwesten ...« brachte der Farmer unter Schmerzen hervor.

»Wie weit?« drang Hendrik in ihn, denn der Mann konnte jeden Augenblick das Bewußtsein verlieren.

»Sieben ... acht Meilen ... hinter Swart ... Swartmodder Vlei ... neun Meilen westlich von Roodekroon.«

»Das reicht mir schon. Ich bin erst gestern durch Roodekroon gekommen«, beruhigte Hendrik ihn und wußte nun, wo er die Farm GROOT FONTEIN zu suchen hatte.

Hermanus Houtman schloß die Augen. »Singt dem Herrn, der thront auf dem Zion«, kam es leise und wie mit letzter Kraft über seine Lippen. »Verkündet unter den Völkern seine Taten! Denn er, der jede Blutschuld rächt, denkt ... an ... die Armen ...« Das Gemurmel brach ab.

»... und ihren Notschrei vergißt er nicht«, beendete Hendrik, der seine guten Bibelkenntnisse Rachels abendlicher Bibelstunde verdankte, den Vers vom 9. Psalm.

Hendrik war auf HIGHLANDS groß geworden und hatte in den vergangenen drei Jahren auf mehreren Farmen zwischen Swellendam und Graaff-Reinet gearbeitet sowie an einem viermonatigen Viehtrieb von Tulbagh durch die Große Karroo bis zum Unterlauf des Gamtoos River mitgemacht. In dieser Zeit hatte er mehr als nur einen Knochenbruch gesehen und gelernt, wie man einen Bruch schient. Hermanus Houtman einigermaßen angemessen zu versorgen war jedoch komplizierter als alles, was er bisher erlebt hatte, und vor allem zeitaufwendig, weil er jeden Handgriff allein machen mußte. Es gab nur wenige Bäume und hohe

Büsche, von denen er das gute Dutzend daumendicke und fast armlange Zweige schneiden konnte, die er zum Schienen brauchte.
Er beeilte sich, so gut er konnte, und doch benötigte er fast eine Stunde, bis er Oberschenkel und Hand provisorisch geschient, den alten Mann in den Sattel gehoben und ihn dort festgebunden hatte. Zwar hatte der Farmer in dieser Zeit kurz das Bewußtsein wiedererlangt, doch die Schmerzen beim Schienen und insbesondere beim Hinaufheben in den Sattel hatten ihn schnell wieder in gnädige Besinnungslosigkeit versinken lassen.
»Tut mir leid, Whisper, aber heute mußt du für ein paar Meilen doppelte Last tragen«, sagte Hendrik, als er sich hinter den Farmer aufs Pferd schwang und die Zügel aufnahm.
Er wandte der eindrucksvollen Bergkette der Snow Mountains den Rücken zu und lenkte seine Fuchsstute aus der steinigen Senke nach Südwesten, wo weite, fruchtbare Täler und Ebenen die Landschaft bestimmten.

13

Sie waren zwei Stunden geritten, ohne daß Hermanus Houtman sein Bewußtsein wiedererlangt hätte, als sich dunkle Wolken aus Nordosten heranschoben. Der blaue Himmel schrumpfte unter dem heraufziehenden Unwetter immer mehr zusammen und wurde von dem bleiernen Grau ertränkt.
Hendrik trieb sein Pferd zu noch größerer Eile an. Das letzte, was sie jetzt brauchen konnten, war, auf offenem Veld von einem Frühjahrsgewitter überrascht zu werden. »Brin-

gen wir es hinter uns, meine Beste«, redete er der Fuchsstute gut zu. »Weit kann es ja nicht mehr sein.«
Welliges Weideland, von kleinen Wäldchen und zahlreichen Hügelgruppen durchzogen, erstreckte sich vor seinen Augen. Angespannt hielt er Ausschau nach einer menschlichen Behausung, suchte den Horizont nach einer Rauchfahne ab, die ihm den Weg zu einer der einsam gelegenen Farmen hätte weisen können.
Die schmutziggraue Wolkenwand zog bedrohlich schnell heran, und Hendrik wurde langsam unruhig, denn noch immer war weit und breit nichts von GROOT FONTEIN oder irgendeiner anderen Farm zu sehen. Er überlegte schon, ob er in den Wald reiten und dort mit Hermanus Houtman Schutz suchen sollte, als er über eine Hügelkuppe kam – und eine halbe Meile vor sich eine kleine Schafherde entdeckte. Sie wurde von einem schwarzen Hirten und zwei struppigen Hunden nach Süden getrieben.
Hendrik atmete auf. Als er den Schwarzen erreicht hatte, sagten ihm die Gesichtszüge und die pechschwarze Hautfarbe des Mannes, daß es sich bei ihm nicht um einen Hottentotten, sondern um einen Sklaven handelte, vermutlich aus Angola.
Der Schwarze erkannte den Farmer, obwohl er wie tot vornübergefallen im Sattel saß, gehalten nur von den Lederriemen. Doch er gab keinen Laut des Entsetzens oder der Bestürzung von sich. Sein Gesicht drückte kaum mehr als leichte Überraschung aus. Stumm stand er da und blickte dann vom Farmer zu Hendrik auf.
»Du kennst ihn?«
Der Schwarze nickte. »Is' Baas Hermanus.«
»Hermanus Houtman ist dein Herr?«
Wieder nickte der Schwarze. »Ja, is' mein Baas.«

»Er braucht dringend einen Arzt. Wie weit ist es noch bis nach GROOT FONTEIN?«

»Nich' weit nich', Baas. Farm liegen gleich hinter den *koppies* da.« Er deutete nach Süden auf eine Hügelgruppe. »Eine Meile.«

»Gott sei gedankt!« Er nahm die Zügel wieder auf und fragte dann noch: »Wie heißt du?«

»Ahmsat, Baas.«

»Sieh zu, daß du dich und die Tiere in Sicherheit gebracht hast, ehe das Unwetter losbricht, Ahmsat!« ermahnte er ihn, denn die Gewitter und Regenfälle im Oktober konnten von wilder, zerstörerischer Kraft sein.

»Ja, Baas«, antwortete der Schwarze gelassen. »Regen erst kommen, wenn Ahmsat schon auf GROOT FONTEIN.«

»Hoffentlich!« rief Hendrik ihm zu und ritt weiter.

Von wegen eine Meile! Bis nach GROOT FONTEIN waren es hinter den Hügeln noch gute zwei Meilen. Doch die Tatsache, daß er schon die Gebäude sehen konnte, erfüllte ihn mit großer Erleichterung.

Donnergrollen rollte über den Himmel, als er den Hof erreichte. Aus der Entfernung hatte das Anwesen noch recht annehmbar ausgesehen. In der Nähe jedoch machte GROOT FONTEIN einen ausgesprochen heruntergekommenen, erbarmungswürdigen Eindruck. Rostige Gerätschaften, zersplitterte Ochsenjoche und kaputte Räder eines Ochsenwagens lagen auf dem Hof herum, der mit dem Kot von Hunden, Pferden und Ochsen übersät war, wie er es noch auf keiner Farm gesehen hatte. Das Farmhaus war von stattlicher Größe, aber in einem entsetzlich vernachlässigten Zustand. Die Wände zeigten zahllose Risse und an manchen Stellen sogar schon das innere Flechtwerk aus Zweigen, und das Dach hätte bereits vor Jahren mit neuem Reet eingedeckt werden müssen. Die Viehkraals, Nebengebäude und Rundhütten der schwarzen Farmarbeiter sahen nicht weniger verkommen aus.

GROOT FONTEIN war ein Ort, wo Nachlässigkeit Hand in Hand mit Hoffnungslosigkeit und Unvermögen deprimierende Triumphe feierte.

Was für eine schäbige Farm, dachte Hendrik und wunderte sich nicht, als sich die sieben, acht Hottentotten viel Zeit damit ließen, ihm zu Hilfe zu kommen. Daß es ihren Baas böse erwischt hatte, schien niemanden aus der Fassung zu bringen, geschweige denn das Herz zu brechen.

Betroffenheit zeigten allein eine Frau namens Jakoba und ein stämmiger Hottentotte mit schon grau werdendem Haar, dessen Name Carlson war.

Gemeinsam hoben sie Hermanus Houtman vom Pferd, legten ihn auf eine große Wolldecke und trugen ihn ins Haus, während die anderen Schwarzen gute zehn Schritte Abstand hielten und ihnen stumm zusahen, wie sie sich mit dem schweren Körper des Farmers abmühten.

Im Innern des Hauses sah es genauso verkommen aus wie auf dem Hof. Ein unangenehmer feucht muffiger Geruch hing in den Räumen. Hendrik bemerkte einige wunderschöne Schränke aus Gelbholz mit Einlegearbeiten, doch die kostbaren Möbelstücke hatten lange keine Politur mehr erhalten und deshalb ihren Glanz verloren. Das Holz war stumpf, und an Schlössern und Scharnieren nagte der Rost.

»Hier entlang, Baas«, sagte Jakoba und führte sie in die Schlafkammer des Farmers.

Das hohe, schwere Ehebett mit den vier kunstvoll gedrechselten Pfosten war ein abstoßendes Durcheinander von schmutzigen Laken, verfilzten Wolldecken und mehreren Schaffellen, übersät mit Brandflecken, und jedes Stück davon hatte schon viel zu lange keinen Waschtrog mehr gesehen. Auf dem Nachttisch rechts neben dem Bett war das Wachs von ungezählten Kerzen, und über den aufgebrochenen Boden huschte Ungeziefer.

»Um Himmels willen!« rief Hendrik unwillkürlich und voller Abscheu aus. »Was für ein Dreckstall!«

»Der Baas will es so«, sagte Jakoba fast trotzig, als hätte er ihr persönlich einen Vorwurf gemacht, senkte jedoch den Blick, als er sie ansah.

Was geht es mich an. Ich muß ja hier nicht leben, dachte Hendrik und war versucht, den bewußtlosen Farmer einfach so auf das Bett zu legen. Doch dann erinnerte er sich an die Hyänen und die schrecklich lange Nacht, die Hermanus Houtman im Vorgebirge der Snow Mountains durchlitten und in der er verbissen um sein Leben gekämpft hatte.

Er kannte den Mann nicht, und er wußte auch nicht, warum er seine Farm so verkommen ließ. Doch nach allem, was ihm da draußen widerfahren war, hatte er Respekt verdient und nicht, daß sie ihn in diesen abstoßenden Berg stinkender Decken und Felle legten.

»Runter mit den Sachen, und raus aus dem Fenster damit!« trug er Jakoba auf. »Irgendwo wird es hier wohl doch noch ein einigermaßen frisches Laken und einige saubere Dekken geben!«

»Ja, Baas«, sagte die Hottentottenfrau und zerrte alles vom Bett.

»Er ist schwer, Baas«, machte sich Carlson bemerkbar.

Hendrik verzog das Gesicht. »Ja, für mich auch.« Vorsichtig setzten sie ihr schweres Bündel auf dem rissigen Boden ab. Jakoba fand in einer Wäschekiste ein frisches Laken und warf es über das Bett. Während sie aus der Schlafkammer eilte, um saubere Decken zu holen, zogen Hendrik und

Carlson dem Farmer Jacke und Stiefel aus und hoben ihn dann auf das Bett.

Hermanus Houtman war noch immer ohne Bewußtsein. Er stöhnte und zitterte, als habe er Schüttelfrost. Jakoba kam mit drei Decken zurück.

»Seine Wunden und Brüche müssen versorgt werden«, sagte Hendrik zu den beiden Schwarzen, die offensichtlich von ihm erwarteten, daß er ihnen erklärte, was sie tun sollten. »Er braucht einen Arzt oder sonst jemanden, der sich auf Wundbehandlung versteht. Gibt es so jemanden auf GROOT FONTEIN?«

Beide schüttelten den Kopf, und Jakoba antwortete: »Wir hatten einmal eine Frau, die sich darauf verstand. Mahalat kannte alle geheimen Kräuter und wußte, wie die bösen Geister zu vertreiben waren. Aber der Baas hat sie zusammen mit ihren beiden Söhnen vom Hof gejagt.«

Hendrik forschte in ihren Gesichtern nach einem Hinweis, daß sie diese Situation nun als gerechte Strafe für ihren Herrn empfanden, doch ihre Mienen blieben unbestimmbar. »Wer kann ihm dann helfen?«

»Zebe«, antwortete Jakoba.

»Wer ist Zebe?«

»Sie lebt auf ONVERWACHT von Baas Willem van Wyken«, erklärte Carlson. »Mahalat hatte einen starken Zauber, doch Zebe ist noch mächtiger. Sie hat Mahalat in viele Geheimnisse eingeweiht.«

»Und wie weit ist es bis nach ONVERWACHT?« wollte Hendrik wissen.

»Man läuft ...«

»Zu Pferd natürlich!« fiel Hendrik ihm ungeduldig ins Wort, während das Gewittergrollen lauter wurde.

»Nicht ganz eine Stunde.«

»Dann sattle ein Pferd, und mach dich auf den Weg nach ONVERWACHT. Sieh zu, daß du so schnell wie möglich mit dieser Zebe zurückkommst!« befahl Hendrik ihm.
Der Schwarze schüttelte den Kopf. »Ich bringe Zebe nicht nach GROOT FONTEIN, Baas.«
Hendrik furchte die Stirn. »Du weigerst dich, Hilfe für deinen Herrn zu holen?« fuhr er ihn scharf an.
»Nein, Baas, ich weigere mich nicht. Wenn Sie es so wollen, reite ich nach ONVERWACHT. Aber es wird nichts nutzen nicht. Baas van Wyken wird mich nicht einmal anhören, sondern mich von der Farm jagen lassen«, erklärte Carlson.
»Und weshalb?«
»So ist es nun mal zwischen Baas Hermanus und Baas Willem van Wyken«, gab der Schwarze vage und mit einem Achselzucken zur Antwort.
Hendrik überlegte kurz. »Ist Willem van Wyken ein gläubiger Christ?« fragte er dann.
»Sind sie das nicht alle?« antwortete Jakoba mit einer Gegenfrage, und ein merkwürdiger Unterton schwang in ihrer Stimme mit, als hätte sie noch hinzufügen wollen: Zumindest ihren Worten nach!
Hendrik hatte jetzt weder Zeit noch Interesse, sich damit auseinanderzusetzen. »Dann wird er einem Menschen in Not auch seine Hilfe nicht verweigern können.«
»Uns schon, Ihnen jedoch vielleicht nicht«, sagte Carlson.
Jakoba nickte. »Ja, Sie wird er vielleicht anhören, Baas.«
Hendrik sah mißtrauisch von einem zum anderen und versuchte von ihren Gesichtern abzulesen, ob sie die Wahrheit sprachen oder ob sie ihm nur etwas erzählten, um sich vor einer höchst unangenehmen Aufgabe zu drücken. Durch ein Unwetter zu reiten war alles andere als ein Vergnügen.
»Ich reite mit Ihnen, Baas. Sie kennen den Weg nicht nach

Onverwacht«, sagte Carlson, als hätte er seine Gedanken erraten.

»Gleich wird das Unwetter losbrechen.« Hendrik konnte sich diese Bemerkung nicht verkneifen.

»Ist nicht das erste Gewitter und wird auch nicht das letzte nicht sein, das ich auf offenem Veld erlebe, Baas«, erwiderte Carlson mit Stolz in der Stimme.

Hendrik lächelte. »Gut, Carlson, dann reiten wir zusammen. Sattle auch ein Pferd für mich. Meine Stute ist für diesen Ritt zu müde.«

»Ja, Baas«, sagte der Schwarze und eilte aus dem Zimmer.

Hendrik stand noch einen Augenblick neben dem Bett und schaute auf das bärtige, zerfurchte Gesicht des Farmers, das sich im Schmerz und Fieber verzerrte. Ein Anflug von Groll wallte in ihm auf, daß dieser Fremde ihm so viele Umstände machte. Doch schon im nächsten Moment schämte er sich dafür, und er spürte, wie ihm das Blut heiß ins Gesicht stieg. Als er den Kopf hob, bemerkte er, daß Jakoba ihn von der anderen Seite des Bettes prüfend ansah.

Er fühlte sich ertappt und trug ihr schroff auf: »Wasch ihn, und flöß ihm Flüssigkeit ein, zuerst einen Schluck Brandy und danach lauwarme Fleischbrühe!« Ohne eine Erwiderung abzuwarten, drehte er sich um und machte, daß er hinaus auf den Hof kam.

Es schien Abend geworden zu sein, so sehr hatte sich der Himmel verdunkelt. Die ersten Blitze schossen in grell gezackten Lichtbahnen aus den regenschweren Wolken. Doch noch fiel nicht ein Tropfen.

Hendrik sah Ahmsat mit seiner Schafherde über die Hügel kommen und mußte unwillkürlich lächeln. Gut möglich, daß der Bursche Recht behielt und den Hof mit seiner Herde noch trockenen Fußes erreichte. Manchmal hatte

das Gespür der Schwarzen für das Wetter geradezu hellseherische Qualitäten.
Carlson kam mit zwei gesattelten Pferden, einem schwarzbraunen Hengst und einem Apfelschimmel, zu ihm über den Hof. »Witbooi«, sagte er und reichte ihm die Zügel des gescheckten Hengstes. »Das Beste, was GROOT FONTEIN je hervorgebracht hat.«
Hendrik mußte ihn verwirrt angeblickt haben, denn Carlson fügte erklärend hinzu: »Der Baas hat ihn nie geritten. Witbooi sollte ein Geschenk sein.«
»Für wen?«
Der Hottentotte tat, als hätte er die Frage nicht gehört, kehrte ihm den Rücken zu und machte sich am Sattelgurt des Apfelschimmels zu schaffen. »Wir müssen los«, sagte er. »Das Unwetter wird uns auch so noch schnell genug einholen.«
»Ein, zwei Männer sollten Ahmsat entgegenreiten und ihm mit den Schafen helfen«, meinte Hendrik.
Carlson schwang sich in den Sattel und wandte sich den schwarzen Männern und Frauen zu, die ebenso neugierig wie tatenlos auf dem Hof herumstanden. »Tebach! ... Moab!« rief er der Gruppe zu. »Lauft Ahmsat entgegen und helft ihm beim Treiben. Die Tiere sind nervös und können jeden Augenblick in Panik geraten. Und vergeßt bloß nicht, die Viehkraals sorgfältig zu verschließen!«
»Ja, ganz wie Sie wünschen, Baas Carlson«, rief jemand mit bissigem Spott zurück und löste damit Gelächter aus, das einen höhnischen Beiklang hatte. »He, Moab, bring dem Baas Carlson die Sjambok. Ich glaube, er hat sie vergessen.«
Ein Schatten des Zorns trübte für einen kurzen Moment die hellen Augen von Carlson, dann wandte er sich rasch ab und hieb seinem Pferd die nackten Fersen in die Seite, worauf-

hin der Apfelschimmel fast aus dem Stand heraus angaloppierte und über den Hof preschte.
Hendrik folgte ihm mit einem Moment verdutzter Verzögerung. Witbooi reagierte wunderbar auf Schenkeldruck und Zügelkommandos, und er hatte Feuer im Leib. Im Handumdrehen hatte er Carlson wieder eingeholt. Er hatte eine Menge Fragen an den Hottentotten auf der Zunge, denn vieles war ihm auf GROOT FONTEIN unverständlich, ja kam ihm geradezu beunruhigend merkwürdig vor. Doch er hatte kein Recht, Fragen zu stellen oder gar seine Mißbilligung auszusprechen. Zudem machte der Donner ein Gespräch auch völlig unmöglich. Außerdem mußte ihre Konzentration bei dem schnellen Tempo ausschließlich ihrem Pferd und dem Gelände gelten.
Zuerst erreichte sie der böige Wind, dann stürzte der Regen vom Himmel. Die ersten zehn, fünfzehn Minuten waren wie eine Sintflut. Die Sonne schien endgültig zu verlöschen, und das wellige Weideland verschwamm hinter einem dichten Vorhang aus schräg herabprasselndem Regen.
Das Wasser, das sich auf Hendriks Lederhut sammelte, schoß in kleinen Sturzbächen über die breite Krempe, als würde jemand einen Eimer nach dem anderen über seinen Kopf ausschütten. Sie mußten sofort mit dem Tempo heruntergehen, denn im Nu bildeten sich Wasserlachen, die in Senken zu kleinen Teichen anstiegen, und die Hänge der Hügel wurden weich und rutschig.
Zum Glück verlor das Gewitter schnell an Kraft, und wenn das Unwetter sich auch nicht völlig verzog, so wurde aus den Sturzfluten doch zumindest ein erträglicher Regen, der es ihnen erlaubte, streckenweise wieder schneller zu reiten.
Nach anderthalb Stunden und einer letzten Hügelkette, die von Weißdornsträuchern übersät war, lag ONVERWACHT end-

lich vor ihnen, die Farm von Willem van Wyken. Hendrik hätte gern mehr über den Zwist zwischen ihm und Hermanus Houtman gewußt, doch dafür war jetzt keine Zeit, und vielleicht war es sogar von Vorteil, nicht zu wissen, was die benachbarten Farmer entzweit hatte.

14

Auch bei grauem Himmel und beständigem Regen lagen Welten zwischen ONVERWACHT und GROOT FONTEIN, wie Hendrik beim Näherkommen feststellte. Die Farm der van Wykens war so tadellos wie die von Hermanus Houtman verkommen war. An den Zäunen, die rechts und links die Zufahrt zum Hof begrenzten, konnte er nicht einen schiefen Pfosten oder ein kaputtes Brett feststellen. Der Hof war peinlich aufgeräumt, die Hütten der Schwarzen, die ein gutes Stück weiter als gewöhnlich vom Haupthaus entfernt standen, waren in zwei Reihen so genau ausgerichtet wie Gardesoldaten. ONVERWACHT war ein Hof, der den Stolz und den Arbeitswillen seines Besitzers sofort erkennen ließ.
»Ich warte besser hier«, sagte Carlson, als sie den ersten Viehkraal erreicht hatten.
»Gut«, erwiderte Hendrik nur und ritt zum Haupthaus hinüber, einem etwas gedrungen wirkenden Klotz. Doch das Reetdach und die frisch gekalkten Mauern waren so makellos wie alles andere auf dem Hof. Vier breite Steinstufen führten zur Stoep hinauf.
Die schwere, mit Schnitzereien reich verzierte Haustür ging auf, kaum daß Hendrik seinen Hengst Witbooi vor den Stufen zum Stehen gebracht hatte. Ein Mädchen, nach burischen Maßstäben fast schon eine junge Frau, trat auf die Sto-

ep hinaus. Sie trug ein nußbraunes Kleid, vor das sie eine weiße Schürze gebunden hatte, und eine große Schute, unter der rechts und links vom rosigen Gesicht ein Zopf dunkelbraunen Haars hervorkam und auf den breiten weißen Spitzenkragen herabhing. Die losen Bänder des Hutes verrieten, daß sie ihn schnell aufgesetzt hatte. Es schickte sich nicht für eine junge Frau, ohne Kopfbedeckung aus dem Haus zu treten, schon gar nicht in Gegenwart eines Fremden.
»Juffrouw van Wyken?« erkundigte sich Hendrik höflich und nahm trotz des Regens den Hut vom Kopf.
Sie nickte. »Franziska van Wyken«, stellte sie sich mit angenehmer Stimme vor.
»Einen guten Tag, Juffrouw van Wyken«, begrüßte er sie, »auch wenn die Chancen dafür heute ausnehmend schlecht stehen. Aber mitten in einem Unwetter zu stecken hat auch sein Gutes.«
»Und das wäre?«
»Man weiß, woran man ist, hat bereits einen Teil hinter sich und ist dem nächsten Sonnenschein schon viel näher, als wenn man erst noch auf sein Losbrechen wartet und sich sorgt, was es wohl anrichten mag.«
Sie lächelte belustigt. »So habe ich es noch nie gesehen.«
»Versuchen Sie es, es hat etwas für sich«, sagte Hendrik, um einen guten ersten Eindruck bemüht. »Eine Flasche, die schon halb leer ist, sieht gleich viel freundlicher aus, wenn man sich sagt, daß sie ja noch halb voll ist.«
»Ich denk', das kommt sowohl auf den Betrachter als auch auf den Inhalt der Flasche an.«
Er schmunzelte. »Ausnahmen bestätigen die Regel, Juffrouw van Wyken«, räumte er ein.
»Wollen Sie nicht absteigen und eintreten, Mijnheer?«
Er hörte die zweite Frage heraus, die sie höflich hinter

dieser gastfreundschaftlichen Aufforderung verborgen hatte. »Danke, aber leider bin ich in Eile, und bitte entschuldigen Sie, daß ich mich Ihnen noch nicht vorgestellt habe ...«

»*Ich* bin nicht in Eile«, erwiderte sie, noch immer das Lächeln auf den Lippen, als hätte sie schon lange keine scherzhaften Worte mehr mit einem fremden jungen Mann ausgetauscht und als fände sie daran großen Gefallen.

»Mein Name ist Hendrik Magdenburg«, stellte er sich mit dem Familiennamen seiner Mutter vor, den er in Vleifontein an ihrem Grab angenommen hatte. James McAllister hatte ihn verstoßen, und wenn er ihn nicht mehr als seinen Sohn betrachtete, wollte er auch nicht mehr den Namen seines Vaters tragen.

Franziska van Wyken nickte ihm freundlich zu. »Und was führt Sie nach ONVERWACHT und läßt Sie so in Eile sein, daß Sie es vorziehen, in strömendem Regen auf Ihrem Pferd sitzen zu bleiben, Mijnheer Magdenburg?«

»Ich komme von GROOT FONTEIN ...«

Das Lächeln verschwand augenblicklich von ihrem Gesicht. Ihre Miene wurde abweisend. »GROOT FONTEIN?« fragte sie mit brüsker Stimme, als wäre das der Name einer ansteckenden Krankheit.

»Ja, Hermanus Houtman ...«

Franziska van Wyken fiel ihm schroff ins Wort. »Was immer mit ihm ist, wir wollen es nicht wissen. Und Sie sehen besser zu, daß Sie ONVERWACHT auf schnellstem Weg verlassen, Mijnheer!«

»Nicht ohne Zebe!« erwiderte Hendrik.

Sie blitzte ihn an und öffnete den Mund zu einer erbosten Erwiderung. In dem Moment drang eine kräftige, befehlsgewohnte Männerstimme aus dem Innern des Hauses.

»Franzie, wer ist gekommen?«

»Jemand von GROOT FONTEIN, Vater!« rief sie über ihre Schulter.
»Er soll sich von unserem Land scheren, bevor ich komme und ihm Beine mache!«
Mit einem spöttischen Lächeln auf den Lippen, als erwartete sie, daß er bei dieser Drohung umgehend sein Pferd herumreißen und davonjagen würde, wandte sich Franziska wieder Hendrik zu. Ihr Lächeln verwandelte sich in einen halb verdutzten, halb ärgerlichen Ausdruck, als er nicht die geringsten Anstalten machte, der Aufforderung Folge zu leisten.
»Haben Sie nicht gehört?« fauchte sie ihn an. »Verschwinden Sie! Mein Vater hat sich doch wohl deutlich genug ausgedrückt!«
»Ich denke, ich auch«, entgegnete Hendrik gelassen.
»Werden Sie nicht unverschämt! Machen Sie, daß Sie von unserem Land kommen!«
Hendrik zeigte sich nicht im mindesten beeindruckt. Er bedachte sie vielmehr mit einem nachsichtigen Blick, als hätten ihre Worte in seinen Augen kein großes Gewicht, was sein Anliegen betraf, und genauso verhielt es sich auch. Doch nach dem anfänglich so freundlichen Wortwechsel wollte er sie nun nicht verletzen. »Ich möchte nicht unhöflich sein, Juffrouw van Wyken, aber ich würde die Angelegenheit, deretwegen ich hier bin, doch lieber mit der Person besprechen, die hier auf ONVERWACHT die wichtigen Entscheidungen trifft – und das dürften nicht Sie, sondern Ihr Vater sein.«
Sie gab einen Ausruf der Empörung von sich und funkelte ihn an. »Wie können Sie es wagen ...«
Der Rest ihres Satzes ging in der dröhnenden Stimme ihres Vaters unter, der nun in der Tür erschien. »Wenn Sie meine

Tochter noch einen Augenblick länger belästigen und nicht auf der Stelle von meinem Hof verschwinden, verpasse ich Ihnen eine gehörige Tracht Prügel!«

Willem van Wyken sah ganz so aus, als hätte er in seinem gut fünfzigjährigen Leben eine solche oder ähnliche Drohung nicht nur oft ausgesprochen, sondern auch wahrgemacht. Er war von kräftiger Statur, breit in den Schultern und bei weitem nicht so wohlbeleibt um die Körpermitte wie Hermanus Houtman. Seine Beine waren für seine stämmige Figur allerdings ein wenig zu kurz, was ihm das Aussehen eines gedrungenen, etwas gestauchten Mannes gab. Er trug eine Hose aus schwarzem, grobem Tuch und über einem weißen Hemd eine taubengraue Weste. Eine goldene Uhrkette baumelte zwischen Knopfleiste und rechter Tasche und wies darauf hin, daß ihr Besitzer ein wohlhabender Mann war. Das Haar des Farmers war noch so voll und dunkelbraun wie das seiner Tochter. Dicht und dunkelbraun waren auch der Schnurrbart und der Spitzbart am Kinn, beide so akkurat geschnitten wie der Rasen im Park des Gouverneurs in Kapstadt.

Hendrik sah ihm furchtlos in die Augen. »Hermanus Houtman braucht Ihre Hilfe, Mijnheer van Wyken.«

»Als ich ihm meine Hilfe und meinen guten Rat angeboten habe, wollte er ihn nicht. Jetzt will ich nicht!« blaffte der Farmer.

»Es geht heute nicht darum, was Sie wollen oder was Hermanus Houtman will ... auch nicht, was ich will«, sagte Hendrik, dem allmählich der Geduldsfaden riß, mit deutlicher Mißbilligung. »Es geht einzig und allein darum, daß Hermanus Houtman bewußtlos und mit schweren Verletzungen in seinem Bett liegt und eine Ihrer Hottentottenfrauen namens Zebe wohl die einzige Person weit und breit ist, die ihm helfen kann, seine Verletzungen vielleicht zu überleben.«

»So schlimm wird es ja kaum sein«, meinte Willem van Wyken geringschätzig. »Und der alte Hermanus verträgt was. Er wird es schon überstehen.«

Hendrik sah ihn scharf an. »Man sagte mir, Sie würden Ihren Glauben ernst nehmen und nach den Lehren der Bibel leben. Das muß wohl ein Irrtum gewesen sein.«

Franziska zuckte zusammen und riß in ungläubiger Bestürzung die Augen weit auf, als hätte noch nie jemand gewagt, ihrem Vater eine solche Beleidigung an den Kopf zu werfen.

»Magtig!« stieß der Farmer wutentbrannt aus, machte einen Schritt in den Regen hinaus und drohte Hendrik mit der Faust. »Noch ein Wort, und ich breche dir jeden Knochen im Leib, Bursche!«

Der Regen rann Hendrik in den Kragen und am Hals hinunter, und mit einer ärgerlichen Bewegung setzte er seinen Hut wieder auf. Er hatte genug von diesem burischen Sturkopf. »Ich kenne Hermanus Houtman genausowenig, wie ich Sie kenne, Willem van Wyken, und ich weiß auch nicht, was zwischen Ihnen beiden vorgefallen ist, daß Sie einem Menschen, der zudem noch Ihr Nachbar und Landsmann ist, Ihre lebenswichtige Hilfe verweigern«, sagte er gereizt und mit unüberhörbarem Abscheu in der Stimme. »Als ich Hermanus Houtman mehr tot als lebendig mit zerschmetterten Knochen in den Bergen gefunden habe, habe ich nicht lange gefragt oder überlegt, ob er mir wohl sympathisch ist oder nicht. Ich habe ihm die Hilfe, die in meiner Macht stand, ohne Zögern gegeben und ...«

»*Wo* haben Sie ihn gefunden?« fiel ihm der Farmer verdutzt ins Wort.

»Im Vorgebirge der Snow Mountains, mit gebrochenem

Oberschenkel, zertrümmerter linker Hand und einem halben Dutzend toter Hyänen um sich herum.«
Franziska warf ihrem Vater einen verstörten Blick zu. »Die Wette!« murmelte sie. »Er hat dich wirklich beim Wort nehmen ...«
»Schweig!« fuhr der Farmer ihr über den Mund und sagte dann mit einem Kopfschütteln mehr zu sich selbst: »Der alte Hermanus ist ja noch närrischer und störrischer, als ich gedacht habe.«
Hendrik wußte nicht, was es mit dieser Wette auf sich hatte, und es interessierte ihn im Moment auch nicht. Er spürte jedoch, daß sowohl Franziska als auch ihr Vater etwas von ihrer unerschütterlichen Feindseligkeit verloren hatten, und diesen Vorteil galt es zu nutzen.
»Ich bin fremd in dieser Gegend, und ich weiß nicht, was ich auf das Wort des Hottentotten geben kann«, sagte er deshalb in umgänglichem Tonfall und deutete in Richtung Viehkraal, wo Carlson auf ihn wartete. »Carlson hat mir gesagt, daß allein Zebe seinem Herrn helfen kann, und deshalb bin ich hier. Weil ich es für meine Christenpflicht halte. Alles andere geht mich nichts an. Also wie lautet ihre Antwort, Mijnheer van Wyken? Geben Sie uns Zebe mit, oder ziehen Sie es vor, Ihre persönliche Feindschaft mit Hermanus Houtman höher zu stellen als Gottes Wort?«
Der Farmer sah ihn einen Augenblick mit verkniffener Miene an. Dann lachte er trocken auf. »Mut haben Sie, das muß man Ihnen lassen«, sagte er mit widerwilligem Respekt. »Wie ist Ihr Name, junger Mann?«
»Hendrik Magdenburg.«
Willem van Wyken nickte. »Also gut, Sie sollen Ihren Willen bekommen, Hendrik Magdenburg. Welch ein Glück, daß *Sie* den alten Narren gefunden haben.« Mit diesen Worten wink-

te er den Schwarzen heran, der gegenüber unter dem Vordach der Scheune hockte und die Szene zwischen dem fremden Reiter und den van Wykens mit Neugier verfolgt hatte.
»Joasch!«
»Ja, Baas!« Der Schwarze sprang sofort auf und kam im Laufschritt über den Hof.
»Zebe wird auf GROOT FONTEIN gebraucht. Sag ihr Bescheid. Sie soll sich beeilen, hörst du? Und dann sattelst du ein Pferd für sie!«
»Ja, Baas.«
»Lauf!«
Dar Schwarze rannte durch den Regen zu den Hütten, als wäre der Teufel hinter ihm her. Hendrik sah ihm verblüfft nach und bemerkte dann, daß Willem van Wyken ihn beobachtet hatte und über seinen Gesichtsausdruck spöttisch lächelte. »Bei mir herrschen Zucht und Ordnung, Hendrik Magdenburg«, erklärte er stolz, um dann voller Verachtung hinzuzufügen: »Im Gegensatz zu GROOT FONTEIN!«
Hendrik erwiderte darauf nichts, stimmte ihm insgeheim jedoch zu. Die Farm von Hermanus Houtman war ein Schandfleck und eine Versündigung gegen die Natur, die in diesem Landstrich so reiche Früchte schenkte, wenn man das Land nur ordentlich bestellte und nutzte.
Es dauerte nur wenige Minuten, da tauchte Zebe auf. Verrunzelt wie ein alter Apfel und zahnlos wie ein skorbutgeplagter Seemann, watschelte sie barfuß durch die Wasserlachen. Ihr Hals war so lang und faltig wie der eines Truthahns. Über der Schulter trug sie eine Art Sack aus Antilopenhaut. Er enthielt ihre Heilkräuter, Kürbisflaschen mit Salben und Tinkturen sowie kleine Beutel mit Knochen, Steinen und anderen merkwürdigen Dingen, auf deren magische Kräfte sie vertraute.

Zebe warf Hendrik einen prüfenden Blick aus klaren, wachsamen Augen zu, die nicht zu ihrem alten Körper zu passen schienen.

Joasch hob sie in den Sattel, und sie schlug mit einem wütenden Zischlaut nach ihm, als könnte sie noch sehr gut ohne seine Hilfe ein Pferd besteigen, was jedoch ganz offensichtlich nicht der Fall war. Aber sie wollte zumindest die Illusion aufrechterhalten.

»Ich danke Ihnen, Mijnheer van Wyken«, sagte Hendrik und verabschiedete sich mit dem burischen Gruß: »*Tot siens!*«

Der Farmer hatte die Daumen in den Gürtel seiner Hose gehakt und nickte ihm mit gefurchter Stirn zu, als wüßte er nicht, auf wen er mehr wütend sein sollte – auf sich selbst, weil er Zebe nach GROOT FONTEIN reiten und Hermanus Houtman behandeln ließ, oder auf den fremden jungen Mann, der ihn auf höchst respektlose Weise dazu gebracht hatte, einen Schwur zu brechen. Er konnte zu keiner Entscheidung kommen und ersparte sich einen Gruß.

Nicht jedoch seine Tochter. »Tot siens, Mijnheer Magdenburg.«

Hendrik glaubte Bedauern oder gar eine Entschuldigung aus ihrem Gruß herauszuhören, aber er war sich seiner Sache nicht sicher. Als Zebe und er Carlson am Viehkraal erreichten, drehte er sich noch einmal im Sattel um und warf einen Blick zurück auf das Wohnhaus der van Wykens. Der Farmer war verschwunden, doch Franziska stand noch auf der Stoep und blickte zu ihm hinüber. Dann huschte sie schnell ins Haus.

»Der Baas wird es nicht glauben, wenn er Zebe an seinem Bett sieht«, sagte Carlson und sah Hendrik dabei an, als hätte er ein Wunder vollbracht.

»Es war ein Kinderspiel, Carlson. Ein nettes Wort und ein freundliches Lächeln, mehr war nicht nötig«, scherzte Hendrik.

Der Schwarze lachte kehlig. »O ja, so wird es wohl gewesen sein!« rief er und klatschte sich vor Vergnügen auf die Schenkel, denn er wußte sehr wohl, wie wenig ein nettes Wort und ein freundliches Lächeln bei Willem van Wyken bewirkten, wenn es um Hermanus Houtman ging. Er lachte noch, als sie die erste Hügelkette erklommen und ONVERWACHT schon wieder hinter Regenschleiern verborgen lag.

Zebe hielt sich ausgezeichnet im Sattel, und sie kamen gut voran, auch wenn der Ritt alles andere als ein Vergnügen war. Die Überraschung bei den Schwarzen auf GROOT FONTEIN war groß und das Stimmengewirr aufgeregt, als sie auf dem Hof eintrafen. Jakoba führte die alte Frau ins Haus. Der Farmer war noch immer ohne Bewußtsein.

Hendrik wartete im Wohnraum und wärmte sich mit heißem Kaffee, während er zusah, wie es an drei Stellen von der Decke tropfte. Jakoba hatte drei irdene Schüsseln aufgestellt, um das Wasser aufzufangen. Er fragte sich, wie viele Töpfe und Schüsseln noch in den anderen Räumen standen und wie die Dächer der Nebengebäude wohl aussahen.

»Wie geht es ihm?« wollte Hendrik wissen, als Jakoba nach einer halben Stunde aus dem Zimmer von Hermanus Houtman kam. »Was sagt Zebe? Kann sie ihm helfen?«

»O ja, Baas«, antwortete sie mit ernster Miene. »Zebe hat geheimes Wissen und große Macht über die Dämonen, die uns von innen auffressen wollen. Aber manchmal sind die bösen Kräften stärker, und dann muß sogar die alte Zebe vor dem Tod zurückweichen.«

Hendrik fühlte sich an die Medizinfrau im Kariega-Tal erinnert. »Wie aufschlußreich!«

»Der Baas glüht wie feurige Kohlen. Er und Zebe versuchen die Dämonen zu vertreiben. Sie sagt, es kann ein langes Ringen um den Körper des Baas' werden.«
Als der Regen aufhörte und die Nachmittagssonne durch die Wolken brach, setzte sich Hendrik vor das Haus und überlegte, was er tun sollte. Nichts hielt ihn auf GROOT FONTEIN. Er hatte getan, was er hatte tun können. Alles andere lag nun in Gottes Hand – und wohl auch im Vermögen dieser alten Frau. Es gab also keinen Grund, noch länger zu bleiben. Am besten war es, er sattelte Whisper und ritt nach Roodekroon, das ja nur wenige Meilen entfernt lag. Bestimmt konnte er dort eine Unterkunft finden, die ansprechender war als alles auf GROOT FONTEIN.
Andererseits ... gebot es nicht der christliche Anstand, daß er zumindest so lange blieb, bis er wußte, ob der Farmer seine Verletzungen überleben würde? Er hatte keine Eile, irgendwohin zu kommen. Vielleicht war es sowieso noch etwas zu früh, um die Snow Mountains zu überqueren und zum Zak River zu reiten.
Hendrik beschloß, die Nacht auf GROOT FONTEIN zu verbringen. Als er nach Einbruch der Dunkelheit nach seiner Stute sah und dann zum Haus zurückkehrte, erschrak er im ersten Moment, als sich auf halbem Weg im Durchgang zwischen Geräteschuppen und Scheune eine Gestalt aus der Schwärze der Nacht löste und zu ihm trat. Dann sah er, daß es Carlson war, und er ärgerte sich über seine Schreckhaftigkeit.
»Kann ich Sie etwas fragen, Baas?«
Hendrik zuckte mit den Schultern. »Worum geht es?«
»Als Sie Baas Hermanus fanden ...«
»Ja?«
»War er da allein?«

Eine merkwürdige Frage, dachte Hendrik. »Ja, bis auf sein Pferd sowie die Geier und Hyänen, die er erschossen hat, war er allein.«
»Von niemand sonst keine Spur nicht, Baas?«
»Nein. Von wem hätten denn die Spuren sein sollen?«
Carlson zögerte kurz und sah mit nachdenklichem Blick zum Farmhaus hinüber. Aus den beiden Fenstern des Wohnraums fiel ein schwacher Lichtschimmer auf den Hof hinaus. »Baas Hermanus hatte noch ein Packpferd dabei und zwei von uns, Joab und Benaja.«
»Sie werden ihn wohl schon im Stich gelassen haben, bevor er verunglückt ist«, nahm Hendrik an.
Carlson schwieg, als wollte er seine Meinung dazu besser für sich behalten.
»Wann sind sie weggeritten?«
»Vor zweieinhalb Tagen, Baas.«
»Und was wollte dein Herr in den Bergen?«
»Einen Leoparden erlegen.«
Hendriks Überraschung hätte nicht größer sein können. »Er ist auf Leopardenjagd gegangen?« fragte er ungläubig, denn ein Mann wie Hermanus Houtman war längst aus dem Alter heraus, in dem man einem Leoparden in den Bergen nachstellte.
»Ja, Baas.«
Hendrik erinnerte sich auf einmal an Franziskas Bestürzung, als er gesagt hatte, wo er den Farmer gefunden hatte, und an ihre Worte, bevor ihr Vater sie zum Schweigen gebracht hatte.
»Weißt du etwas von einer Wette, Carlson?«
Der Schwarze ließ zwei, drei Sekunden verstreichen, bevor er antwortete. »Nein, Baas, ich weiß von keiner Wette nicht.«
Hendrik hatte das Gefühl, daß Carlson log, und er wünsch-

te, er könnte jetzt im Gesicht des Hottentotten lesen. Dafür war es jedoch zu dunkel. Außerdem, was ging es ihn an?
»Also dann, gute Nacht, Carlson.«
»Nacht, Baas«, murmelte der Schwarze.
Hendrik fand lange keinen Schlaf, was nicht allein an der muffigen Kammer lag. Er dachte an Douglas und Rachel, an seinen Vater und seine Brüder und an seine Mutter, an die er zu seinem tiefsten Schmerz nicht die geringste Erinnerung hatte. Er dachte auch über das unstete Leben nach, das er in den letzten drei Jahren geführt hatte – und wunderte sich über die Laune des Schicksals, das ihn nun nach GROOT FONTEIN verschlagen hatte.
Ein neuer Regenschauer holte ihn zwei Stunden vor Morgengrauen aus dem Schlaf. Nicht Blitz und Donner oder prasselnder Regen weckte ihn, sondern die beständigen Rinnsale von durchdringendem Regenwasser, die an mehreren Stellen von der Decke rannen – einige davon auf seine Lagerstatt.
Mit einer Verwünschung schlug er die nassen Decken zurück und sprang auf. Mehr denn je hoffte er, daß Hermanus Houtman überlebte. Denn bei allem Respekt vor dem Alter, aber jetzt brannte er wirklich darauf, dem Farmer seine Meinung über diesen Schandfleck namens GROOT FONTEIN klar und deutlich zu sagen.

15

»Hermanus Houtman bittet niemanden um einen Gefallen, schon gar nicht einen so selbstgerechten Pedanten wie Willem van Wyken! Und keiner hat das Recht, in meinem Namen solch einen Gefallen zu erbitten!« Diese scharfe Zurechtweisung war das erste, was Hendrik von Hermanus

Houtman zu hören bekam, als der Farmer nach vier Tagen das ärgste Fieber überwunden hatte und Zebe ihn zu ihm ins Zimmer ließ.

Hendrik glaubte im ersten Moment seinen Ohren nicht trauen zu dürfen. Nicht, daß er überschwengliche Dankbarkeit erwartet hätte, aber gemaßregelt zu werden, weil er ihm das Leben gerettet hatte, damit hatte er nun wirklich nicht gerechnet.

»Ich habe getan, was ich glaubte, tun zu müssen, Mijnheer Houtman«, erwiderte er kühl und beherrscht. »Und ich habe Willem van Wyken nicht in Ihrem Namen um einen Gefallen gebeten, sondern meine eigenen Gründe gehabt, warum ich Ihren Nachbarn dazu gebracht habe, Zebe an Ihr Krankenbett zu schicken.«

»Und was sollen das für Gründe gewesen sein?« fragte Hermanus argwöhnisch wie ein Ankläger. Bleich und mit eingefallenem Gesicht saß er halb aufrecht im Bett, von Kissen und zusammengerollten Decken im Rücken gestützt. Das lichte Kopfhaar stand wirr nach allen Seiten ab, und der zottige lange Bart trug das Seine dazu bei, ihn wie einen hilflosen, gealterten Riesen aussehen zu lassen, der in dem klobigen Ehebett mit den vier hohen Pfosten gefangengehalten wurde.

»Ich wollte, daß die viele Zeit und Mühe, die Sie mich gekostet und die ich mit Ihnen gehabt habe, nicht sinnlos vergeudet gewesen ist«, antwortete Hendrik bissig.

»Und was hat Ihnen das Recht gegeben, Witbooi zu reiten?«

»Ich brauchte ein ausgeruhtes Pferd, um so schnell wie möglich nach ONVERWACHT zu kommen. Das hat mir das Recht gegeben!«

»Nicht auf GROOT FONTEIN! Hier ist mein Wort Gesetz, und niemand reitet Witbooi!« herrschte Hermanus ihn an.

»Und was hat das Gelärme auf dem Dach zu bedeuten? Wenn Zebe, diese alte Giftmischerin, die Wahrheit sagt, dann machen Sie sich an meinem Haus zu schaffen! Ich werde Sie die Peitsche spüren lassen, sollte das tatsächlich der Fall sein. Was haben Sie dazu zu sagen?«
Jetzt reichte es Hendrik. »Ihr Wort beeindruckt mich so wenig wie der Furz eines alten, faulen Esels!« machte er seiner Empörung und Verachtung Luft. »Ich nehme an, Joab und Benaja werden ähnlich viel von Ihnen und Ihrem Wort gehalten haben.«
Hermanus sah ihn fassungslos an. Dann zeigten sich plötzlich rote Flecken auf seinem blassen Gesicht, und in seinen Augen flammte das Feuer der Wut auf. »Wie können Sie es wagen, so mit mir zu reden?« schrie er ihn unbeherrscht an. »Wenn ich nicht ans Bett gefesselt wäre, würde ich dich mit einer Hand zu Brei schlagen, du elender Grünschnabel!«
Hendrik bedachte ihn mit einem geringschätzigen Blick. »Sie könnten es versuchen, aber ich würde mich nicht auf eine Prügelei mit Ihnen einlassen!«
»Ja, weil du auch noch ein Feigling bist!«
»Nein, weil ein Mann, der seinen Hof und sein Land so verkommen läßt wie Sie, es einfach nicht wert ist, daß man sich ihm zu einem Kampf stellt. Sie sind ein Schwächling, auch wenn Sie zehnmal in der Lage wären, einen Ochsen mit einem Faustschlag niederzustrecken! Man braucht sich auf GROOT FONTEIN ja bloß umzusehen, um zu wissen, was für ein Schwächling Sie sind«, erwiderte Hendrik erregt und mit schneidender Stimme.
Wie gelähmt und den Mund halb offen in ungläubiger Entgeisterung, starrte ihn der Farmer an, unfähig zu einer Erwiderung, vielleicht sogar unfähig, dieses vernichtende Urteil in seiner vollen Bedeutung zu verstehen.

Hendrik war es gleichgültig. Was ihm schon seit vier Tagen auf der Zunge brannte, mußte jetzt einfach heraus, und er war mit seiner Schelte noch nicht zu Ende.
»Ich habe Schweineställe gesehen, die waren um einiges sauberer und ansehnlicher als Ihr Farmhaus«, fuhr er unbarmherzig in seiner Anklage fort. »Sie wollen Farmer sein? Magtig, Sie sind ein jämmerlicher Versager, und GROOT FONTEIN ist ein abstoßender Schandfleck in diesem fruchtbaren Land. Ich hoffe nur, der Herrgott wird Sie für diese unverzeihliche Sünde zur Rechenschaft ziehen!«
Damit stürzte Hendrik aus dem Zimmer. Fast hätte er Jakoba und Zebe mit der Tür getroffen, als er sie in seinem Zorn mit einer heftigen Bewegung aufstieß. Die beiden Frauen, die mit einem erstickten Aufschrei vor der auffliegenden Tür zurücksprangen, hatten offensichtlich gelauscht. Sehr hatten sie sich nicht anstrengen müssen, denn Houtman und er hatten sich ja laut genug angefahren. Es war ihm auch völlig egal. Er würde nicht eine Minute länger, als zum Packen und Satteln nötig war, auf GROOT FONTEIN bleiben.
»Hol meine Sachen aus der Kammer!« trug er Jakoba im Vorbeigehen auf und trat Augenblicke später auf den Hof hinaus.
Carlson saß auf der langen Viehtränke und rauchte eine Pfeife. Als er Hendrik sah, stand er ohne Hast auf und kam zu ihm herüber. »Soll ich Ihr Pferd satteln, Baas?« fragte er, als hätte er genau gewußt, wie das Gespräch zwischen den beiden weißen Männern ausgehen würde.
»Ja«, sagte Hendrik knapp, noch immer wütend über die Unverschämtheit und den Undank dieses Mannes, dem er das Leben gerettet hatte. Was war bloß in ihn gefahren, auch noch vier Tage zu warten, bis der Farmer die Krise überstan-

den hatte und ansprechbar war? Der größere Narr von ihnen beiden war wohl er selbst gewesen.
Carlson klopfte seine Pfeife aus, und Hendrik tat es plötzlich leid, daß er dem Schwarzen, den er in den vergangenen Tagen zu schätzen gelernt hatte, so einsilbig und grimmig geantwortet hatte. Er holte einen halben Rixdollar aus seinem Geldbeutel und rief ihn zu sich.
»Dein Baas hat mich auf dem falschen Fuß erwischt«, sagte er entschuldigend zu dem Hottentotten. »Du hast gute Arbeit geleistet.« Er drückte ihm die Münze in die Hand.
Carlson schaute auf die glänzende Münze in seiner Handfläche und strahlte ihn dann wie ein kleiner Junge an, der ein Geschenk bekommen hatte, mit dem er nie gerechnet hätte.
»Oh, danke, Baas ... Es war wie früher, Baas!«
Hendrik entließ ihn mit einem Lächeln und einem Kopfnicken und setzte sich auf einen der sonnengebleichten Ochsenschädel, die vor dem Haus neben der Tür standen und als Sitzgelegenheit dienten. Man fand sie auf der Stoep von vielen burischen Farmen.
»Baas?«
Hendrik wandte den Kopf. Jakoba stand in der Tür, doch mit leeren Händen. »Habe ich dir nicht gesagt, du sollst meine Sachen aus der Kammer holen?«
»Baas Hermanus will Sie sprechen.«
»Aber ich ihn nicht. Was zu sagen war, ist gesagt worden!«
»Baas Hermanus hat mir *befohlen*, Sie zu ihm zu bringen.«
»Er kann dir vielleicht befehlen, mir jedoch nicht. Also sag ihm, daß ich genug von ihm und GROOT FONTEIN habe und nicht daran denke, noch eine Minute länger hier zu vergeuden.«
»Bitte, Baas!« Jakoba sah ihn mit flehentlichem Blick an. »Wenn ich Sie nicht zu ihm bringe, wird er glauben, daß ich

etwas falsch gemacht habe, und dann wird Baas Hermanus mich bestrafen!«

Hendrik spürte das Verlangen, sich darüber hinwegzusetzen. Doch der eindringliche, beschwörende Ausdruck ihrer Augen bewegte ihn. »Also gut, Jakoba«, sagte er und erhob sich. »Aber nur deinetwegen!«

»Danke, Baas«, erwiderte sie erleichtert.

Als Hendrik zu Hermanus ins Zimmer trat, sagte er ohne Umschweife und mit unverhohlenem Ärger: »Glauben Sie ja nicht, ich bin hier, weil Sie es so wollen. Ich bin bloß gekommen, damit Sie Ihre Ohnmacht und blinde Selbstgerechtigkeit nicht an Jakoba auslassen. Was Sie betrifft, so können Sie meinetwegen zum Teufel gehen!«

»Rück ihm einen Stuhl an mein Bett!« befahl Hermanus der Frau, ohne auf Hendriks Beleidigung einzugehen.

»Nicht nötig!« lehnte Hendrik ab. »Den Moment stehe ich lieber.«

»Dann verschwinde, Jakoba.«

»Ja, Baas.« Die Schwarze konnte gar nicht schnell genug aus dem Zimmer kommen.

»Was wollen Sie?« fragte Hendrik abweisend.

»Mit Ihnen reden.«

»Die Gelegenheit hatten wir gerade schon. Ich habe kein Bedürfnis, dem noch etwas hinzuzufügen oder auch nur irgend etwas zurückzunehmen«, erklärte Hendrik kühl.

»Habe ich das verlangt?« fragte der Farmer leicht auffahrend.

Hendrik zuckte nur mit den Schultern und wußte nicht, was das sollte. Wenn Hermanus Houtman sich für sein unverschämtes Verhalten entschuldigen wollte, wurde es dafür allmählich Zeit.

Einen Augenblick fixierten sie sich schweigend. Dann erklärte der Farmer grollend: »Was Sie da gerade über mich und GROOT FONTEIN gesagt haben, war so ziemlich das Gröbste und Respektloseste, was ich je gehört habe!«

»Es war und ist die Wahrheit!« erwiderte Hendrik ungehalten, denn er hatte kein Interesse, sich darüber mit ihm zu streiten. »Wenn Sie die Wahrheit für grob und respektlos halten, beweist das nur zu deutlich, was für ein Mann Sie sind!«

Er kniff die Augen zusammen. »Und was für einer bin ich?«

»Sie brauchen nur einmal über Ihren Hof zu gehen und sich mit offenen Augen umzusehen, dann kennen Sie die Antwort, sofern Sie nicht völlig mit Blindheit geschlagen sind.«

Hermanus reckte das Kinn vor und zerrte mit seiner gesunden Hand an seinem verfilzten Bart. »Glauben Sie, Sie haben das Recht, mir so etwas zu sagen, bloß weil Sie mir das Leben gerettet haben?«

»Nein, jeder hat das Recht, Ihnen das zu sagen. Wahrscheinlich haben aber nur die wenigsten den Mut dazu«, antwortete Hendrik und vermochte sich einen bissigen Zusatz nicht zu verkneifen. »Bis auf Männer wie Willem van Wyken, wie ich mir denken könnte.«

Der Farmer schnaubte wütend. »Willem ist ein Heuchler und Pedant!«

»ONVERWACHT ist ein Schmuckstück, das ist das einzige, was ich über ihn sagen kann.«

»Und GROOT FONTEIN ist ein Schandfleck, ja?«

»Ein übler!« bekräftigte Hendrik.

Mit brütendem Blick starrte Hermanus ihn an. »Sie klingen so, als wüßten Sie, wovon Sie reden«, sagte er schließlich brummig.

»Ich bin auf einer Farm aufgewachsen und weiß, wie Hof

und Felder und Vieh auszusehen haben, wenn das Land fruchtbar ist und sein Besitzer seine Arbeit versteht.«
»Wo haben Sie das gelernt?«
»Am Kariega River, südlich von Grahamstown, aber nicht nur dort. Ich bin gut drei Jahre durch die Kolonie gezogen, bis hinunter nach Paarl und wieder zurück an die Ostgrenze, immer von einer Farm zur anderen. Und in diesen drei Jahren habe ich nichts gesehen, was sich mit der Verkommenheit von GROOT FONTEIN vergleichen ließe«, rückte Hendrik nicht einen Inch von seinem vernichtenden Urteil ab, wunderte sich jedoch über sich selbst, daß er ihm so ausführlich Rede und Antwort stand. Carlson würde Whisper längst gesattelt und gezäumt haben und im Hof auf ihn warten.
Hermanus schlug mit der Faust ärgerlich auf die Decke. »Es läßt sich gut reden, wenn man so jung ist wie Sie. GROOT FONTEIN sah nicht immer so aus.«
Hendrik schaute ihn nur an.
»Als die verfluchte 50. Ordinance in Kraft trat, sind mir ein Dutzend Arbeiter davongelaufen!«
Hendrik wollte schon entgegnen, daß die Treulosigkeit seiner Hottentotten bestimmt seine Gründe gehabt hatte, und sicher keine, die ihm zur Ehre gereichten, und daß dies noch längst keine Entschuldigung für all die groben Vernachlässigungen an Gebäuden und Gerätschaften war, die einem auf Schritt und Tritt ins Auge fielen. Doch dann sagte er sich, daß es nicht der Mühe wert war.
»Was geht es mich an. Es ist Ihre Farm«, erwiderte er deshalb und wandte sich zur Tür. »Tun Sie damit, was Sie wollen.«
»Warten Sie, Mijnheer Magdenburg!«
Überrascht drehte sich Hendrik wieder um und zog die

Augenbrauen spöttisch hoch. »Wie kommt es, daß Ihnen plötzlich mein Name einfällt?«
»Jakoba hat mir von Ihnen erzählt«, antwortete der Farmer knurrig. »Sie haben zusammen mit Carlson das Dach ausgebessert. Warum?«
»Sie haben sich viel Zeit damit gelassen, dem Tod von der Schippe zu springen. Und es ist nicht meine Art, die Hände in den Schoß zu legen und Gott die Zeit zu stehlen.«
»Sie haben mir das Leben gerettet!« Er sagte es so, daß es wie ein Vorwurf klang. »Sie hätten doch am nächsten Tag weiterreiten können.«
»Auch das ist nicht meine Art.«
»Also gut, Sie haben das verfluchte Dach geflickt, Magdenburg. Keine große Sache. Aber trauen Sie sich auch zu, GROOT FONTEIN wieder halbwegs auf Vordermann zu bringen?«
Hendrik hielt das für eine rhetorische Frage. »Sicherlich. *Noch* schlechter kann man eine Farm ja gar nicht führen.«
»Bleiben Sie, und beweisen Sie es mir!«
»Wie bitte?« fragte Hendrik verdutzt. »Das kann ja wohl nicht Ihr Ernst sein.«
»Und ob es mir ernst ist! Wenn Sie mir versprechen, mindestens ein halbes Jahr zu bleiben, stelle ich Sie als Verwalter ein. Sie haben freie Hand und können zeigen, was Sie taugen. Und nach dem halben Jahr liegt die Entscheidung, ob Sie gehen oder noch länger bleiben wollen, allein bei Ihnen.«
Hendrik lachte verwirrt auf. »Das ist ...« Ihm fehlten die passenden Worte für diese überraschende Wendung ihres Gesprächs, und er schüttelte den Kopf.
»Was ist, sind Sie anderweitig gebunden, Magdenburg? Werden Sie irgendwo erwartet?« hakte Hermanus nach.

»Nein, das nicht ...«
»Was ist es dann? Haben Sie vielleicht Ihren Mund zu voll genommen und jetzt Angst gekriegt? Gehören Sie womöglich zu jener Sorte Klugscheißer, die alles besser wissen und einem die Bibel auch noch rückwärts herunterbeten können, aber selbst vor jeder Verantwortung davonlaufen und am liebsten noch Ihrem eigenen Schatten aus dem Weg gehen möchten?« höhnte Hermanus.
»Dann hätte ich Sie den Geiern und Hyänen überlassen«, erwiderte Hendrik.
»Was zögern Sie also?« bedrängte ihn der Farmer. »Sie suchen Arbeit? Auf GROOT FONTEIN finden Sie mehr, als Sie vermutlich bewältigen können. Sie suchen eine Herausforderung und wollen beweisen, was für ein Mann Sie sind? GROOT FONTEIN wartet nur darauf, daß Sie zeigen, was Sie taugen.« Er machte eine Pause und sah ihn prüfend an. »Aber wie ich Ihrer Miene entnehmen kann, ist diese Aufgabe für jemanden wie Sie um einige Nummern zu groß. Das ist etwas für einen ganzen Mann, der Biß und Durchhaltevermögen hat. Entschuldigen Sie, daß ich einen Augenblick angenommen habe, Sie kämen dafür in Frage. Leben lassen sich einfacher retten als ein Schandfleck wie GROOT FONTEIN, richtig?« Wieder lag in seiner Stimme beißender Spott.
Dreh dich um, geh und mach, daß du von der Farm kommst! sagte eine innere Stimme in Hendrik. Doch etwas, das stärker war, hielt ihn zurück.
»Und Sie würden mir freie Hand geben?« fragte er, von einer merkwürdigen Erregung erfaßt.
Ein bitteres Lächeln trat auf das zerfurchte Gesicht des Farmers. »Ich habe den Sturz und die Nacht mit den Hyänen überlebt, und ich weiß nicht, ob ich Ihnen dafür jemals

dankbar sein werde. Ich bezweifle es. Sicher ist jedoch, daß ich dieses Bett, wenn meine Verletzungen verheilt sind, als halber Krüppel verlassen werde. Meine linke Hand wird zu kaum etwas zu gebrauchen sein, und vermutlich werde ich auch ein steifes Bein zurückbehalten. Wie soll ich Ihnen also groß in die Arbeit pfuschen?«

»Jemand wie Sie findet schon Mittel und Wege, ob nun Krüppel oder nicht«, antwortete Hendrik, ohne ein Blatt vor den Mund zu nehmen.

»Holen Sie meine Bibel, und ich schwöre bei Gott, daß ich Ihnen freie Hand lasse!«

Hendriks innere Erregung wuchs, doch er ließ sie sich nicht anmerken. »Und wie sieht es mit der Entlohnung aus?«

»Sie bekommen keinen festen Lohn, Magdenburg, sondern ein Zehntel vom Ernteertrag und ein Achtel vom Zuwachs beim Vieh«, bot Hermanus ihm an. »Wenn Sie etwas taugen, ergibt das einen schönen Batzen Geld.«

Hendrik hatte einen Teil der Felder gesehen und wußte, wie es um die Viehherden bestellt war. Die Erträge von GROOT FONTEIN waren zweifellos erbärmlich, und er würde schon Wunder bewirken müssen, wenn er bei der Beteiligung auf seine Kosten kommen wollte. Nein, das Angebot war nicht gut genug. »Ein Drittel von der Ernte und ein Fünftel von allen Lämmern, Kälbern und Fohlen!« verlangte er.

Hermanus entrüstete sich erst, erhöhte dann jedoch sein Angebot auf ein Viertel von der Ernte und ein Sechstel vom Viehzuwachs.

Hendrik nickte. »Das klingt annehmbar.«

»Heißt das, daß Sie annehmen und für mindestens ein halbes Jahr auf GROOT FONTEIN als mein Verwalter arbeiten? Wenn ja, schlagen Sie ein, Mijnheer Magdenburg!« sagte

Hermanus und streckte ihm seine Rechte entgegen. »Möge der Herrgott Zeuge unserer Abmachung sein!«
Hendrik beugte sich über das Bett, schlug ein und hörte sich zu seiner eigenen Verwunderung sagen: »So sei es, Mijnheer Houtman!«

16

Kaum hatten Hermanus und Hendrik ihre Vereinbarung per Handschlag besiegelt, da befahl der Farmer seinen Schwarzen, sich auf dem Hof zu versammeln, weil er eine Ankündigung von großer Bedeutung zu machen habe. Die beiden Hottentotten Carlson und Laban rief er in seine Schlafkammer.
»Tragt mich hinaus auf die Stoep!«
Carlson und Laban, ein wahrer Muskelprotz und der stärkste Mann auf GROOT FONTEIN, sahen sich verdutzt an. Dann erwiderte Carlson: »Das geht nicht, Baas. Das Bett geht niemals durch die Tür nicht.«
»Dann tragt mich eben ohne Bett auf die Stoep!« beharrte Hermanus halsstarrig. »In meinem Lehnstuhl!«
Jakoba, die in der Tür gestanden hatte, trat einen Schritt vor. »Unmöglich, Baas! Ihr Bein darf nicht bewegt werden und muß so ausgestreckt liegenbleiben, wenn es gut heilen soll.«
Hermanus warf ihr einen grimmigen Blick zu. »Was ich meinen Leuten zu sagen hatte, habe ich ihnen stets von der Stoep aus gesagt. Das war immer so auf GROOT FONTEIN, und darin wird sich auch nichts ändern. Nicht einmal mein elendes Bein wird mich davon abhalten!«
»Ich weiß aber wirklich nicht, wie wir Sie auf die Stoep

tragen sollen, Baas«, sagte Carlson ratlos, »wo Sie doch keinen Schritt aus dem Bett nicht tun dürfen ...«

»Nehmt die Tür!« befahl Hermanus.

»Die Tür?«

»Ja, die Tür. Ist das so schwer zu verstehen?« rief Hermanus ungeduldig. »Hängt sie aus den Angeln, legt ein paar Dekken darauf, und hebt mich dann mitsamt dem Bettlaken hinüber.«

»Aber Baas ...« Jakoba setzte zu einem neuen, besorgten Einwand an.

Der Farmer schnitt ihr das Wort mit einer herrischen Handbewegung ab. »Schluß mit dem Gerede! Ihr habt gehört, was ich gesagt habe. An die Arbeit!« befahl er. »Und stellt einen Tisch auf die Stoep, worauf ihr mich mit der Tür absetzen könnt!«

Hendrik hatte die Szene wortlos, aber sehr aufmerksam verfolgt, und er ahnte, daß es kein leichtes Auskommen mit Hermanus Houtman werden würde, so befehlsgewohnt, wie er war. Daß der Bure ein Unmöglich nicht hinnahm und den unbeugsamen Willen besaß, trotz seiner zweifellos schmerzhaften Verletzungen die Ankündigung von der Stoep aus zu machen, erfüllte ihn zugleich aber auch mit Respekt und Bewunderung.

Hermanus biß die Zähne zusammen, als Carlson und Laban ihn schließlich vom Bett auf die Tür wuchteten. Carlson hob die Tür am Kopfende an, und Jakoba stapelte ein halbes Dutzend Kissen vor der Brust des Hottentotten auf, damit sich der Farmer dagegen lehnen konnte.

»Halt!« rief der Bure, als sie durch den Wohnraum kamen. »Bring mir meine Bibel, Jakoba!«

Jakoba eilte zum Schreibpult hinüber, wo die schwere, in Leder gebundene und mit zwei Messingschlössern versehene Heilige Schrift lag, und brachte sie ihm. Seine rechte Hand ruhte auf der Bibel, als Carlson und Laban ihn Augenblicke später hinaus auf die Veranda trugen. Sie setzten die Tür, die Hendrik mit den herabhängenden Decken an eine primitive Sänfte erinnerte, auf dem Tisch ab. Laban trat zur Seite, während Carlson hinter seinem Herrn stehenblieb, damit dieser Halt im Rücken hatte und so weiterhin aufrecht sitzen konnte.

Hendrik trat an die rechte Seite des Farmers. Sein Blick glitt über die Schwarzen, die sich auf dem Hof vor dem Farmhaus versammelt hatten. Er zählte, daß es mit Kindern und Alten nicht einmal zwanzig waren, von denen höchstens elf als vollwertige Arbeitskräfte gelten konnten. Für eine Farm wie GROOT FONTEIN war das lächerlich wenig.

Jakoba und Laban traten von der Stoep und gesellten sich zu den anderen. Einige unterhielten sich gedämpft auf *fanakalo*, einer aus vielen Stammesdialekten zusammengesetzten Sprache, mit der sich die meisten Schwarzen untereinander verständigten. Nur wenige waren des Holländischen oder gar des Englischen mächtig. Hendrik hatte auf HIGHLANDS und auf den Farmen, auf denen er in den letzten Jahren gearbeitet hatte, ausreichend von dieser Sprache aufgeschnappt, um sich darin gut verständlich zu machen.

Hermanus schlug mit der flachen Hand auf die Bibel, und das Gemurmel erstarb wie das Flattern eines Vogelschwarms, der sich auf einem Baum niedergelassen hatte. Dort wie hier gab es einige Nachzügler, die die eintretende Ruhe störten. Als letztes war Tebachs kurzes Auflachen zu hören.

Der Farmer kam, wie es seinem Wesen entsprach, sofort zur Sache. »Jeder auf GROOT FONTEIN weiß, wer Mijnheer Hendrik Magdenburg ist, und wer es noch nicht weiß, dem ist nicht zu helfen«, sagte er auf fanakalo. »Ich habe Mijnheer Magdenburg als meinen Verwalter eingestellt. Betrachtet ihn als meinen rechten Arm, als den Mann, dem ich die Zügel übergebe, damit er den Weg wählt, der ihm richtig erscheint. Mijnheer Magdenburg, für euch Baas Hendrik, wird von jetzt an alle Entscheidungen auf GROOT FONTEIN treffen. Er wird euch sagen, was ihr zu tun und was ihr zu lassen habt. Kommt also nicht zu mir, sondern redet zuerst mit Baas Hendrik, egal, worum es sich handelt.«

Er legte eine kurze Pause ein, und Hendrik spürte, daß die Schwarzen ihn plötzlich mit völlig neuen Augen musterten. Ihre Mienen zeigten eine Mischung aus Überraschung und Unsicherheit, was sie von einem jungen Baas wie ihm halten sollten und erwarten konnten.

»Ihr habt ihm zu gehorchen!« fuhr der Farmer nun mit erhobener, drohender Stimme fort. »Denn es ist Gottes Wille, daß ihr dem Wort eures Herrn und Baas folgt! So steht es in der Heiligen Schrift, und wer sich gegen das Wort Gottes vergeht, wird mit den Qualen der Hölle und der ewigen Verdammnis bestraft.«

Hermanus schlug die schwere Bibel auf, blätterte einige Sekunden und rief mahnend: »Hört gut hin, was in der Bibel geschrieben steht: ›Wenn ihr auf meine Gebote hört, auf die ich euch heute verpflichte, wenn ihr also den Herrn liebt und ihm mit ganzem Herzen und ganzer Seele dient, dann gebe ich eurem Land seinen Regen zur rechten Zeit, und dann gebe ich deinem Vieh sein Gras auf dem Veld, und du kannst essen und satt werden. Aber nehmt euch in acht!‹« Seine Augen lösten sich kurz von der Bibel, und sein stechender Blick ging über die Gesichter der Schwarzen, um der göttlichen Warnung noch mehr Nachdruck zu verleihen. Dann las er mit lauter Stimme und dramatischer Betonung weiter: »›Ja, nehmt euch in acht! Laßt euer Herz nicht verführen, weicht nicht vom Weg ab, dient nicht anderen Göttern, und werft euch nicht vor ihnen nieder! Sonst wird der Zorn des Herrn gegen euch entbrennen; er wird den Himmel zuschließen; es wird kein Regen fallen, der Acker wird keinen Ertrag bringen – und ihr ...‹« Sein knochiger Zeigefinger schoß wie der Kopf einer angreifenden Schlange von der Bibel hoch und glitt in einem raschen Halbbogen über seine schwarzen Farmarbeiter. Einige zuckten regelrecht erschrocken zurück.

»›Ihr werdet unverzüglich aus dem prächtigen Land getilgt sein!‹« verkündete Hermanus nachdrücklich, und für einen Augenblick hing diese Drohung wie eine dunkle Wolke über dem Hof. Dann schlug er die Bibel zu und sagte bedeutend zugänglicher: »Auf diese Gebote verpflichte ich euch heute auf Baas Hendrik! Tut eure gottgefällige Pflicht, und leistet ihm den Gehorsam, den ihr ihm schuldig seid.«

Hendrik wußte, daß er es in seinem Alter nicht leicht haben würde, die respektvolle Gefolgschaft der Schwarzen zu erringen. Deshalb war er dem Buren für die recht drastische Bibelstelle aus dem Deuteronomium sehr dankbar. Das mit dem Regen zur rechten Zeit und dem Gras für das Vieh, das waren Bilder, mit denen die Schwarzen etwas anfangen konnten. Daß Hermanus einige wichtige Zeilen ausgelassen hatte und daß diese biblischen Worte nicht irgendwelchen Knechten und einfachen Viehhirten, sondern den Israeliten gegolten und die Verheißung eines eigenen, Gelobten Landes beinhaltet hatten, verursachte jedoch auch ein etwas unangenehmes, zwiespältiges Gefühl in ihm. Denn Douglas und Rachel hatten ihn gelehrt, daß die Bibel kein Eisen war, das man je nach Bedarf einmal im Bogen und das nächstemal gerade schmieden durfte. Aber in seiner jetzigen Situa-

tion wollte er sich nicht mit der Frage befassen, ob Hermanus die Bibelstelle nun grob verbogen oder nur großzügig ausgelegt hatte.
»Wollen Sie meinen Worten noch etwas hinzufügen, Mijnheer Magdenburg?« fragte der Farmer.
Dieser spürte sein Herz laut und heftig schlagen. Er, Hendrik Magdenburg, geborener McAllister, war mit nicht ganz zweiundzwanzig Jahren Verwalter von GROOT FONTEIN, der vermutlich heruntergekommensten Farm östlich vom Gamtoos River. Auf was hatte er sich da bloß eingelassen? Welcher Teufel hatte ihn nur geritten, das Angebot des Buren anzunehmen? Wie sollte er GROOT FONTEIN auf Vordermann bringen? Woher nahm er die Überzeugung, eine derartige Aufgabe bewältigen zu können?
Er wußte darauf keine Antwort, doch wenn er jetzt Unsicherheit zeigte, dann hatte er schon verloren, noch bevor er begonnen hatte. Deshalb verbarg er seine Selbstzweifel und Beklemmungen hinter einer verschlossenen Miene und der barschen, knappen Antwort: »Nein, gehen wir an die Arbeit!«
Sogar Hermanus war überrascht, und später im Haus sagte er mit einer Mischung aus Spott und Nachdenklichkeit: »Wirklich sehr eindrucksvoll, Ihre Antrittsrede.«
»Haben Sie mich zum Reden oder zum Arbeiten eingestellt?«
Hermanus lachte trocken auf und sah ihn skeptisch an. »Sie geben sich reichlich hart, junger Mann.«
»Ich denke, daß eine harte, zupackende Hand genau das ist, was GROOT FONTEIN braucht.«
Ein gereizter, unwilliger Ausdruck erschien auf dem Gesicht des Buren. »Warten wir ab, ob diese harte Hand auch greift – oder ob sie ins Leere faßt!«
»Richtig, warten wir es ab, Mijnheer«, pflichtete Hendrik

ihm bei, nach außen hin mit unerschütterlichem Selbstvertrauen, innerlich jedoch von Ängsten und Zweifeln gequält. Bevor Hendrik irgendeine Entscheidung fällte, wollte er über den gegenwärtigen Zustand von GROOT FONTEIN so eingehend wie möglich informiert sein. Da er Carlson vertraute, wählte er ihn als seinen Führer.

»Zeig mir alles, was zu GROOT FONTEIN gehört!« forderte er den Schwarzen noch am selben Tag auf.

»Sie wollen das Land abreiten, Baas?«

»Damit fangen wir an, Carlson, aber damit hört es bei weitem noch nicht auf. Mit alles meine ich jedes Stück Vieh, jedes Feld und jeden Acker, jede Weide, jeden steinigen Kopje und jedes Wasserloch. Und hier auf dem Hof will ich, daß du mir jede Hütte, jeden Schuppen und von allem auch noch den hintersten Winkel zeigst.«

»Das ist aber nicht in ein, zwei Tagen zu schaffen, Baas«, wandte Carlson ein.

»Habe ich gesagt, daß ich nur ein oder zwei Tage darauf verwenden will? Wir werden uns eben so viel Zeit nehmen, wie dafür nötig ist!« bestimmte Hendrik.

»Und wann wollen Sie damit anfangen, Baas?«

»Sowie wir die Pferde gesattelt haben!«

Ein Lächeln huschte über Carlsons Gesicht, und seine Augen leuchteten. »Gut!«

Die Grenzen von GROOT FONTEIN umschlossen mehr als acht-, zehntausend Morgen Land. Sanfte Hügelketten und ausgedehnte Weideflächen mit gutem Gras bildeten das Herzstück der Farm. Es gab jedoch auch mehrere bewaldete Stellen sowie große Dickichte aus verfilztem, dornigem Busch. Und Hendrik bekam nahe der Westgrenze sogar eine kleine, zerklüftete Schlucht zu sehen, die Groblaars Kloof hieß und noch zu GROOT FONTEIN gehörte.

Ein verschwindend geringer Teil des Farmlandes war kultiviert und unter den Pflug genommen. Nachdem Hendrik sich unter Carlsons gewissenhafter Führung mit dem Gelände und der Ausdehnung der Farm vertraut gemacht hatte, wofür sie fast vier Tage benötigten, nahm er die Felder und Äcker eingehend in Augenschein. Sie befanden sich in einem entsetzlich vernachlässigten Zustand. Das Unkraut wucherte ungestört auf den Kartoffelfeldern und im Mais, und die wenigen Bewässerungsgräben, die es einst auf GROOT FONTEIN gegeben hatte, waren so gut wie zugewachsen und verdienten diese Bezeichnung kaum noch. Dasselbe galt für den Obstgarten, dessen Bäume verwildert waren. Seit Jahren hatte niemand mehr die Wassertriebe herausgeschnitten.

Was den Hof mit seinen Zäunen, Viehkraals, Schuppen und Wirtschaftsgebäuden sowie die Schwarzensiedlung betraf, so war das Ergebnis hier noch niederschmetternder.

»Was für eine schändliche Verkommenheit!« urteilte Hendrik erschüttert.

»Es sah nicht immer so aus auf GROOT FONTEIN«, murmelte Carlson gekränkt.

»Um so schlimmer!« zürnte Hendrik. »Wie konnte es denn geschehen, Carlson? Wie konnte die Farm so verkommen? Was ist der Grund dafür gewesen?«

»Hermanus Houtman ist der Baas auf GROOT FONTEIN«, antwortete Carlson fast feindselig. »Er braucht keinem nicht zu sagen, warum er dies tut und jenes nicht. Schon gar nicht einem Schwarzen. Er ist der Baas. Das ist Grund genug.«

Hendrik sah ihn einen Moment schweigend an. Carlson hielt seinem Blick mit stolzer Miene stand und zuckte nicht mit der Wimper. Dennoch spürte er die innere Anspannung des Schwarzen und erahnte in seinen Augen die Frage, ob er mit dieser schroffen, ja ausgesprochen ausfallenden Bemerkung seinen Zorn erweckt hatte.

»Ich kenne Baas Hermanus noch nicht gut genug, um zu wissen, warum er so ist, wie er ist, und warum er GROOT FONTEIN so hat vor die Hunde gehen lassen«, sagte Hendrik schließlich, seine Worte mit Bedacht wählend. »Aber da es nun in meiner Hand liegt, die Farm wieder auf gesunde Beine zu stellen, und unser Blick deshalb nach vorn gerichtet sein muß, ist es wohl müßig, unsere Zeit damit zu verschwenden, über die Fehler der Vergangenheit zu brüten, findest du nicht auch?«

Carlson nickte bedächtig, und der harte Zug verschwand von seinem Gesicht.

Hendrik brauchte nicht nur das uneingeschränkte Vertrauen von Carlson, der unter den Schwarzen auf der Farm den größten Respekt und Einfluß besaß, sondern er benötigte auch dessen volle Unterstützung, wenn er nicht kläglich scheitern wollte. Deshalb fügte er nach einer Weile, als sie schweigend um den zweiten Viehkraal herumgegangen waren und sich die Schäden besehen hatten, wie beiläufig hinzu: »Ich bin bis auf Widerruf für euch der Baas, an den ihr euch mit allem zu wenden habt ...«

»Ich weiß, Baas Hendrik.« Er gehörte zu jenen Schwarzen, die sich auf die Kunst verstanden, einen Befehl anzunehmen und auszuführen, ohne dabei auch nur im geringsten servil zu sein und etwas von seinem Stolz einzubüßen.

»Was du aber noch nicht weißt, ist, daß du mich jederzeit nach dem Grund fragen kannst, wenn ich etwas tue oder veranlasse, was du nicht verstehst. Ich werde es dir oder jedem anderen dann erklären«, sagte Hendrik und fand, daß er damit ein großes Wagnis einging. Carlson, und nicht nur er, konnte seine Bereitschaft als Schwäche auslegen.

Der Schwarze ließ sich mit seiner Antwort Zeit und neigte den Kopf, als müßte er über das soeben Gehörte erst gründlich nachdenken, um zu wissen, was er davon halten sollte. Schließlich sagte Carlson: »Das ist sehr großzügig, Baas Hendrik.« Seine Miene zeigte nicht die Spur einer inneren Regung, und ebensowenig verriet seine Stimme, wie er seine Worte verstanden wissen wollte.

Wollte Carlson ihn verhöhnen, oder hielt er sein Angebot wirklich für genauso großzügig, wie er, Hendrik, es empfand? Er wünschte, er könnte jetzt Carlsons Gedanken lesen, denn er wurde das unangenehme Gefühl nicht los, als hätte der Schwarze sich über ihn lustig gemacht. Ärger wallte in ihm auf. Was wußte er eigentlich schon von Carlson? Vielleicht war es naiv zu glauben, so mit den Hottentotten umgehen zu können, wie Douglas und Rachel es ihn gelehrt hatten. Auf HIGHLANDS war stets klar, wer der Baas war, aber das hatte nie einem guten Verhältnis, ja einem aufrichtigen und gegenseitigen Gefühl der Verbundenheit mit den Schwarzen im Weg gestanden: Bestrafungen mit der Sjambok hatte es auf der Farm der Mackenzies nie gegeben – wie auch keine Sklaven. Was das betraf, war Douglas, sonst kein Freund der Missionare und Philanthropen, mit ihnen einer Meinung gewesen. Aber das war hier nicht das Problem, wie auch HIGHLANDS nicht GROOT FONTEIN war. Womöglich war es nach so vielen Jahren des Schlendrians auf GROOT FONTEIN grundfalsch, als Verwalter auch nur die Spur von Gutmütigkeit zu zeigen, zumal in seinem Alter. Vielleicht brauchten die Farm und die Schwarzen einen eisernen Besen, der hart und unerbittlich gegen den gewohnten Strich der Trägheit und Gleichgültigkeit bürstete.

Und in seinem dumpfen Groll sagte er ärgerlich zu Carlson: »Das ist in der Tat großzügig. Aber wahrscheinlich werden viele von euch gar kein Interesse daran haben und sich lieber die alte Zeit der Bequemlichkeit und des Müßiggangs zurückwünschen.«

»So wird es wohl sein, Baas Hendrik«, bestätigte Carlson, und ein feines Lächeln kräuselte seine Lippen, als freute er sich darüber, ihn aus der Reserve gelockt und dazu veranlaßt zu haben, ihm indirekt zu drohen. Es war, als wollte er ihm zu verstehen geben: Du kannst noch so freundlich tun und reden, Baas Hendrik, wenn es letztlich darauf ankommt, bist du ein Baas wie jeder andere Baas auch, der seinen Willen durchsetzt. Und wenn es nicht so geht, wie ihr es euch vorstellt, dann folgt auf das Zuckerbrot doch in irgendeiner Form die Peitsche.

Das las Hendrik in den Augen des Schwarzen. Aber was ihn am meisten wurmte, war der Umstand, daß er es Carlson so leicht gemacht hatte. Er schwor sich, demnächst mehr Selbstbeherrschung zu üben, und wechselte abrupt das Thema, indem er fragte: »Warum wollte Baas Hermanus in die Berge und einen Leoparden erlegen?«

»Ich weiß es nicht, Baas.«

Nun war es an Hendrik, ihm ein süffisantes Lächeln zu schenken, mit dem diesmal er ihm unmißverständlich zu verstehen gab: Du machst mir nichts vor. Du lügst mich an, Carlson. Du treibst dein eigenes eigennütziges Spiel. Also was gibt dir das Recht, den Splitter in meinem Auge zu suchen, wenn du den Balken in deinem eigenen ignorierst?

Und bevor der Schwarze noch etwas sagen konnte, entließ Hendrik ihn mit den hintersinnigen Worten: »Für heute reicht es. Jetzt sehe ich schon vieles klarer. Wir machen morgen weiter.«

»Ja, Baas«, erwiderte Carlson und schaute ihm mit einem versonnenen Blick nach.

»Woher hat Carlson überhaupt seinen Namen?« fragte Hendrik den alten Buren am Abend, als dieser sich überraschend gesprächig zeigte.
»Von einem schwedischen oder norwegischen Forschungsreisenden, ich weiß es nicht mehr so genau. Der Mann wollte mit seiner Expedition, zu der auch Carlson und sein Vater gehörten, die Quellen des Nil entdecken, ist aber nicht weit über den Vaal River hinausgekommen. Das Lager des Forschers ist von Kaffern überfallen worden, und nur eine Handvoll kam mit dem Leben davon.« Hermanus schüttelte den Kopf. »Magtig, das ist jetzt schon über vierzig Jahre her. Carlson war damals gerade sechs, als er zu mir kam. Er war dabei, als ich das Land abgeritten bin und die Grenzpfosten von GROOT FONTEIN in den Boden gerammt habe.«
»Dies muß einmal eine blühende Farm gewesen sein. Ich verstehe einfach nicht, wie es zu solch einem traurigen Niedergang kommen konnte«, sagte Hendrik in der Hoffnung, daß Hermanus in seiner mitteilsamen Stimmung ein wenig Licht in das Dunkel brachte.
Das Gesicht des Farmers verschloß sich jedoch augenblicklich. Es war wie eine Tür, die zugeschlagen wurde. »Sie verstehen eine ganze Menge nicht, Mijnheer Magdenburg. Nichts verstehen Sie vom Leben!« sagte er grimmig. »Unnütze Fragen zu stellen ist wahrscheinlich das einzige, wovon Sie was verstehen!«
»Ich wollte doch nur ...«
»Gehen Sie!« wies Hermanus ihn grob aus seinem Zimmer und machte eine ungeduldige Handbewegung in Richtung Tür. »Für heute habe ich genug von Ihrer Gesellschaft. Ich bin müde.«
In dieser Nacht schlief Hendrik noch unruhiger als in den

Nächten zuvor. Alpträume suchten ihn im Schlaf heim. Schweißgebadet wachte er gegen Morgen auf, am ganzen Körper zitternd und mit der vagen Erinnerung an einen häßlichen Traum, in dem sein Scheitern als Verwalter von GROOT FONTEIN damit geendet hatte, daß man ihn von der Farm gejagt hatte – mit einem meilenweiten Spießrutenlauf. Und am Ende dieser Doppelreihe höhnischer, schadenfroher Gesichter hatten seine drei Halbbrüder und sein Vater gestanden.

17

Wirtschaftlich hätte es für Hendrik mehr Sinn gemacht, alle verfügbaren Arbeitskräfte für die Feldarbeit und die bessere Betreuung des Viehs einzusetzen. Sein Lohn bemaß sich nicht nach dem äußeren Erscheinungsbild von GROOT FONTEIN, sondern war einzig und allein vom wirtschaftlichen Ertrag der Farm abhängig. Jeder Sack Mais, den er bei der Ernte mehr einbrachte, und jedes gesunde Kalb mehr erhöhten seinen Lohn.

Sein Stolz und sein Selbstverständnis verboten es ihm jedoch, die ersten Schwerpunkte seiner Arbeit nach diesen eigennützigen Aspekten zu setzen. Auch eine gute Portion Eitelkeit war mit im Spiel, als er beschloß, zunächst einmal einen großen Teil seiner Anstrengungen auf das Farmhaus und den Rest des Hofes zu verwenden. Wer immer nach GROOT FONTEIN kam, sollte sehen, daß er seine Aufgabe ernst nahm und die Stellung nicht in erster Linie wegen eines erhofften schnellen Profits angetreten hatte. Er wollte einen Neubeginn, von Grund auf, und was konnte das besser verdeutlichen als ein Hof, auf dem die Schäden an allen Gebäuden und Einfriedungen sorgfältig ausgebessert, Mauern und Wände frisch gekalkt und Dächer mit neuem Reet eingedeckt waren?

Eine Woche später traf überraschender Besuch auf GROOT FONTEIN ein. Es war Franziska van Wyken, die einen offenen Einspänner mit einem grazilen Sonnendach aus Segelstoff lenkte.

Carlson machte große Augen, und Hendrik hörte, wie Laban hinter ihm ungläubig murmelte: »Einer von den van Wykens auf GROOT FONTEIN? Wann hat es das zum letztenmal gegeben?«

»Vor sieben Jahren«, antwortete Carlson unwillkürlich und ohne daran zu denken, wer ganz in der Nähe stand. »Als alles begann, oder besser gesagt, als der Niedergang einsetzte …«

Hendrik, der sich mit Carlson und Laban auf dem halb abgedeckten Dach der Scheune befand und den morschen Dachstuhl ausbesserte, wandte sich zu ihm um.

Carlson wich rasch seinem fragenden Blick aus, griff zu einem neuen Nagel und schwang den Hammer.

Hendrik kletterte die Leiter hinunter, und als Franziska den Wagen auf seiner Höhe zum Stehen brachte, wünschte er, er hätte noch Zeit gehabt, sich den Dreck und Schweiß von seinem Gesicht und nackten Oberkörper zu waschen.

Er begrüßte sie mit einem freundlichen Lächeln. Sie trug ein geblümtes Sommerkleid, das ihr gut zu Gesicht stand, und sein Blick blieb für einen winzigen Moment auf der hübschen Wölbung hängen, wo der Stoff sich über ihren Brüsten spannte. Ihr frischer, adretter Anblick war eine Wohltat für das Auge, und irgend etwas Seltsames vollzog sich in ihm, als er ihr ins Gesicht schaute.

»Ich freue mich, Sie wiederzusehen, Juffrouw van Wyken«,

sagte er mit aufrichtiger Freude. »Sie sind der erste Besuch, seit ich auf GROOT FONTEIN bin, und ich wüßte keinen, den ich lieber begrüßen würde.«

Aufrecht saß sie auf dem gepolsterten Sitz, die Zügel in der Hand, und blickte zu ihm hinunter. Sie erwiderte sein Lächeln nicht. Ihr Gesicht zeigte einen Ausdruck von Reserviertheit, in die sich eine Spur von Neugier drängte.

»Einen Besuch kann man das nicht nennen, Mijnheer Magdenburg«, antwortete sie kühl.

»Nein? Was ist es dann?«

»Ich ... äh ...« Sie räusperte sich und fuhr mit der Hand über ihr Kleid, als müßte sie es glätten. »Ich bin auf dem Weg nach VREDENHOF zu meiner Freundin Rebecca. Und da dachte ich ...«

»Schau doch mal, was der unverschämte Fremde, der sich mit meinem Vater angelegt hat, auf GROOT FONTEIN so treibt«, beendete er den Satz für sie und lachte sie dabei an, um ihr zu verstehen zu geben, daß er ihr nichts nachtrug.

Der Anflug eines Lächelns zuckte um ihre Mundwinkel, doch es kam nicht offen durch. Er hatte den Eindruck, als hielte sie sich bewußt zurück. »Ja, so etwas in der Art ist mir in den Sinn gekommen.«

»Auch wenn es schmeichelhaftere Gründe für einen Besuch gibt, so bin ich doch froh, daß es für Sie Grund genug war, den Umweg über GROOT FONTEIN zu machen«, erklärte Hendrik verschmitzt.

Eine leichte Röte trat auf ihre Wangen. »Ich habe von Zebe gehört, daß Hermanus Sie als Verwalter eingestellt hat. Bei uns wollte das erst keiner glauben.«

»An manchen Tagen glaube ich es selbst nicht«, versicherte er ihr. »Welche Chancen gibt man mir denn auf ONVERWACHT und anderswo? Keine, richtig?«

Sie machte eine vage, verlegene Geste. »Geredet wird viel, wenn der Tag lang ist, sagt meine Mutter immer. Darauf darf man nichts geben.«

»Was denken Sie denn?«

Sie sah sich um, und Hendrik fragte sich, ob sie überhaupt wußte, wie es hier noch vor knapp drei Wochen ausgesehen hatte. Wunder hatte er in dieser Zeit nicht vollbringen können, aber er hatte doch dafür gesorgt, daß auf dem Hof wieder eine gewisse Sauberkeit und Ordnung herrschte. Und zumindest war das Farmhaus neu mit Reet eingedeckt und strahlte im Glanze eines frischen Anstriches, was aber den verkommenen Eindruck, den die anderen Gebäude machten, leider noch verfärbte.

»Sie haben Mut«, antwortete Franziska.

Er verzog das Gesicht. »Ihr Vater hat vermutlich ein anderes Wort dafür.«

»Ich spreche hier nicht für meinen Vater, Mijnheer Magdenburg!« entgegnete sie selbstbewußt und mit einem spitzen Unterton. »Ich werde im nächsten Jahr schon sechzehn und bin damit kein kleines Kind mehr, das alles, was der Vater sagt, für richtig und unumstößlich hält.«

»Ich habe Sie auch nicht einen Augenblick für ein kleines Kind gehalten, Juffrouw van Wyken«, sagte er mit seinem gewinnendsten Lächeln. »Denn jeder Mann, der Augen im Kopf hat, sieht ja, daß er es bei Ihnen mit einer reizenden und aufgeweckten jungen Frau zu tun hat.« Und er meinte, was er sagte. Franziska van Wyken sah älter und reifer aus, und mit sechzehn Jahren galt ein Mädchen bei den Buren als alt genug, um bald Ehefrau und Mutter zu werden.

Hendriks Kompliment trieb ihr nun endgültig die Röte in die Wangen. Verlegen und erfreut zugleich, wich sie seinem Blick aus und wußte nicht, was sie darauf erwidern sollte.

»Also, ich ...« begann sie, ließ den Satz aber unbeendet und nahm einen neuen Anlauf. »Ich muß weiter, wenn ich noch rechtzeitig bei Rebecca sein möchte.«
»Ich bin auf jeden Fall froh, daß Sie den Umweg über GROOT FONTEIN gemacht haben.«
»Ja, ich auch«, kam es ihr spontan über die Lippen. »Und es ... es tut mir leid.«
Verwundert sah er sie an. »Ich wüßte nicht, was Ihnen leid tun müßte.«
»Daß ich so ... na ja, so abweisend zu Ihnen war, als Sie sagten, daß Sie von GROOT FONTEIN kommen. Sie wußten ja nicht, was zwischen Hermanus und unserer Familie vorgefallen ist«, sagte sie, und es kostete sie offensichtlich Mühe, diese Entschuldigung auszusprechen. Und als hätte ihr das selbst Mut gemacht, fügte sie noch mit fester Stimme hinzu: »Das ist der eigentliche Grund, warum ich heute vorbeigekommen bin. Ich dachte, das wäre ich Ihnen schuldig, Mijnheer Magdenburg.«
Das rührte ihn. »Ich danke Ihnen für Ihre Ehrlichkeit und für Ihre Entschuldigung. Beides weiß ich sehr zu schätzen. Es würde mir jedoch sehr helfen, wenn ich wüßte, was denn zwischen Ihrer Familie und Hermanus Houtman vorgefallen ist.«
»Tut mir leid«, sagte sie abwehrend und zog sich wieder hinter den reservierten Ausdruck der vermögenden Farmerstochter zurück. »Darüber spricht man nicht mit ...« Sie stockte.
»Fremden?«
Franziska wandte den Kopf und nahm die Zügel auf. »Ich muß mich beeilen!« lenkte sie ab.
»Lesen Sie doch mal bei Levitikus nach.«
»Wie bitte?«

»Levitikus 19, Vers 33 und 34«, erklärte er mit einem freundlich spöttischen Lächeln.

Sie wußte damit nichts anzufangen und wollte auch nicht darauf eingehen. »Tot siens!« sagte sie knapp und fuhr an.

»Ja, wir sehen uns ganz bestimmt wieder, Franziska van Wyken!« sagte Hendrik mehr zu sich selbst, während sein Blick ihr folgte. Eine ganze Weile stand er so da und merkte gar nicht, daß ein versonnenes Lächeln auf seinem Gesicht lag.

»Wer war das heute morgen?« wollte Hermanus wissen, als Hendrik zum Mittagessen ins Haus kam. Die schwere Beinverletzung verheilte nur sehr langsam und fesselte ihn noch immer ans Bett. Deshalb hatte Hendrik vorgeschlagen, die Mahlzeiten doch gemeinsam einzunehmen. Hermanus hatte das Angebot mit einem scheinbar verdrossenen Achselzucken angenommen und Jakoba angewiesen, einen kleinen Tisch und einen Stuhl vor das Fenster in seiner Schlafkammer zu stellen.

Hendrik tunkte mit einem Stück säuerlichem Weißbrot Soße vom Teller. Er hatte mit der Frage gerechnet und wunderte sich nur, daß Hermanus damit bis zum Ende ihres gemeinsamen Mahls gewartet hatte. »Wenn Sie wissen, daß jemand nach GROOT FONTEIN gekommen ist, dann wissen Sie auch, wer es war«, sagte er spöttisch. »Denn Sie haben doch bestimmt Jakoba gefragt, nicht wahr?«

Es irritierte und ärgerte Hermanus offensichtlich, daß sein junger Verwalter ihn schon so gut kannte. »Ich will es aber von Ihnen wissen, Mijnheer!«

»Warum? Weil Sie Jakoba nicht recht trauen, oder weil Sie der Meinung sind, ich müßte Ihnen über jede Kleinigkeit, die auf der Farm geschieht, Rechenschaft ablegen? In beiden Fällen liegen Sie falsch.«

»Wenn einer von der Van-Wyken-Sippschaft nach GROOT FONTEIN kommt, ist das keine Kleinigkeit!« belehrte ihn der Farmer barsch.
»Vielleicht nicht, wenn die Person Ihretwegen kommt, nicht aber, wenn der Besuch mir gilt«, erwiderte Hendrik, ohne sich von der brüsken Art des alten Buren beeindrucken zu lassen. Er hob den irdenen Krug, den Jakoba auf seinen Tisch gestellt hatte. »Wollen Sie noch etwas von der Buttermilch?«
»Bleiben Sie mir mit Ihrer Buttermilch vom Hals, und glauben Sie ja nicht, Sie könnten mich so leicht ablenken!« polterte Hermanus. »Ich weiß sehr wohl, daß es Franziska war, Willems jüngste Tochter.«
Hendrik lächelte. »Wozu dann die ganze Aufregung?«
»Weil ich die van Wykens lange genug kenne, um zu wissen, was von ihnen zu halten ist.«
»Herzlich wenig, wenn ich Sie recht verstehe.«
»Ja, grinsen Sie nur!« zürnte Hermanus. »Sie werden auch noch Ihre Erfahrungen mit dieser Brut machen, wenn Sie nicht auf mich hören. Von den van Wykens kommt nichts Gutes, schon gar nicht, wenn es einen Weiberrock anhat!«
Hendrik wollte sich nicht mit ihm über Franziska streiten. Dafür waren ihm ihr überraschender Besuch noch zu frisch und ihre wahren Motive nicht ganz klar. Er sah auch keinen Grund, ihm zu verschweigen, weshalb sie gekommen war.
»Franziska war auf dem Weg zu ihrer Freundin Rebecca und hat den Umweg über GROOT FONTEIN gemacht, um sich für ihr unfreundliches Benehmen bei unserem ersten Zusammentreffen auf ONVERWACHT zu entschuldigen. Ich denke, diese Charakterstärke werden sogar Sie anerkennen.«
»Pah!« sagte Hermanus nur abfällig.
»Wie dem auch sei, Mijnheer Houtman, ich zerbreche mir

den Kopf im Augenblick über bedeutend wichtigere Dinge. Der Sommer liegt vor uns, und ich fürchte, daß ich mit den paar Leuten, die mir zur Verfügung stehen, hinten und vorn nicht auskommen werde«, wechselte Hendrik das Thema, ohne damit ablenken zu wollen.

»Warum verwenden Sie auch soviel Zeit und Arbeit auf den Hof und all diesen äußerlichen Unsinn!« schimpfte Hermanus. »Kümmern Sie sich um das Vieh und die Felder, dafür habe ich Sie eingestellt.«

»Sie haben mich eingestellt, damit aus dem Schandfleck GROOT FONTEIN wieder eine Farm wird, auf die jeder, der hier lebt und arbeitet, stolz sein kann«, erwiderte Hendrik unnachgiebig. »Ein Mann, dessen Kleidung vor Dreck starrt, bleibt dreckig, auch wenn er sich vor dem Ankleiden noch so gründlich gewaschen hat. Die Arbeiten gehen daher weiter, bis der Hof wieder in Ordnung gebracht und keine Beleidigung mehr für das Auge ist.«

»Wissen Sie überhaupt, wieviel mich das kostet?« grollte der Farmer.

»Daß ich mich mit Ihrem heruntergekommenen Hof wochenlang aufhalte, kostet mich mehr als Sie!« konterte Hendrik. »Oder haben Sie vergessen, daß ich nur am Ertrag der Ernte und am Zuwachs beim Vieh beteiligt bin, nicht jedoch am Wertzuwachs der Gebäude und der Anlagen?«

Der grimmige Ausdruck des Farmers wich einem verschmitzten, fast schadenfrohen Lächeln. »Sie sind ein aufgeweckter junger Mann, aber wie Sie gerade selbst zugegeben haben, doch nicht aufgeweckt genug, um an alles gedacht zu haben. Und auf irgendwelche Nachforderungen lasse ich mich nicht ein. Ein Wort ist ein Wort. Da gibt es nichts mehr nachzubessern!«

Hendrik gönnte ihm das Gefühl, den größeren Vorteil aus

ihrer Abmachung zu ziehen. Ihm ging es mehr darum, freie Hand zu haben und beweisen zu dürfen, daß er erreichen konnte, was er sich vorgenommen hatte.

»Aber auch wenn wir endlich mit den Arbeiten an den Gebäuden und Kraals fertig sind, werde ich mehr Arbeitskräfte für all die anderen Aufgaben brauchen«, kam er auf den Punkt zurück, der ihm am meisten Kopfschmerzen bereitete, denn an allen Ecken und Enden warteten Arbeiten, die eigentlich keinen Aufschub duldeten. »Das Vieh muß auf die Sommerweiden getrieben und die Jungtiere versorgt werden. Allein für die Felder und Äcker brauche ich ein Dutzend Leute, und dann ...«

»Sparen Sie sich die Mühe«, unterbrach Hermanus ihn. »Sie müssen mit den Schwarzen, die wir haben, auskommen. Wie Sie das anstellen, ist Ihre Sache. Ich habe einfach kein Geld, um noch fünf oder sechs Hottentottenarbeiter unter Vertrag zu nehmen. Nicht mal für einen reicht es.«

Hendrik hatte auf eine andere Antwort gehofft, spürte jedoch, daß Hermanus die Wahrheit sagte. Der Niedergang von GROOT FONTEIN hatte mit Sicherheit nicht vor der Barschaft von Hermanus Houtman haltgemacht.

»So schnell schon entmutigt?« spottete der Farmer, als er ihn aufseufzen hörte.

Hendrik erhob sich. »Nein. Ich weiß zwar nicht wie, aber irgendwie wird es schon gehen.«

Hermanus faßte mit seiner gesunden Hand in seinen langen, zottigen Bart und sagte mit maliziösem Lächeln. »Auf das Irgendwie bin ich wirklich gespannt, Mijnheer Magdenburg.«

Obwohl Hermanus so tat, als interessierten ihn die Arbeiten überhaupt nicht, die den Hof wieder in Schuß bringen und zu einem freundlichen Aussehen verhelfen sollten, konnte

er es in Wirklichkeit doch gar nicht erwarten, sich mit eigenen Augen von den Fortschritten zu überzeugen. Hendrik erfuhr von Jakoba, daß der Baas sie fast täglich mit Fragen löcherte, was draußen geschah und wie die Arbeiten vorangingen.
Endlich kam der Tag, an dem Hermanus das Bett für mehr als nur ein halbes Dutzend schmerzerfüllter Schritte verlassen konnte. Die Knochen waren wieder zusammengewachsen, und die Wunden, die lange nicht hatten heilen wollen, hatten sich, nach zwei weiteren Besuchen von Zebe auf GROOT FONTEIN, doch noch geschlossen.
Hermanus hatte in den Wochen etliche Pfund Gewicht verloren, ohne deshalb jedoch abgemagert auszusehen, sein Gesicht einmal ausgenommen. Die Kleider schlotterten ihm dennoch um den Leib, als er aus dem Haus kam und hinaus auf den Hof humpelte. Hendriks Angebot, ihn zu stützen, hatte er mit der ihm eigenen brüsken Art abgelehnt.
Sein linkes Bein war steif wie ein Ladestock und würde sich auch nie wieder im Kniegelenk beugen lassen. Mit den Fingern seiner linken Hand sah es nicht viel besser aus. Doch er humpelte, auf Krücken gestützt, mit eigener Kraft hinaus in die heiße Dezembersonne.
Hendrik beobachtete ihn, wie er mit grimmiger Miene über den Hof stelzte und sich wortlos umsah. Als Carlson ihn auf die neue Mauer des Ochsenkraals hinwies, raunzte er ihn an: »Seit wann macht ein steifes Bein blind? Noch habe ich Augen im Kopf! Und lauf nicht ständig um mich herum!« Dabei versetzte er ihm mit der rechten Krücke einen derben Stoß gegen die Hüfte.
Der erste Rundgang, auch wenn er nicht länger als zehn Minuten dauerte, kostete Hermanus mehr Kraft und Durchhaltewillen, als er zugab. Hendrik sah, wie dem Buren der

Schweiß ausbrach und wie unsicher seine Schritte wurden. Hermanus hatte Schmerzen und quälte sich schließlich zum Haus zurück.
Hendrik befürchtete das Schlimmste, wagte ihm jedoch nicht seine Hilfe anzubieten. Hermanus wollte es aus eigener Kraft schaffen. Ihm zur Seite zu springen und ihn zu stützen wären wohl einer nicht wiedergutzumachenden Beleidigung gleichgekommen. Hermanus besaß einen sturen Stolz.
Es tat Hendrik fast selbst körperlich weh, zuzusehen, wie der alte Farmer sich die Stufen zur Stoep hinaufquälte. Es schien eine Ewigkeit zu dauern, und mehr als einmal schwankte er, als könnte er sich nicht länger aufrecht halten. Jakoba erwartete ihren Baas in der Tür des Farmhauses. Sie kam ihm aber erst zu Hilfe, als die Tür hinter ihm zugefallen war und niemand sehen konnte, wie ausgelaugt und zittrig er gegen die Wand taumelte.
Hendrik war klug genug, ihm mehrere Stunden Zeit zu geben, um sich von der Strapaze zu erholen, bevor er ihm wieder unter die Augen trat.
»Nun, gefällt Ihnen GROOT FONTEIN so nicht besser, Mijnheer Houtman?« fragte er ihn, als er ihn zum Abendessen sah.
Hermanus, der in der Bibel gelesen hatte und wieder ganz der Alte zu sein schien, zuckte mit den Schultern, als wäre ihm das alles völlig gleichgültig. »Keine üble Arbeit, aber Sie haben sich ja auch lange genug damit aufgehalten«, sagte er unleidlich, fügte dann aber widerstrebend hinzu: »Vielleicht sind Sie ja doch Ihr Pulver wert, Magdenburg.«
Das war das erstemal, daß Hendrik von ihm so etwas wie eine Anerkennung für seine Schufterei von morgens bis abends zu hören bekam. Er freute sich mehr darüber, als er zu zeigen wagte. Das widerwillige Kompliment des Farmers gab ihm

Auftrieb und Zuversicht. Und mit einem halb stolzen, halb verlegenen Lächeln sagte er: »Freut mich zu hören, daß Sie die Hoffnung mit mir teilen, Mijnheer Houtman.«
»Hören Sie endlich auf, mich mit Mijnheer Houtman anzureden, als wollten Sie um die Hand meiner Tochter anhalten und Eindruck bei mir schinden!« stieß er scheinbar übellaunig hervor. »Für die Schwarzen bin ich der Baas Hermanus und für jeden anderen im Bezirk schlicht und ergreifend der ›alte Hermanus von GROOT FONTEIN‹. Das gilt auch für Sie! Und ich denke nicht daran, einen jungen Burschen wie Sie anders als mit Hendrik anzureden. Magtig, Sie könnten mein Enkel sein!«
Hendrik nahm den scheinbaren Rüffel mit einem kaum merklichen Lächeln entgegen, denn er wußte, daß der Farmer ihm damit in Wirklichkeit eine Ehre erwies und ihm zu verstehen gab, daß er ihn respektierte und zufrieden mit dem war, was er tat.
»Wenn das Ihr Wunsch ist, soll es so sein, Hermanus.«
»Es ist nicht mein Wunsch, sondern es ist so, weil ich es so will, Hendrik!« bekräftigte der Bure und schrie dann in gewohnter Manier nach Jakoba, wo sie denn, zum *duiwel* noch mal, mit dem Essen bliebe.

18

Zwei Tage später sah er Franziska wieder, und es war ein Wiedersehen im wahrsten Sinne des Wortes, denn Hendrik fand keine Gelegenheit, auch nur ein Wort mit ihr zu wechseln.
Hawila, wie Ahmsat ein tüchtiger Viehhirte angolanischer Herkunft und der zweite der beiden Sklaven auf GROOT

Fontein, hatte berichtet, daß die beiden Wasserstellen im Süden schon auszutrocknen begannen. So früh im Sommer war das ein alarmierendes Zeichen, und Hendrik hatte beschlossen, sich die Sache selbst anzuschauen.
»Dahinter steckt Baas van Wyken«, unkte Carlson, der ihn auf dem Ritt begleitete.
»Woher willst du das wissen?«
»Beide Wasserstellen werden von kleinen Bächen gespeist, deren Quellen sich auf Onverwacht befinden. Es sind Quellen, die noch kein einzigesmal nicht versiegt sind. Nicht einmal, als wir zwei Jahre lang unter dieser schrecklichen Dürre zu leiden hatten«, teilte Carlson ihm mit.
»Du meinst die Trockenheit von 28 und 29?«
»Ich versteh' mich nicht auf Jahreszahlen, Baas. Ich weiß nur, daß es die Dürre war, die jetzt vier Sommer vorbei ist, und daß die Quellen kein mal nicht versiegt sind.«
»Du meinst also, Mijnheer van Wyken stiehlt uns das Wasser?«
Carlson nickte. »Wenn es stimmt, was Hawila sagt, und er ist ein Mann mit einem guten Auge, dann wird das Wasser irgendwo auf Onverwacht gestaut oder umgeleitet.«
»Was eine ausgesprochene Sauerei wäre!« sagte Hendrik grimmig.
Bei den beiden Wasserstellen, die eine halbe Meile auseinanderlagen, handelte es sich um Tümpel, die sich in zwei Bodensenken gebildet hatten. Der größere von ihnen war beinahe kreisrund und maß anderthalb Dutzend Schritte im Durchmesser. Der andere besaß die Form einer Niere und war bedeutend kleiner. Mit etwas Anlauf konnte man von einer Seite auf die andere springen, ohne nasse Füße zu bekommen. Beide Tränken waren von großer Bedeutung für das Vieh, das auf der Südweide gehalten wurde.

Wie Hendrik von Hawila und Carlson erfuhr, pendelte der Wasserstand um diese Jahreszeit zwischen höchstens fünfeinhalb und mindestens vier Fuß. Beide Wasserstellen lagen jetzt aber schon weit unter dieser Tiefstmarke.

»Drei Fuß an tiefster Stelle!« Hawila deutete auf die Einkerbung seines Stocks, mit dem er gerade wieder den Wasserstand kontrolliert hatte. »Letzte Woche hier noch dreieinhalb Fuß!«

»Und was schließt du daraus?« wollte Hendrik wissen.

Hawila, ein sehniger Mann von vielleicht dreißig Jahren, nagte an seiner Unterlippe und hielt den Kopf schief, als müßte er sich seine Worte erst einmal gut zurechtlegen. »Genug Regen die letzten Monate, und Quellen gut. Hitze noch nicht lange und nicht schlimm genug für Dürre. Und wäre doch Dürre, dann passieren Austrocknen anders. Nicht so«, sagte er in seinem abgehackten Holländisch und malte mit der Stockspitze die stark gezackte Linie einer Treppe nach, »sondern so.« Der Stock zog einen langsam abfallenden Strich durch den Sand.

»Da ist Menschenhand im Spiel«, warf Carlson ein.

Hendrik hob die Augenbrauen. »Jemand, der alle paar Tage oder jede Woche ein bißchen weniger Wasser nach GROOT FONTEIN fließen läßt?«

Carlson und Hawila sahen sich an und nickten.

»Also gut, schauen wir doch mal nach, ob wir mit unserem Verdacht richtig liegen«, sagte Hendrik und forderte Carlson auf, mit ihm dem wasserreicheren der beiden Bachläufe zu folgen.

Eine halbe Meile vor einer Hügelgruppe, wo GROOT FONTEIN endete und ONVERWACHT seine Nordgrenze hatte, bemerkte Hendrik den Einspänner. Er kam aus östlicher Richtung und folgte den sandigen Spuren, die Wagen wie dieser und schwere Ochsenwagen im Laufe der Jahre hinterlassen hatten. Auch auf die Entfernung hin wußte Hendrik sofort, daß die Person, die den Wagen lenkte, Franziska war. Etwas an ihrer aufrechten Haltung verriet es ihm.

Er trieb sein Pferd an und ritt schräg auf den entgegenkommenden Wagen zu. Er schätzte, daß er und Franziska etwa zur selben Zeit bei den Hügeln sein würden, und rechnete fest damit, daß sie anhalten würde, wenn sie ihn erkannte. Kurz vor den Hügeln ließ er Whisper in einen ruhigen Trab fallen.

Der Wagen wurde auch wirklich langsamer. Es trennten sie nur noch fünfzig, sechzig Yards, und Hendrik sah nun deutlich, daß es sich bei der anderen Person an Franziskas Seite um ein schwarzhaariges Mädchen handelte, das in ihrem Alter war.

Vermutlich ihre Freundin Rebecca, dachte er und wartete darauf, daß Franziska den Wagen zum Stehen brachte, um ein paar Worte mit ihr zu wechseln.

Das schwarzhaarige Mädchen sagte etwas zu Franziska und blickte dann stur geradeaus, als fürchtete es, rechts und links der Spurrillen etwas zu sehen, was nicht für seine Augen bestimmt war.

Franziska schaute jedoch zu ihm herüber. Die Bänder ihres Hutes flatterten im Wind, und für einen kurzen Moment lächelte sie ihm zu.

Hendrik vergaß den Ärger mit den Wasserstellen und zog seinen Hut vom Kopf. Sein Herz klopfte vor freudiger Erregung über dieses unverhoffte Wiedersehen. Ob sie wohl die Stelle im Levitikus nachgelesen hatte? Bestimmt. Ihre Neugier hatte ihr sicher keine Ruhe gelassen. Seit ihrem Besuch auf GROOT FONTEIN hatte er immer wieder an sie denken müssen, öfter und intensiver als an jedes andere Mädchen, das ihm in den letzten Jahren begegnet war. Franziska hatte sich sogar in seine Träume geschlichen, und es waren Träume, von denen er wünschte, sie festhalten zu können, wenn er erwachte und den harten, pochenden Schmerz einer Sehnsucht verspürte, den nur die Liebe einer Frau lindern konnte. Er war selbstbeherrscht und vernünftig genug, um sich nicht lächerlichen Tagträumen hinzugeben. Aber irgendwie begleitete der Gedanke an sie ihn bei allem, was er tat.

Er wollte ihr schon einen Gruß zurufen, als sie die Zügel auf den Rücken des Pferdes klatschen ließ. Der Braune fiel unverzüglich in Galopp, und der Wagen ratterte an ihm vorbei. Verdutzt blickte er dem sich rasch entfernenden Einspänner mit den beiden Mädchen nach. Nicht eine Sekunde hatte er daran gezweifelt, daß Franziska van Wyken anhalten und ein paar Worte mit ihm wechseln würde. Allein schon die Höflichkeit gebot es, daß man einen Gruß austauschte und sich gegenseitig nach dem Befinden erkundigte, wenn man sich in solch abgeschiedenen Gegenden auf offenem Veld begegnete.

Um so größer war die Enttäuschung. Er fühlte sich verletzt und in seiner Ehre gekränkt. Ein Ärger, dessen Heftigkeit ihn selbst überraschte, stieg in ihm auf, und schon wollte er angaloppieren und dem Wagen folgen, als Carlson sich hinter ihm bemerkbar machte.

»Manche Tiere ziehen erst große Kreise um ein unbekanntes Wasserloch, bevor sie sich heranwagen, um ihren Durst zu stillen«, sagte er scheinbar ohne jeden Zusammenhang. »Und manchmal ist die Furcht zu zweit größer, als wenn sie allein sind. Unsicherheit steckt an.«

Hendrik verstand den Hinweis, und nach einem Moment der Irritation war er Carlson dankbar, daß er ihn vor einer großen Dummheit bewahrt hatte. Denn etwas Dümmeres, als ihr verärgert nachzureiten und sie quasi zu einem Gespräch zwingen zu wollen, hätte er gar nicht tun können. Damit hätte er sich ihre Sympathie, wie stark auch immer sie ausgeprägt sein mochte, mit Sicherheit verscherzt.

»Wer war das Mädchen neben Juffrouw Franziska van Wyken?« fragte er, um seine Verlegenheit zu überspielen, denn die Angelegenheit war ihm doch sehr peinlich. Ein Hottentotte mußte ihm sagen, wie er sich einem Mädchen wie Franziska gegenüber zu verhalten hatte!

»Rebecca, die Tochter von Baas Anton Smuts von VREDENHOF. Baas Hermanus hat mal vor Jahren gesagt, daß ihr der Regen in die Nase fällt.«

Hendrik lachte. Diese Rebecca Smuts hatte wirklich einen hochmütigen Eindruck gemacht. Aber das sollte ihn nicht kümmern, abgesehen davon, daß Franziska bestimmt anders reagiert hätte, wenn sie allein gewesen wäre. Immerhin hatte sie ihm zugelächelt.

»Da drüben beginnt ONVERWACHT«, erinnerte ihn Carlson an den Grund ihres Hierseins. »Reiten wir weiter, Baas?«

»Hast du Bedenken?«

»Uns könnte ein Viehhirte sehen und fragen, wohin wir wollen, und seinem Baas dann von uns erzählen«, antwortete der Schwarze. »Vielleicht ist es besser, wenn erst einmal keiner nicht weiß, daß wir den Bächen bis weit nach ONVERWACHT gefolgt sind.«

Hendrik nickte. »Du hast recht. Wir sehen uns die Sache im Schutz der Dunkelheit an.«

Sie warteten an einer schattigen Stelle, bis die Sonne am westlichen Horizont verglüht war. Hendrik hing seinen Gedanken nach, in die sich immer wieder Franziska drängte, und bewunderte einmal mehr das eindrucksvolle Panorama, das die gezackte Bergkette der Snow Mountains im Nordosten abgab. Im Licht der untergehenden Sonne schimmerten die Bergzüge in einem faszinierenden Blau und Violett. Er dachte an die Sonnenuntergänge, die er gelegentlich in Grobaars Kloof erlebte. An diesen einsamen Ort zog er sich manchmal am Sonntag zurück, um mit seinen Gedanken allein zu sein und Dudelsack zu spielen. Auf GROOT FONTEIN mußte keiner wissen, daß er schottisches Blut in den Adern hatte und dieses Instrument spielte.

Die Nacht kam fast schlagartig. Dafür stand schon ein klarer Halbmond über der hügeligen Landschaft, als Hendrik und Carlson ihren Ritt entlang des Bachlaufs fortsetzten. Eine knappe Stunde später gelangten sie an einen kargen, felsigen Ort, der mit dichten Dornendickichten durchzogen war.

»Baas!« rief Carlson gedämpft und deutete auf eine Biegung des Baches.

Hawila hatte mit seinem Verdacht recht gehabt. Irgend jemand hatte an dieser Stelle einen kurzen Stichkanal gegraben und mit Hilfe von zwei Brettern, die mit dornigem Gestrüpp abgedeckt waren, einen Großteil des Bachwassers umgeleitet – und zwar zwischen die Felsen und Dornensträucher, wo es sich verlief und versickerte, ohne jeden Nutzen, jedenfalls ohne offensichtlichen.

»Sehen wir uns auch den anderen Bach an!« beschloß Hendrik grimmig und fand zweieinhalb Meilen weiter südwestlich eine ähnliche Stelle, wo der Bach angezapft war und gut die Hälfte des Wassers sich in ein Gebiet ergoß, das für eine solche Bewässerung denkbar ungeeignet war. Aber hier ging es ja ganz offensichtlich nicht darum, trockene Gebiete mit Wasser zu versorgen, sondern zwei wichtige Wasserstellen auf GROOT FONTEIN langsam auszutrocknen.

Sie ritten zum Hof zurück, und Hendrik nutzte die Stunden im Sattel, um sich in aller Ruhe zu überlegen, was er unternehmen sollte. Sein Instinkt sagte ihm, daß er sehr umsichtig vorgehen mußte. Nicht, daß er Angst gehabt hätte, sich mit Willem van Wyken anzulegen, aber er hatte auch im Auge zu behalten, daß Franziska ihm nicht ganz unwichtig war. Was ihm jedoch nicht weniger wichtig erschien, war, die Motive des Farmers herauszufinden. Erst wenn er wußte, was Willem van Wyken bezweckte, konnte er sich geeignete Gegenmaßnahmen ausdenken.
»Carlson?« Sie trabten nebeneinander über welliges Grasland, noch mehrere Meilen von GROOT FONTEIN entfernt. Vor ihnen zeichneten sich die Silhouetten von wilden Feigenbäumen ab.
»Ja, Baas?«
»Ist so etwas Ähnliches früher schon mal passiert? Ich meine, daß Willem van Wyken Bäche umgeleitet oder sonstwie versucht hat, deinem Baas zu schaden?«
Der Schwarze überlegte gewissenhaft und schüttelte dann den Kopf. »Nein, so etwas hat es noch kein einzigesmal nicht gegeben.«
»Warum dann ausgerechnet jetzt? Was hat sich verändert, daß Willem van Wyken so etwas Hinterhältiges tut?« grübelte Hendrik laut und ahnte die Antwort, bevor der Hottentotte sie aussprach.
»Seit Sie hier sind, hat sich viel auf GROOT FONTEIN verändert, Baas Hendrik«, erinnerte ihn Carlson. »Sehr zum Guten.«
Hendrik sah ihn überrascht an. »Natürlich! Es geht ihm gar nicht um Hermanus, sondern er will mich damit treffen.«
»Baas van Wyken kauft alles Land, das er bekommen kann. Er hat vier Söhne, und Land ist rar geworden«, fügte Carl-

son hinzu. »ONVERWACHT ist die größte Farm weit und breit, aber das genügt ihm noch nicht. Er kann jedoch warten, und er hat lange gewartet und zugeschaut, weil er sich seiner Sache ganz sicher war. Die angestochenen Bäche sagen, daß er das nicht mehr ist.«

»Du hast recht, so macht die Sache Sinn«, pflichtete Hendrik ihm bei. Der Gedanke, daß Willem van Wyken es auf GROOT FONTEIN abgesehen haben könnte, war ihm gar nicht gekommen. »Geduldiges Warten wird ihn aber ebensowenig ans Ziel bringen wie solche Gemeinheiten, dafür werde ich sorgen!«

»Was wollen Sie tun, Baas?«

»Erst einmal nichts überstürzen. Noch ist in den Teichen genug Wasser für das Vieh. Soll er nur glauben, ich wäre so leicht übers Ohr zu hauen und ohne gute Leute, die mir zur Seite stehen. Je sicherer er sich fühlt, desto verwundbarer ist er.«

Diese Einstellung fand Carlsons Zustimmung, wie sein anerkennendes Lächeln und bedächtiges Nicken verrieten.

»Und was sagen wir Baas Hermanus?«

»Gar nichts!«

Wie mit Kreide eingerieben, so weiß leuchteten seine Zähne, als Carlson sein Gebiß zu einem breiten Grinsen entblößte.

19

Vier sich rechtwinklig kreuzende Straßen, einige Dutzend Häuser von überwiegend bescheidenem Aussehen, ein Marktplatz mit einer frisch gekalkten Kirche, die einen etwas plumpen, da zu kurz geratenen Glockenturm besaß, ein Outspan, eine gewöhnliche *canteen* mit zwei Gastzim-

mern unter dem Dach sowie einige Geschäfte und Werkstätten – das war Roodekroon am Fuß der Snow Mountains.
Wer Graaff-Reinet oder gar Kapstadt kannte, der nahm Roodekroon als das, was es war: ein armseliges *dorp* in einer abgelegenen Grenzregion der Kolonie, in dem das Leben träge und einförmig dahinfloß. Wer jedoch das einsame Leben auf den umliegenden Farmen gewohnt war und manchmal monatelang nur die Gesichter seiner Familie und Farmarbeiter und gelegentlich die seiner Nachbarn gesehen hatte, für den bedeutete ein Besuch in Roodekroon eine stets abwechslungsreiche und zumeist dankbare Ablenkung von dem Einerlei und der harten Arbeit auf dem Land.
Wenn es nach der Arbeit gegangen wäre, die auf GROOT FONTEIN darauf wartete, in Angriff genommen und bewältigt zu werden, hätte Hendrik sich den Besuch im Dorf nicht erlauben können, denn auf der Farm wurde jede Hand gebraucht. Er konnte es sich nicht einmal leisten, Tebach und Moab davonzujagen. Obwohl sie ihm von Anfang an Schwierigkeiten bereitet hatten und Faulheit auch noch mit kaum versteckter Aufsässigkeit verbanden, konnte er nicht auf sie verzichten. Auf Dauer war die Situation jedoch nicht tragbar.
Schwierigkeiten aller Art türmten sich wie Berge vor ihm auf. Doch manchmal mußte man Abstand nehmen, um einen besseren Überblick zu gewinnen. Zudem fand Hendrik, daß er sich den Besuch in Roodekroon redlich verdient hatte. Hermanus hatte ihn zwar als Verwalter eingestellt, aber in Wirklichkeit gab es gar nichts zu verwalten, sondern nichts als unerledigte, harte Arbeit. Seit Monaten schuftete er sechs Tage die Woche wie ein Galeerensklave, von Sonnenaufgang bis Sonnenuntergang, weil er mit gutem Vorbild vorangehen wollte – und weil sein Ehrgeiz ihm

keine Ruhe ließ. Er hatte die Herausforderung angenommen und wollte beweisen, daß er jemand war und erreichen konnte, was er sich in den Kopf gesetzt hatte.

Seit er Franziska kannte und sich danach verzehrte, sie wiederzusehen, nur um ein paar Worte mit ihr zu wechseln, seit ihrem Besuch auf GROOT FONTEIN hatte er noch einen weiteren, mächtigen Antrieb, die Farm wieder auf wirtschaftlich gesunde Beine zu stellen. Denn nur wenn ihm das gelang, durfte er hoffen, eines Tages von ihr und ihrem Vater ernst genommen zu werden.

Natürlich wußte er, daß sie mit fünfzehn noch zu jung war, als daß er jetzt schon in der üblichen Form um sie hätte werben und auf eine Opsitkers hoffen können. Er mußte Geduld haben, in jeder Beziehung. Denn noch war er fremd und hatte nichts in seinem Namen, das er vorweisen konnte. Aber in einem halben, besser noch einem Jahr sah es vielleicht anders aus. Dann war Franziska nicht nur im richtigen Alter, um am Samstagabend in ihrer Wohnstube mit einem jungen Mann wie ihm vor einer solchen Kerze zu sitzen und über ein gemeinsames Leben zu reden oder zumindest doch darüber nachzudenken, sondern dann hatte er Zeit genug gehabt, um zu zeigen, was in ihm steckte und was er wert war. Wenn er jedoch scheiterte ...

An ein Scheitern verschwendete Hendrik keinen weiteren Gedanken. Er würde schuften und kämpfen bis zum Umfallen. Wenn Franziska ihn wollte, würde ihm keine Anstrengung zu groß sein. Und irgendwie würde er auch mit Willem van Wyken klarkommen, selbst wenn ihm das von allem im Augenblick als das unüberwindbarste Problem erschien. Ihm war noch immer nichts Rechtes eingefallen, wie er den Farmer dazu bringen konnte, von seinen Wassermanipulationen abzulassen, ohne ihn sich für immer zum Feind zu

machen. Allmählich wurde es jedoch Zeit, daß er etwas unternahm.
Neugierige Blicke folgten ihm, als er Roodekroon erreichte. Er wäre lieber auf Whisper ins Dorf geritten, hatte aus praktischen Gründen jedoch den kleinen Kastenwagen genommen, weil er noch mehrere Ballen Kafferntuch und einiges andere einkaufen mußte.
Drei schwere Feldschoner standen schon auf dem Outspan, und die fünf Männer, die im nahen Schatten von hohen Ulmen miteinander redeten und dabei Pfeife rauchten, hielten in ihrem Gespräch inne, als Hendrik vom Kutschsitz sprang und das Gespann einem herbeieilenden Hottentotten überließ.
Hendrik nickte ihnen freundlich zu. Er wußte nicht, wer die Männer waren, doch er wäre jede Wette eingegangen, daß sie ganz genau wußten, wer *er* war. Auch wenn sie ihn noch nicht zu Gesicht bekommen hatten, so hatte es sich auf den Farmen um Roodekroon doch längst herumgesprochen, daß der alte Hermanus von GROOT FONTEIN einen jungen Mann namens Hendrik Magdenburg als Verwalter eingestellt hatte, samt einer genauen Beschreibung. Neuigkeiten dieser Art verbreiteten sich auf dem Land noch schneller als die kreisförmigen Wellen, die ein Stein, in einen ruhigen Teich geworfen, hervorruft.
Sein erster Gang führte ihn in die Kirche, in der es herrlich kühl war. Er hatte das schlichte und doch so weihevolle Gotteshaus ganz für sich allein. Er setzte sich in eine Bank und legte all seine Sorgen und Wünsche in ein langes, andächtiges Gebet.
Seit Hermanus genesen war und sich, auf einen Gehstock gestützt, wieder bewegen konnte, hielt er wie vor seinem Unfall jeden Sonntagmorgen auf GROOT FONTEIN einen

primitiven Gottesdienst ab. Die Schwarzen versammelten sich dazu auf dem Hof, und der alte Farmer las von der Stoep herab eine lange Passage aus der ledergebundenen Bibel vor. Dazu wurden noch zwei, drei Lieder gesungen. Aber diese einfachen Farmgottesdienste hatten doch nichts von der Festlichkeit und Andacht eines sonntäglichen Kirchbesuchs, wo ein Geistlicher eine Predigt hielt und der Gesang harmonisch und ergreifend war und ein Gotteshaus erfüllte.

Hendrik hatte sein Gebet abgeschlossen und schaute zum Altar, als es ihm plötzlich wie Schuppen von den Augen fiel. Er wußte auf einmal, wie er Willem van Wyken bei der Ehre packen und gleichzeitig Franziska wiedersehen konnte. ONVERWACHT lag näher an Roodekroon als GROOT FONTEIN. Willem van Wyken nahm mit seiner Familie wahrscheinlich häufig, wenn nicht sogar regelmäßig an den Gottesdiensten im Dorf teil. Warum hatte er nicht schon längst daran gedacht? Am kommenden Sonntag – und nicht allein an dem! – würde er nach Roodekroon reiten und am Gottesdienst teilnehmen. Es wurde Zeit, daß man sich hier an sein Gesicht gewöhnte.

Seelisch gestärkt und regelrecht beschwingt, trat Hendrik aus der Kirche und überquerte den Marktplatz, um seine Besorgungen zu erledigen. STEENKAMPS WINKEL war für das Dorf dasselbe, was MCALLISTER'S EMPORIUM für Grahamstown darstellte, nur um einiges kleiner und beschränkter in seinem Warenangebot.

Hennig Steenkamp, der ihn persönlich bediente, war ein glatzköpfiger, freundlicher Mann mit einer runden Brille, der ihn mit einem kräftigen Händedruck begrüßte und in Roodekroon willkommen hieß. Natürlich wußte auch er sofort, mit wem er es zu tun hatte.

»Mijnheer Magdenburg, nicht wahr?«
»So ist es«, bestätigte Hendrik.
»Dann wünsche ich Ihnen alles Gute für Ihre schwierige und sicherlich sehr undankbare Aufgabe. Der alte Hermanus ist nicht gerade bekannt dafür, daß er es einem leichtmacht.«
Hendrik dankte dem Ladenbesitzer für seine Anteilnahme und rechnete es ihm hoch an, daß er es dabei beließ und ihn nicht auszuhorchen versuchte, weder über seine Person und Herkunft noch über GROOT FONTEIN.
Er hatte seine Geschäfte mit Hennig Steenkamp gerade abgeschlossen, als einer der beiden jungen Männer, die etwa in seinem Alter waren und vor wenigen Minuten den Laden betreten hatten, ihn ansprach.
»Du mußt Hendrik Magdenburg sein.«
»Gut geraten.«
»Ich bin Wolfrich Vermaaken von GELUK DRIFT«, stellte er sich vor und streckte Hendrik die Hand hin. »Freut mich, dich endlich mal kennenzulernen.«
Hendrik schüttelte ihm die Hand und fand Wolfrich Vermaaken auf Anhieb sympathisch. Er war von mittelgroßer, kräftiger Gestalt und besaß die einnehmenden Gesichtszüge eines lebensfrohen jungen Mannes, dem der Schalk im Nacken saß.
»Und das hier ist mein Vetter Carolus Hofmeyer von WELGEMEENDE«, sagte Wolfrich Vermaaken.
Carolus Hofmeyer hatte nichts von der entwaffnend aufgeschlossenen und fröhlichen Art seines Vetters. Er war zurückhaltend und machte einen etwas kraftlosen blassen Eindruck. Daß seine Haut sehr hell und sein Haar fast so blond wie das eines Albinos waren, trug sicherlich dazu bei. Sein Händedruck war jedoch männlich fest und zupackend.

»Wir haben schon eine Menge von dir gehört«, sagte Carolus mit etwas schleppendem Tonfall.
»Kann ich mir denken«, erwiderte Hendrik.
»Sag mal, was hast du bloß angestellt, daß du die Strafe auf dich genommen hast, für den alten Hermanus zu arbeiten?« wollte Wolfrich Vermaaken mit einer Mischung aus fröhlichem Spott und neugieriger Verwunderung wissen.
»Ich habe ein gutes Wort über unseren Kolonialminister in London gesagt«, ging Hendrik auf den Scherz ein.
Sogar Carolus, der das Lächeln mit Sicherheit nicht erfunden hatte, lachte.
»Das ist für einen Buren natürlich eine entsetzliche Verfehlung, für die mein Vater die Verbannung oder zehn Jahre Missionsarbeit bei den Kaffern gefordert hätte! Aber Verwalter auf GROOT FONTEIN zu sein stelle ich mir nicht weniger schrecklich vor«, meinte Wolfrich.
Hendrik zuckte mit den Schultern. »Den Viehbestand und den Ernteertrag von GROOT FONTEIN zu steigern ist sicherlich um einiges einfacher, als aus Kaffern Christen zu machen.«
Wolfrich lachte schallend, und Carolus sagte mit breitem Grinsen: »Das ist gut! Das mußt du mal Reverend Angus Sutherland erzählen. Dessen Gesicht möchte ich dann sehen.«
»Wer ist Reverend Angus Sutherland?« fragte Hendrik.
»Einer von diesen Burschen, die so versessen darauf sind, die Kaffern zu bekehren, damit sie dann zumindest als getaufte Christen über uns herfallen, unser Vieh stehlen und unsere Familien abschlachten können!« erklärte Wolfrich Vermaaken wütend und nun gar nicht mehr die unbekümmerte Fröhlichkeit in Person. »Er hat unsere Gegend erst vor kurzem mit seiner Missionsbotschaft heimgesucht.«

»Sutherland kommt von der LONDON MISSIONARY SOCIETY, die unsere Kolonie mit diesen selbsternannten Missionaren immer mehr überflutet und die in England nichts Gutes an uns Buren läßt«, fügte Carolus mit demselben Zorn hinzu. »Dieser Sutherland soll eine Menge Geld als Bauunternehmer und ein Vermögen am Bau billiger Mietshäuser für einfache Fabrikarbeiter verdient haben, bevor er sich plötzlich angeblich von Gott berufen fühlte, Missionar zu werden und die ›edlen Wilden‹ zu bekehren und vor uns burischen Bestien zu schützen!«

»Aber lassen wir das leidige Thema«, meinte Wolfrich, und der heitere Ausdruck kehrte wieder auf sein Gesicht zurück. »Wir wollen uns doch nicht den Tag verderben, oder? Laßt uns auf einen Willkommensschluck in JOHANS CANTEEN gehen.«

Hendrik zögerte erst, ließ sich dann aber gern überreden. Er wollte nicht ungesellig erscheinen. Zudem freute er sich auch über neue Bekanntschaften, und daß er sich mit Wolfrich Vermaaken gut verstehen würde, das war für ihn schon jetzt keine Frage. Bei Carolus war er sich dagegen nicht so sicher. Der hellblonde Farmerssohn war nicht der Typ, mit dem man schnell warm wurde.

»Vielleicht ist Theron schon zurück. Du mußt ihn unbedingt kennenlernen, Hendrik«, sagte Wolfrich, als sie die Straße zur Canteen hinuntergingen. »Theron Groeneveld ist einer der besten Schützen weit und breit, und keiner reitet ein Pferd besser zu als er.«

»Ja, was er anpackt, hat Hand und Fuß«, sagte Carolus und klang neidisch.

»Außerdem grenzt KRONENDAL, die Farm der Groenevelds, im Westen an GROOT FONTEIN. Ihr seid also direkte Nachbarn«, fügte Wolfrich hinzu.

»Von KRONENDAL habe ich schon gehört, aber blicken lassen hat sich noch keiner von den Nachbarn«, erwiderte Hendrik etwas spitz.
Wolfrich lachte. »Gibt eben nicht viele, die der alte Hermanus nicht vor den Kopf gestoßen und dazu gebracht hat, lieber einen Bogen um GROOT FONTEIN zu machen.«
Noch bevor sie den Schankraum mit der niedrigen, rauchgeschwärzten Balkendecke betreten hatten, hörten sie schon die erregte Stimme von Theron Groeneveld.
»... mir nichts vorzumachen! Sie wollen die Schwarzen doch bloß gegen uns Buren aufwiegeln!«
»Mit wem ist sich Theron denn jetzt schon wieder in die Haare geraten« rätselte Wolfrich und sagte über die Schulter zu Hendrik: »Du mußt wissen, er hat manchmal ein etwas hitziges Temperament.«
»Ihre laute Stimme ist so unbegründet wie Ihr Zorn, Mijnheer«, antwortete drinnen eine ruhige, aber feste Stimme, die bedeutend älter klang als die von Theron Groeneveld.
»Magtig, das ist Reverend Sutherland!« stieß Carolus verblüfft hervor.
Als sie in den Schankraum kamen, sah Hendrik einen großgewachsenen, gutaussehenden jungen Mann mit dunklem, vollem Haar, der die derbe Lederkleidung des burischen Farmers trug und sich ein buntes Tuch um den Hals gebunden hatte. Das war Theron Groeneveld.
Ihm gegenüber stand ein stämmiger Mann in den Vierzigern, gut einen Kopf kleiner und in einem schwarzen Überrock. Ein Monokel an einer dünnen Kordel, deren unteres Ende um das zweite Knopfloch geknotet war, gab seinem scharf geschnittenen Gesicht etwas Aristokratisches. Ganz ruhig stand er vor Theron Groeneveld, beide Hände über dem Bauch wie zum Gebet um eine kleine Bibel oder ein

Brevier verschränkt. Dieser Mann war zweifellos Reverend Angus Sutherland von der LONDON MISSIONARY SOCIETY.

»Ich bin nach Afrika gekommen, um Gottes Wort zu predigen und den Heiden ...«

»Sie sind hier, um die Hottentotten gegen uns aufzuwiegeln und gegen die Sklaverei zu hetzen!« fiel Theron Groeneveld ihm wütend ins Wort. »Das ist der Grund, warum Sie diese Missionsstation aufbauen!«

»Sie irren, junger Mann«, entgegnete der Missionar mit kühler Gelassenheit. »Jeder Hottentotte ist frei und kann gehen, wohin es ihm beliebt – und das schließt nun mal auch Missionsstationen ein. Und was die Sklaverei betrifft, so ist es die Aufgabe eines jeden wahren Christen, mit allen *gerechten* Mitteln gegen diese schändliche Einrichtung zu Felde zu ziehen.«

»Wollen Sie mich beleidigen?« fuhr Theron ihn an. »Es ist Gottes Wille, daß es auf dieser Welt Herren und Sklaven gibt. Ich kann Ihnen ein Dutzend Bibelstellen nennen, die das eindeutig belegen.«

Der Reverend lächelte sarkastisch. »Ich kenne diese Stellen sehr gut, auf die Sie und andere Calvinisten sich so gern und starrsinnig berufen. Aber die Bibel besteht nicht nur aus dem Alten Testament, und diese Stellen geben auch nicht die wahre Botschaft wieder, die Jesus Christus verkündet hat und für die er sich ans Kreuz schlagen ließ. Die Botschaft Jesu Christi ist so fern von Ausbeutung und Knechtschaft wie dieser Ort vom fernsten Planeten des Kosmos!«

»Sie ziehen unseren Glauben in den Dreck und machen mit den Engländern gemeinsame Sache!« erregte sich Theron.

Der Missionar schüttelte den Kopf. »Nein, das tue ich nicht. Ich respektiere Ihren calvinischen Glauben, und ich bete für Sie, daß Sie eines Tages erkennen, daß Christentum und

Sklaverei so gegensätzlich sind wie Feuer und Wasser. Und nun entschuldigen Sie mich bitte, ich habe heute noch einen langen Weg vor mir. Möge der Herr mit Ihnen sein und Sie erleuchten.«

»Ich kenne da jemanden, der die Erleuchtung bedeutend nötiger hätte!« rief Theron ihm wütend nach, als der Missionar die Canteen verließ.

Wolfrich trat nun zu ihm und stieß ihn freundschaftlich in die Seite. »Kannst du mir mal verraten, warum du dich mit ihm angelegt hast? Du weißt doch, wie sinnlos das ist. Außerdem habt ihr auf KRONENDAL doch gar keine Sklaven. Von denen gibt es hier im Osten sowieso nicht viele. Also wozu die ganze Aufregung?«

»Weil es mir ums Prinzip geht!« antwortete Theron aufgebracht. »Männer wie dieser Sutherland sind schuld daran, daß in England so viele Lügen über uns Buren kursieren. Ihnen verdanken wir auch das Schwarze Reisegericht mit seinen infamen Ungerechtigkeiten – und die Gotteslästerung von Slagters Nek, die kein Bure je vergessen und verzeihen wird!«

Das Reisegericht, das jährlich die Grenzbezirke der Kolonie besuchte und Rechtsstreitigkeiten verhandelte, war für die Kapholländer im Osten ein rotes Tuch. In ihren Augen vertrat es einzig die Interessen der Engländer und der Schwarzen. Immer wieder mußten sich Farmer vor Gericht verantworten, weil einer ihrer Hottentotten, von Missionaren und Philanthropen ermuntert, sie irgendeines Verbrechens beschuldigt hatte. In England, wo die philanthropische Bewegung einen immer größeren Einfluß gewann, führte das regelmäßig zu leidenschaftlich anklagenden Zeitungsartikeln gegen die Buren. Daß sich die überwiegende Zahl dieser Anklagen vor Gericht als nicht stichhaltig erwies, darüber wurde in der britischen Presse jedoch kein Wort verloren. Es wurde auch nicht darüber berichtet, was es für einen Farmer bedeutete, aufgrund einer bösartigen Lüge vor Gericht vorgeladen zu werden. Oft genug war er gezwungen, seine abgelegene Farm für mehrere Wochen zu verlassen, ungeachtet der Arbeit, die gerade anstand. Zudem mußte er auch bei einem Freispruch die Gerichtskosten tragen, ja sogar die Entlohnung seines Anklägers zahlen. Aber es war nicht allein der wirtschaftliche Verlust, der den Farmern das Reisegericht so verhaßt machte. Noch viel schwerer wog in ihren Augen der Umstand, daß sie ihre Familien auf ihren meist abgelegenen Farmen zu lange sich selbst überlassen mußten, ohne ihren Schutz, und das empfanden sie als infam, ganz besonders die Farmer an der Grenze zum Kaffernland, wo man jeden Tag auf einen Überfall vorbereitet sein mußte.

Der Farmer Frederick Bezuidenhout hatte aus diesen Gründen 1815 mehrere Gerichtsvorladungen ignoriert. Er wurde in Abwesenheit verurteilt und bei dem Versuch, ihn auf seiner Farm zu verhaften, von einem Hottentottensoldaten erschossen. Sein Bruder zettelte daraufhin den berühmt-berüchtigten Slagters-Nek-Aufstand an, dem sich jedoch nur einige hundert Buren anschlossen. Der Aufstand fiel mehr oder weniger in sich zusammen, bevor es zu blutigen Gefechten mit den Rotröcken und loyalen Burgher-Kommandos der Buren kommen konnte. Ein von Gouverneur Somerset eingesetztes Sondergericht verurteilte die fünf Rädelsführer zum Tod durch den Strang. Die Hinrichtung fand am 18. November 1815 bei Slagters Nek statt, wo die Aufständischen den feierlichen Schwur abgelegt hatten, nicht eher zu ruhen, bis die »englischen Tyrannen« aus der Kolonie vertrieben waren.

Bei vier der Verurteilten rissen die Stricke, als der Henker die Plattform unter ihnen wegstieß. Nach alter britischer Rechtstradition galt ein solches Geschehen als ein Eingreifen des Allmächtigen, der damit das irdische Urteil revidierte und den Todgeweihten das Leben schenkte. War der Strick gerissen, durfte die Hinrichtung nicht wiederholt werden. Doch Colonel Cuylers, der das Kommando führte, setzte sich darüber hinweg, ließ den Verurteilten neue Schlingen um den Hals legen und wiederholte die Hinrichtung, diesmal mit dem gewünschten Erfolg. Dies verziehen die Buren den Engländern nicht, auch diejenigen nicht, die wenig Sympathie für Frederick Bezuidenhout und die Aufständischen gehabt hatten. Slagters Nek – das sollte noch vielen kommenden Generationen als Synonym und Symbol für das Unrecht der Engländer an den Buren gelten.

Hendrik war über den Aufstand und Slagters Nek gut unterrichtet. Auf HIGHLANDS war er dank Rachel ebenso mit der Geschichte wie mit der Sprache der Buren aufgewachsen. Auch er hatte nur Abscheu für das übrig, was damals geschehen war, und fühlte oftmals ohnmächtigen Zorn, wenn er hörte, welch verlogenes, abstoßendes Bild manche Engländer von den Buren zeichneten. Doch er hatte auch andere kennengelernt und fand, daß beiden Seiten Gerechtigkeit widerfahren mußte.

Deshalb sagte er nun: »In jedem Korb mit Äpfeln gibt es einige faule, was aber kein Grund ist, gleich alle Früchte als ungenießbar zu bezeichnen.«

Theron wandte sich ihm zu und fragte verständnislos: »Wie bitte?«

»Es gibt sicherlich genug Missionare, die uns bitter unrecht tun und uns viel Schaden zufügen«, erklärte Hendrik, »wie es wohl auch bei uns Leute gibt, die zu Recht für ihre

Willkür und Tyrannei gegenüber ihren Schwarzen an den Pranger gestellt werden. Aber ich glaube, die Zahl ist auf beiden Seiten gleich gering.«

Theron Groeneveld machte ein verärgertes Gesicht und fragte Wolfrich: »Wer ist dieser Bursche, der einem Hetzer wie Sutherland das Wort redet?«

»Hendrik Magdenburg, du weißt doch, der Verwalter von GROOT FONTEIN«, antwortete Wolfrich.

»So, also du bist der letzte Strohhalm, an den sich der alte Hermanus klammert«, sagte Theron spöttisch. »Du mußt entweder ungewöhnlich tüchtig oder ungewöhnlich dumm sein, Hendrik Magdenburg.«

Hendrik war an diesem Tag viel zu guter Stimmung, um sich beleidigt zu fühlen und provozieren zu lassen. Er antwortete deshalb mit einem selbstsicheren Lächeln: »Warten wir es ab, Theron Groeneveld.«

»Keine Sorge, das werde ich. Und da du gerade von Warten sprichst: Auf Leute, die sich für die Kaffernfreunde der LONDON MISSIONARY SOCIETY stark machen, haben wir hier gerade noch gewartet.«

»Ich bin Bure wie du, und nichts liegt mir ferner, als der LMS das Wort zu reden. Und bitte entschuldige, wenn ich etwas über diesen Sutherland gesagt habe, was nicht stimmt«, gab sich Hendrik reumütig. »Du kennst den Reverend bestimmt zehnmal besser und weißt, was er sich schon alles hat zuschulden kommen lassen.«

Hendriks scheinbaren Rückzieher quittierte Theron mit einem breiten, selbstgefälligen Grinsen. »Ach was, ich hab' ihn heute das erstemal gesehen, und seine vermaledeite Mission am Riet River ist nicht älter als der Sohn meiner ältesten Schwester, und der ist vor noch nicht vier Wochen auf die Welt gekommen. Aber ich weiß eben, was ich von

solchen Leuten zu halten und zu erwarten habe«, erklärte er großspurig.
»Ach, persönlich kennst du ihn gar nicht?« fragte Hendrik scheinbar überrascht.
»Sag mal, was denkst du eigentlich von mir? Ich suhle mich doch auch sonst nicht im Mist!« Er fand seinen eigenen Scherz gelungen genug, um selbst darüber zu lachen.
»Wie interessant«, entgegnete Hendrik bissig. »Du hast ihn heute zum erstenmal gesehen, weißt nichts weiter über ihn, als daß er von der LMS kommt, und kannst dir dennoch ein solch vernichtendes Urteil über ihn erlauben.«
Theron stutzte und bekam plötzlich rote Ohren. »He, was soll der Unsinn? Diese Burschen sind doch alle gleich! Kennt man einen, kennt man alle!« verteidigte er sich ärgerlich.
»Irgendwie kommt mir das bekannt vor«, sagte Hendrik mit ätzendem Sarkasmus. »Ist das nicht das Motto, nach dem das Kolonialministerium und die englische Presse uns beurteilen: Kennt man einen Peitsche schwingenden Buren, kennt man alle Buren?! Komisch, daß du dieselbe pauschale Verurteilung übernommen hast, Theron Groeneveld. Denn ich dachte, daß wir Buren das doch für verlogen und ungerecht halten, uns alle über einen Kamm zu scheren.«
»Da ist wirklich was dran«, sagte Carolus und grinste, als gönnte er Theron, sich im Netz seiner eigenen großspurigen Sprüche gefangen zu haben.
»Das ist nicht ein und dasselbe!« antwortete Theron gereizt und in die Defensive gedrängt.
Wolfrich lachte vergnügt. »Und ob es das ist. Du bist ihm glatt ins Messer gelaufen. Also hör schon auf zu zappeln. Da gibt es nichts mehr zu retten. Aber um dir den Schmerz, mal nicht gewonnen zu haben, erträglich zu machen, geht die Zeche auf mich. Und nun gebt euch die Hand.«

Theron preßte die Lippen zusammen und zögerte.
Hendrik wartete gelassen ab.
»Nun mach schon, Theron«, drängte Wolfrich mehr ungeduldig als ängstlich, daß Theron sich als schlechter Verlierer erweisen könnte. »Hendrik nimmt es in manchen Dingen offenbar um ein Quentchen genauer als du ...«
Carolus lachte auf und tauschte einen belustigten Blick mit Wolfrich.
»... aber wer freiwillig auf GROOT FONTEIN Verwalter wird, es schon vier Monate beim alten Hermanus ausgehalten hat und es dann auch noch mit dir aufnehmen kann«, fuhr Wolfrich, die Frohnatur, fort, »der muß einfach ein Bursche aus dem rechten Schrot und Korn sein!«
»Magtig, was tut man nicht alles für eine freie Zeche!« Mit einem Ruck gab Theron seine abwehrende Haltung und grimmige Miene auf. Er streckte Hendrik die Hand hin und sagte mit einem etwas säuerlichen Lächeln: »Also gut, diesmal hast du mich kalt erwischt und gewonnen. Aber das nächstemal werde ich gewarnt sein und es dir nicht so leicht machen.«
Hendrik drückte ihm die Hand. »Nichts gegen einen guten Wettkampf. Aber ich hoffe doch nicht, daß du von nun an immer für einen Missionar in der Nähe sorgst, über den wir uns dann streiten müssen«, flachste er.
Der Scherz und das darauffolgende Gelächter entspannten die Situation noch mehr, und wenig später saßen sie bei einem Becher Bier am Tisch. Carolus, Wolfrich und Theron waren naturgemäß daran interessiert zu erfahren, woher Hendrik kam und was ihn in ihre Region am Fuß der Snow Mountains verschlagen hatte.
Hendrik befriedigte ihre Neugier mit einer Geschichte, die er in den drei Jahren seiner Wanderschaft durch die Kolo-

nie oft genug erzählt hatte und die sich recht nahe an der Wahrheit hielt. Er verschwieg nur, daß er nicht als Hendrik Magdenburg, sondern als Hendrik McAllister zur Welt gekommen war und einen schottischen Vater besaß, der ihn verstoßen hatte. Er mußte auch erzählen, wie er Hermanus Houtman gefunden hatte, und damit ging ihr Gespräch dann nahtlos über zu Themen, die ihnen allen gleich auf den Fingern brannten: das Wetter, die kommende Ernte, Fragen der Viehzucht und natürlich die politische Lage in der Kolonie.

Über zwei Stunden saß Hendrik mit ihnen in der Canteen, und obwohl Theron es sich manchmal nicht verkneifen konnte, ihn mit spitzen Bemerkungen zu reizen, hätte er am liebsten auch noch den Nachmittag mit ihnen verbracht. Es war lange her, seit er mit Gleichaltrigen würziges Bier getrunken und sich so gut unterhalten hatte, und ihm wurde bewußt, welch ein einsames Leben er in den letzten Monaten auf GROOT FONTEIN geführt hatte.

Sein Pflichtgefühl mahnte ihn nach dem dritten Bier zum Aufbruch. Wolfrich verabschiedete sich mit einer Herzlichkeit von ihm, als wären sie schon seit Jahren befreundet, und versicherte, daß sie sich bestimmt bald wiedersehen würden. Dagegen begnügte Carolus sich mit einem trockenen Gruß und Theron mit einem vagen »Bis dann«.

Auf dem Weg zurück nach GROOT FONTEIN hatte Hendrik Zeit genug, sich die Geschehnisse des Tages noch einmal in aller Ruhe durch den Kopf gehen zu lassen. Er freute sich, die Bekanntschaft von Wolfrich und Carolus, ja auch die von Theron gemacht zu haben.

Hermanus lebte wie ein Eremit auf seiner Farm, besser gesagt wie ein Ausgestoßener, und bisher hatte diese stillschweigende Ächtung auch für ihn gegolten. Zwar saßen

Hermanus und er seit einiger Zeit abends öfter mal bei einer Partie Schach zusammen oder führten lange Gespräche, was sie einander spürbar näher brachte. Aber so willkommen es ihm auch war, daß der Farmer ihm mehr und mehr Respekt zollte und sogar seine Gesellschaft suchte, so konnte das auf Dauer doch kein Ersatz für Kontakte mit anderen Menschen, ganz besonders mit Gleichaltrigen von den umliegenden Farmen sein. Deshalb war er froh, daß er nach Roodekroon gefahren und hier einige Bekanntschaften gemacht hatte, auf die er aufbauen konnte. Schade nur, daß ein Streit ausgerechnet seine erste Begegnung mit Theron Groeneveld bestimmt hatte. Er war immerhin der Sohn – der jüngste von fünf Söhnen, wenn er richtig verstanden hatte – von Claas Groeneveld, dem KRONENDAL gehörte, die Nachbarfarm im Westen von GROOT FONTEIN. Und trotz seiner manchmal etwas großspurigen Art war er kein gar so übler Bursche. Immerhin hatte er Charakter. Hendrik rechnete es ihm hoch an, daß er die Haltlosigkeit seines Urteils eingesehen und ihm letztlich doch die Hand gereicht hatte. Colin, Stuart und Kevin hätten ihm an Therons Stelle bestenfalls vor die Füße gespuckt und Wolfrich angefahren, sich gefälligst aus der Sache herauszuhalten, wenn er sich nicht selbst auch noch Ärger einhandeln wollte. Sie hatten nie die innere Stärke gehabt, einen Fehler einzugestehen und einen Streit versöhnlich zu beenden.

Hendrik hatte aber auch noch einen anderen Grund, ausgesprochen aufgekratzt nach GROOT FONTEIN zurückzukehren. Die Minuten der inneren Einkehr in der Kirche hatten ihm nicht nur seelisch gutgetan und ihm Kraft gegeben, sondern ihm auch verraten, wie er Franziska vielleicht öfter zu Gesicht bekommen konnte – und wie sich das drängende Problem mit den beiden Wasserstellen möglicherweise ele-

gant aus der Welt schaffen ließ, ohne daß er sich Willem van Wyken in einem öffentlichen Streit zum Feind machte.
Er mußte nur gut vorbereitet sein. Bis zum nächsten sonntäglichen Gottesdienst waren es nur noch drei Tage, und deshalb galt es, die wenigen freien Stunden nach der täglichen knochenbrechenden Arbeit zu nutzen, bevor ihm die Augen vor Müdigkeit zufielen.
»Sehr löblich, Hendrik«, sagte Hermanus, als Hendrik die Einladung zu einer Partie Schach ablehnte, weil er gerade in das Studium der Bibel vertieft war. Denn die Bibel sollte die Waffe sein, mit der er Willem van Wyken zum Nachgeben zwingen wollte.

20

»Wozu haben Sie sich so herausgeputzt?« wollte Hermanus wissen, als er Hendrik im besten Sonntagsstaat aus seiner Kammer kommen sah.
»Ich möchte heute mal am Gottesdienst in Roodekroon teilnehmen.«
Hermanus runzelte die Stirn und fragte gekränkt: »Ist Ihnen unser Gottesdienst auf der Stoep nicht mehr gut genug?«
»Das ist es nicht, Hermanus. Es ist an der Zeit, daß ich mich einmal dort blicken lasse und mich Reverend Jakob Eksteen vorstelle«, antwortete Hendrik. »Zudem habe ich in Roodekroon noch etwas zu erledigen.«
»Am Sonntag?« Hermanus warf ihm einen argwöhnischen Blick zu und lachte dann trocken auf. »Da kann es sich doch bloß um einen Weiberrock handeln!«
Hendrik fühlte sich durchschaut und errötete leicht. »Das

will ich nicht ausschließen, ist aber nicht der Hauptgrund. Die Angelegenheit, die ich zu klären habe, hat mit GROOT FONTEIN zu tun.«

Der alte Farmer sah ihn spöttisch an. »Auch jeder Furz, den unser Gouverneur in Kapstadt fahren läßt, hat irgendwie was mit GROOT FONTEIN zu tun. Aber gehen Sie nur. Sie sind noch jung, und Reverend Jakob Eksteen ist kein übler Prediger«, sagte er, um auf seine bissige Art hinzuzufügen: »Sofern man nicht in der ersten Reihe sitzt.«

Hendrik stieg in den zweirädrigen Einspänner, den Carlson vor der Stoep für ihn bereithielt, und machte sich auf den Weg nach Roodekroon. Er war ganz froh, daß Hermanus sich ihm nicht angeschlossen hatte – wegen Franziska, die er im Dorf wiederzusehen hoffte, und zwar ohne den scharfen Blicken des Farmers ausgesetzt zu sein, und wegen ihres Vaters. Denn wer wußte, ob ihm gelang, was er sich da zurechtgelegt hatte?

Damit seine Enttäuschung nicht zu groß war, sagte er sich immer wieder, daß vielleicht weder Franziska noch Willem van Wyken zur Kirche kommen würde. Er hatte sich zwar geschickt bei Wolfrich Vermaaken und Carolus Hofmeyer erkundigt, wie es denn die Nachbarn von GROOT FONTEIN mit dem Kirchgang hielten, und erfahren, daß die Hofmeyers und auch die van Wykens etwa jeden zweiten Sonntag nach Roodekroon kamen, aber eine feste Regel war das nicht.

Er traf schon recht früh im Dorf ein, und nachdem er den Einspänner auf dem Vorplatz im Schatten einer Ulme abgestellt hatte, nutzte er die Zeit, um sich einigen Dorfbewohnern und Farmern, die vor der Kirche in kleinen Gruppen standen, höflich vorzustellen und freundliche Konversation zu betreiben.

Wolfrich und Carolus trafen mit ihren Familien wenig später ein, und Hendrik bekam so Gelegenheit, ihre Eltern und einige ihrer Geschwister kennenzulernen. Es waren jedoch zu viele Gesichter und Namen, als daß er sie alle hätte behalten können, zumal sich immer wieder neue Kirchgänger auf einen Gruß zu ihnen gesellten. Denn jeder war neugierig und wollte einen Blick auf jenen Hendrik Magdenburg werfen, den der alte Hermanus als Verwalter eingestellt hatte. Wolfrichs Vater, Johan Vermaaken, ein lebhafter und offenbar recht aufgeschlossener Mann, begrüßte ihn mit freundlicher Überraschung und gab ihm zu verstehen, daß er sich ein bedeutend unvorteilhafteres Bild von jenem Mann gemacht hatte, den Hermanus für GROOT FONTEIN hatte gewinnen können, und er lud ihn ein, doch bei Gelegenheit mal nach GELUK DRIFT zu kommen.

Der Mann gefiel Hendrik. Wie der Vater, so der Sohn, dachte er. Daß auch bei Carolus der Apfel nicht weit vom Stamm gefallen war, dafür genügte ein knappes und reichlich reserviertes Gespräch mit Piet Hofmeyer, der nicht im Traum daran dachte, ihn zu einem Besuch nach WELGEMEENDE einzuladen. Da war Claas Groeneveld, Therons Vater und Herr auf KRONENDAL, schon um einiges umgänglicher. Immerhin zeigte er höflichen Respekt für die enorme Herausforderung, der Hendrik sich mit seinen jungen Jahren auf GROOT FONTEIN stellte.

»Eine Aufgabe, die manch gestandenen Farmer sicherlich in schiere Verzweiflung stürzen dürfte«, warf Theron mit einem breiten, spöttischen Grinsen ein. »So wie der alte Hermanus die Farm in den letzten Jahren bewirtschaftet hat.«

Claas Groeneveld sagte etwas in der Art, daß es zur Umkehr von Irrwegen und zu einem Neubeginn gottgefälligen Le-

bens nie zu spät sei, was Hendrik jedoch nur mit halbem Ohr hörte, denn in diesem Moment kam ein hübscher, braun lackierter Wagen um die Ecke – und sein Blick fiel auf Franziska, die sich mit ihrem Bruder Jan und einer älteren Schwester die vordere Bank teilte, die der Fahrtrichtung abgewandt war, während Willem van Wyken und seine Frau Elisa auf der Rückbank saßen. Gelenkt wurde das Gefährt mit den beiden herrlichen Braunen von einem stattlichen Schwarzen, der einen Lederhut mit bunten Federn trug.
Hendrik hätte seinen Blick am liebsten nicht für eine Sekunde von Franziska genommen, die in ihrem perlgrauen Kleid und dem schneeweißen Hut mit den passenden grauweißen Seidenbändern zum Verlieben hübsch und jung aussah – zu jung leider noch, als daß er offen um sie hätte werben dürfen, aber doch sichtlich an der Schwelle zur Frau. Und in einem Jahr ... O Gott, wie sollte er eine so lange Zeit des Wartens bloß überstehen, wenn ihre nußbraunen Augen ihm einen solchen Blick, schüchtern und zugleich doch auch herausfordernd keck, schenkten wie in diesem Moment!
»Mijnheer Magdenburg?«
Hendrik empfand es hinterher als wahre Fügung Gottes, daß Reverend Jakob Eksteen, ein Mann von beeindruckender Gestalt mit einem grauen, buschigen und einer Sichel ähnelnden Haarkranz um den kugelrunden Schädel, ihn ausgerechnet in diesem Moment angesprochen und in seiner Gemeinde willkommen geheißen hatte. Sein Blick wäre sonst vermutlich wie eine Klette an Franziska haftengeblieben und hätte ihn in große Verlegenheit bringen können. So jedoch war er gezwungen, seine Aufmerksamkeit dem Reverend zuzuwenden und einige Artigkeiten mit ihm auszutauschen, wobei er an Hermanus' Bemerkung über den

Geistlichen denken mußte. Denn so wohlklingend seine Stimme auch war, so war doch nicht zu leugnen, daß Reverend Jakob Eksteen eine etwas feuchte Aussprache besaß. Dafür bestätigte sich nachher aber auch, daß die Gemeinde in ihm einen guten und mitreißenden Prediger hatte.

Fast hätte Hendrik es geschafft, gleich hinter Franziska die Kirche zu betreten, doch im letzten Moment schoben sich noch zwei Dörfler zwischen sie. Dafür gelang es ihm, auf der anderen Seite des Mittelgangs ganz außen und nur eine Reihe hinter ihr zu sitzen, so daß er kaum den Kopf zu drehen brauchte, um einen Blick auf ihr liebliches Profil zu erhaschen. Manchmal war es ihm, als neigte sie sich nur deshalb zu ihrer Schwester, um zu ihm hinüberzusehen. Und an ihrem Kleid gab es über der linken Schulter eigentlich auch nichts zu zupfen, es sei denn, es ging ihr um einen Vorwand, den Kopf ein wenig nach links wenden und einen schnellen Blick über ihre Schulter – und über den Mittelgang – werfen zu können, dorthin, wo er saß.

Hendrik stand ganz im Bann dieses wunderbaren Wiedersehens, das ihn mit einem Gefühl tiefer Zärtlichkeit und Wärme erfüllte – und mit Dankbarkeit, Dankbarkeit für diese aufregende und beglückende Erfahrung, verliebt zu sein, sein Herz an einen Menschen, noch so fremd und doch schon so vertraut, verloren zu haben und Gefühle in sich zu entdecken, von deren Existenz er bisher kaum etwas geahnt hatte.

Es hatte in den drei Jahren, die er durch die Kolonie gezogen war, einige aufregende Erlebnisse mit Frauen gegeben, und er hatte sie, unschuldig und unerfahren, wie er gewesen war, mit Begeisterung ausgekostet. Doch kein Erlebnis war auch nur annähernd mit dem vergleichbar, was er jetzt für Franziska empfand. In den Armen der Frauen, die es mit ihrer Tugend genausowenig genau genommen hatten wie er es mit seinem Gewissen, hatte er erfahren, was Wollust war. Aber das war auch alles gewesen. Mit Liebe und Zärtlichkeit hatten diese Abenteuer nicht das geringste zu tun gehabt. Die Gefühle, die er für Franziska hegte, waren etwas ganz anderes und sehr Kostbares. Er wünschte, neben ihr sitzen und ihre Hand, den Stoff ihres Kleides flüchtig berühren zu dürfen – und war doch schon glücklich, daß er sie hier für die Dauer des Gottesdienstes wiedersehen und ihr Profil hin und wieder verstohlen bewundern durfte.

Daß Hendrik an diesem Sonntag von der Predigt, die auf einer Stelle in der Genesis gründete, überhaupt etwas mitbekam, unterstrich die Qualitäten von Reverend Eksteen. Als sich der Gottesdienst seinem Ende zuneigte, zwang er sich, Franziska für eine Weile aus seinen Gedanken zu bannen und sich auf das Gespräch mit Willem van Wyken vorzubereiten.

Das letzte Lied verklang, und Reverend Eksteen schickte die Gemeinde mit Gottes Segen aus der Kirche. Hendrik hatte auf ein wenig Glück gehofft, doch daß er Willem van Wyken zusammen mit dem Reverend auf dem Vorplatz antraf, war mehr Glück, als er sich hätte träumen lassen.

Er packte die Gelegenheit flink beim Schopf, indem er sich zu ihnen gesellte, Jakob Eksteen ein nicht zu übertriebenes Kompliment zu seiner Predigt machte und dann sagte: »Ich bin froh, daß ich Sie, Reverend Eksteen, und Mijnheer van Wyken zusammen antreffe. Denn ich brauche in einer persönlichen Angelegenheit sowohl den Rat eines Geistlichen als auch den eines erfahrenen Farmers.«

»So?« sagte van Wyken nur distanziert, während Jakob Eksteen sich sofort mit ehrlichem Interesse nach dem Problem erkundigte.

»Ich habe kürzlich Nachricht von einem guten Freund

erhalten, der sich im Süden von Grahamstown niedergelassen hat und sich damit abplagt, eine eigene Farm aufzubauen«, begann Hendrik. »Und gewisse Schwierigkeiten, für die er keine Lösung weiß, haben ihn bewogen, sich an mich zu wenden und mich um Rat zu bitten. Nur muß ich gestehen, daß auch ich nicht weiß, wie er die Sache am besten anpacken soll.«

Willem van Wyken machte ein etwas hochmütiges Gesicht und sagte: »Das kann ich mir denken. Aber immerhin haben Sie erkannt, daß Ihren Fähigkeiten noch enge Grenzen gesetzt sind, Mijnheer Magdenburg.«

»Um welche Schwierigkeiten handelt es sich denn überhaupt?« wollte der Reverend wissen.

»Mein Freund, der gerade im Aufbau einer eigenen Farm begriffen ist, hat einen sehr erfahrenen und erfolgreichen Farmer zum Nachbarn, der ein höchst angesehener Bürger ist und auf das, was er erreicht hat, mit gutem Grund stolz sein kann«, sagte Hendrik.

In Willem van Wykens Augen trat plötzlich ein hellwacher Ausdruck, während Jakob Eksteen anmerkte: »Wie günstig für ihn. Warum wendet er sich dann nicht an diesen Mann, der ihm doch am besten mit Rat und Tat zur Seite stehen kann?«

»Leider geht das nicht, Reverend«, erklärte Hendrik. »Denn es ist nämlich ausgerechnet dieser angesehene Farmer, der ihm aus irgendeinem unerfindlichen Grund die Schwierigkeiten bereitet.« Und er erzählte die hinterhältige Geschichte mit den beiden Wasserstellen auf der Südweide und den angezapften Bächen.

»Der Mann wird das Wasser eben für sein Vieh oder seine Felder brauchen!« stieß Willem van Wyken brüsk aus, und in seinen Augen flammte ein wütendes Feuer.

»Nein, das braucht er mit Sicherheit nicht, Mijnheer van Wyken, Sie haben mein Wort darauf«, erwiderte Hendrik ruhig, aber mit Nachdruck. »Denn wenn er das Wasser brauchte, würde er es kaum zwischen Felsen und Dorndickichten versickern lassen, und dann hätte er sich auch nicht die Mühe gemacht, die Stellen, wo er die Bäche angezapft hat, mit Gesträuch zu tarnen. Zudem hätte er seinen Nachbarn vorher über sein Vorhaben informiert.«

»Ja, so sehe ich das auch«, pflichtete der Reverend ihm bei. »Einem anderen Farmer Wasser vorzuenthalten ist schändlich und ehrlos ...«

Hendrik untersagte es sich, einen auch noch so kurzen Blick auf das Gesicht des Farmers zu werfen. Ihm war jedoch, als könnte er dessen ungeheure Anspannung förmlich spüren.

»... aber wie sollen ausgerechnet wir in dieser unerfreulichen Angelegenheit helfen können?« beendete Jakob Ekstеen seinen Satz.

»Nun, in dem Schreiben meines Freundes steht, daß er seinen Nachbarn trotz allem schätzt und für dessen Leistung bewundert und er diesen Streit nicht in die Öffentlichkeit tragen möchte.« Hendrik hatte Mühe, diese Lüge glatt über die Lippen zu bringen, aber schon wegen Franziska mußte er dem Farmer genug Honig ums Maul schmieren, wenn er es sich nicht für immer mit ihm verderben wollte. Es kam ihn bitter an, mußte aber sein. »Denn dann würde der Nachbar in einem sehr schlechten Licht dastehen, auch wenn er im juristischen Sinne möglicherweise das Recht hätte, mit dem Wasser der Bäche nach eigenem Gutdünken umzugehen. Er gilt in seiner Gemeinde nämlich als ein vorbildlicher, gottesfürchtiger Christ.«

»Wir kennen die Fakten nicht, und das eine schließt nicht

unbedingt das andere aus!« sagte Willem van Wyken mit mühsamer Beherrschung.

»Das sehe ich anders«, widersprach der Reverend und zeigte erstmals Verwunderung über das merkwürdige Verhalten des Farmers. »Hier liegt ein eklatanter Verstoß gegen eine ganze Reihe von christlichen Geboten vor!«

»Ja, das ist auch meine Meinung«, warf Hendrik rasch ein, denn er konnte Willem van Wyken förmlich ansehen, daß er fieberhaft darüber nachdachte, wie er dieses für ihn hochnotpeinliche Gespräch ohne Schaden für sich selbst abbrechen konnte. »Und deshalb wollte ich meinem Freund auch raten, seinen Nachbarn diskret auf einige passende Bibelstellen hinzuweisen, in der Hoffnung, daß er die Niederträchtigkeit seines Handelns einsieht und meinem Freund das Leben nicht noch schwerer macht, als es so schon für ihn ist.«

»Eine ausgezeichnete Idee!« lobte der Reverend. »Und an welche Stellen haben Sie da gedacht, Mijnheer Magdenburg?« Er war sichtlich gespannt zu hören, wie gut der junge Mann die Bibel kannte.

»Zuerst einmal an Exodus 20, Vers 17.«

Der Reverend lächelte. »Die Zehn Gebote. ›Du sollst nicht nach dem Eigentum deines Nächsten verlangen.‹ Nicht schlecht für den Anfang. Und weiter?«

»Mir ist Levitikus 19, Vers 11 und 13 in den Sinn gekommen, Reverend.«

Dieser nickte mit einem anerkennenden Schmunzeln. »Gut, ein Hinweis auf das Gebot der Nächstenliebe. ›Ihr sollt nicht stehlen, nicht täuschen und einander nicht betrügen.‹ Und ›Du sollst deinen Nächsten nicht ausbeuten und um das Seine bringen‹«, rezitierte er.

»Das erinnert mich an eine Stelle im Levitikus«, sagte da

Franziska, die unbemerkt an die Seite ihres Vaters getreten war. Ihre Stimme klang zaghaft und als wüßte sie, daß ihr Vater ihre Einmischung nicht gutheißen würde.
Willem van Wyken fuhr ärgerlich herum. »Du hältst dich gefälligst aus unserer Unterhaltung heraus und redest nur, wenn du gefragt wirst!« herrschte er sie an.
Franziska senkte schuldbewußt den Kopf. »Entschuldige, Vater«, murmelte sie.
»Aber mein Bester, wer wird denn gleich so streng sein«, sagte Jakob Eksteen beschwichtigend. »Außerdem hätte ich gern gewußt, an welche Stelle Ihre reizende Tochter gedacht hat.«
»Also gut«, grollte der Farmer und machte eine ungeduldige Handbewegung zu seiner Tochter.
»An Levitikus 19, Vers 33«, sagte Franziska eingeschüchtert, begegnete kurz Hendriks Blick und errötete, während sie zitierte: »Wenn bei dir ein Fremder in eurem Land lebt, sollt ihr ihn nicht unterdrücken. Der Fremde, der sich bei euch aufhält, soll euch wie ein Einheimischer gelten, und du sollst ihn lieben wie dich selbst; denn ihr seid selbst Fremde in Ägypten gewesen.«
Hendrik hatte Mühe, sich seine Freude nicht anmerken zu lassen. Sie hatte die Stelle, die er ihr damals genannt hatte, nachgelesen. Er war ihr nicht gleichgültig, das bewies die Tatsache, daß sie den Zorn ihres Vaters auf sich genommen hatte, um ihn das wissen zu lassen.
»Sehr gut, Franziska!« lobte Jakob Eksteen und sagte zum Farmer gewandt: »Sie können stolz auf Ihre Tochter sein. Ich wünschte, die jungen Leute würden sich alle so gut in der Bibel auskennen wie sie.«
»Dafür gibt es genug anderes, was sie noch zu lernen hat«, grollte Willem van Wyken. »Beispielsweise Demut und re-

spektvolle Zurückhaltung bei Gesprächen, die sie nichts angehen!«
»Tut mir leid, Vater, ich wollte nicht respektlos sein«, entschuldigte sich Franziska noch einmal mit hochrotem Kopf.
Barsch schickte Willem van Wyken sie weg.
Jakob Eksteen machte eine etwas betroffene Miene, erschien ihm doch die Strenge des Farmers der Situation ganz und gar nicht angemessen.
Hendrik räusperte sich. »Das war ein wertvoller Hinweis. Aber was sagen Sie zu Levitikus 25, Vers 35?«
Jakob Eksteen war ganz in seinem Element und hob mahnend den rechten Zeigefinger, während er die besagte Stelle mühelos zitierte. »›Wenn dein Bruder verarmt und sich neben dir nicht halten kann, sollst du ihn, auch einen Fremden oder Halbbürger, unterstützen, damit er neben dir leben kann!‹ Eine vorzügliche Bibelstelle. Aber lesen Sie doch auch mal im Deuteronomium nach, das eine sehr klare und kraftvolle Sprache spricht: ›Und wenn du gegessen hast und satt geworden bist und prächtige Häuser gebaut hast und sie bewohnst, wenn deine Rinder, Schafe und Ziegen sich vermehren und Silber und Gold sich bei dir häuft, dann nimm dich in acht, daß dein Herz nicht hochmütig wird! ... Nimm dich in acht und denk nicht bei dir: Ich habe mir diesen Reichtum aus eigener Kraft und mit eigener Hand erworben. Denk vielmehr an den Herrn, deinen Gott: Er war es, der dir die Kraft gab, Reichtum zu erwerben!‹« Der Reverend ließ die Hand sinken. »Ein solcher Hinweis dürfte nicht ohne heilsame Wirkung bleiben, sofern der Nachbar Ihres Freundes in der Tat ein gottesfürchtiger Mann ist.«
»Daran habe ich nicht die geringsten Zweifel«, versicherte Hendrik. »Ich glaube, er hat der Versuchung einfach nicht

widerstehen können, herauszufinden, wie weit er gehen kann. Er hält meinen Freund vermutlich für zu unerfahren, um ihm auf die Schliche zu kommen, oder aber für zu unsicher, um sich mit einem mächtigen Mann wie ihm öffentlich anzulegen. Er täuscht sich jedoch in beidem. Wenn es sein muß, wird mein Freund nicht zögern, ihm auch öffentlich die Stirn zu bieten. Aber er hält den Anlaß im Augenblick noch für zu geringfügig, um sich anders als diskret um die Beilegung der Angelegenheit zu bemühen.«
»Das ist ihm hoch anzurechnen. Ein Dummkopf oder Streitmichel, der nicht darauf eingeht. Was sagen Sie dazu, Mijnheer van Wyken?« wandte sich der Reverend gut gelaunt und ahnungslos hinsichtlich der wahren Hintergründe an den Farmer. »Fällt Ihnen noch ein Rat ein, den Sie Mijnheer Magdenburg geben können?«
Der Farmer hatte sich bewundernswert unter Kontrolle, wenn man bedachte, daß er innerlich vor Wut geradezu überschäumen mußte.
»Der beste Rat, den ich Mijnheer Magdenburg geben kann, ist der, sich tunlichst nicht in anderer Leute Angelegenheiten einzumischen, die ihn nichts angehen und die er vermutlich auch nicht durchschaut«, erklärte Willem van Wyken mit mühsam beherrschter Stimme.
Der abweisende Ton ließ Jakob Eksteen stutzen. »Ja, aber ich dachte ...«
»Bitte entschuldigen Sie, daß ich den so gewichtigen Problemen von Mijnheer Magdenburgs Freund nicht länger meine Aufmerksamkeit widmen kann«, fiel der Farmer ihm bissig ins Wort, »aber ich erwarte später noch Besuch und muß mit meiner Familie nach ONVERWACHT zurück. Tot siens!«
Verwirrt sah Reverend Eksteen ihm nach, wie er seine Fami-

lie, offenbar nicht weniger verwirrt von der plötzlichen Eile als er selbst, zusammenrief und förmlich zum Wagen scheuchte.

»Mir scheint, Mijnheer van Wyken hat heute nicht seinen umgänglichsten Tag«, bedauerte der Geistliche mit einem Seufzer. »Wirklich schade, er hätte Ihnen eine große Hilfe sein können ...«

»Oh, ich glaube, ich habe alle Hilfe bekommen, die ich mir nur erhoffen konnte«, sagte Hendrik und dachte an das geheime Zeichen, das Franziska ihm durch ihren Einwurf gegeben hatte.

Der Reverend fühlte sich geschmeichelt. »Ich werde dafür beten, daß Ihr Freund mit seinen Bibelmahnungen den gewünschten Erfolg hat.«

Hendrik lächelte. »Ich bin sehr zuversichtlich«, sagte er, bedankte sich und sah der Kutsche der van Wykens nach. Bevor sie um die Ecke bog und aus seiner Sicht war, wandte Franziska noch einmal den Kopf – und schaute zu ihm hinüber. Natürlich standen noch viele andere auf dem Kirchvorplatz, doch er war sicher, daß ihr Blick und ihr Lächeln allein ihm galten.

»Nun, wie fanden Sie Reverend Eksteen?« fragte Hermanus, als Hendrik wieder auf GROOT FONTEIN war.

»Sehr fähig und beschlagen. Seine Worte dürften mindestens einem seiner fehlgeleiteten Schafe die Erleuchtung gebracht haben, daß auch dem Mächtigsten Grenzen gesetzt sind. Die Geschichte von David und Goliath ist eben mehr als nur eine Geschichte.«

»Erleuchtung? David und Goliath? Magtig, wovon reden Sie überhaupt?« fragte Hermanus verständnislos, und wenn er etwas nicht verstand, reagierte er sofort gereizt.

»Ach, nichts weiter, Hermanus. Nur ein paar Gedanken, die

mir durch den Kopf gegangen sind. Was halten Sie davon, wenn wir auf der Stoep eine Partie Schach spielen?« schlug Hendrik aufgekratzt vor und war froh, daß der Farmer nicht zu jenen *streng*gläubigen Buren gehörte, die am Sonntag nicht nur jede Arbeit, sondern auch jede Vergnügung als Versündigung ansahen.

Hermanus schüttelte den Kopf. »Manchmal werde ich aus Ihnen einfach nicht schlau, Hendrik«, brummte er. »Sie haben mehr unterschiedliche Gesichter als ein verdammter Buschmann Falten. Holen Sie meinetwegen das Brett. Ich werde Ihnen schon zeigen, wo *Ihre* Grenzen liegen.«

Es machte Hendrik nichts aus, daß er an diesem Nachmittag nicht eine einzige von den fünf Partien, die er mit Hermanus spielte, gewann. Auf dem Ebenholzbrett gegen Hermanus zu verlieren juckte ihn nicht, wenn er nur draußen auf dem Veld gegen Willem van Wyken gewann.

Seine Geduld wurde auf eine arge Probe gestellt. Eine geschlagene Woche verging, ohne daß sich etwas ereignete. Doch dann, am späten Nachmittag des zweiten Montags nach seinem ersten sonntäglichen Kirchbesuch in Roodekroon, brachte Hawila die Nachricht, auf die er seit Tagen voller Anspannung und mit wachsenden Zweifeln gehofft hatte.

»Baas, Wasser steigen wieder! In beiden Wasserlöchern!« rief der Schwarze in freudiger Erregung. »Bäche führen zweimal viel Wasser wie letzte Woche – über Nacht! Stock reichen wieder drei Fuß tief in Wasser!«

Hendrik jubelte und wäre ihm vor Freude fast um den Hals gefallen. Carlson, von Hendrik in alles eingeweiht, lachte über das ganze Gesicht, wurde aber schnell wieder ernst. »Im Streit über das Wasser haben Sie gewonnen, Baas«, sagte er ahnungsvoll. »Aber was haben Sie dafür verloren?«

»Eine gute Frage«, antwortete Hendrik mit einem schiefen Grinsen, holte wenig später seinen Dudelsack und ritt in die Groblaars Kloof, um mit sich und seinen Gedanken allein zu sein. Die vertrauten Lieder, die Douglas ihn gelehrt hatte, durch die kleine Schlucht schallen zu hören half ihm immer wieder, innerlich ruhig zu werden und Abstand zu drängenden Sorgen und Problemen zu bekommen. Und die Sorge über die Folgen hatte die Freude über den Sieg schnell abgelöst.

Er wußte natürlich, welch große Überwindung es Willem van Wyken gekostet haben mußte, die Bäche wieder ungehindert nach GROOT FONTEIN fließen zu lassen. Und obwohl niemand außer ihnen beiden davon wußte, daß er gezwungen gewesen war, vor ihm nachzugeben, würde er ihm das wohl niemals vergessen. Doch wenn er sich nicht dagegen gewehrt hätte, hätte der Farmer sicherlich noch weniger von ihm gehalten und keinen, wenn auch noch so widerwilligen Respekt vor ihm gehabt. Und einem Mann, den er für einen Schwächling hielt, würde er es noch weniger gestatten, um seine Tochter zu werben, als einem Mann, der sich nicht in die Knie zwingen ließ und sich durchzusetzen verstand.

Aber wie er es auch drehte und wendete, es hatte keinen anderen Weg gegeben, sich zu behaupten *und* gleichzeitig Willem van Wyken nicht empfindlich auf die Zehen zu treten. Welchen Preis er für seinen Sieg zahlen mußte, das würde die Zukunft zeigen.

Wie immer, seit Franziska der Name seiner heimlichen Sehnsucht war, spielte er als letztes Lied *Hearken my Love.* Und während die Bäume und Büsche unten in der Schlucht schon von den blauschwarzen Schatten der Nacht umfangen wurden, warf die untergehende Sonne einen letz-

ten feurigen Schein auf den felsigen, gezackten Rand der Schlucht.
Die Melodie des langsamen Liedes sank wie ein Vogel, der sich zur Nachtruhe in die Sicherheit seines Nestes herabließ, in die samtige Dunkelheit hinab, um sich in den Spalten des warmen Gesteins zu verlieren. Als die letzten Töne verklungen waren, lächelte Hendrik, denn er hatte das Gefühl, das Lied zum erstenmal so gespielt zu haben, wie es gespielt werden mußte: mit Schmerz und unerfüllter Sehnsucht, aber auch mit unerschütterlicher Hoffnung.

21

»*Was* wollen Sie tun?« stieß Hermanus Wochen später ungläubig und schockiert aus. »Das kann ich nicht glauben, Hendrik. Ich muß Sie falsch verstanden haben.«
»Sie haben mich ganz richtig verstanden, Hermanus«, erwiderte Hendrik gelassen. »Ich möchte Ahmsat und Hawila, Ihre beiden Sklaven, an Reverend Sutherland verkaufen.«
»An den verfluchten Missionar?«
»So ist es.«
Nun kannte die Empörung des Farmers keine Grenzen mehr. Er schlug mit seinem Gehstock auf den Tisch, daß es wie ein Pistolenschuß krachte. Die Zornesröte schoß ihm ins Gesicht, und aus seinen Augen sprühte ein Feuer der Entrüstung. »Niemals!« donnerte er. »Ich handle nicht mit Sklaven. Meine zweite Frau hat Ahmsat und Hawila mit in die Ehe gebracht. Sie haben mir immer treu gedient und werden nicht verkauft! Sie bekommen bei meinem Tod ihre Freiheit.«
»Lassen Sie mich doch erst einmal erklären ...«

»Nein!« schrie Hermanus erregt. »Da lasse ich nicht mit mir handeln. Sie müssen nicht ganz bei Sinnen sein. Und es trifft mich sehr, daß Sie diesen Verkauf überhaupt in Erwägung gezogen haben!«

»Hermanus, ich *verlange*, daß Sie sich anhören, was ich zu sagen habe! Ich bin Ihr Verwalter und kein Stallknecht, und Sie haben mir völlig freie Hand garantiert!« erwiderte Hendrik mit scharfer Stimme. »Also lassen Sie mich ausreden, und urteilen Sie danach!«

Mit einer grimmigen Miene setzte sich Hermanus auf einen Stuhl, streckte das steife Bein aus und griff wütend zu seiner Pfeife, die auf dem Tisch lag. »Also gut, reden Sie«, knurrte er. »Aber helfen wird Ihnen das nicht. In dem Punkt bin ich eisern.«

Hendrik ging zum Herd, nahm die verbeulte Kaffeekanne von der Platte und kehrte zum Tisch zurück, um ihre beiden Becher noch einmal aufzufüllen. Die Lampe, die von der Decke hing, brannte mit ruhiger Flamme. Einige Insekten und Motten umschwärmten das Licht. Es war ein friedlicher Abend auf GROOT FONTEIN, und Hendrik war sicher, daß er nicht mit einem Zerwürfnis zwischen Hermanus und ihm enden würde.

»In wenigen Wochen steht die Ernte an, und danach müssen die Herden auf die Winterweiden getrieben werden«, begann Hendrik, nachdem er einen Schluck Kaffee genommen hatte. »Im letzten halben Jahr habe ich eine Menge Probleme in den Griff bekommen, wie Sie zugeben werden ...«

Hermanus brummte ärgerlich vor sich hin und steckte den Tabak in Brand. Er paffte in wütender Hektik und hatte sich im Handumdrehen in Rauchwolken gehüllt.

»... aber das Problem, daß wir auf GROOT FONTEIN einfach

zu wenig Arbeitskräfte haben, konnte ich bisher nicht lösen«, fuhr Hendrik fort. »Es ist einfach kein Geld da.«
»Und ich denke nicht daran, eine leere Kasse durch den Verkauf von Ahmsat und Hawila aufzufüllen!« versicherte Hermanus grimmig.
Hendrik ging nicht darauf ein. »Was die Situation noch verschärft, ist das Verhalten von Tebach und Moab. Sie sind von Anfang an aufsässig gewesen und haben mir Schwierigkeiten bereitet. Außerdem sind sie auch noch faul und haben einen schlechten Einfluß auf die anderen. Selbst Carlson ist dieser Meinung.«
»Ich weiß, die beiden sind eine wahre Plage«, räumte Hermanus ein. »Aber warum geben Sie ihnen nicht die Sjambok zu schmecken, wie ich es getan habe? Die wird ihnen schon den rechten Respekt und Arbeitswillen einbleuen.«
»Wie oft haben Sie Tebach und Moab schon gezüchtigt?«
»Was weiß ich«, antwortete der Farmer unwillig. »Ich habe darüber kein Buch geführt, obwohl die verfluchten Engländer uns ein solches Strafbuch ja aufzwingen wollten. Jede noch so geringe Strafe und Züchtigung sollen wir da eintragen. Was für eine Dummheit und Zumutung! Führen englische Minenbesitzer, Fabrikanten und all die feinen Herren auf ihren Landsitzen oder in ihren prunkvollen Stadtpalästen in London auch solche Strafbücher?«
Hendrik teilte seine Meinung, daß die Führung eines derartigen Strafregisters, in das jedes Vergehen und jede Strafe genau notiert werden mußten, nicht nur eine Zumutung und ungerecht, sondern auch praktisch nicht durchzuführen war. Denn eine große Zahl der Siedler war des Lesens und Schreibens nicht kundig. Außerdem: Welchen anderen Nutzen, als den Buren das Leben noch schwerer zu machen, sollte dieses Strafbuch schon haben? Die Schwarzen konn-

ten ja doch nicht lesen, was der Baas in das Buch eintrug. Und eine Überprüfung dieser Aufzeichnungen durch Verwaltungsbeamte kam einer pauschalen Anklage gleich, mußte der Farmer doch quasi Rechenschaft über sein tägliches Tun ablegen. Die Verordnung galt nun schon seit 1826, doch erst vier Jahre später hatte der Gouverneur es gewagt, in Stellenbosch eine erste Prüfung der Strafregister anzuordnen. Die Entrüstung und der Widerstand waren so groß gewesen, daß es um ein Haar zu einer Rebellion gekommen wäre, und dem Gouverneur war nichts anderes übriggeblieben, als einen Rückzieher zu machen. Seitdem existierte diese Strafregister-Verordnung eigentlich nur noch auf dem Papier.

»Sie haben Tebach und Moab also mehrfach gezüchtigt«, kam Hendrik auf ihr eigentliches Thema wieder zurück. »Aber was hat es genutzt? Nichts. Ich glaube nicht an die läuternde Kraft der Peitsche, Hermanus. Aber wie auch immer, fest steht, daß die beiden Hottentotten die Kosten, die sie uns verursachen, nicht wert sind, und daß ich sie am liebsten davonjagen würde.«

»Was hat das mit Ahmsat und Hawila zu tun?«

»Im ZUID AFRIKAAN steht, daß im nächsten Jahr in England gewählt wird und sich fast alle Kandidaten für das Parlament auf die Seite der Philanthropen geschlagen haben und versprechen, ein Gesetz zur Aufhebung der Sklaverei durchzubringen. Wer also heute noch Sklave ist, kann schon in ein paar Jahren frei sein – per Gesetz. Diese Unsicherheit bleibt natürlich nicht ohne Auswirkung auf die Preise für Sklaven. Aber ich bin dennoch sicher, für jeden gute zweihundert Rixdollar erzielen zu können. Und mit diesem Geld wäre es uns möglich, fast ein Dutzend Hottentotten in Brot und Lohn zu nehmen.«

»Kommt nicht in Frage!« blieb Hermanus standhaft. »Außerdem sind Ahmsat und Hawila auch heute noch mindestens ihre dreihundert Rixdollar wert!«

»Mehr wird Sutherland aber kaum zahlen.«

»Hören Sie endlich auf, mich überreden zu wollen wie eine kranke Kuh!« rief Hermanus erbost. »Ahmsat und Hawila bleiben auf GROOT FONTEIN.«

»Ich habe mit ihnen gesprochen. Sie sind mit dem, was ich vorhabe, einverstanden.«

»Das interessiert mich nicht! Und jetzt will ich nichts mehr davon hören!«

»Sie haben das Beste ja noch gar nicht gehört«, fuhr Hendrik mit einem verschmitzten Lächeln fort und legte ihm dar, welche Besonderheit dieser Verkauf hatte.

Hermanus hörte mit wachsender Verblüffung zu und vergaß völlig seine Pfeife. Als Hendrik seine Ausführungen abgeschlossen hatte, schüttelte er lachend den Kopf. »Und Sie meinen, das könnte wirklich klappen?«

»Ich denke, die Chancen stehen nicht schlecht.«

»Magtig, Sie sind mir vielleicht ein gerissener Hund! Warum sind Sie denn nicht gleich damit herausgerückt?«

Hendrik lächelte. »Heißt das, Sie geben mir die Verkaufsvollmacht?«

»Wann wollen Sie mit den beiden aufbrechen?«

»Morgen früh.«

»Worauf warten Sie denn noch? Bringen Sie mir Papier, Feder und Tinte!« Und als Hendrik zum Sekretär ging, um das Gewünschte zu holen, schüttelte der Farmer erneut den Kopf und murmelte: »Dieser Teufelsbraten! Wenn er damit durchkommt, hat er eine bessere Beteiligung verdient.«

Die neugegründete Missionsstation von Angus Sutherland am Riet River lag auf halbem Weg nach Somerset East, und auch bei besten Bedingungen und mit guten Pferden brauchten sie dafür einen vollen Tag. Deshalb brach Hendrik mit Ahmsat und Hawila schon in aller Frühe auf.

Es war ein anstrengender, aber auch abwechslungsreicher Ritt. Sie kamen durch stille Täler, deren Hänge von mächtigen Kakteenbäumen nur so übersät waren, und begegneten viel Wild auf dem Veld.

Die Stunden im Sattel waren für Hendrik mehr Genuß als Strapaze, denn sein Körper war gestählt und auf Ausdauer trainiert. Er fand Zeit, über vieles nachzudenken und einmal mehr die Schönheit und Erhabenheit der afrikanischen Weite zu bewundern. Er war stolz, in diesem großartigen Land geboren und ein Afrikaner zu sein.

Der Riet River war ein kleines Flüßchen, und die Missionsstation von Angus Sutherland befand sich oberhalb einer Furt, die sich Jabbok Drift nannte. Eine Handvoll Lehmhütten stand in einem respektvollen Abstand um ein großes Zelt, das dem ebenso derben wie kraftvollen Kreuz nach – etwa zehn bis zwölf Fuß hoch und aus zwei mannsdicken Baumstämmen errichtet – wohl als provisorische Kirche diente. Viel machte die Station nicht her. Aber wenn man sich in Erinnerung rief, daß Angus Sutherland erst vor wenigen Wochen mit der Gründung der Mission begonnen hatte, stand die Leistung des Missionars in einem ganz anderen Licht dar.

Als Hendrik mit den beiden Angolanern der Mission eintraf, arbeitete Sutherland mit einer Handvoll Hottentotten an dem Grundgerüst für eine weitere Hütte, die jedoch größer war als die Hütten der Schwarzen und keinen runden, sondern einen rechteckigen Grundriß besaß.

Der Missionar erkannte ihn sofort wieder, obwohl sie in der Canteen von Roodekroon kein Wort miteinander gewechselt hatten. Mit größter Freundlichkeit hieß er ihn willkommen, sorgte dafür, daß die Pferde Wasser bekamen und seine beiden schwarzen Begleiter sich nach dem langen Ritt stärken konnten, und führte ihn in seine sparsam eingerichtete Hütte. Hendriks Blick fiel auf eine aufgeklappte Truhe, die mit Büchern gefüllt war. Fast alle waren in prächtiges Leder gebunden, und so mancher Band zeigte einen edlen Goldschnitt. Neben einem primitiven Regal entdeckte er zudem ein armlanges, schmales Kunstwerk der Holzschnitzkunst, das Jesus und seine Jünger beim Abendmahl zeigte.

»Was führt Sie zu mir, Mijnheer Magdenburg?« fragte der Missionar, nachdem Hendrik sich ihm vorgestellt hatte, ohne Zeit mit höflichem Geplauder zu vergeuden.

»Ich war sehr beeindruckt von der Art, mit der Sie sich gegenüber Theron Groeneveld behauptet haben, Reverend«, sagte Hendrik und wechselte, einer inneren Eingebung folgend, vom Holländischen ins Englische.

»Es bedarf keiner großen Anstrengung, um sich gegenüber einem jungen Mann zu behaupten, der seinem hitzigen Temperament erlaubt, die Oberhand über Verstand und Höflichkeit zu gewinnen«, erwiderte Sutherland trocken. »Aber Sie haben sicherlich nicht diesen langen Ritt auf sich genommen, um mir das zu sagen.«

»Nein.«

»Also, was kann ein Missionar wie ich für einen Buren wie Sie tun, der so ausgezeichnet die englische Sprache beherrscht?« fragte er mit leichtem Spott.

Hendrik spürte, daß Sutherland nichts für Geplänkel übrig hatte, sondern Offenheit und Direktheit liebte. Deshalb antwortete er nun: »Ich möchte, daß Sie mir zwei Sklaven abkaufen, Ahmsat und Hawila.«

Sutherland lachte überrascht auf. »Sie haben einen wirklich nicht alltäglichen Humor!«

»Fehlt Ihnen dazu vielleicht das Geld?«

»Das habe ich nicht gesagt, Mr. Magdenburg. Ich finde es nur sehr seltsam, fast schon amüsant grotesk, daß Sie mir zwei Ihrer Sklaven zum Kauf anbieten.«

»Ich tue es nicht, weil ich Gefallen an grotesken Späßen hätte«, erwiderte Hendrik ernst, »sondern weil ich mir geschworen habe, als Verwalter von GROOT FONTEIN nicht zu versagen, Mr. Sutherland. Das ist für mich eine einmalige Chance. Doch leider ist die Farm viele Jahre lang sehr vernachlässigt worden, und ohne zusätzliche Arbeitskräfte werde ich es auf Dauer nicht schaffen. Aber Mr. Houtman hat kein Geld, um mehr Arbeiter auf die Farm zu holen. Vieh zu verkaufen hieße, den Teufel mit dem Beelzebub austreiben. Es gibt nur eine Möglichkeit, zu Geld und damit zu mehr Farmarbeitern zu kommen, und das ist der Verkauf von Ahmsat und Hawila, den beiden einzigen Sklaven auf GROOT FONTEIN.«

»Das mag ja sein, aber warum kommen Sie damit ausgerechnet zu mir?«

»Weil Sie ein erklärter Gegner der Sklaverei sind.«

»Ach, auf einmal erscheint Ihnen das von Vorteil, ja?«

»Ich halte genausowenig davon wie Sie, Reverend ...«

»Was leicht zu sagen ist«, warf Sutherland argwöhnisch ein.

»Wenn dem nicht so wäre, würde ich Ahmsat und Hawila nach Graaff-Reinet bringen, sie meistbietend verkaufen, was mir vermutlich eher dreihundert als zweihundert Rixdollar pro Kopf einbringen würde, und mich nicht darum kümmern, welchen neuen Herrn sie kriegen«, sagte Hendrik. »Statt dessen komme ich zu Ihnen, weil ich weiß, wie sehr der LONDON MISSIONARY SOCIETY und damit wohl auch Ihnen am Ende der Sklaverei gelegen ist. Sie sind doch nach Afrika gekommen, um Gutes zu bewirken, nicht wahr?«

»Das ist zwar eine recht profane und sehr schwammige Umschreibung meiner Beweggründe, trifft es aber natürlich im Kern.«

»Hier haben Sie Gelegenheit dazu, zwei Schwarzen zur Freiheit zu verhelfen.«

»Wie ehrenvoll von Ihnen, daß Ihnen dieser Gedanke gekommen ist«, sagte Sutherland sarkastisch. »Aber es ist nicht die Aufgabe der LONDON MISSIONARY SOCIETY, alle Sklaven der Kapkolonie freizukaufen.«

»Das ist noch nicht alles, Reverend. Ahmsat und Hawila wollen mit mir nach GROOT FONTEIN zurückkehren und wie jeder andere freie Schwarze für mich arbeiten, wenn Sie sie freigekauft haben.«

»Sagen Sie, wollen Sie mich auf den Arm nehmen?« fragte der Reverend, klemmte sich das Monokel vor das rechte Auge, fixierte ihn mit scharfem Blick und wußte weniger als vorher, was er von Hendrik und dessen Ansinnen zu halten hatte.

»Nein, es ist mein Ernst. Ich brauche das Geld dringend, Reverend, und Ahmsat und Hawila wünschen sich nichts mehr, als so frei wie die Hottentotten zu sein und die Gewißheit zu haben, daß niemand mehr über sie verfügen kann wie über einen Ochsen.«

Nachdenklich sah Sutherland ihn an. Eine ganze Weile verging, ohne daß einer von ihnen ein Wort sagte. Geduldig wartete Hendrik ab.

»Was ist, wenn ich sie nun nicht freikaufe?« fragte der Reverend schließlich. »Werden Sie sie dann in Graaff-Reinet verkaufen?«

Hendrik hatte darauf gebaut, daß dieser Bluff nicht ohne

Wirkung auf das Gewissen des Missionars bleiben würde, erkannte jedoch in diesem Moment, daß er diesen Mann einfach nicht anlügen konnte. Es wäre mehr als nur ein Schwindel gewesen. »Nein«, sagte er deshalb. »Ich werde sie nur Ihnen und niemandem sonst verkaufen, darin bin ich mir mit Mr. Houtman einig.«

Der Reverend nickte, als hätte er diese Antwort erwartet oder erhofft, und fuhr sich mit dem Finger über die Lippen. Dann sagte er: »Gleich wird es dunkel. Sie nehmen doch meine Einladung an, die Nacht in meiner Mission zu verbringen?« Und als Hendrik das mit freundlichem Dank bestätigte, fügte er hinzu: »Gut, dann bleibt mir ja Zeit genug, über Ihr äußerst eigenwilliges Kaufangebot in aller Ruhe nachzudenken und zu einem Entschluß zu kommen.«

Es wurde ein unterhaltsamer Abend mit sehr angeregten, manchmal auch erregten Gesprächen. Doch über die Sache mit Ahmsat und Hawila fiel kein Wort mehr. Hendrik hütete sich auch, das Thema von sich aus anzuschneiden. Sutherland war kein Mann, der sich zu etwas drängen ließ.

Als Hendrik am nächsten Tag erwachte und aus der Hütte in den noch grauen Morgen trat, war Sutherland schon lange auf. Und wie es sich herausstellte, hatte er die frühe Morgenstunde genutzt, um sich eingehend mit Ahmsat und Hawila zu unterhalten.

Hendrik kehrte mit vierhundert Rixdollar in der Satteltasche und zwei strahlenden Schwarzen zurück, die nun nicht länger Besitz eines weißen Mannes waren, sondern gehen konnten, wann und wohin immer es ihnen beliebte.

Hermanus war über den Erfolg seines Verwalters so aus dem Häuschen, daß er Hendrik mit seiner gesunden Hand an seine Brust riß und ihn an sich drückte.

»Du verdammter Duiwelskerl! Du hast dem Missionar tatsächlich vierhundert Rixdollar aus der Tasche geluchst, ohne ihm dafür etwas gegeben zu haben!«

»Na ja ...« sagte Hendrik nur, denn er war nicht der Meinung, daß der Reverend nicht den Gegenwert für sein Geld bekommen hatte.

Die Geschichte sprach sich natürlich in Windeseile herum, nicht nur auf ihrer Farm, sondern im ganzen Bezirk, und schon zwei Tage später kamen Wolfrich, Theron und Carolus nach GROOT FONTEIN, um ihm zu seinem gelungenen Streich zu gratulieren.

Sogar Theron gratulierte ihm überschwenglich. Er war wie verwandelt. In seinen Augen stand unverhohlene Bewunderung. »Hendrik, ich muß Abbitte leisten für das, was ich damals in der Canteen gesagt habe. Du hast das Herz auf dem rechten Fleck und dazu noch Grips. Einzigartig, wie du den Missionar aufs Kreuz gelegt hast!«

»Ich habe ihn gar nicht aufs Kreuz gelegt«, machte Hendrik einen halbherzigen Versuch, die Sache richtigzustellen.

Doch Theron ließ ihn gar nicht ausreden. »Ach was, jetzt sei nicht auch noch so bescheiden!« Er packte Hendriks Hand. »Wir beide haben auf dem falschen Fuß angefangen. Tut mir leid. Du bist in Ordnung, und du gehörst zu uns!«

Hendrik verspürte Gewissensbisse, daß er es dabei beließ. Aber ihnen alles erklären zu wollen hätte in diesem Moment keinen Sinn gehabt, und später wohl ebenfalls nicht. Es kam letztendlich auch nur darauf an, daß der Reverend und er wußten, welche Gründe sie gehabt hatten, daß sie fair gegenüber einander waren.

Er war aber ehrlich genug, um vor sich selbst einzugestehen, wie angenehm ihm die Bewunderung und der Respekt der anderen Buren waren. Hatte er dafür nicht geschuftet, von ihnen akzeptiert und als einer der ihren in ihrer Gemeinschaft aufgenommen zu werden? Und machte es denn so viel aus, wenn man mit ein wenig List ein gutes Ziel erreichte? Er hatte auch seine kleinen Schwächen und Fehler, und er wünschte, er könnte dabeisein, wenn Willem van Wyken und vor allem Franziska von seinem geschickten Handel mit dem Missionar erfuhr.

Hendrik ließ es sich nicht nehmen, am nächsten Sonntag zum Gottesdienst in Roodekroon zu erscheinen. Er badete förmlich in den freundlichen Blicken und Worten, die ihm zuteil wurden. Sogar der schmallippige Piet Hofmeyer vergaß seine Zurückhaltung und kam von sich aus zu ihm, um ihm mit sichtlichem Wohlwollen zu dem »einträglichsten Sklavenverkauf, von dem ich je gehört habe« zu gratulieren. Daß Hendriks Freude dennoch stark getrübt war, lag an der Abwesenheit der van Wykens.

Vierzehn Tage später, in einer Nacht mit drückender Hitze und dichter Wolkendecke, hängte er Tebach an einem starken Ast des Mimosenbaumes zwischen Viehkraal und Schwarzensiedlung auf.

22

Es begann damit, daß er nach dem Geschäft mit Reverend Sutherland nach Graaff-Reinet fuhr, um schwarze Farmarbeiter anzuwerben. Sein Vergnügen, mal wieder in einer richtigen kleinen Stadt zu sein, hielt sich wie üblich nur wenige Stunden. Vier Tage später kehrte er mit sechs kräftigen Männern und drei Frauen, alles Hottentotten und im besten Alter, nach GROOT FONTEIN zurück. Der Erntezeit konnte er nun beruhigt entgegensehen.

»Es hat mal wieder Streit unter den Leuten gegeben, Baas«,

teilte Carlson ihm mit und berichtete von einer üblen Rauferei zwischen Tebach und einem anderen Schwarzen.
»War Alkohol im Spiel?«
Carlson nickte. »Billiger Branntwein. Vermutlich von einem Smouse, der in der Gegend war.«
»Hat Tebach wieder mal das Zeug besorgt?«
»Beweise gibt es dafür keine nicht, aber ...«
Hendrik schnaubte grimmig. »Er war es bestimmt, Carlson! Es wäre ja wahrlich nicht das erste Mal. Tebach und Moab machen nichts als Ärger. Lange sehe ich mir das nicht mehr mit an.«
Die neuen Farmarbeiter machten sich gut, und Hendrik wollte sich schon zu seiner sorgfältigen Wahl beglückwünschen, als sich die Arbeitsmoral zu verändern begann. Es war kein drastischer Umschwung von Arbeitsbereitschaft zu Arbeitsverweigerung, sondern in das Verhalten der Schwarzen zu ihm schlich sich so etwas wie fröhliche Nachlässigkeit. Seine Anweisungen wurden zwar ausgeführt, aber doch nicht mehr so prompt und gewissenhaft, wie er es gewohnt war. Paradoxerweise schien er beliebter als je zuvor. Und doch war ihm, als verlor er ganz langsam den Respekt der Schwarzen. Hendrik hatte im Laufe der Jahre ein feines Gespür entwickelt und merkte rasch, daß er große Probleme bekommen würde, wenn das so weiterging. Deshalb zog er Carlson zu Rate und fand seine Vermutung bestätigt.
»Tebach und Moab haben keinen guten Einfluß auf die neuen Leute nicht. Faules Holz frißt sich weiter, Baas, und Unkraut vermehrt sich, wenn man es nicht an der Wurzel ausreißt.«
Hendrik nickte grimmig. »Du hast recht, Carlson. Die beiden taugen nichts. Ich hätte sie schon längst davonjagen sollen. Aber jetzt reicht es!«

Am nächsten Morgen rief er alle Schwarzen auf dem Hof zusammen, ließ Tebach und Moab vortreten und teilte ihnen mit, daß er Faulpelze und Unruhestifter auf GROOT FONTEIN nicht duldete. Er gab ihnen zehn Minuten Zeit, ihre Sachen zu packen und zu verschwinden.

»Und wagt es ja nicht, jemals wieder einen Fuß auf die Farm zu setzen! Sonst kriegt ihr, was ihr eigentlich schon längst verdient hättet – nämlich ein Dutzend Schläge mit der Peitsche!« drohte er ihnen, als sie mit einem Bündel über der Schulter aus ihrer Hütte kamen.

Moab hatte den Kopf gesenkt, doch Tebach, nur wenige Jahre älter als Hendrik, warf ihm einen haßerfüllten Blick zu, bevor er sich abwandte und mit Moab den Hof verließ.

Hendrik hoffte, daß das den anderen eine Lehre war und daß nun wieder Ruhe in der Schwarzensiedlung einkehrte. Doch er wurde das unangenehme Gefühl, Tebach nicht zum letztenmal auf GROOT FONTEIN gesehen zu haben, einfach nicht los. Ihm war zu Ohren gekommen, daß Tebach mit einer von den drei Frauen, die neu auf der Farm waren, angebändelt hatte. Sie hieß Rubena, sah sehr ansprechend aus und war die jüngere Schwester von Oreb, einem der anderen neuen Hottentotten. Rubena hatte ihm bisher noch keinen Anlaß zur Klage gegeben, doch er wußte nicht, wie stark ihre Beziehung zu Tebach war – und wieviel ihm an ihr lag.

»Oreb läßt seine Schwester nicht mit Tebach ziehen«, versicherte Carlson, als Hendrik mit ihm darüber sprach. »Er ist in Ordnung, Baas, und hat an Tebach kein gutes Haar nicht gelassen.«

»Ich habe das dumme Gefühl, Carlson, daß Tebach sie holen kommt. Natürlich bei Nacht, wenn er meint, leichtes Spiel zu haben.«

»Ich werde in den nächsten Nächten Augen und Ohren offenhalten, Baas.«

»*Wir* werden das tun«, korrigierte Hendrik ihn.

So legten sie sich denn nachts in der Nähe der Rundhütten auf die Lauer und wechselten sich alle zwei Stunden ab. Fünf Nächte vergingen, ohne daß sie etwas Verdächtiges beobachten konnten. Hendrik glaubte schon, Tebach falsch eingeschätzt und übertrieben reagiert zu haben. Er war drauf und dran, die nächtlichen Wachen aufzugeben, denn sie zehrten an seinen Kräften.

Carlson hielt ihn davon ab. »Tebach hat es nie mit der Eile nicht gehabt, Baas. Er braucht auch jetzt Zeit, um zu einem Entschluß zu gelangen – ob er nun kommen oder es doch besser bleiben lassen soll. Eine Woche ist für einen feigen Hund wie ihn gerade genug Zeit, um sich Mut zu machen oder ihn ganz zu verlieren.«

»Also gut, geben wir ihm noch drei Nächte.«

Tebach kam in der siebten Nacht. Doch nicht, um Rubena zu holen, sondern er wollte sich an seinem Baas rächen, indem er ihm einige seiner besten Zugochsen stahl.

Es war zweieinhalb Stunden nach Mitternacht und Carlsons Wache, als Tebach angeschlichen kam und das Gatter des Ochsenkraals öffnete.

Hendrik fuhr aus seinem leichten Schlaf, als Carlson ihm eine Hand auf den Mund preßte und ihm dabei ins Ohr flüsterte: »Tebach! Er hat es auf die Ochsen abgesehen!«

Hendrik war augenblicklich hellwach. »Na denn, heißen wir ihn gebührend willkommen!« stieß er zornig hervor.

Sie griffen zu ihren Waffen, die sie schußbereit unter einer Decke liegen hatten, huschten zum Viehkraal hinüber – und stellten Tebach auf frischer Tat.

Hendrik jagte ihm eine Kugel eine Handbreit vor den Füßen in den Boden. Tebach schrie zu Tode erschrocken auf, ließ die Lederriemen, mit denen er fünf Ochsen zusammengebunden hatte, fallen und taumelte gegen die Lehmmauer, wo er wie gelähmt stehenblieb.

»Binde dem Viehdieb die Hände auf den Rücken!« befahl Hendrik Carlson. »Und dann soll jemand Fackeln entzünden und ein Seil holen!«

Carlson machte eine erschrockene Miene. »Aber Baas!«

»Tu, was ich dir sage!« herrschte Hendrik ihn an, um leise hinzuzufügen: »Vertrau mir. Und bring meine Bibel mit.«

Carlson warf ihm einen unsicheren Blick zu, tat dann aber, wie ihm geheißen, und fesselte Tebach, der wie Espenlaub zitterte.

Der Schuß hatte ganz GROOT FONTEIN aus dem Schlaf gerissen. Die Schwarzen stürzten aus ihren Behausungen, und das Stimmengewirr wurde noch aufgeregter, als sie Tebach gefesselt und Baas Hendrik mit einem Gewehr in der Hand sahen. Es sprach sich schnell herum, daß Tebach Ochsen zu stehlen versucht hatte und dabei auf frischer Tat gefaßt worden war. In diesen Minuten achtete niemand groß auf Carlson, dem Hendrik einige wichtige Anweisungen zuflüsterte.

Ein halbes Dutzend blakende Fackeln tauchte den Platz zwischen der Schwarzensiedlung und dem Viehkraal in einen unruhig flackernden Schein, als schließlich auch Hermanus fluchend und humpelnd zu ihnen stieß.

»Ahmsat, roll die Tonne unter den Ast!« wies Hendrik den Schwarzen an, während Carlson mit der Bibel unter dem Arm im Schatten des mächtigen Mimosenbaumes stand. Der Strick, an dem Tebach hängen sollte, lag eingerollt neben dem Stamm. Er war dreckig und stank nach frischem Dung.

»Was geht hier vor, Hendrik?« keuchte Hermanus verstört.

Er hatte sich nicht die Mühe gemacht, etwas über sein langes, verschlissenes Nachtgewand anzuziehen. Wirr stand ihm das Haar vom Kopf.
»Tebach wollte es den Kaffern nachmachen und Ihr Vieh stehlen! Carlson und ich haben ihn auf frischer Tat ertappt!« unterrichtete Hendrik ihn mit lauter Stimme, so daß ihn jeder hören konnte.
»Das wird er bitter büßen!« stieß Hermanus zornig aus.
»Ja, dafür wird er hängen!« erklärte Hendrik. »Wie es ein Viehdieb nicht anders verdient hat!«
Von den Hottentotten kam ein unterdrückter Aufschrei des Entsetzens, und Tebach sank, mit bebender Stimme um Gnade wimmernd, in die Knie.
Hermanus machte ein bestürztes Gesicht. »Das können Sie nicht tun, Hendrik!«
Hendrik trat ganz nahe zu ihm und sagte so leise, daß niemand sonst ihn hören konnte: »Mischen Sie sich um Gottes willen jetzt nicht ein. Vertrauen Sie mir, ich weiß, was ich tue. Es geht hier nicht allein um Tebach. Seit der Sache mit Ahmsat und Hawila glauben die Schwarzen wohl, ich wäre zu gutmütig und zu schwach, um hart durchzugreifen. Es wird Zeit, daß ich ihnen eine Lektion erteile, die sie so schnell nicht vergessen werden.«
»Lassen Sie ihn auspeitschen, aber doch nicht aufhängen!« beschwor Hermanus ihn.
»Tebach wird hängen, Hermanus, nicht aber sterben. Sie haben mein Wort!« versprach Hendrik leise.
»Ja, aber ...«
»Ich habe jetzt keine Zeit, Ihnen das zu erklären, Hermanus. Vertrauen Sie mir. Ich habe die Sache im Griff, und ich werde Tebach nicht töten«, sagte Hendrik, wandte sich ab und ging zu Carlson hinüber.

Dieser reichte ihm die Bibel. »Ich habe alles so gemacht, wie Sie gesagt haben, Baas.«
Hendrik nickte, drehte sich zu den versammelten Schwarzen um und schlug die Bibel auf. Die Stelle, die er suchte, hatte er schnell gefunden. Mit scharfer, durchdringender Stimme las er vor: »›Wird ein Dieb beim Einbruch ertappt und so geschlagen, daß er stirbt, entsteht dadurch keine Blutschuld. Doch ist die Sonne darüber aufgegangen, dann entsteht Blutschuld!‹ So steht es im Exodus 22!« Er sah von der Heiligen Schrift auf und ließ seinen finsteren Blick über die Gesichter der Schwarzen gleiten. »Ist die Sonne schon aufgegangen? Nein, das ist sie noch nicht. Daher ist es gerecht, Tebach für sein Verbrechen hier und jetzt zu bestrafen. Er hat den Tod verdient. Aber nicht durch Erschlagen, sondern durch den Strick.« Er schlug die Bibel zu, daß es knallte – wie der Hammer des Richters bei seinem unwiderruflichen Urteilsspruch.
»Gib mir den Strick!« befahl er Carlson.
Die Schlinge war schon gebunden. Hendrik befühlte die Stränge, warf das Seil dann dreimal über den Ast und stellte die Tonne darunter. Tebach zitterte und schluchzte. Er winselte und bat um Gnade. Hendrik hatte Mühe, ihn auf die Tonne zu bekommen, nicht jedoch, weil Tebach sich mit aller Kraft widersetzt hätte, sondern weil er sich vor Todesangst kaum noch auf den Beinen halten konnte. Als Hendrik ihm die Schlinge um den Hals legte und sie zuzog, verlor Tebach die Kontrolle über seine Schließmuskeln. Kot und Urin flossen an seinen Beinen hinunter.
Hendrik hielt ihn an der Hüfte fest. »Ich habe dir gesagt, daß GROOT FONTEIN für dich verbotenes Land ist. Du hast mein Verbot ignoriert und dafür die Peitsche verdient. Aber zudem hast du auch noch fünf Ochsen stehlen wollen, von

mir und Baas Hermanus! Für diese Schandtat hast du den Tod verdient, wie es in der Bibel steht.« Er machte eine Pause. »Möge der Herrgott deiner Seele gnädig sein und dir deine Schandtaten verzeihen!«

Er trat zur Seite und stieß mit einem kraftvollen Stiefeltritt die Tonne unter Tebach weg.

Ein entsetzlicher, von Todesangst verzerrter Schrei entrang sich Tebachs Kehle, der von allen anderen Schwarzen voller Grauen aufgenommen wurde. Es gab einen Ruck.

Die Schlinge zog sich fester um Tebachs Kehle zu, während er in der Luft baumelte.

In der nächsten Sekunde riß der Strick.

Benommen stürzte Tebach in den Sand.

Mit einem schnellen Sprung war Hendrik bei dem am Boden Liegenden und packte das Ende des Strickes. Er hielt es ins Licht. »Diesmal ist das Seil gerissen, weil alle Stränge bis auf einen *auf meine Anweisung hin* durchtrennt waren!« rief er scharf, bevor jemand von einem Fingerzeig Gottes reden konnte. Er öffnete die Schlinge um Tebachs Hals und warf das Stück Seil vor seine Füße.

»Doch das nächstemal wird der Strick halten, das schwöre ich auf die Bibel!« drohte er. »Löscht die Fackeln!« Damit wandte er sich ab und ging zum Haus.

Hermanus folgte ihm. »Heiliges Kanonenrohr, das hat ja sogar mir einen höllischen Schreck eingejagt. Das wird nicht nur Tebach eine Lehre sein. Wie sind Sie bloß so schnell auf diese Idee gekommen?«

»Auf der Farm, auf der ich aufgewachsen bin, gab es einen Schwarzen namens Karmel, der ähnliche Probleme bereitet hat wie Tebach und Moab uns. Der Farmer ließ sich diese scheinbare Hinrichtung einfallen und hatte von dem Tag an Ruhe«, erklärte Hendrik.

Hermanus lachte unsicher auf. »Das glaube ich Ihnen gern. Aber können Sie auch damit leben, die Sympathie der Schwarzen gegen Furcht eingetauscht zu haben?«

»Sie werden mich vielleicht nicht mehr lieben, aber auch nicht fürchten. Doch selbst wenn dem so wäre, könnte ich nichts daran ändern. Sie haben ihre Chance gehabt, Hermanus. So wie Sie mir meine Chance gegeben haben. Und niemand wird mir diese Chance verderben.«

»Sie sind hart geworden, Hendrik«, stellte der alte Farmer mit einem Anflug von Betroffenheit fest.

»Vielleicht lerne ich nur schneller als andere«, erwiderte Hendrik und war so in Gedanken, daß ihm gar nicht bewußt wurde, daß Hermanus etwas tat, was er noch nie zuvor getan hatte – als sie ins Haus gingen, ließ er ihm den Vortritt.

23

Die Ernte, die Hendrik im Herbst auf GROOT FONTEIN einbrachte, war die beste seit Jahren. Der Ertrag lag um fast sechzig Prozent über dem des Vorjahres. Bei den Schafen, Ziegen und Rindern ergab sich eine ähnlich gute Steigerung. In Prozenten ausgedrückt, hatte Hendrik ein kleines Wunder vollbracht. In Wirklichkeit jedoch bedeuteten die sechzig Prozent mehr nur, daß die Eigenversorgung der Farm gesichert war und Hermanus nicht wieder Vieh verkaufen mußte, um sich und seine Schwarzen zu ernähren. Denn sechzig Prozent mehr von sehr wenig ergab keinen üppigen Gewinn, sondern immer noch recht wenig. Dementsprechend dürftig fiel auch Hendriks Entlohnung aus. In Rixdollars umgerechnet brachte seine Beteiligung ihm

weniger ein, als er sonst in drei Monaten verdient hätte. Und für diesen mageren Verdienst hatte er sich in der glühenden Sonne abgeschuftet wie noch nie zuvor.
Sogar Hermanus zeigte Mitgefühl, als sie Bilanz zogen und ihm klar wurde, wie wenig sich die knochenharte Arbeit für Hendrik unter dem Strich ausgezahlt hatte.
»Schade, ich hätte Sie gern behalten, Hendrik«, sagte er niedergeschlagen. »Sie haben es mir ja nicht gerade leicht gemacht, aber nun habe ich mich an Sie gewöhnt, und allmählich begreifen Sie auch, worauf es beim Schach ankommt. Magtig, ich werde Sie wirklich vermissen.«
»Was heißt hier vermissen?« fragte Hendrik. »Glauben Sie vielleicht, ich packe jetzt mein Bündel und kehre GROOT FONTEIN den Rücken?«
»Natürlich, und ich kann es Ihnen nicht verdenken. Für so einen lächerlich geringen Lohn würde ich auch nicht Verwalter sein wollen und mich wie ein Kuli plagen müssen, und das haben Sie. Ich wünschte, ich könnte Ihnen eine bessere Beteiligung anbieten, aber das kann ich beim besten Willen nicht«, bedauerte er.
»Tut mir leid, doch den Gefallen, jetzt zu gehen, werde ich Ihnen nicht tun«, erwiderte Hendrik mit vorgetäuschtem Ingrimm. »Glauben Sie denn, ich mache hier die Dreckarbeit und zieh den Karren aus dem Mist, um dann, wenn die Früchte meiner Arbeit reifen, nicht hier zu sein und Ihnen die satte Ernte zu überlassen. Und in ein, zwei Jahren wird mein Anteil ein Vielfaches von dem betragen, was ich dieses Jahr bekomme.«
»Sie bleiben?« rief Hermanus mit strahlendem Blick, und die Freude belebte seine Züge.
»Ich denke nicht daran zu gehen!« bestätigte Hendrik. »So leicht werden Sie mich nicht los. Und denken Sie an unsere

Abmachung: Ich habe das Recht, so lange zu bleiben, wie ich will. Aber eine Bedingung habe ich, Hermanus.«

»Raus damit!«

»Sie verkriechen sich nicht länger wie ein Eremit auf GROOT FONTEIN, sondern werden mich gelegentlich nach Roodekroon begleiten – so etwa nächsten Sonntag zum Erntedankgottesdienst.«

»Ich sollte Sie zum Teufel schicken, Hendrik, so wie Sie mit mir umspringen«, brummte er scheinbar verdrossen, doch in seinen Augen stand ein verräterisch feuchter Glanz. »Aber ich bin schon zu alt, um mich noch groß darüber aufzuregen, daß der Jugend der Respekt vor dem Alter fehlt. Und wenn Sie Gefallen daran finden, mich herumzukommandieren ...«

Hendrik schmunzelte. »Ist das ein Ja?«

»Was sonst?« sagte er und verbarg seine Rührung hinter einem schroffen Ton. »Für ein Nein brauche ich weniger Worte. Das sollten Sie allmählich wissen. Und jetzt sehen Sie gefälligst nach, wo ich meinen Tabaksbeutel gelassen habe.«

Am darauffolgenden Sonntag verließ Hermanus zum erstenmal seit Jahren GROOT FONTEIN, um mit Hendrik am Dankgottesdienst teilzunehmen. Das Erstaunen unter den Kirchgängern war groß, und manch einer glaubte seinen Augen nicht trauen zu dürfen, als Hendrik mit Hermanus Houtman vorfuhr und ihm aus dem Wagen half.

Der Farmer trug seinen besten Anzug und hatte sich sogar dazu überreden lassen, seinen verfilzten Bart auf ein gepflegtes Maß zurechtzustutzen. Er hielt sich aufrecht und tat so, als würde er die erstaunten Blicke und das Geflüster um sich herum überhaupt nicht zur Kenntnis nehmen. Sein Gesicht zeigte einen Ausdruck gleichgültiger Überheblichkeit. Doch als er mit Hendrik an seiner Seite die Kirche betrat, legte er ihm seine rechte Hand auf die Schulter. Nicht weil er einer zusätzlichen Stütze bedurfte, sondern es war vielmehr eine Geste des Stolzes. GROOT FONTEIN war nicht länger der Schandfleck des Bezirks.

Hendrik schwellte die Brust, als er sah, daß Franziska und ihre Familie aufmerksame Zeugen dieser Geste waren, die er als Auszeichnung verstand. Daß Hermanus nach dem Gottesdienst auf unverzügliche Rückkehr zur Farm bestand, bedauerte er, tat ihm jedoch den Gefallen. Er spürte, daß Hermanus unter der Maske der Gleichgültigkeit alles andere als unberührt war. Deshalb nahm er auch klaglos in Kauf, daß Hermanus ihn damit um einige kostbare Minuten brachte, die er in der Nähe von Franziska hätte sein und in denen er einen verstohlenen Blick von ihr hätte auffangen können.

Daß Hendrik nicht daran dachte, GROOT FONTEIN zu verlassen, hing natürlich auch mit seiner heimlichen Liebe zu Franziska zusammen. Vielleicht war Liebe ein zu starkes Wort für eine Beziehung, die bisher eigentlich nur in seinem Herzen und seinen Gedanken existierte. Er wußte noch nicht einmal, was sie für ihn empfand und ob sie sich darüber überhaupt Gedanken machte. Gewiß, wenn sie einander beim Gottesdienst begegneten, dann warf sie ihm gelegentlich einen Blick zu und schenkte ihm manchmal sogar ein Lächeln. Aber wie er dieses Lächeln zu deuten hatte, wußte er nicht. Denn seit ihrem überraschenden Besuch auf GROOT FONTEIN war es zu keiner weiteren Begegnung gekommen, bei der er mit ihr unter vier Augen hätte reden können. Manchmal schalt er sich einen Narren, daß er sich in ein Mädchen verliebt hatte, mit dem er insgesamt keine zehn Minuten gesprochen hatte. Wieso hing er sein Herz ausgerechnet an Franziska van Wyken, die ihn in keinster Weise ermunterte, noch um einiges zu jung zum Heiraten war und zudem auch noch einen Vater hatte, der ihm nicht eben freundlich gesinnt war? Oder waren vielleicht gerade diese Hindernisse, denen er sich gegenübersah, mit ein Grund, weshalb er nicht von ihr loskam? Wollte er sich und der Welt beweisen, daß er jeder Herausforderung gewachsen war und ein Ziel, das er sich gesetzt hatte, auch zu erreichen vermochte?

Hendrik wußte darauf wie auf vieles andere keine Antwort. Er tröstete sich damit, daß die Zeit dafür auch noch nicht gekommen war, da er diese Antwort wissen mußte. Und bevor er ans Heiraten denken konnte, hatte er dafür zu sorgen, daß er in der Lage war, eine Familie zu ernähren. Schon aus dieser Einsicht heraus ging er nicht darauf ein, wenn ihm andere junge Frauen schöne Augen machten, und seit er mit Wolfrich, Theron und Carolus Freundschaft geschlossen und den Respekt von vielen anderen Siedlern in und um Roodekroon gewonnen hatte, beachteten ihn auch die heiratsfähigen Töchter und deren Mütter.

Bertranella, die achtzehnjährige Schwester von Wolfrich, gehörte zu den Farmerstöchtern, die sich sehr gut vorstellen konnten, mit Hendrik vor den Traualtar zu treten. Johan Vermaaken und seine Frau Hanna ließen bei einem Besuch auf GELUK DRIFT dezent durchblicken, daß sie dieser Verbindung ihren Segen geben würden. Wolfrich wählte den direkten Weg, indem er Hendrik halb im Scherz und halb im Ernst fragte: »Was hältst du davon, mein Schwager zu werden?«

»Das Leben soll bitterere Schicksalsschläge als das austeilen«, antwortete Hendrik ebenso scherzhaft, denn sie beide waren gute Freunde geworden.

»Bertranella würde gern das ihre dazu beitragen«, sagte

Wolfrich vorsichtig und fügte hastig hinzu: »Nicht, daß sie mit mir darüber gesprochen und mich irgendwie dazu gebracht hätte, dir das zu sagen. Aber ich weiß, was sie beschäftigt.«

Hendrik wählte seine Worte mit Bedacht, denn er wollte weder Bertranella noch ihren Bruder verletzen. »Es wäre eine Untertreibung, nur zu sagen, daß ich mich geschmeichelt fühle, Wolfrich. Ich bin bewegt. Aber ein solches Opfer kann man keiner Schwester zumuten, auch nicht der großzügigsten«, erwiderte er in dem Bemühen, einen leichten Ton beizubehalten und der Angelegenheit die ernste Spitze zu nehmen. »Bertranella hat etwas Besseres verdient als jemanden wie mich, der nicht einmal im Traum daran denken darf, sich in absehbarer Zukunft zu verheiraten. Verwalter auf GROOT FONTEIN ist nur eine wohlklingende Umschreibung für Hungerleider. Ich bin ein Mann mit leeren Taschen, und daran wird sich so schnell auch nichts ändern.« Und betont scherzhaft fügte er hinzu: »Sogar du hast einen besseren Schwager verdient, denn ich kann schon froh sein, wenn ich Whisper gut durch den Winter bringe.«

Wolfrich lächelte ein wenig traurig. »Ich werde es ihr irgendwie beibringen«, versprach er. »Danke für deine Ehrlichkeit.«

»Wenn es dafür harte Rixdollars gäbe, wäre ich schon ein steinreicher Mann.«

Ein halbes Jahr später, als die neue Saat ausgebracht war, wurde Hendrik zu einem Treffen eingeladen, das auf WELTEVREDEN stattfand, der Farm von Ludovicus van Hoorn, den seine Freunde Vic nannten. Der noch nicht fünfzigjährige Farmer war einst Feldkornett gewesen und galt im Bezirk von Roodekroon als die einflußreichste Persönlichkeit. Es war Theron, der die Einladung, die auch Hermanus galt, überbrachte. Er tat dabei sehr geheimnisvoll und nahm ihm sein Ehrenwort ab, mit niemandem darüber zu sprechen.

»Was ist denn das für ein Treffen?« fragte Hendrik verwundert.

»Das wirst du schon zur rechten Zeit erfahren, nämlich auf WELTEVREDEN«, erwiderte Theron und ließ sich nicht einmal einen kleinen Hinweis entlocken.

Das Farmhaus der van Hoorns war das prächtigste und geräumigste, das Hendrik je betreten hatte. Gut drei Dutzend Buren waren nach WELTEVREDEN gekommen, darunter alle Farmer aus der Umgebung. Sogar Hermanus hatte die lange Fahrt auf sich genommen.

Es wurden Erfrischungen gereicht und köstliche Teigwaren, die gerade aus dem Ofen kamen. Als sie schließlich vollzählig waren, erhob sich Ludovicus van Hoorn, ein kräftiger Mann mit markanten Gesichtszügen und der respektgebietenden Ausstrahlung eines Gardeoffiziers.

»Noch einmal herzlich willkommen auf WELTEVREDEN, verehrte Freunde und Nachbarn«, begann er. »Ich habe euch zu diesem Treffen gebeten, weil ich es für an der Zeit halte, daß wir Buren uns ernsthaft darüber Gedanken machen, wie unsere Zukunft in dieser Kolonie unter britischer Herrschaft aussehen wird, ja, ob ...« – er machte eine gedankenvolle Pause, bevor er den Satz beendete – »... ja, ob es für uns Buren unter den Engländern überhaupt noch eine Zukunft geben *kann!*«

Bei dem Treffen kam nicht viel heraus, denn die Meinungen gingen zu weit auseinander. Aber alle waren hinterher der Überzeugung, daß es gut war, sich gelegentlich zusammenzusetzen und darüber nachzudenken, was getan werden konnte, um sich als Buren in dieser Kolonie zu behaupten

und ihre Rechte zu wahren. Es waren sich auch alle darüber einig, daß es ratsam war, diese unregelmäßigen Zusammenkünfte mit umsichtiger Verschwiegenheit zu behandeln.
»Viel hat das Treffen ja nicht gebracht. Nichts als Gerede«, nörgelte Hermanus auf dem Heimweg.
Hendrik war da anderer Meinung. Ihm persönlich hatte das Treffen sehr viel gebracht – nämlich die Erkenntnis, daß er nicht länger als Fremder galt. Er gehörte nun zu ihnen, das hatten Vic van Hoorns Einladung und sein Händedruck auf der Stoep bewiesen.

24

Mit sehr gemischten Gefühlen kehrte Hendrik an einem milden Frühjahrstag Ende September von einem Besuch in Roodekroon nach GROOT FONTEIN zurück. Eigentlich hätte er allen Grund gehabt, mit sich und den Dingen, wie sie sich entwickelten, zufrieden zu sein. In den vergangenen zwei Jahren hatte er einiges geleistet. Die letzte Ernte hatte nicht nur prozentual einen beachtlichen Zuwachs gebracht, sondern Scheune und Vorratskammern auf GROOT FONTEIN zum erstenmal seit vielen Jahren wieder richtig gefüllt. Und wie die Äcker und Felder, so hatten sich auch die Viehherden allmählich von der Mißwirtschaft erholt, und gediehen nun prächtig. In ein, zwei Jahren würde allein sein Anteil am Viehbestand von GROOT FONTEIN ihn in die Lage versetzen, selbstbewußt vor Willem van Wyken zu treten und ihn um die Hand seiner Tochter zu bitten.
Aber so lange wollte er nicht warten, zumindest nicht gegenüber Franziska. Denn bevor sich ein Mann der Frau seines Herzens erklärte, hatte er sie über viele Monate hinweg im

Haus ihres Vaters zu stillen Abenden vor einer Opsitkers zu besuchen. So verlangte es der Brauch, und es war recht so. Er hätte seinen ersten derartigen Besuch auf ONVERWACHT schon vor einem halben Jahr machen müssen. Doch Franziska hatte ihm bei den wenigen Gelegenheiten, bei denen er einmal einige Worte mit ihr hatte wechseln können, verschleiert, aber dennoch deutlich genug zu verstehen gegeben, daß ihr Vater sie dafür noch für zu jung hielt, ganz besonders in seinem Fall, und ihm daher die Tür weisen würde.

Nur zu gut erinnerte sich Hendrik an jenen Vormittag vor sieben Monaten, als er Franziska zufällig in Hennig Steenkamps Laden getroffen hatte, endlich einmal ohne Begleitung ihrer Eltern oder ihres Bruders Jan, der ihm genausowenig freundlich gesonnen war wie sein Vater. Er hatte sein Glück kaum fassen können, zumal sich außer ihnen und Hennig Steenkamp niemand sonst im Laden befunden hatte.

In Gegenwart des Ladeninhabers tauschten sie nur einige freundliche Allgemeinplätze aus. Hendrik entging jedoch nicht die leichte Röte, die ihr ins Gesicht stieg und die sie in seinen Augen noch begehrenswerter aussehen ließ. Als Hennig Steenkamp nach hinten ging, um etwas für Franziska aus dem Lager zu holen, nahm sich Hendrik ein Herz. »Ich sehe, man hat Sie mit einer langen Liste nach Roodekroon geschickt. Bestimmt stehen da auch Opsitkerzen drauf, nicht wahr?« fragte er mit vor Aufregung belegter Stimme.

»Nein, Mijnheer Magdenburg«, antwortete sie verlegen und schien nicht zu wissen, ob sie seinem zärtlichen Blick ausweichen oder ihm weiterhin in die Augen sehen sollte. »Ich ... ich habe bis jetzt noch keine Opsitkerze gebraucht, und daran wird sich vorerst auch nichts ändern.«

Sein Herz schlug wie verrückt. Der Kaufmann konnte jeden

Moment zurückkommen, und wer weiß, wie viele Monate verstreichen würden, bis sich wieder einmal solch eine günstige Gelegenheit ergab.

»Eine so bezaubernde junge Frau wie Sie?« fragte er leise und wurde von dem Verlangen, ihr Gesicht mit seinen Fingerspitzen zu berühren und die Linien ihrer Lippen nachzuziehen, fast überwältigt.

Ihre Wangen nahmen nun die Röte frisch erblühter Rosen an. »Von Schmeichlern droht mehr Gefahr als von einer Horde Kaffern, sagt meine Mutter immer«, erwiderte sie.

»Ich schmeichle Ihnen nicht, Juffrouw van Wyken«, sagte er ernst. »Ich spreche nur aus, was ich sehe und ... empfinde. Und wenn Sie bisher noch keine Opsitkerze angezündet haben, würde ich gern der erste und einzige sein, für den Sie das tun.«

Sie hob den Kopf, und ihn traf ein strahlender Blick aus sanften braunen Augen, die ihn immer an die einer ebenso stolzen wie scheuen Antilope erinnerten. Doch im nächsten Moment legte sich ein Schleier der Traurigkeit über ihr Gesicht. »Mein Vater erlaubt mir keine Opsitkers, bevor ich nicht siebzehn geworden bin. Er sagt, das sei früh genug, und meine Mutter braucht mich noch im Haus.« Und mit leichtem Groll fügte sie hinzu: »Dabei war meine Mutter gerade sechzehn, als mein Vater sie geheiratet hat.«

»Nicht jeder hat das Glück wie Ihr Vater, einen freundlich gesonnenen Schwiegervater zu haben.«

Sie zog eine Schnute und sagte dann, als wäre diese Erklärung schon lange überfällig: »Vater erlaubt mir auch nicht mehr, alleine auszureiten oder den Einspänner zu nehmen. Immer muß Jan oder sonst jemand mich begleiten. Das ist unschicklich und schlecht für meinen guten Ruf, wie Vater mir damals gesagt hat.«

Hendrik verstand, was sie mit »damals« meinte. Natürlich ihren Besuch auf GROOT FONTEIN. Willem van Wyken hatte davon erfahren und dafür gesorgt, daß sich so etwas nicht wiederholte. Kein Wunder, daß sie ihm nie mehr allein begegnet war. Aber das war jetzt ohne Bedeutung.

»Sie werden im September siebzehn, nicht wahr?«

Sie lächelte. »Woher wissen Sie das?«

»Das war nicht schwer in Erfahrung zu bringen.«

Ihre kecke, herausfordernde Seite trat plötzlich in Erscheinung, als sie spöttisch fragte: »Sie sind es wohl gewohnt, immer zu erreichen, was Sie sich in den Kopf gesetzt haben, nicht wahr?«

»Es gibt Ziele, deren Verwirklichung fast ausschließlich von den eigenen Fähigkeiten und der eigenen Willenskraft abhängen«, sagte er ernst und eindringlich. »Doch es gibt auch Träume, die man nicht allein, sondern nur zu zweit verwirklichen kann.«

Der Spott verschwand aus ihren Zügen. »Ja«, murmelte sie berührt.

»Es gibt Träume, die das Warten lohnen. Ich warte, seit du damals nach GROOT FONTEIN gekommen bist, Franziska«, sagte er leise und wagte es, ihr noch mehr von seinen Gefühlen für sie zu offenbaren, auch dadurch, daß er sie duzte und nur bei ihrem Vornamen nannte. »Da warst du fünfzehn. Ich kann auch noch bis zum September warten, wenn du mir sagst, daß es dann eine Opsitkers für uns beide gibt.«

Schritte näherten sich der Tür zum Lager. Hennig Steenkamp kehrte zurück. Ihre kostbaren Minuten unter vier Augen waren vorbei.

Franziska fand jedoch noch Zeit genug, ihm zu antworten. »Ja, Hendrik«, flüsterte sie und wandte sich dann schnell ab, um so zu tun, als interessierte sie sich für die Bürsten, die in einem Bastkorb auf der Ladentheke lagen.

Es waren nur zwei Worte, doch für Hendrik machten sie den himmelweiten Unterschied zwischen quälender Unsicherheit und glücklicher Gewißheit aus. *Ja, Hendrik!* Waren das nicht auch die Worte, die sie zu ihm vor dem Traualtar sagen würde?

Ja, Hendrik.

Er seufzte, während Whisper unaufgefordert in eine schnellere Gangart fiel. Sie roch den heimatlichen Stall, als sie an den wilden Feigenbäumen vorbeikamen. GROOT FONTEIN lag gleich hinter der nächsten Hügelgruppe.

In den Monaten, die seit jenem beglückenden Gespräch in STEENKAMPS WINKEL vergangen waren, hatten sie einander nur beim Kirchgang wiedergesehen und sich verstohlene Blicke zugeworfen, als würden sie ein Geheimnis teilen, und genau das taten sie ja auch. Es war ein wunderschönes Geheimnis, das ihn ebenso mit Kraft und Freude erfüllte wie mit drängender, sehnsuchtsvoller Ungeduld.

Vor fünf Tagen nun war Franziska siebzehn geworden, und gestern hatte er ihr nach dem Gottesdienst beim Hinausgehen zugeflüstert: »Nächsten Samstag?«

Sie hatte ihm einen freudigen, jedoch viel zu kurzen Blick geschenkt und kaum merklich genickt. Gleich darauf waren sie schon wieder von Jan und ihrer Mutter getrennt worden.

Ja, er hatte wirklich allen Grund, glücklich zu sein, zumal er in Roodekroon genau das richtige Geschenk für Franziska gefunden hatte, wenn er am Samstagabend nach ONVERWACHT ritt – zu ihrem ersten Abend bei einer Opsitkerze.

Und doch war seine Stimmung getrübt. Der Grund waren die schlechten Nachrichten, die aus England kamen. Die neueste Ausgabe des ZUID AFRIKAAN, die er aus Roodekroon mitbrachte, waren voll davon.

»Diese elenden Puderzöpfe!« schimpfte Hermanus auf die Abgeordneten des britischen Parlaments, als er die Zeitung studierte. »Sie haben das Gesetz zur Abschaffung der Sklaverei doch tatsächlich durch die zweite Lesung bekommen. Ich sage dir, dieser 6. Juli 1833 wird bei uns Buren in genauso bitterer Erinnerung bleiben wie die Hinrichtung bei Slagters Nek!«

Das Gesetz sah vor, daß zwischen August und Dezember 1834 achthunderttausend Sklaven im britischen Empire die Freiheit erhielten. Davon entfielen auf die Kapkolonie neununddreißigtausend. Für sie war der 1. Dezember 1834 als der Tag ihrer Befreiung per Dekret festgesetzt worden. In den abgelegenen Provinzen entlang der Ostgrenze lebten kaum mehr als zehn Prozent der Sklaven, und das Gesetz sah vor, daß diese nach dem Stichtag noch für vier Jahre bei ihren bisherigen Herren bleiben mußten, wenn auch gegen Lohn.

»Fast drei Millionen Pfund Sterling will England uns als Entschädigung zahlen? Daß ich nicht lache!« höhnte Hermanus, als er zum diesbezüglichen Absatz in der Zeitung gelangte. »Ich sage dir, damit wollen sie uns bloß Sand in die Augen streuen. Diese angeblich gerechte Entschädigung von drei Millionen ist ja nichts weiter als eine Absichtserklärung! Wäre es den Engländern damit ernst gewesen, hätten sie das mit ins Gesetz aufgenommen!«

Auch Hendrik glaubte nicht daran, daß die Farmer auf eine gerechte Entschädigung rechnen konnten. Die Kräfte, die in London gegen die Buren agierten, waren einfach zu stark und die Vorurteile zu bösartig, als daß man ihnen Gerechtigkeit widerfahren lassen würde. Und diese Entwicklung bereitete ihm große Sorgen, denn im letzten Jahr hatte sich die Stimmung unter den Farmern in den Grenzprovinzen spürbar verschlechtert. Wie er von Vic van Hoorn und anderen erfahren hatte, fanden inzwischen schon überall im Osten Zusammenkünfte von Buren statt, die ihre Zukunft und die ihrer Kinder unter britischer Herrschaft nicht mehr gewährleistet sahen und diese Entwicklung nicht länger tatenlos hinnehmen wollten. Nur waren sie in der Frage, was zu tun sei, in zwei Lager gespalten. Die einen redeten davon, Kundschafterkommandos auszusenden, die den Weg zu fruchtbaren und leicht zu besiedelnden Gebieten finden sollten, damit sie die Kolonie verlassen und irgendwo, möglichst weit von der Kapkolonie entfernt, eine neue Heimat, ja einen neuen Burenstaat gründen konnten. Dagegen sprachen sich andere Buren leidenschaftlich für einen gewaltsamen Widerstand gegen die Engländer in der Kolonie aus, die einst ja ihnen gehört hatte. Glücklicherweise befanden sich diese Hitzköpfe in der Minderheit, die zudem immer mehr zusammenschmolz, je länger die einzelnen Buren über die Konsequenzen eines Aufstandes nachdachten. Aber daß etwas geschehen mußte, war allen klar. Nur was?

25

Jakoba bemerkte den Reiter zuerst, der sich am nächsten Tag gegen Nachmittag GROOT FONTEIN näherte. Er kam aus Südwesten und ritt einen prächtigen Apfelschimmel. Sie stutzte, denn die hochgewachsene Gestalt im Sattel kam ihr irgendwie bekannt vor. Mit zusammengekniffenen Augen und von einer unangenehmen Ahnung gepackt, spähte sie

zu dem Reiter hinüber, der inzwischen den ausgefahrenen Weg zum Hof erreicht hatte. Als der Mann den breitkrempigen Lederhut abnahm und sich den Schweiß von der Stirn wischte, leuchtete sein rötliches Haar im Sonnenschein.
Ein Laut des Erschreckens kam Jakoba über die Lippen. Sie ließ die beiden Kürbisflaschen fallen, mit denen sie den Gemüse- und Kräutergarten gewöhnlich bewässerte, raffte ihre Röcke und lief über den Hof zur Schmiede, wo Hendrik zusammen mit Leban und Carlson einen Wetterhahn schmiedete. Hendrik hatte es sich in den Kopf gesetzt, die neue Scheune damit zu zieren.
»Baas! ... Baas!« rief Jakoba schon zwanzig Schritte vor der Schmiede.
Leban und Carlson ließen die schweren Hämmer in einem schnellen, geübten Rhythmus auf das noch rotglühende Eisen niedersausen, das Hendrik mit der Zange hielt und geschickt unter den Schlägen drehte. Der metallische Lärm am Amboß war zu laut, als daß er Jakoba hätte verstehen können. Doch ihre Hast und ihr Winken erregten augenblicklich seine Aufmerksamkeit.
Er hob die Hand und schob das Eisen ins Feuer, als Carlson und Leban die Hämmer sinken ließen.
»Baas!«
»Was ist, Jakoba?« wollte Hendrik wissen.
»Der Reiter!« rief sie atemlos vor Aufregung. »Es ist Baas Nicolaas!«
»Nein!« stieß Carlson erschrocken hervor, und verwundert sah Hendrik, wie der Schwarze den Schmiedehammer achtlos zur Seite warf und zu Jakoba herumwirbelte.
»Dort kommt er!«
Carlson machte ein entgeistertes Gesicht und stieß in der Sprache der Khoikhoi eine Verwünschung aus. Hendrik

verstand nur einige Brocken dieses Dialekts, hatte auf HIGHLANDS von Isbrand jedoch genug gelernt, um mitzukriegen, daß Carlson dem Reiter so etwas Ähnliches wie Knochenfäule, tödlichen Eiterfluß aus allen Körperöffnungen sowie einen qualvollen Tod durch Pfählen wünschte.

»Wer ist Baas Nicolaas?« fragte Hendrik. »Und was hat eure Aufregung zu bedeuten?«

Carlson wechselte mit Leban und Jakoba einen schnellen, sorgenvollen Blick, dann antwortete er: »Das ist Baas Nicolaas Houtman.«

»Ein Sohn von Baas Hermanus?« fragte Hendrik überrascht.

So nahe sie sich in den beiden Jahren gekommen waren, Hermanus hatte nicht ein Wort über seine Vergangenheit verloren, soweit es seine Frauen und seine Familie betraf. Und er hatte ihm mehrfach unmißverständlich zu verstehen gegeben, daß er über diesen Abschnitt seines Lebens nicht zu reden gedachte und sich jede diesbezügliche Frage verbot. Er hatte das respektiert und sogar darauf verzichtet, Wolfrich und Theron auszufragen, weil er dann das Gefühl gehabt hätte, sein Vertrauen zu mißbrauchen und ihm in den Rücken zu fallen. Es interessierte ihn auch nicht, hatte er doch genug anderes, was ihn beschäftigte. Er wußte nur, daß Hermanus mehr als einmal verheiratet gewesen war.

»Nein, Baas Nicolaas ist sein Neffe.«

»Und warum diese Aufregung?«

»Er bringt Unglück über GROOT FONTEIN«, flüsterte Carlson beschwörend, während der Reiter auf sie zukam. »Jagen Sie ihn vom Hof, Baas! Lassen Sie nicht zu, daß Baas Hermanus ihn zu Gesicht bekommt!«

»Aber warum?«

»Was geschehen ist, liegt schon neun Jahre zurück, und ich

kann darüber nicht reden, aber auch nach neun Jahren ist es immer noch möglich, daß es zu einer schrecklichen Bluttat kommt«, befürchtete der Schwarze.
»Er hat seinen Onkel neun Jahre nicht gesehen? Mein Gott, Carlson, welches Recht habe ich, seinen Neffen vom Hof zu weisen? Das kann nur Baas Hermanus selbst.«
»Nicht mal nach neunzig Jahren würde sich Baas Hermanus mit Baas Nicolaas versöhnen nicht!«
Nicolaas Houtman hatte sie erreicht. Er mochte Mitte bis Ende Dreißig sein und war auf eine Weise gutaussehend, die bei einem Mann schon irritierte. Das rotblonde Haar harmonierte wunderbar zu seinen feingeschnittenen Gesichtszügen, die auch ein meisterlicher Bildhauer aus edelstem Marmor nicht feiner und ansprechender hätte meißeln können. Allein seine grauen Augen störten den äußerlichen Eindruck von perfekter Harmonie. Ihr Blick war kalt und stechend.
»Hendrik Magdenburg?« fragte er knapp und als spräche er zu einem Dienstboten.
Hendrik nickte und revanchierte sich, indem er ebenso unhöflich zurückfragte: »Nicolaas Houtman?«
Ein spöttisches Lächeln erschien auf dem Gesicht von Nicolaas. »Gut, daß Sie wissen, wer ich bin, Magdenburg. Das erspart mir die Mühe, Sie in Ihre Schranken weisen zu müssen. Wo finde ich meinen Onkel?«
»Wenn Sie mir sagen, was Sie von ihm wünschen, werde ich Ihren Onkel davon informieren«, antwortete Hendrik kühl und beherrscht.
Nicolaas lachte geringschätzig. »Blasen Sie sich bloß nicht so auf, Magdenburg. Sie sind nichts weiter als ein besserer Stallknecht. Ich bin sein Neffe, sein nächster Verwandter«, kanzelte er ihn scharf ab. »Sie brauche ich gewiß nicht zu

fragen, ob ich mit meinem Onkel sprechen kann. Ich nehme an, der alte Kauz ist im Haus.«
»Einen Augenblick!« rief Hendrik.
»Wage bloß nicht, dich mir in den Weg zu stellen! Ich reite dich über den Haufen, Bursche!« warnte Nicolaas ihn und gab seinem Pferd die Sporen.
Hendrik sprang geistesgegenwärtig zur Seite, und bevor er ihn noch einholen konnte, war Nicolaas schon über den Hof geprescht und vor dem Farmhaus aus dem Sattel gesprungen. Die Zügel seines Pferdes warf er einem Hottentottenjungen zu, und im nächsten Moment war er im Haus verschwunden.
»Jetzt hat es keinen Sinn mehr nicht«, sagte Carlson bedrückt und hielt Hendrik zurück. »Baas Hermanus wird es nicht wollen, daß Sie jetzt dazwischengehen.«
»Ich denke, du fürchtest, daß etwas Schlimmes passieren kann?« hielt Hendrik ihm ärgerlich vor.
»Baas Nicolaas hätte es verdient.«
Hendrik verstand nun gar nichts mehr und ging mit energischen Schritten auf das Wohnhaus zu. Carlson hatte ihn beunruhigt, aber auf die ihm eigene Art wieder einmal mit seinem Wissen hinter dem Berg gehalten und sich mit vagen Andeutungen begnügt. So sehr er Carlson auch schätzte, diese Eigenheit weckte immer wieder ohnmächtigen Zorn in ihm.
Schon auf halbem Weg hörte er die erboste Stimme von Hermanus, und mit jedem Schritt, den Hendrik dem Haus näher kam, schien der Zorn des Farmers anzuschwellen und seine Stimme in immer schrillere Höhen zu treiben. Nun wurde auch die Stimme seines Neffen lauter.
Dann gellende Schreie.
Die Tür wurde aufgerissen, und Nicolaas Houtman stürzte

ins Freie, die Hände zum Schutz über den Kopf gehoben, denn Hermanus schlug mit einer Sjambok auf ihn ein.

»Verflucht sollst du sein, Nicolaas! Du, deine Kinder und deine Kindeskinder! Deine Gedärme sollen dir bei lebendigem Leib verfaulen! Gottes Fluch soll dich tausendmal schrecklicher treffen als meiner! Du hast keine Gnade verdient, und wenn du dich vor mir zu Tode geißeln würdest, würde ich doch kein Erbarmen mit dir haben!« schrie er. Sein Gesicht war so dunkelrot angelaufen, als würde ihn jeden Augenblick der Schlag treffen. Wie von Sinnen hieb er auf seinen Neffen ein, der zu seinem Pferd taumelte. »Die Hyänen sollen dich bei lebendigem Leib zerreißen, und der Teufel soll deine verdorbene Seele auf ewig in der Hölle schmoren lassen! Du Abschaum und Mensch gewordene Schlange! Verflucht! ... Verflucht! ... Auf ewig verflucht!«

Nicolaas zog sich ebenfalls fluchend in den Sattel, warf Hendrik einen flammenden, haßerfüllten Blick zu, als hätte er den Ausbruch von Hermanus zu verantworten, und galoppierte vom Hof.

Hermanus schleuderte ihm die Sjambok hinterher. »Verflucht sollst du sein, Nicolaas Houtman«, keuchte er, und plötzlich verzog er das Gesicht wie unter Schmerzen. Seine rechte Hand krallte sich über dem Herzen in sein Hemd, und er wankte.

»Hermanus, um Gottes willen!« rief Hendrik erschrocken und sprang ihm zur Seite.

»Es ist nichts!« stieß Hermanus kurzatmig aus und stützte sich auf ihn. »Nur die Wut! ... Die Erinnerungen! ... Bring mich ins Haus!«

Hendrik half ihm die Treppen hinauf und führte ihn in der Wohnstube zu seinem schweren Lehnstuhl. Dann brachte er ihm ein Glas Wasser.

Die Hand des Farmers zitterte. Das Wasser floß ihm am Kinn hinunter und näßte sein Hemd. Innerhalb von Minuten schien er um viele Jahre gealtert.

Hendrik machte sich ernsthafte Sorgen um ihn, doch Hermanus spielte die Sache herunter. »Es hat mich mitgenommen, ja, aber laß mir nur ein paar Minuten Ruhe, dann bin ich wieder auf dem Damm. Es war der Schock«, murmelte er. »Setz dich zu mir. Ich glaube, es wird Zeit, daß ich dir von früher erzähle ... von meinem Versagen und von Nicolaas und Rachel.«

Hendrik zog sich schweigend einen Stuhl heran und setzte sich zu ihm. Er spürte, daß Hermanus jetzt jemanden brauchte, dem er vertraute und dem er sein Herz ausschütten konnte. Ruhig saß er da und wartete.

Hermanus schaute eine ganze Weile mit abwesendem Blick auf eine Stelle an der Wand. Sein Atem wurde ruhiger, und das Zittern seiner Hände ließ nach.

»Der Allmächtige möge mir meine Sünden verzeihen«, begann er plötzlich, und seine Stimme klang, als spräche er zu sich selbst. »Doch welch große Sünden ich damals begangen habe, daß er mich so gestraft hat, weiß ich nicht. Ich war nicht besser und nicht schlechter als all die anderen meines Alters, als ich Mari heiratete. Das war bei Tulbagh, wo wir geboren und aufgewachsen waren. Mari war sechzehn und ich zweiundzwanzig. Wir hatten unsere Träume und großen Pläne, und mit anderen Gleichgesinnten treckten wir nach Osten, weil uns das Land lockte, das es dort noch im Überfluß gab. Doch Mari hat weder den Great Fish River noch die Snow Mountains zu sehen bekommen.« Er machte eine Pause und schluckte schwer. »Es gab einen verhängnisvollen Unfall, und Mari verblutete in meinen Armen. Wir sind nicht einmal ein Jahr verheiratet gewesen. Ich habe sie geliebt, wie ich danach nie wieder einen Menschen geliebt habe.«

Mitgefühl stand in Hendriks Augen.

»Wir sind nach Uitenhage gezogen und von dort an den Oberlauf des Kowie River«, fuhr Hermanus fort. »Zwei Jahre später habe ich Anna, meine zweite Frau geheiratet. Ich war jung und wollte eine Familie haben, und Anna war eine gute Frau, auch wenn sich meine Hoffnung auf Nachkommen nicht erfüllte. 1799 brach am Great Fish River der 3. Kaffernkrieg aus. Die Kaffern fielen über die Farmen her und brachten Tod und Verwüstung. Anna starb durch ihre Assegais.«

»O Gott«, entfuhr es Hendrik unwillkürlich.

Ein bitteres Lächeln huschte über das zerfurchte Gesicht des Farmers. »O ja, mit ihm habe ich auch gehadert. Und die Erinnerungen waren so schmerzlich, daß ich das Land am Kowie River aufgegeben habe und hier herauf gezogen bin. Johannes, mein jüngerer Bruder, hatte sich in Graaff-Reinet niedergelassen und mir bei einem Besuch erzählt, daß es bei ihm am Fuß der Snow Mountains noch viel fruchtbares Land gibt. Also habe ich mich hier niedergelassen und mit GROOT FONTEIN einen neuen Anfang gemacht. Und natürlich habe ich auch wieder geheiratet. Der Mensch ist nun mal nicht fürs Alleinsein geschaffen. So steht es bereits in der Bibel, und mit noch nicht ganz dreißig Jahren war ich zu jung, um schon das freudlose Leben eines verwitweten Farmers zu führen.« Er lachte auf. »Ich weiß, daß manche Farmer sich auf andere Art zu trösten pflegen. Aber für diese Weißen, die ihre Wollust mit einer ihrer Hottentottenfrauen befriedigen, habe ich stets nur Verachtung übrig gehabt.«

Hendrik dachte an seinen Vater und nickte.

»So habe ich denn zum drittenmal geheiratet«, setzte Hermanus seine Erzählung mit einem schweren Seufzer fort. »Agnes war die Tochter eines Wanderpredigers und von nicht sehr belastbarer Konstitution. Diese Ehe war ein großer Fehler. Ich hätte wissen müssen, daß sie für das harte Leben auf GROOT FONTEIN nicht geschaffen war. Aber was später geschah, war nicht allein ihre Schuld. Ich habe mich lange gegen die Einsicht gewehrt, aber ich kann und will die Augen nicht länger davor verschließen, daß ich vieles falsch gemacht und ihr nicht der Ehemann gewesen bin, der ich hätte sein sollen. Ich hatte Mari und Anna verloren, und das hatte mein Herz verhärtet. Ich kannte nur GROOT FONTEIN und verlangte zuviel von Agnes – vor allem verlangte ich Kinder von ihr.« Seine Stimme wurde leise und gequält. »Und mit jedem Jahr, das verging, ohne daß sie schwanger wurde, wuchs mein Zorn auf das ungerechte Schicksal, das mir auferlegt worden war, und auf Agnes. Ich habe niemals die Hand gegen sie erhoben, aber ich hätte sie ebensogut auspeitschen können, denn man kann einen Menschen auch mit Blicken, Worten und Schweigen quälen. Und genau das tat ich.«

Die Schatten auf dem Hof wurden länger, und die letzten Sonnenstrahlen, die durch das Fenster in die Wohnstube gefallen waren, zogen sich zurück und hinterließen ein diffuses Zwielicht, in dem das leiderfüllte Gesicht von Hermanus seine scharfen Konturen verlor.

Er war mit seiner kummervollen Beichte noch nicht zu Ende. »Agnes war zu gläubig, um mich zu verlassen. Sie flüchtete aber auf eine andere Art vor mir, nämlich indem sie einem religiösen Wahn verfiel. Später erschien ihr Vater und nahm sie mit sich. Sie ist nie wieder zu Verstand gekommen und Jahre danach an einer Lungenentzündung gestorben. Drei Frauen hatte ich verloren, und während Männer wie Claas Groeneveld, Vic van Hoorn, Piet Hofmeyer und der verfluchte Willem van Wyken mit einer vielköpfigen Kinderschar gesegnet waren und eigentlich zu viele Söhne hatten, als daß sie jedem später genug Land für eine gesicherte Existenz vererben konnten, während sie also so mit der Fruchtbarkeit ihrer Frauen gesegnet waren, hatte ich nicht einen einzigen Sohn, der eines Tages GROOT FONTEIN übernehmen konnte. Nicolaas, der einzige Sohn meines Bruders, war mein nächster Verwandter. Als Nicolaas' Eltern von einer dieser gelegentlichen Seuchen, die immer wieder in den großen Siedlungen ausbrechen, dahingerafft wurden, nahm ich ihn zu mir. Er war damals ein junger Mann von fünfzehn Jahren. Ich kümmerte mich um ihn, als wäre er von meinem Fleisch und Blut. Ich hatte mich damit abgefunden, daß ich keine eigenen Kinder mehr haben würde, und mir stand der Sinn auch nicht danach, mich ein viertesmal zu verheiraten. Und dann begegnete ich Rachel de Vries.«

Hermanus atmete durch, daß es wie ein Stöhnen klang, fuhr sich mit der Hand über die Augen und bat Hendrik mit einem Zittern in der Stimme, zwei Becher und den Krug mit Branntwein zu holen. »Für das, was jetzt kommt, werde ich einen guten Schluck brauchen«, murmelte Hermanus, als Hendrik ihnen eingegossen hatte.

»Du mußt dich nicht quälen ...« begann Hendrik.

Hermanus schüttelte heftig den Kopf. »Nein, es muß endlich raus. Ich weiß, daß Carlson und auch keiner von den Nachbarn dir davon erzählt hat. Darüber redet man nicht. Das ist wie ein Tabu. Aber ich will, daß du es weißt.«

»Das kannst allein du entscheiden«, sagte Hendrik nur.

»Rachel de Vries«, nahm Hermanus eine Weile später den

Faden wieder auf, und Hendrik sah, wie sich seine knochige Hand um die Armlehne krallte. »Rachel de Vries ist eine geborene van Wyken, die jüngste Schwester von Willem van Wyken, ein später Nachzügler ihrer Eltern.«
Hendrik hatte bisher aufmerksam und voller Anteilnahme zugehört. Nun jedoch verwandelte sich seine Bereitschaft, Hermanus bitterer Lebensbeichte seine Sympathie und Aufmerksamkeit zu schenken, in eine hellwache Spannung. Denn alles, was Willem van Wyken betraf, hatte auf die eine oder andere Weise Auswirkungen auf ihn und Franziska. Er spürte, daß er endlich erfahren würde, was die beiden Farmer entzweit hatte.
»Rachel war verwitwet wie ich, als ich ihr bei der Hochzeit von Willems ältestem Sohn auf ONVERWACHT begegnete. Sie hatte einen Mann geheiratet, der mit ihr nach Kapstadt gegangen war. Bei einem Feuer waren er und ihre beiden Kinder in den Flammen umgekommen. Das Schicksal hatte uns beiden schwere Prüfungen auferlegt, und wir fühlten uns voneinander sehr angezogen. Und daß sie erst achtundzwanzig und ich schon fünfzig war, störte keinen von uns. Es ist ja auch nicht eben selten, daß ein Mann in seinen reifen Jahren noch eine Frau nimmt, die zwei Jahrzehnte und mehr jünger ist.«
Hendrik pflichtete ihm mit einem Nicken bei.
»Meine Hoffnung, doch noch mit einer Frau das Glück zu finden und Kinder zu zeugen, lebte mit Rachel wieder auf. Willem wollte von einer Ehe zwischen mir und seiner jüngsten Schwester jedoch nichts wissen und tat alles, um uns auseinanderzubringen. Ich weiß auch, warum! Da ich ohne Erben geblieben war und Nicolaas weder das Zeug noch den Willen besaß, nach meinem Tod sein Leben GROOT FONTEIN zu widmen, spekulierte Willem darauf, mit Nicolaas han-

delseinig zu werden und meine Farm zu erwerben. Du weißt ja, daß er noch zwei unverheiratete Söhne hat, aber nicht genug Land für sie. Und seit der neuen Politik der Engländer, die eine Ausdehnung der Kolonie verbietet, ist freies Land für die nachkommende Generation so rar geworden wie eine ehrliche schwarze Haut.«

Hendrik hatte, was Ehrlichkeit und Anständigkeit betraf, sehr gemischte Erfahrungen gemacht – mit Weißen wie mit Schwarzen. Aber das stand jetzt nicht zur Debatte, und so zuckte er nur vage mit den Schultern. Er konnte es nicht erwarten zu hören, was weiter geschehen war.

»Es gab häßliche Szenen zwischen Willem und mir, und er versuchte mich auch bei seiner Schwester zu verleumden«, fuhr Hermanus grimmig fort. »Aber das hatte genau den gegenteiligen Effekt. Wir heirateten. Rachel wurde meine vierte Frau und mein ganzer Stolz. Ich lebte auf und fühlte mich wieder jung. Ich war zum erstenmal nach Maris Tod wieder verliebt. Und diese närrische Liebe eines alten Mannes machte mich blind für das, was sich zwischen Nicolaas und ihr entwickelte. Ich sah nur, daß Rachel und Nicolaas sich gut verstanden, und freute mich darüber. Daß sie mich beide hintergingen und mir Hörner aufsetzten, ahnte ich nicht.«

Bestürzt sah Hendrik ihn an. »Nicolaas hat es gewagt, deine Frau zu … sich ihr zu … nähern?« Er brachte es nicht einmal über sich, das abscheuliche Tun des Neffen auszusprechen, so widerwärtig war es.

Das Gesicht des Farmers verzerrte sich, und Haß glomm in seinen Augen. »Ich weiß nicht, wer sich wem zuerst genähert hat. Ich war blind vor Glück, denn knapp ein Jahr nach unserer Eheschließung wurde Rachel schwanger. Mein Traum ging in Erfüllung. Mein Gott, was für ein Narr ich doch war! Ich habe mir nie eingestehen wollen, daß es an mir gelegen hatte, warum alle drei vorangegangenen Ehen kinderlos geblieben waren. Ich hatte als Mann versagt. Ich konnte einfach keine Kinder zeugen. Mein Samen war so nutzlos wie die Brüste der alten Zebe! Und das Kind, das Rachel unter dem Herzen trug und das ich für meines hielt, war in Wirklichkeit die Frucht eines unverzeihlichen Verrats. Als ich Nicolaas und Rachel in inniger Umarmung und splitternackt in meinem Ehebett überraschte, leugneten sie es auch nicht. Ich hätte es aber auch so entdeckt, denn als das Kind zur Welt kam, hatte es das rote Haar seines Vaters. Daß ich in jener Stunde nicht zum Mörder geworden bin, hat eine ebenso einfache wie beschämende Erklärung. Bevor ich zur Flinte oder zum Messer greifen konnte, hatte Nicolaas mich zu Boden geschlagen. Ich stürzte mit dem Kopf gegen den Türrahmen und verlor das Bewußtsein. Als ich wieder zu mir kam, hatten die beiden Ehebrecher ihre Sachen zusammengepackt und GROOT FONTEIN schon verlassen.«

Hermanus griff zum Branntweinbecher und leerte ihn auf einen Zug, während Hendrik so entsetzt und betroffen war, daß er nicht wußte, was er sagen sollte. Schließlich murmelte er voller Abscheu: »Hätte ich davon auch nur etwas geahnt, ich hätte ihm eher alle Knochen im Leib gebrochen, als zuzulassen, daß er seinen Fuß über die Schwelle deines Hauses setzt!«

»Niemand entgeht Gottes Strafe! Rachel und er haben einen Fluch auf sich geladen, der über ihren Tod hinaus an ihnen klebenbleiben wird!« stieß Hermanus düster aus.

»Wie hat Willem van Wyken den abscheulichen Verrat seiner Schwester aufgenommen?«

»Er hat allein mir die Schuld gegeben. Angeblich hätte ich

Rachel in die Arme meines Neffen getrieben, aber das ist nicht wahr, Hendrik. Ich war gut zu ihr, so gut wie zu Mari!« beteuerte er und hatte plötzlich Tränen in den Augen.
»Ich glaube dir«, sagte Hendrik und drückte seine Hand, die zitternd auf der Armlehne lag.
»Rachel liebte Pferde über alles, und Witbooi sollte ein Geschenk zur Geburt unseres Kindes sein«, fuhr er mit gebrochener Stimme fort. »Und dann ... « Er ließ den Satz unbeendet, biß sich auf die Lippen, und schaute zur Seite, damit Hendrik die Tränen nicht bemerkte, die ihm über das Gesicht rannen.
Dennoch sah Hendrik den alten Mann weinen und hörte das unterdrückte Aufschluchzen, das er verzweifelt in seiner Kehle zu ersticken versuchte. Hermanus so verletzt und leiden zu sehen ließ seine Augen feucht werden.
Eine ganze Weile verstrich. Das Schweigen war erfüllt von Trauer und Schmerzen. Diese Wunden, die Hermanus in seinem Herzen und seiner Seele trug, würden niemals verheilen.
Schließlich machte Hermanus eine hilf- und ratlose Handbewegung, als könnte er auch nach fast zehn Jahren nicht begreifen, was damals zwischen seiner Ehefrau und seinem Neffen geschehen war. Seine Stimme jedoch war erstaunlich fest und klar, als er wieder zu reden anfing.
»Danach begann der Zerfall von GROOT FONTEIN. Wozu sollte ich mich auch noch plagen? Aber in meiner maßlosen Verbitterung wurde ich nicht nur gleichgültig, was die Felder und Herden betraf, sondern auch hart und ungerecht gegenüber meinen Schwarzen«, gab er zu. »Als der Gouverneur sein Hottentottendekret erließ, liefen von keiner Farm so viele Schwarze weg wie von GROOT FONTEIN. Ich war aber auch zu jedem anderen unleidlich und ungerecht, und so

kam es, daß ich es mir bald mit allen verdorben hatte. Ja, so hatte ich sieben Jahre gelebt und GROOT FONTEIN verkommen lassen.« Er machte eine Pause und hob den Kopf, um Hendrik ins Gesicht zu sehen. »Bis mir das Schicksal dich geschickt hat, und dem Allmächtigen sei Dank dafür.«
Hendrik lächelte. »Auch ich glaube, daß es Schicksal war, das mich hierher verschlagen hat. Doch da ist etwas, was ich nie verstanden habe, Hermanus.«
»Du möchtest wissen, was ich in den Bergen wollte, nicht wahr?«
»Du warst auf Leopardenjagd.«
»Du weißt es also.«
»Carlson hat es mir am ersten Tag gesagt, aber nicht warum. Und ich habe ihn nicht ein zweitesmal danach gefragt, weil ich wußte, daß es sinnlos sein würde.«
Ein schwaches Lächeln zeigte sich auf Hermanus' Gesicht. »Carlson ist ein stolzer Mann, aber so aufrecht und verläßlich, wie ein Mensch nur sein kann.«
»Warum also diese Leopardenjagd, Hermanus?« fragte Hendrik noch einmal. »Und was war das für eine Wette, die du mit Willem van Wyken abgeschlossen hattest?«
Der Farmer lachte grimmig auf. »Der Teufel hat mich geritten, Hendrik. Ich war so verblendet und voller Wut, daß ich mich zu dieser Wette hinreißen ließ, obwohl ... eine richtige Wette war es eigentlich gar nicht. Aber was rede ich da für ein irres Zeug! Ich will dir der Reihe nach erzählen, wie ich dazu kam, mit einundsechzig Jahren noch auf Leopardenjagd zu gehen.«
Hermanus holte seine Pfeife aus der Rocktasche, machte jedoch keine Anstalten, sie zu stopfen. Es sah vielmehr so aus, als hätte er gedankenlos nach ihr gegriffen, um seine Hände irgendwie zu beschäftigen.

»Jahrelang hatten wir nicht mehr miteinander gesprochen, Willem und ich. Deshalb war ich neugierig, als er einen seiner Söhne mit der Nachricht zu mir schickte, er wolle mich gerne sehen und den Streit zwischen uns beilegen«, erinnerte sich Hermanus. »Er war gewillt, zu mir zu kommen, doch ich zog es vor, ihn auf ONVERWACHT aufzusuchen. Zwar wollte ich es vor mir nicht wahrhaben, daß GROOT FONTEIN heruntergekommen war, doch tief in meinem Innern wußte ich es sehr wohl, und deshalb wollte ich nicht, daß er zu mir kam. Als ob das einen Unterschied gemacht hätte, denn natürlich war er bestens informiert. Seit Jahren schon hatte er seine gierigen Augen auf GROOT FONTEIN gerichtet.

Ich fuhr also nach ONVERWACHT und ahnte, was hinter dieser angeblichen Versöhnung steckte. Er wollte meine Farm. Und genauso war es. Er heuchelte auf einmal Mitgefühl für meine Einsamkeit und all die Enttäuschungen, die mir in meinem Leben widerfahren waren, und wollte mir einreden, daß er mir einen großen Gefallen tue, wenn er mir jetzt GROOT FONTEIN abkaufe, da die Farm ›noch einen einigermaßen anständigen Preis‹ erzielen könne, wie er sagte. Damit spielte er natürlich auf den erbarmungswürdigen Zustand an. Nun, das brachte mich sogleich in Rage. Ich wollte wissen, was er damit meinte, und fuhr ihn dabei wohl reichlich grob an. Ein Wort gab das andere, und ehe wir uns versahen, war ein wütender Streit zwischen uns entbrannt. Die alten Aversionen brachen hervor, und Willem ließ seine Maske fallen, indem er mir an den Kopf warf, daß ich nicht nur als Ehemann nichts taugte, sondern auch als Farmer nur Verachtung verdiente. Ich blieb ihm natürlich nichts schuldig.«

Hendrik lachte kurz auf. »Das glaube ich dir gern.«

»Willem warf mir zudem an den Kopf, daß er GROOT FONTEIN früher oder später ja doch bekommen würde, woraufhin ich ihm antwortete, daß allein das schon Grund genug für mich sei, noch einmal zu heiraten. Er lachte höhnisch und sagte etwas in der Art, daß ich ein alter Narr sei, wenn ich glaubte, noch einmal eine Frau in mein Bett zu bekommen. In meinem blinden Zorn ließ ich mich dazu hinreißen, ihm zu antworten: ›Noch bin ich Manns genug dazu, Willem. Und wenn ich es mir in den Kopf setzen würde, Franziska zu meiner Frau zu machen – würdest du mir vielleicht deine Tochter verweigern, wenn du dafür GROOT FONTEIN bekommen könntest?‹ Willem zögerte einen Augenblick und sagte dann: ›GROOT FONTEIN läuft mir nicht weg, so wie du die Farm heruntergewirtschaftet hast. Und wer meine Tochter zur Frau will, der muß noch Manns genug sein, einen Leoparden zu erlegen.‹ Und mit den Worten ›Das verdammte Fell bringe ich dir, Willem!‹ habe ich ONVERWACHT verlassen. Alles andere kennst du ja.« Er atmete tief und mit hörbarer Erleichterung durch. »Ich bin froh, daß ich dir das alles erzählt habe. Jetzt wirst du manches bestimmt besser verstehen, auch was Willem van Wyken betrifft.«

Hendrik war blaß geworden, und in seinen Augen stand ein verstörter, fassungsloser Ausdruck. »Du ... du hast Franziska zur Frau nehmen wollen?« stieß er hervor und empfand plötzlich Abscheu. Franziska war damals gerade fünfzehn gewesen, und er, ein Mann von über fünfzig, hatte sie quasi gegen seine Farm eintauschen wollen?

»Hältst du mich für einen Kinderschänder?« fragte Hermanus gekränkt zurück. »Natürlich hätte ich es nicht getan! Es ging mir doch gar nicht um Franziska, sondern darum, Willem zu beweisen, daß er sich getäuscht hatte. Gewiß, ich war ein Narr, mich in meiner Wut und meinem verletzten Stolz darauf einzulassen, aber damals hat vieles, was ich getan habe, wenig Sinn gemacht. Ich wollte ihm das Leopardenfell vor die Füße werfen und meinen Triumph auskosten, nicht aber seine jüngste Tochter zu meiner fünften Frau machen. Frauen haben meinem Leben kein Glück gebracht, Hendrik. Außerdem: Was soll ein Mann in meinem Alter auch noch mit einem blutjungen Fohlen anfangen? Und glaubst du, ich hätte dir das erzählt, wenn es nicht die Wahrheit wäre?«

»Wieso?«

»Weil ich weiß, wie sehr dein Herz an Franziska van Wyken hängt.« Hermanus schmunzelte. »O ja, du hast nie offen darüber gesprochen. Aber ich habe sehr wohl bemerkt, wie du sie beim Gottesdienst in Roodekroon angeschaut hast. Du liebst sie und machst dir Hoffnungen, nicht wahr?«

Hendriks Überraschung und Beschämung hätten nicht größer sein können. »Ja, berechtigte Hoffnungen, wie ich glaube«, gestand er mit belegter Stimme und entschuldigte sich dann: »Es tut mir leid, daß ich gerade so ... dumm reagiert habe.«

Hermanus lachte freudlos auf. »Ich bin der letzte, der ein Recht hätte, einem anderen seine Dummheiten vorzuhalten, Hendrik. Ich habe in meinem Leben so viel falsch gemacht, daß es eigentlich für Generationen von Houtmans gereicht hätte. Ich wünschte nur, es wäre nicht ausgerechnet Franziska van Wyken.«

»Ich habe es mir nicht ausgesucht, Hermanus. Es ist einfach geschehen.«

Der alte Farmer nickte schwermütig. »Und wir brüsten uns immer damit, daß wir Herr unserer Entscheidungen wären. In Wirklichkeit haben wir unser Leben so fest im Griff, wie ein Blatt im Wind den Weg bestimmen kann, wohin es geweht werden möchte.« Er seufzte. »Er wird es dir nicht leichtmachen.«

Damit war Willem van Wyken gemeint, und Hendrik pflichtete ihm bei. »Ich weiß, er wird wohl alles versuchen, um mich zu entmutigen, aber ich werde mich nicht entmutigen lassen und um sie kämpfen. Franziska ist es wert.«

»Mari, sie war so ... « setzte Hermanus mit einem schmerzlichen Lächeln an, um dann nur den Kopf zu schütteln.

Minuten des Schweigens verstrichen, in denen ein jeder seinen Gedanken nachhing.

Schließlich fragte Hermanus: »Wann wirst du aufbrechen?«

»Wohin?« fragte Hendrik unnötigerweise zurück.

»In die Berge, zur Leopardenjagd.«

»Noch vor Morgengrauen.«

26

Willem van Wyken wischte sich mit der Serviette das Bratenfett vom Mund und erhob sich mit einer unverhohlen widerwilligen Miene vom großen Tisch aus Gelbholz, als Hendrik am Samstagabend auf ONVERWACHT in die Wohnstube trat. Jan, mit gerade achtzehn Jahren der jüngste männliche van Wyken und der einzige unverheiratete von Willems vier Söhnen, hatte ihn auf der Stoep nicht eben herzlich empfangen, sich jedoch den strengen burischen Regeln der Gastfreundschaft gebeugt und ihn ins Haus geführt.

Hendrik gab sich alle Mühe, sich seine innere Aufregung nicht anmerken zu lassen. Er sagte sich, daß er nach den Tagen, die er sich zusammen mit Carlson in den bergigen Ausläufern der Snow Mountains auf Jagd befunden hatte,

Grund genug hatte, stolz und selbstbewußt zu sein. Er hatte am Tag zuvor in der Abenddämmerung einen ausgewachsenen Leoparden gestellt und ihn aus fünfzehn Schritt Entfernung mit einem einzigen Schuß erlegt. Ja, er hatte sich sogar nach Willem van Wykens selbstgefälligen Gesetzen das Recht verdient, hier zu sein und den Abend mit Franziska zu verbringen.

»Was verschafft uns die außerordentliche Ehre Ihres Besuches, Mijnheer Magdenburg?« fragte der Farmer mit spöttischer Herablassung und als ob er die Antwort nicht schon längst wußte.

Franziska saß zusammen mit ihrer Mutter, ihrer jüngeren Schwester und zwei älteren Söhnen sowie deren Frauen am Eßtisch. Daß verheiratete Söhne mit ihren Frauen noch viele Jahre unter dem Dach des Vaters lebten, war bei Buren keine Seltenheit. Ihr Körper straffte sich wie im Protest. »Aber Vater, ich habe dir doch ...«

Willem brachte sie mit einer herrischen Handbewegung augenblicklich zum Schweigen. »Du redest, wenn du gefragt wirst. Außerdem ist es unhöflich, unserem Gast keine Gelegenheit zu geben, für sich zu sprechen. Nun, Mijnheer Magdenburg?«

Hendrik öffnete den Sack, den er unter dem Arm getragen hatte, und zerrte ein herrliches Leopardenfell heraus. Der intensive Duft der Kräuter, die Jakoba ihm gegeben hatte, überlagerte den unangenehmen Eigengeruch des Fells, als er es auf dem Boden ausbreitete.

»Ich bitte Sie, dieses Geschenk als Zeichen meiner Ernsthaftigkeit anzunehmen, Mijnheer van Wyken«, sagte er höflich, während Franziska beim Anblick der wunderschön gefleckten Tierhaut einen unterdrückten, freudigen Schrei ausstieß. »Wie ich hörte, haben Sie das zur Bedingung gemacht,

bevor Sie einem Mann erlauben, Ihre Tochter Franziska am Samstagabend zu besuchen.«
Vom Tisch kam leises, aufgeregtes Gemurmel, und als Hendrik schnell zu Franziska hinüberblickte, sah er sie mit geröteten Wangen lächeln.
Der Farmer dagegen gönnte ihm nur einen kurzen Moment der Überraschung und der Anerkennung. »Ein wirklich schönes Fell, alle Achtung«, sagte er.
»Es muß noch länger getrocknet und aufgespannt werden«, bemerkte Hendrik. »Ich habe den Leoparden erst gestern abend erlegt.«
Willem van Wyken stieß mit dem Fuß gegen das Fell und forderte Jan auf: »Bring es nach draußen! Joab soll sich darum kümmern!«
»Ja, Vater«, sagte dieser gehorsam.
Willem van Wyken wandte sich Hendrik zu. »Schön, Sie haben einen Leoparden erlegt. Das ist in der Tat eine Bedingung, die ich einmal gestellt habe. Es ist aber nicht die einzige.«
Hendrik wollte etwas erwidern, erhielt dazu jedoch keine Gelegenheit, denn der Farmer besann sich, wenn auch äußerst widerwillig, seiner Pflichten als Gastgeber. Denn da er nicht mit Hendrik verfeindet war und sonst auch kein stichhaltiges Argument besaß, das ihm das Recht gegeben hätte, ihm die Tür zu weisen, mußte er ihn, nach ungeschriebenem burischem Gesetz, zum Abendessen einladen. Was er jetzt auch tat. »Kommen Sie, und setzen Sie sich, Mijnheer Magdenburg. Es ist schon lange her, seit jemand von GROOT FONTEIN mit uns am Tisch gesessen hat«, würzte er seine Einladung mit bissigem Spott.
Hendrik hatte seinen Besuch bewußt so gelegt, daß er erst gegen Ende des Abendessens auf ONVERWACHT eintraf. Da-

mit ersparte er sich die Qual, die ein langes Essen am Tisch der van Wykens für ihn mit sich bringen mußte, denn willkommen war er allein Franziska. Es war auch so schon schlimm genug, denn Willem van Wyken ließ nichts unversucht, um ihn mit Fragen, die schon an Beleidigungen grenzten, zu einer Reaktion zu verleiten, die es ihm erlaubt hätte, ihn zum Gehen aufzufordern.
Hendrik tat ihm den Gefallen nicht. So heftig die Wut auch in ihm kochte, er beherrschte sich und gab vorzugsweise knappe Antworten, die nicht einmal der Farmer gegen ihn auslegen konnte. O ja, er hatte gewußt, daß Franziskas Vater ihn von oben herab behandeln und als Habenichts hinstellen würde. Er hatte jedoch nicht geahnt, wie demütigend es sein würde, am Tisch der van Wykens zu sitzen und wie ein abgerissener Bittsteller behandelt zu werden. Daß Franziska stumm mit ihm litt, gab ihm die Kraft, seinen Zorn zu unterdrücken und geduldig zu sein.
Schließlich machte ihre Mutter dem verbalen Spießrutenlauf ein Ende. Ob Hendrik nun ihre Sympathie genoß oder nicht, es gab nun mal Sitten und Gebräuche, deren Einhaltung sich nicht einmal ihr Mann widersetzen durfte. Dazu gehörte, daß man die Tochter und den jungen Mann allein in der Stube vor der Kerze ließ.
Hendrik konnte es gar nicht glauben, als sie sich endlich allein am Tisch gegenübersaßen. Die Verkrampfung seines Magens löste sich, und aller Zorn fiel von ihm ab, als Franziska die gerade daumenlange Kerze anzündete und die Flamme ihr Gesicht aufleuchten ließ. Ihr braunes Haar, das sie zum erstenmal nicht zu zwei Zöpfen geflochten, sondern im Nacken nur locker zusammengefaßt und mit einer schwarzen Samtschleife gebunden hatte, schimmerte wie polierter Bernstein.

So glücklich er auch war, endlich mit ihr vor einer Opsitkers zu sitzen und seine Gefühle für Franziska nicht mehr geheimhalten zu müssen, so war er gleichzeitig doch auch gehemmt. Er hatte sich noch nie zuvor in solch einer Situation befunden, und Franziska sicherlich auch nicht. In Steenkamps Laden mit ihr zu reden war etwas ganz anderes, als hier in ihrem Elternhaus vor ihr am Tisch zu sitzen und zu wissen, daß er so lange allein mit ihr sein und mit ihr reden durfte, solange die Kerze brannte.
Er hatte ganz feuchte Hände, die er unter dem Tisch verstohlen an seiner Hose abwischte. Und an dem schnellen Heben und Senken ihrer Brust erkannte er, daß sie genauso aufgeregt war wie er. Was sollte er bloß sagen? Alles, was er sich in seinen Tagträumen und schlaflosen Stunden zurechtgelegt hatte, war ausgelöscht wie flüchtige Spuren nach einem schweren Regen.
»Du ...« begann er.
»Ich ...« sagte sie im selben Augenblick.
Sie brachen beide ab und lachten.
»Tut mir leid, daß ich dir ins Wort gefallen bin«, sagte Hendrik.
»Nein, erst du.«
Er räusperte sich. »Ich wollte sagen, daß ich mich sehr freue, heute abend mit dir zusammensein zu dürfen. Seit Sonntag habe ich an kaum etwas anderes denken können.«
»Schön, daß du gekommen bist«, erwiderte sie schüchtern, mit züchtig gesenktem Blick und die Hände im Schoß gefaltet. Ihre Schultern hielt sie jedoch gerade.
»Habe ich es dir nicht versprochen?«
»Doch.« »Was ich verspreche, halte ich auch.«
Sie nickte mit einem unsicheren Lächeln und zog die Unterlippe zwischen ihre weißen Zähne.

»Das Kleid ist hübsch«, sagte er und fügte zärtlich hinzu: »Fast so hübsch wie du. Und ich mag es, wie du heute abend dein Haar trägst.«

Sie hob kurz den Kopf und schenkte ihm einen strahlenden Blick. Dann sagte sie fast schuldbewußt: »Eitelkeit ist Hoffart und nicht gottgefällig ... sagt meine Mutter. Sie nimmt es mit der Bibel noch genauer als mein Vater.«

»Was das Auge sieht, darf der Mund getrost aussprechen«, entgegnete er, »zumal wenn es sich um Gaben handelt, die Gott uns geschenkt hat. Und unser Herrgott hat schon gewußt, warum er dich mit solch einem Liebreiz gesegnet hat. Also lobe ich nicht Gottes Größe, wenn ich sage, daß ich dich stundenlang anschauen und immer noch nicht genug von dir bekommen würde?«

Es zuckte um ihre Mundwinkel, und sie seufzte halb sehnsüchtig, halb sorgenvoll. »Ach, Hendrik Magdenburg, mein Vater ...«

»Reden wir nicht über deinen Vater«, fiel er ihr sanft ins Wort, um dann doch über ihn zu reden. Aber was konnten Logik und Vernunft in seiner Verliebtheit schon ausrichten? Nichts. »Ich werde deinen Vater schon davon überzeugen, daß er mit mir rechnen muß, wenn es auch dein Wunsch ist, Franziska.«

»Ich kenne dich dafür noch nicht gut genug, Hendrik«, erwiderte sie vorsichtig.

»Aber du hast nichts dagegen, mich an diesen Samstagabenden besser kennenzulernen, nicht wahr?« fragte er hoffnungsvoll.

»Nein«, antwortete sie ohne zu zögern und riskierte wieder einen Blick in sein Gesicht. Ihre Art, den Kopf zu wenden, hatte gerade wegen ihrer Mischung aus Unsicherheit und Aufregung etwas ungeheuer Erregendes an sich.

Er sah sie an, lächelte und wartete.
Franziska nahm ihre Hände aus dem Schoß und drehte die kaum daumenlange Kerze, die in einer halben Stunde verlöschen würde, in der Mitte des Tisches. »Ich ... ich hatte für heute abend eine andere Kerze bereitgelegt. Aber mein Vater hat sie wieder weggenommen und mir nur diese erlaubt. Er sagte, sie brennt lange genug. Es tut mir leid.«
»Ich hätte auch gern die andere Kerze gehabt, Franziska. Aber ich bin auch mit dieser hier zufrieden – für den Anfang. Immerhin ist es das erstemal, daß ein Mädchen eine Opsitkerze für mich angezündet hat.«
Leichte Röte überzog ihre Wangen, als sie erwiderte: »Es ist auch für mich das erstemal.«
»Hat dir das Leopardenfell gefallen?«
»O ja!« versicherte sie und strahlte ihn an. »Magda und Sarah werden bestimmt neidisch sein. Keiner meiner Brüder hat vorher einen Leoparden getötet und seinem Schwiegervater das Fell geschenkt, als er zur ersten Opsitkerze gekommen ist. Ich habe schon am ersten Tag gewußt, daß du Mut hast, Hendrik Magdenburg.«
»Ich habe es für dich getan.«
»War es sehr gefährlich?« fragte sie gespannt.
Er zuckte mit den Schultern. »Nun ja, einen Springbock erlegt man natürlich leichter als einen Leoparden. Solch eine Raubkatze muß man jagen. Es war schon mühselig und auch nicht ungefährlich«, sagte er, zu verliebt, um seine Jagd herunterzuspielen und sich ihre Bewunderung entgehen zu lassen.
»Erzählst du mir, wie du den Leoparden gejagt und erlegt hast?« bat sie mit leuchtenden Augen.
Hendrik tat ihr gern den Gefallen und bemühte sich, ihr eine spannende Geschichte zu erzählen, ohne seine Lei-

stung dabei allzusehr herauszustreichen. Er erwähnte auch so manches Mißgeschick, das ihm in den Tagen widerfahren war, und brachte Franziska damit zum Lachen. Dieses warme, ungekünstelte Lachen ging ihm durch und durch, und er sollte es noch im Ohr haben, als er schon längst wieder auf GROOT FONTEIN war, in seinem Bett lag und nicht einschlafen konnte.

Ehe sie sich's versahen, war der armselige Kerzenstummel heruntergebrannt. Das Wachs füllte die Rinne, die um den Fuß des Kerzenhalters lief, und drohte an einer Stelle über den Rand zu fließen und auf den Tisch zu tropfen.

Franziska streckte die Hand aus, um den schmalen Rinnsal Wachs in der Schale zu halten. Im selben Moment schob Hendrik seine Hand vor. Ihre Finger berührten sich beim Kerzenständer.

»Oh, Entschuldigung«, murmelte Franziska und wollte ihre Hand schnell wieder zurückziehen.

Hendrik hielt sie jedoch fest. Es war das erstemal, daß sie einander berührten, und ein Schauer durchlief seinen Körper, als sich seine Finger sanft um ihre schlanke Hand schlossen und er die Wärme und Weichheit ihrer Haut spürte. »Bitte, nur einen Augenblick«, flüsterte er.

»Es ... es schickt sich nicht, Hendrik«, raunte sie mit glühenden Wangen. »Nicht am ersten Abend.«

Er sah sie nur an, bittend und mit einer Zärtlichkeit, für die er keine Worte hatte.

»Es schickt sich nicht, Hendrik«, wiederholte sie leise, entzog ihm ihre Hand jedoch nicht.

»Franziska ...«

»Die Kerze ist abgebrannt. Du mußt jetzt gehen«, sagte sie schließlich widerstrebend. »So sind die Regeln. Bitte mach es nicht noch schwerer.«

Er nickte und strich mit den Fingerkuppen sanft über ihren Handrücken, als er ihre Hand nun freigab und sich vom Tisch erhob.
Auch Franziska stand auf. Sie strich ihr Kleid glatt und verschränkte die Hände dann vor dem Schoß. Unschlüssig, wie sie voneinander Abschied nehmen sollten, standen sie sich gegenüber und sahen sich an.
»Morgen in der Kirche«, flüsterte er.
»Ja«, sagte sie leise.
»Ich werde nur Augen für dich haben.«
»In der Kirche soll deine Aufmerksamkeit Gottes Wort und Werken gelten!« rügte sie ihn, doch ihre Augen lächelten.
»Du bist das schönste Werk Gottes, das ich mir vorstellen kann. Ich werde deshalb sehr andächtig sein, das verspreche ich dir.«
Das Lächeln erreichte nun auch ihre Lippen. »Gute Nacht, Hendrik.«
»Gute Nacht, Franziska.«
Ein letzter Blick, dann riß er sich von ihr los und ging. Als er auf die Stoep hinaustrat, wehte ihm Tabakrauch entgegen. Willem van Wyken wartete auf ihn.
»Gute Nacht, Mijnheer van Wyken.«
»Warten Sie!« befahl er scharf.
Hendrik blieb stehen.
»Sie sind ein aufgeweckter junger Mann, und wie es heißt, haben Sie auf GROOT FONTEIN Beachtliches erreicht«, sagte der Farmer unfreundlich. »Aber ich bin nicht der alte Hermanus, der Ihnen freie Hand gegeben hat. Alles, was auf ONVERWACHT geschieht und wie es geschieht, ist von mir so und nicht anders entschieden worden. Und meine Familie macht da keine Ausnahme!«
»Ich habe auch nicht ...«

»Unterbrechen Sie mich nicht!« schnitt Willem van Wyken ihm grob das Wort ab. »Ich habe Ihnen erlaubt, mit meiner jüngsten Tochter den Abend in meinem Haus zu verbringen, weil Sie Mut und Charakter haben – und weil Franziska mich darum gebeten hat. Aber glauben Sie nicht, Sie wären jetzt jeden Samstag auf ONVERWACHT willkommen. Vorerst werden Sie sich mit einem Besuch alle drei Wochen begnügen müssen.«

»Bei allem Respekt ...« setzte Hendrik zu einem Einwand an.

Wieder ließ ihn der Farmer nicht ausreden. »Ja, genau den erwarte ich von Ihnen. Ich habe Ihnen vorhin schon gesagt, daß das Leopardenfell nicht meine einzige Bedingung ist. Und ich lasse mit mir auch nicht handeln. Jeden dritten Samstag – oder gar nicht. Die Entscheidung liegt bei Ihnen.«

Hendrik schluckte seinen Zorn hinunter. »Mir bleibt nichts anderes übrig, als mich Ihrer Entscheidung zu beugen«, sagte er beherrscht, »auch wenn sie weder den Bräuchen noch den Gefühlen von Franziska und mir gerecht wird.«

Willem van Wyken lachte verächtlich auf. »Von welchen Gefühlen sprechen Sie, Mijnheer Magdenburg? Sie kennen doch meine Tochter genausowenig, wie Franziska Sie kennt. Machen Sie also um Ihre Verliebtheit nicht soviel Getue«, wies er ihn barsch zurecht. »Und kommen Sie bloß nicht auf den Gedanken, mich im nächsten halben Jahr schon um meinen Segen zu bitten. Ich wäre dann gezwungen, Ihre Hast als Zeichen von mangelnder Reife und Ernsthaftigkeit auszulegen und Ihnen jeden weiteren Kontakt mit meiner Tochter zu untersagen. Ihre bisherigen Leistungen mögen den bescheidenen Ansprüchen von Hermanus genügen, mir jedoch müssen Sie schon einiges mehr vorweisen, wenn ich einmal in Erwägung ziehen soll, Sie zu meiner Familie zu zählen. Ich will meine Töchter versorgt wissen, wie es eine van Wyken verdient hat. Haben wir uns verstanden, Mijnheer Magdenburg?«

»Sie waren deutlich genug, Mijnheer van Wyken«, antwortete Hendrik mit gepreßter, mühsam beherrschter Stimme. Er hatte die Hände zu Fäusten geballt.

»Gut, denn wenn Sie sich nicht an meine Bedingungen halten, will ich Sie nicht wieder auf ONVERWACHT und in der Nähe meiner Tochter sehen!« drohte er ihm. »Gute Nacht.«

»Gute Nacht!« gab Hendrik schroff zurück. Es war die reinste Schikane, daß er Franziska nur alle drei Wochen besuchen durfte. Und was er über seine Leistungen auf GROOT FONTEIN gesagt hatte, grenzte schon an Beleidigung. Aber wenn Willem van Wyken glaubte, daß er ihn mit diesen Methoden dazu bringen konnte, Franziska aufzugeben, hatte er sich geirrt. Ihre Liebe würde sich stärker als alle Hindernisse erweisen!

27

In den Monaten bis zum Jahresende lebte Hendrik nur für diesen kurzen Abend alle drei Wochen, und wenn er Franziskas Bemerkungen richtig deutete, dann galt ihr Sehnen und Trachten gleichfalls dieser stets viel zu rasch verstreichenden Stunde vor der Opsitkerze. Immerhin setzte Franziska mit Unterstützung ihrer Mutter im Dezember durch, daß ihnen statt der demütigenden Stummel richtige Opsitkerzen vergönnt waren. Das war ein erster kleiner Sieg, der ihnen beiden Mut und Zuversicht gab. Aber auch die reguläre Opsitkerze brannte viel zu schnell herunter, und der beglückende Moment, da sie es wagten, sich unter der verlöschenden Kerze an der Hand zu halten, war zu kurz, als daß er ihnen über die Sehnsucht von drei schrecklich langen Wochen hätte hinweghelfen können. Und doch war diese zärtliche Berührung, in der von Monat zu Monat mehr Hoffnung und Verbundenheit lag, die Tage und schlaflosen Nächte des Wartens wert. Was die lange Zeit der Trennung etwas erträglicher machte, war der sonntägliche Gottesdienst. Dort konnten sie einander wenigstens sehen, und manchmal fanden sie sogar Gelegenheit, einige Minuten miteinander zu reden.

»Willem mag dich nicht, schon weil du zu GROOT FONTEIN gehörst. Zudem hast du ihm einen Strich durch die Rechnung gemacht. Setze deine Hoffnungen also nicht zu hoch!« warnte ihn Hermanus mehr als einmal.

»Willem van Wyken mag uns das Leben schwermachen, doch uns auseinanderbringen kann er nicht«, versicherte Hendrik.

Hermanus schüttelte sorgenvoll den Kopf. »Ich kenne Willem länger und besser all du. Ihm traue ich jede Gemeinheit zu. Und wie hinterhältig sein Handeln auch ist, er wird es stets mit der Bibel zu rechtfertigen wissen und sich weiterhin für einen gottgefälligen Christen halten. In Wirklichkeit sind Habgier, Neid und Rachsucht die Götzen, denen er huldigt!«

»Wichtig ist nur, was Franziska für mich empfindet und ich für sie«, erwiderte Hendrik und wandte sich wieder seiner Arbeit zu.

Hermanus seufzte. »Ja, wenn das Leben doch nur so einfach wäre«, murmelte er.

Der einsetzende Hochsommer brachte für Hendrik auf GROOT FONTEIN viel Arbeit, und er war dankbar dafür, daß ihn seine Pflichten von Morgendämmerung bis zum Einbruch der Nacht kaum zur Ruhe kommen ließen. Er ritt gelegentlich auch zu Theron nach KRONENDAL hinüber oder stattete Wolfrich auf GELUK DRIFT einen Besuch ab. Nach WELGEMEENDE dagegen kam er äußerst selten, höchstens wenn Theron und Wolfrich ihn dazu überredeten, mit ihnen mal wieder auf die Jagd zu gehen und sie nach WELGEMEENDE ritten, um Carolus abzuholen.

Seinen Freunden blieb nicht verborgen, daß sein Augenmerk auf Franziska van Wyken gefallen war. Carolus war der erste, der ihn darauf ansprach.

»Schau an, Hendrik wandert auf Freiersfüßen und hat sich dabei nach ONVERWACHT verirrt«, spottete er. »Du spielst wohl gern mit dem Feuer, nicht wahr?«

»Kommt auf das Feuer an. Also, welches meinst du?«

»Natürlich Franziska«, warf Wolfrich mit einem breiten, gutmütigen Grinsen ein.

»Letzten Sonntag mußt du einen richtig steifen Hals bekommen haben, so wie du ständig zu ihr hingeschaut hast«, flachste Theron.

»Glaub ja nicht, daß das unserem guten Reverend entgangen wäre«, fügte Wolfrich hinzu. »Ich gehe jede Wette ein, daß sich seine Predigt nächsten Sonntag mit der Verwerflichkeit ungezügelter Fleischeslust und den Segnungen frommer Keuschheit beschäftigen wird.«

Alle lachten, und Theron fragte: »Kann mir einer verraten, wie ein Mann wie Eksteen zu einer solch hübschen Frau und elf Kindern gekommen ist? Sind das vielleicht die Segnungen der Keuschheit?«

»Glaubst du wirklich, Willem van Wyken gibt *dir* jemals seine Tochter zur Frau, auch wenn du noch ein Jahr oder mehr um sie wirbst?« fragte Carolus wenig später. »Eher schickt er sie doch ins Kloster!«

Hendrik meinte, so etwas wie Schadenfreude herauszuhören. »Es kommt ja wohl nicht allein darauf an, was Willem van Wyken will«, antwortete er leicht gereizt.
»Was ist denn mit dir und Gera, Carolus?« lenkte Theron geschickt ab. »Schaute ganz so aus, als hättest du auf den kleinen Rotschopf der Imhoffs ein Auge geworfen. Habe dich nämlich noch nie so oft beim Wagenbauer gesehen wie in den letzten Monaten.«
Wolfrich winkte ab. »Ach was, die ist doch viel zu lebhaft und aufmüpfig für unseren Carolus. Außerdem steht auf Geras Opsitkerzen schon ein anderer Name – und zwar der von Andries Roeland von GROOTVLEI.«
Carolus bekam rote Ohren. »Ich mache mir nichts aus Gera Imhoff!« behauptete er.
»Seit wann denn?« fragte Theron spöttisch. »Vielleicht seit Geras Vater sich energisch dafür ausgesprochen hat, die Kolonie zu verlassen, und seit ihr ältester Bruder Ryk sich an einem dieser *commissie treks* beteiligt hat?«
Wolfrich hob die Hand. »Kommt, laßt uns nicht wieder darüber diskutieren, ob es noch Sinn macht, unter britischer Herrschaft für mehr Rechte zu streiten, oder ob wir hier alles aufgeben und die Kolonie verlassen sollen. Inzwischen wissen wir ja, wer welche Lösung bevorzugt«, sagte er versöhnlich.
Carolus und sein Vater waren neben den van Wykens die einzigen Farmer aus dem näheren Umkreis von Roodekroon, die seit Jahresende nicht mehr an den Treffen teilnahmen, welche mittlerweile abwechselnd bei Vic van Hoorn auf WELTEVREDEN und im Haus der Groenevelds auf KRONENDAL stattfanden. Vic van Hoorn hatte Kontakt zu führenden Persönlichkeiten in verschiedenen Bezirken an der Ostgrenze aufgenommen und erfahren, daß auch an-

dernorts die Mehrheit der Buren zu dem Entschluß gekommen war, Hab und Gut zu verkaufen und die Kapkolonie in naher Zukunft zu verlassen. Man sprach von einem großen Treck, doch noch wußte niemand genau, wohin dieser Treck sie führen sollte. Wo lag das Gelobte Land, wo sie als Buren ihr *lekker lewe* fortsetzen konnten?

Das herauszufinden, war die Aufgabe der *commissie treks*. Es handelte sich dabei um drei eigenständige Expeditionen, die tief in das Land jenseits des Orange River vordrangen. Die erste Gruppe erkundete das Land im Westen, das eines Tages Südwestafrika heißen sollte und von den Kundschaftern bei ihrer Rückkehr enttäuscht als *dorsteland* bezeichnet wurde. Durstland war ein treffender Name, denn das Land im Westen war öde und eignete sich mit seinen weiten, wasserlosen Wüsten nicht zur Besiedlung.

Der zweite *commissie trek* drang weit nach Norden vor, bis eine mächtige Bergkette, der sie den Namen Zoutpansberg gaben, sie zur Umkehr zwang. Sie kehrten mit glühenden Beschreibungen von scheinbar endlosen und unbevölkerten Hochebenen mit bestem Weidegras zurück. Und die dritte Expedition, mit einundzwanzig Männern, einer Frau, zahlreichen farbigen Bediensteten und vierzehn Ochsenwagen die größte der drei *commissie treks* und von Pieter Uys aus Uitenhage geleitet, zog durch das Kaffernland und erkundete das Gebiet zwischen den Drakensbergen und der Küste, und sie brachte aus Natal noch verheißungsvollere Nachrichten mit als die zweite Expedition. Das Kanaan der Buren schien gefunden.

»Noch nie in meinem Leben habe ich ein Land gesehen, das diesem gleichkommt. Natal ist ein einziger Garten Eden, schattig und fruchtbar und von unzähligen lieblichen Flüssen reich mit Wasser gesegnet. Nur der Himmel kann noch wunderschöner sein!« ließ Pieter Uys verlauten.

Hendrik nahm regelmäßig, aber mit zwiespältigen Gefühlen an den geheimen Treffen teil. Die Vorstellung, die Kolonie in einem großen Treck zu verlassen, Hunderte von Meilen über das Highveld zu trecken und in der Ferne fruchtbares, jungfräuliches Land zu besiedeln, erschien ihm als der Inbegriff eines Abenteuers, wie es sich ein Mann nur wünschen konnte. Aber so verlockend die Aussicht auch war, seine Liebe zu Franziska ließ sich nicht damit vereinbaren.

»Willem van Wyken denkt gar nicht daran, ONVERWACHT aufzugeben und irgendwo jenseits des Orange River noch einmal neu anzufangen«, klagte Hendrik Wolfrich sein Leid, nachdem schon ein halbes Jahr vergangen war, seit Franziska die erste Opsitkerze für ihn angezündet hatte. Und noch immer sperrte sich der Farmer dagegen, daß sie öfter als alle drei Wochen zusammenkamen. »Und er wird auch nicht zulassen, daß Franziska sich mir anschließt, das hat er mir schon zu verstehen gegeben.«

»Darüber würde ich mir jetzt noch nicht den Kopf zerbrechen. Bisher ist keine endgültige Entscheidung gefallen. Es können noch Jahre vergehen, bis es wirklich zu solch einem Exodus kommt. Es wird seine Zeit dauern, die Farmen zu verkaufen und einen Treck zusammenzustellen. Aber um ehrlich zu sein, ich würde lieber heute als morgen aufbrechen – und Theron ebenso.«

Hendrik verstand. Im Gegensatz zu Carolus, der als erstgeborener Sohn die väterliche Farm übernehmen würde und daher kein Interesse an einer Emigration hatte, sah die Zukunft für Wolfrich und Theron in der Kolonie alles andere als rosig aus. Denn beide hatten ältere Brüder, und neues Land zu erwerben war so gut wie unmöglich geworden.

»Gott sei gedankt, daß mein Vater Stolz genug hat, lieber

GELUK DRIFT zu verkaufen und noch einmal von vorn zu beginnen, als weiterhin die erniedrigende Vormundschaft der Engländer zu ertragen«, fügte Wolfrich hinzu. »Und Therons Vater denkt genauso.«

»Sogar Hermanus ist bereit, GROOT FONTEIN zu verkaufen und die Kolonie zu verlassen«, sagte Hendrik und seufzte. »Wenn ich doch nur mehr Zeit mit Franziska verbringen könnte. Diese eine Stunde alle drei Wochen ist so entsetzlich wenig, gerade jetzt, da es so viel zu bedenken und zu besprechen gibt.«

»Er will dich mürbe machen«, sagte Wolfrich, »und wenn du nichts dagegen unternimmst, wird er sein Ziel wahrscheinlich auch erreichen.«

Hendrik lachte bitter auf. »Du bist gut! Was kann ich denn schon groß dagegen unternehmen? Als ich ihn letzten Monat gebeten habe, wenigstens alle zwei Wochen kommen zu dürfen, hat er mir doch tatsächlich mit Besuchsverbot gedroht, wenn ich nicht endlich aufhöre, seine Autorität und die Weisheit seiner Entscheidungen in Frage zu stellen.«

»Also gut, er ist ein Tyrann und macht euch das Leben sauer. Aber wer sagt denn, daß ihr euch deshalb wirklich nur alle drei Wochen sehen könnt? Was er nicht weiß, macht ihn auch nicht heiß, richtig?«

»Wie meinst du das?«

Wolfrich schmunzelte. »Ich erinnere mich noch gut daran, als mein Bruder Frederik fast jede Woche nach UITKYK geritten ist, um Cornelia de Vries den Hof zu machen. Ihr Vater ist davon auch nicht gerade begeistert gewesen, weil sie noch so jung war, und hat auch alles versucht, damit sie möglichst selten zusammenkamen. Aber Frederik und Cornelia sind sich einig gewesen und haben sich heimlich getroffen.«

»Ja, daran habe ich auch schon gedacht«, sagte Hendrik.

»Aber Alex de Vries hat kaum ein so scharfes Auge auf seine Tochter gehalten wie Willem van Wyken.«

Wolfrich winkte ab. »Ach was, das redet ihr euch bloß ein, weil ihr Vater diesen *Eindruck* erweckt und euch mit seinen Drohungen einschüchtert. In Wirklichkeit ist er doch mit viel wichtigeren Dingen beschäftigt, als tagein, tagaus darüber zu wachen, was seine Tochter nun genau tut und treibt. Denk doch bloß mal daran, wie oft er einen Inspektionsritt unternimmt, etwa zu den Winterweiden. Er fährt zudem gelegentlich nach Roodekroon, macht Besuche bei seinen Freunden und geht auch schon mal auf die Jagd.«

»Du hast recht« räumte Hendrik verblüfft ein.

»Und ob ich recht habe. Mein Bruder hat mir ja gezeigt, wie man so etwas macht. Franziska findet bestimmt genügend Gelegenheiten, sich heimlich mit dir zu treffen, wenn sie nur will«, sagte er im Brustton der Überzeugung. »Das einzige, was ihr euch ausdenken müßt, ist ein System, wie ihr miteinander in Kontakt treten und euch verabreden könnt, wenn sich eine gute Gelegenheit zeigt. Aber ich bin sicher, daß es auf ONVERWACHT einen Schwarzen gibt, den Franziska mit einer Nachricht zu dir schicken kann. Und wenn du ihn anständig belohnst, habt ihr beide mit Sicherheit einen treuen Boten, der sich auch noch nachts auf den langen Weg nach GROOT FONTEIN macht.«

Hendrik hatte noch eine ganze Woche Zeit, ausgiebig über den Vorschlag seines Freundes nachzudenken. Als er dann am Samstagabend nach ONVERWACHT ritt, war er fast so aufgeregt wie an jenem ersten Abend vor einem halben Jahr. Franziska begrüßte ihn mit einem glücklichen Strahlen, und die Liebe, die er in ihren Augen las, machte ihm Mut, das heikle Thema anzuschneiden, als sie allein vor ihrer Kerze am Tisch saßen.

»Es ist nicht gerecht, daß wir nur alle drei Wochen zusammensein dürfen – und dann auch nur für eine einzige Stunde«, begann er vorsichtig.

Sie nickte bedrückt. »Mein Vater beharrt darauf, daß es genug ist.«

»Ich empfinde es als grausam wenig. Und genügt es denn dir?«

»Nein, Hendrik«, gestand sie.

»Und findest du es gerecht, daß er es uns so schwer macht, als wärst du noch nicht reif genug und ich ein Mann, an dessen ernsten Absichten starke Zweifel angebracht sind?«

»Nein, es ist nicht gerecht«, sagte sie leise, die Hände gesittet in ihrem Schoß, wie ihre Mutter es sie gelehrt hatte. »Es ist ganz und gar nicht gerecht, aber was können wir schon dagegen tun? Er ist mein Vater, und ich habe ihm zu gehorchen.«

»Franziska, das muß ein Ende haben. Ich kann nicht damit leben, dich in einem halben Jahr nur achtmal für eine Stunde für mich zu haben …«

»Hendrik!« rief sie und blickte ihn erschrocken an. »Siehst du denn nicht, daß mein Vater genau das damit erreichen will? Wenn du nicht mehr kommst … « Sie brach ab, mit Tränen in den Augen.

Hendrik beugte sich schnell vor, umschloß ihre Hände, die sie wie zu einem inständigen Gebet gefaltet vor die Brust gepreßt hielt, und zog sie sanft auf die Tischplatte hinunter. Es war gewagt, ihre Hände zu halten, denn sie mußten immer damit rechnen, daß jemand von der Familie rein zufällig mal in die Wohnstube kam. Sich an den Händen zu halten, ohne offiziell verlobt zu sein, war eine unschickliche intime Berührung, und Willem van Wyken würde sie dafür bestrafen, wenn er sie so überraschte. Aber das Bedürfnis,

einander zu spüren, war stärker als die Angst vor dem Zorn des Farmers.
»Natürlich denke ich nicht daran, vor deinem Vater in die Knie zu gehen. Und noch weniger denke ich daran, dich aufzugeben und nicht mehr zu kommen!« beteuerte er. »Wie hast du nur so etwas Dummes annehmen können. Weißt du denn nicht, wieviel du mir bedeutest?«
Franziska schloß wie erlöst die Augen und biß sich auf die Unterlippe, während sich eine einzige Träne aus ihrem linken Augenwinkel löste und über ihre Wange rann.
Zärtlich wischte er ihr die Träne mit zwei Fingerspitzen vom Gesicht und legte seine Hand kurz auf ihre Wange. »Tut mir leid, daß ich dich so erschreckt habe.«
»Und wie du mich erschreckt hast!« Franziska wußte offensichtlich nicht, ob sie nun weinen oder lachen sollte.
»Was ich sagen wollte, ist, daß ich dich öfter sehen möchte«, sagte Hendrik nun mit gedämpfter Stimme.
»Aber wie?« flüsterte sie.
»Heimlich, Franziska.«
Ein verwirrter Ausdruck trat in ihre Augen, in dem zuerst Angst und Verzagtheit dominierten. Doch als Hendrik ihr erklärte, wie er sich das vorgestellt hatte, steckte er sie mit seiner Begeisterung an. Ihre leuchtenden Augen spiegelten ihre Aufregung wider, und sie nickte heftig, als er sie fragte, ob sie sich nicht auch danach sehnte, endlich einmal wirklich allein mit ihm sein zu können. Doch schon im nächsten Moment legte sie ihrem Überschwang der Gefühle die Zügel an, wie ihre strenge Erziehung es sie gelehrt hatte.
»Ich würde es ja so gern tun, Hendrik«, sagte sie gequält. »Aber wie soll ich es verantworten, daß ich meinen Vater hintergehe, dem ich doch Respekt und Gehorsam schuldig

bin? Ich versündige mich, wenn ich mich hinter seinem Rücken mit dir treffe.«

Er schüttelte den Kopf und hielt ihre Hände fest. »Nein, du versündigst dich nicht, Franziska. Und es hat auch nichts mit mangelndem Respekt und Gehorsam zu tun. Dein Vater ist im Unrecht. Er hat kein Recht, das, was uns verbindet, zerstören zu wollen. Niemand besitzt das Recht, über unsere Gefühle zu richten. Und so sehr du deinen Vater auch liebst, so bist du ihm doch keinen sklavischen Gehorsam schuldig. Du bist alt genug, um eigene Entscheidungen für dein Leben zu treffen, wie es auch deine Mutter und deine beiden Schwestern getan haben, die in deinem Alter längst schon verheiratet waren – mit Männern ihrer Wahl, nicht wahr?«

Franziska nickte.

»Ich verlange nichts von dir, schon gar nicht, daß du dich gegen deinen Vater stellst«, fuhr er eindringlich fort. »Doch wenn es auch dein inständiger Wunsch ist, daß wir öfter zusammensein können, dann versündigst du dich sicherlich nicht, indem du dich heimlich mit mir triffst. Außerdem ...« Er lächelte sie verschmitzt an. »Wann hat dein Vater ausdrücklich verboten, daß wir uns *außerhalb dieses Hauses* treffen?«

Sie erwiderte sein Lächeln, doch es war von zwiespältigen Gefühlen beherrscht, und ihre Stimme war voller Zweifel, als sie antwortete: »Nur was er ausdrücklich billigt, ist nicht verboten, Hendrik.«

»Du bist seine Tochter, nicht seine Sklavin! Es ist unrecht, was er mir und dir antut, und du hast das Recht, dich dagegen zu wehren. Vorausgesetzt, du willst auch.«

»Bitte schau mich nicht so grimmig an. Ich möchte ja, aber ich habe Angst, daß etwas schiefgeht und mein Vater dann einen Vorwand hat, dir den Besuch auf ONVERWACHT ganz zu verbieten. Ich habe Angst, daß ich mehr verliere als gewinne, verstehst du das denn nicht?«

Er machte eine zerknirschte Miene. »Entschuldige, ich habe wohl ein wenig die Nerven verloren. Aber ist das ein Wunder, Franziska?«

Sie schenkte ihm ein verzeihendes Lächeln. »Ich weiß, daß es nicht böse gemeint war«, versicherte sie und setzte zögerlich hinzu: »Vielleicht ... vielleicht geht es ja doch irgendwie.«

Von der Kerze war nicht mehr viel übrig, und der Gedanke an drei quälend lange Wochen des Wartens war wie ein körperlicher Schmerz.

»Es geht bestimmt. Wir müssen nur vorsichtig genug sein. Gibt es unter den Schwarzen jemanden, dem du blind vertraust und der Stillschweigen bewahren würde?«

Franziska brauchte nicht lange zu überlegen. »Ja, Abihu. Er ist mir sehr ergeben.«

»Damit ist schon die wichtigste Bedingung erfüllt«, erwiderte Hendrik hoffnungsvoll. »Wenn du sagst, du fährst nach Roodekroon oder eine deiner Freundinnen besuchen, würde deine Familie Einwände gegen Abihu als deinen Begleiter erheben?«

»Ich glaube nicht. Er ist schon des öfteren mein Begleiter gewesen. Es wäre also nichts Ungewöhnliches.«

Er lächelte. »Siehst du! Es ist also gar nicht so schwierig, wie du gedacht hast.«

»Aber wann und wo sollen wir uns heimlich treffen?«

»Das Wann muß ich dir überlassen. Schick Abihu mit einer Nachricht zu mir. Aber was das Wo betrifft, so habe ich mir darüber schon Gedanken gemacht.«

Gespannt sah sie ihn an.

»Carlson hat mir von FORDOUN erzählt, der Farm der Brinks,

die dein Vater vor gut zehn Jahren aufgekauft und ONVERWACHT einverleibt hat.«
Franziska erinnerte sich. »Ja, ich weiß noch, wie Anton Brink zu uns kam. Er hat kein Glück gehabt. Zwei Jahre Dürre haben ihn ruiniert. Die Farm war auch viel zu klein.«
Hendrik nickte. »Carlson hat mir auch erzählt, daß einige von den Gebäuden dort noch stehen. Und ich bin hingeritten und habe mir angesehen, was vom Hof noch übriggeblieben ist. Viel ist es ja nicht, und das ganze Gelände ist völlig verwildert, aber gerade das ist ideal für uns. Dort kommt niemand zufällig vorbei. Und von hier aus ist es gar nicht mal so weit.«
»Ja, der alte Smuts-Hof liegt fast auf dem Weg nach Roodekroon«, pflichtete sie ihm bei.
»Nun, was meinst du?«
Sie lächelte unsicher. »Du verstehst es, mich in Versuchung zu führen. Aber ich kann dir heute keine Antwort darauf geben. Du mußt mir Zeit lassen, darüber nachzudenken«, bat sie.
»Ich werde dich nicht drängen, Franziska«, versprach er und sah sie liebevoll an. »Ich wünsche mir nur, daß du dieselbe Sehnsucht in dir spürst wie ich und dich von deinen Gefühlen zu mir leiten läßt – statt von deiner Angst vor deinem Vater.«
Noch bevor Franziska etwas erwidern konnte, ging die Tür zu einem der rückwärtigen Räume auf und Willem van Wyken erschien. Er gab sich unangenehm überrascht. »Sind Sie immer noch da? Wie ich sehe, ist die Kerze schon längst abgebrannt!« stellte er barsch und vorwurfsvoll fest.
Franziskas Kopf ruckte herum. Ihre Augen versprühten ein wütendes Feuer, und ihre Hand unter dem Tisch ballte sich zur Faust. »Sie ist gerade *in diesem Moment* ausgegangen,

Vater!« Empörung über sein grobes Hereinplatzen und seinen ungerechten Vorwurf schwangen in ihrer Stimme mit.
Hendrik erhob sich. »Ich weiß schon, wann ich zu gehen habe, Mijnheer van Wyken.«
»Das rate ich Ihnen auch!«
Hendrik sah Franziska an. »Tot siens«, sagte er leise.
Sie nickte stumm und blickte ihm mit Tränen in den Augen nach, wie er stolz und beherrscht an ihrem Vater vorbei zur Tür ging.
Auf dem Hof traf Hendrik auf Jan. »Du hast wirklich Ausdauer, Hendrik. Aber mein Vater kriegt dich schon dazu, das Handtuch zu schmeißen«, sagte er höhnisch. »Was mein Vater nicht will, geschieht auch nicht. So einfach ist das.«
»Jedem seinen Glauben«, erwiderte Hendrik kühl und zog sich in den Sattel.
»Je eher du aufgibst, desto besser ist es für dich und Franziska. Denn was soll meine Schwester mit einem dahergelaufenen Habenichts wie dir?« zog Jan genüßlich über ihn her. »Was kannst du ihr denn bieten? Eine van Wyken ist nicht so billig zu haben wie ein Magdenburg!«
Hendrik wollte in seinem aufwallenden Zorn vom Pferd springen und diesem aufgeblasenen Kerl die Prügel seines Lebens verpassen. Doch da bemerkte er Franziska, die auf die Stoep hinausgetreten war, und unterdrückte dieses brennende Verlangen, ihm das selbstgefällige Grinsen aus dem Gesicht zu schlagen.
»Du hast recht, Jan«, antwortete er laut genug, daß Franziska ihn noch hören konnte. »Deine Schwester ist das Kostbarste von ganz ONVERWACHT, und sie hätte etwas Besseres verdient als einen Bruder wie dich – und nicht nur das!«
Jan van Wyken lachte verächtlich. »Wer gibt hier schon etwas auf das, was du sagst. Sogar Franziska wird schon noch zur

Vernunft kommen und einsehen, daß du nichts taugst. Ist bloß eine Frage der Zeit, und daran mangelt es ja nicht. Einen erbaulichen Heimritt, Mijnheer Verwalter!«

»Bis in drei Wochen, Jan!« Hendrik schaute nicht noch einmal zur Stoep, doch ihm war, als könnte er Franziskas ohnmächtigen Zorn förmlich mit Händen greifen.

Am Montag schickte Franziska Abihu mit einer geheimen Nachricht nach GROOT FONTEIN, und am Dienstag trafen sie sich zum erstenmal heimlich zwischen den Ruinen der Lehmhütten von FORDOUN.

28

Niemals würde er ihren ersten Kuß vergessen. Es geschah bei ihrem dritten geheimen Treffen. Sie befanden sich in der Ruine des Farmhauses, von dem noch ein Großteil der Außenmauern stand. Abihu wartete auf der anderen Seite des verwilderten Hofes auf sie, wo die Reste eines Viehkraals Pferde und Wagen verbargen.

Franziska war längst nicht mehr so nervös und ängstlich wie bei den beiden vorangegangenen Begegnungen, als sie bei jedem Geräusch erschrocken zusammengefahren war und vor innerer Unruhe kaum einen Moment hatte stillstehen können. Und doch war sie noch immer voller Zweifel, ob es richtig war, was sie da taten.

»Vielleicht sollten wir es dabei belassen«, sagte sie, als es für sie Zeit wurde aufzubrechen. »Dreimal haben wir Glück gehabt. Noch ist uns mein Vater nicht auf die Schliche gekommen.«

»Wie sollte er auch? Du fährst ja wirklich zu Rebecca und

triffst bloß später auf VREDENHOF ein. Und wir werden weiterhin vorsichtig sein«, versprach Hendrik.
»Dennoch ...«
»Freust du dich denn nicht, daß wir endlich einmal ein wenig Zeit wirklich ganz für uns allein haben?« fragte er, von ihrer Unsicherheit sichtlich betrübt.
»Würde ich all das denn auf mich nehmen, wenn es mir nicht viel bedeuten würde, Hendrik?« fragte sie zurück und sah ihn eindringlich, an.
»Nein, Franziska«, sagte Hendrik leise und nahm den Blick nicht von ihr, während er nun ganz nahe zu ihr trat und seine Hände sanft auf ihre Schultern legte. »Aber weißt du auch, wieviel du mir bedeutest?«
»Ja, ich glaube.« Ihre Stimme zitterte vor Erregung.
»Aber ich habe es dir noch nicht gesagt.«
»Nein, nicht mit Worten.«
Er schaute in ihre braunen Augen, die so voller Wärme und Zärtlichkeit auf ihm ruhten. »Ich liebe dich, Franziska. Ich liebe dich, wie ich noch nie einen Menschen geliebt habe. Und ich wünsche mir nichts sehnlicher, als dir den Ehering an den Finger zu stecken und dich zur Frau zu haben.«
In ihren Augen leuchtete ein Glück auf, das sie nicht in Worte zu fassen wußte. »Und ich wünsche mir nichts mehr auf der Welt, als dich zum Mann zu haben, Hendrik«, antwortete sie mit bewegter Stimme.
»O Franziska ...«
Er strich ihr über das Haar. Dann nahm er ihr Gesicht in beide Hände und küßte sie. Eine glückselige Erregung, wie er sie in dieser Heftigkeit noch nie erfahren hatte, durchströmte seinen Körper, als sich ihre Lippen trafen.
Aus Franziskas Kehle drang ein merkwürdiger, erstickter Laut, als hätte dieser Kuß sie von einer enormen und quä-

lenden Anspannung erlöst. Sie sank wie entkräftet gegen ihn, schlang ihre Arme um seinen Körper und erwiderte den sanften Druck seines Mundes.

Einen Augenblick verharrten sie so, dann machte die brennende Leidenschaft, die Hendrik erfaßte, ihn mutiger. Ganz langsam schob er seine Zunge vor und berührte zärtlich ihre Lippen.

Sie zuckte in seinen Armen zusammen und stöhnte auf, vor Überraschung und vor Lust. Ohne sich dessen bewußt zu sein, preßte sie ihren Körper noch fester gegen ihn, was das Feuer der Erregung in ihm noch mehr entfachte.

Hendrik ließ seine Zungenspitze über das berauschend warme und feuchte Fleisch ihrer Lippen gleiten, um dann ganz langsam in ihren Mund einzudringen. Für einen Moment schien es, als wäre sie schockiert und wollte ihm jedes weitere Vordringen verwehren. Doch schon im nächsten Moment kapitulierte sie unter dem Ansturm ihrer Gefühle und öffnete ihre Lippen. Zaghaft kam ihm ihre Zungenspitze entgegen, und als sie einander liebkosten, klammerten sich ihre Hände in sein Hemd, als wollte sie ihn nie wieder freigeben.

Ihr Kuß und das leidenschaftliche Spiel ihrer Zungen schienen kein Ende nehmen zu wollen. Als sich ihre Lippen schließlich voneinander lösten, waren sie von dem Tumult und der Intensität ihrer Empfindungen regelrecht verstört.

Franziska rang nach Atem. »Allmächtiger, was hast du bloß mit mir gemacht?« stieß sie aus, fassungslos über das, was sie getan und dabei gefühlt hatte.

Er war nicht weniger benommen, doch er lächelte. »Es gibt ein Wort dafür«, sagte er mit schnellem Atem. »Man nennt es Liebe.«

Sie schüttelte den Kopf und stammelte: »Ich hätte nie für möglich gehalten ... Du hast mich völlig ... Magtig, ich war gar nicht mehr ich selbst!« Sie schaute so erschrocken, als hätte sie eine zweite, ihr beängstigend fremde Seite an sich selbst festgestellt.

Er lachte mit belegter Stimme. »Wenn sich zwei Menschen lieben, passiert eben so ein Wunder. War es denn nicht wunderschön?«

»Ich ... ich kann nicht länger bleiben!« stieß Franziska aus und rannte davon.

Hendrik wollte sie zurückhalten, doch sie lief mit gerafften Röcken geradewegs zum alten Viehkraal, ohne nach links und rechts zu sehen und ohne auf seine Zurufe zu reagieren. Sie stolperte zum Wagen und befahl Abihu, sofort loszufahren, bevor sie sich noch auf die gepolsterte Bank fallen gelassen hatte.

Es war wie eine Flucht, und Hendrik bereute bitter, sich nicht mehr Zurückhaltung auferlegt zu haben, als er sah, wie der Einspänner mit Franziska zwischen den Büschen verschwand. Er machte sich schwere Vorwürfe, daß er sie mit seiner Leidenschaft so verstört hatte, und fürchtete, sich damit alles verdorben zu haben.

Vier Tage später sah er Franziska in Roodekroon beim Gottesdienst wieder. Als sie ihn erblickte, legte sich eine flammende Röte über ihr Gesicht, und sie senkte hastig den Kopf. Doch er hatte Zeit genug gehabt, um ihr Lächeln zu bemerken. Und nach dem Gottesdienst, als sie einen Moment für sich hatten, raunte sie ihm zu: »Am Dienstag fahren mein Vater und Jan nach Graaff-Reinet. Sie wollen unsere Sklaven wegen der Entschädigung registrieren lassen. Wenn du möchtest, können wir uns wieder dort treffen.«

Und ob er wollte!

Hendrik war unendlich erleichtert, daß sie ihm das mit dem wilden Kuß nicht nachtrug. Er hatte sogar das Empfinden,

daß ihre Verstörung über die Gefühle der Leidenschaft, die so überraschend in ihr hervorgebrochen waren, sich in den ebenso schamhaften wie unleugbaren Wunsch verwandelt hatte, dieses wunderbare Gefühl noch einmal und dann immer und immer wieder zu erleben.
Hendrik hatte sich nicht getäuscht. Kaum befanden sie sich im Schutz der rissigen Lehmmauern, bat Franziska mit errötendem Gesicht: »Küß mich!«
Ihre erwachende Sinnlichkeit brachte Hendrik in den folgenden Monaten mehr als einmal an den Rand der Selbstbeherrschung. Franziska wehrte sich nicht länger gegen die Gefühle der Lust, die seine Zärtlichkeiten und Küsse in ihr weckten. Sie verleugnete auch nicht das schmerzhafte Sehnen ihres Körpers nach mehr als nur nach Küssen, und dieses Verlangen wuchs mit jedem Monat, der verging.
An einem warmen Tag Anfang November vermochten sie beide ihrem drängenden Wunsch nach mehr intimer Nähe und Zärtlichkeit nicht länger zu widerstehen.
»Es ist nicht richtig, was wir tun«, keuchte Franziska, als sie auf der Decke lagen, die Hendrik in einer Ecke ausgebreitet hatte, und er ihr nach einer Flut von leidenschaftlichen Küssen das Kleid aufknöpfte.
Er hielt inne. »Möchtest du es denn nicht auch?« flüsterte er heiser. »Wenn ich aufhören soll, sag es. Ich werde niemals etwas tun, was du nicht genauso sehr möchtest wie ich.«
»Ja, ich möchte es«, hauchte sie und half ihm mit zitternden Händen beim Aufknöpfen.
Er streifte ihr das Kleid von den Schultern und entblößte wenig später ihre Brüste. Rosig leuchteten ihre Warzen, von hellbraunen Höfen umgeben, im Sonnenschein.
Andächtig glitt seine Hand über ihre glatte Haut, folgte den Rundungen ihrer wunderschönen Brüste und liebkoste mit

den Fingerkuppen die kleinen, knospenartigen Spitzen. Sie zogen sich zusammen und wurden hart.

Hendrik fühlte sich wie in seinem schönsten Traum. Er beugte sich über sie, küßte sie und hörte dabei nicht auf, sie zu streicheln. Sie hatten Zeit, unendlich viel Zeit. Nach einer Weile gab sein Mund ihre Lippen frei, und er küßte nun ihre Wangen, ihren Hals und den Ansatz ihrer Brüste.

»O Hendrik!« stöhnte Franziska lustvoll auf, als seine Zunge um ihre Brustwarzen kreiste. »Ich ertrage es nicht! Es ... es ist so wunderschön.«

Hendrik lächelte. Er liebte sie, und sie sollte spüren, wie sehr. Zärtlich saugte er an ihrer Brust und reizte sie mit seiner Zunge, während seine Hand über ihren flachen festen Bauch wanderte. Franziska hatte das Oberteil ihres Kleides zu den Hüften hinuntergeschoben. Er würde es ihr gleich, zusammen mit den langen Beinkleidern, ausziehen. Denn er wollte sie ganz nackt in seinen Armen spüren, wollte sie überall streicheln und küssen, ihre Schenkel, ihren Schoß ...

Sie waren so sehr in ihrer Welt der Leidenschaft versunken, daß sie nichts um sich herum mitbekamen. Den Vogelschwarm, der aus einem Wildfeigenbaum aufflatterte, nahmen sie ebensowenig zur Kenntnis wie das Knacken von trockenem Unterholz auf dem Hof, den sich der Busch längst mit Gras und wildem Gestrüpp zurückerobert hatte.

Erst der Schrei, der vom Viehkraal kam, riß sie abrupt aus ihrem leidenschaftlichen Rausch. Erschrocken fuhr Hendrik auf.

»Das muß Abihu gewesen sein!« stieß er aus.

Im nächsten Moment drang die zornige Stimme von Willem van Wyken zu ihnen.

Franziska riß die Augen in ungläubigem Entsetzen auf. Das Blut wich aus ihrem Gesicht. Einen Moment lang war sie wie

gelähmt. Dann sprang sie mit einem unterdrückten Aufschrei auf und zerrte das Oberteil ihres Kleides hoch. »Allmächtiger, steh uns bei!«
Gleichzeitig hörten sie Hufschlag und Willem van Wyken, der ihnen zurief: »Ich weiß, daß ihr da seid! Kommt auf der Stelle raus!«
Hendrik hatte Mühe, einen klaren Gedanken zu fassen. Er war der Panik nahe.
»Die Knöpfe! ... Hilf mir!« wimmerte Franziska. Ihr Gesicht war eine Maske der Angst.
Hendrik bekam sich unter Kontrolle und half ihr, das Kleid zu schließen. Schnell bückte er sich nach ihrem Leibchen, das er ihr vorhin über den Kopf gezogen hatte, und stopfte es in seine Hosentasche.
»Versuche ruhig zu bleiben und daran zu denken, daß wir nichts getan haben, dessen wir uns schämen müßten!« redete er hastig auf sie ein. »Wir lieben uns, Franziska. Wir gehören zusammen, und wir werden heiraten. Früher oder später hätten wir es deinem Vater ja doch sagen müssen.«
Franziska sah ihn mit einem Blick an, der ihn an ein Tier in Todesangst erinnerte, und er wußte, daß sie nicht ein Wort von dem, was er gerade gesagt hatte, aufgenommen hatte.
Er legte einen Arm um ihre Schulter und führte sie um eine zusammengebrochene Mauer und um einen Dornenbusch herum. Dann befanden sie sich auf dem Hof.
»Nimm deine dreckigen Hände von meiner Tochter, wenn du diesen Ort eurer Schande lebend verlassen willst!« schrie Willem van Wyken ihn aus dem Sattel seines Pferdes an, das Gewehr auf ihn gerichtet.
Hendrik kämpfte gegen das starke Gefühl der Übelkeit an, das ihn in der Kehle würgte. »Nichts, was hier geschehen ist, gereicht Franziska oder mir zur Schande. Und es wäre auch

keine Schande, wenn Franziska ihre Unschuld verloren hätte, was jedoch nicht der Fall ist. Wir lieben uns, Mijnheer, und wir werden heiraten!« bot er ihm mutig die Stirn. »Ihre Tochter ist alt genug, ihre eigene Wahl zu treffen!«
Willem van Wyken sprang mit hochrotem, wutverzerrtem Gesicht aus dem Sattel. »O ja, sie wird ihre Wahl schon treffen, aber du wirst es nicht sein! Du wirst deine schmutzigen Hände nicht noch einmal auf meine Tochter legen, du dahergelaufener Niemand!« brüllte er und schlug mit dem Gewehr zu.
»Nein!« schrie Franziska.
Hendrik kam nicht mehr dazu, dem Schlag auszuweichen. Der Gewehrlauf traf ihn an der Schläfe und warf ihn bewußtlos ins Gras.

29

Der Ritt nach ONVERWACHT war eine einzige Qual, körperlich wie seelisch. Sein Kopf schmerzte, als hätte ihn jemand als Amboß benützt. Jede Erschütterung im Sattel löste einen neuen stechenden Schmerz in seinem Schädel aus. Die Platzwunde am Haaransatz, wo Willem van Wyken ihn mit dem Gewehrlauf getroffen hatte, brannte wie Feuer. Mehr als einmal wurde ihm schwindlig. Dann verschwamm die Landschaft vor seinen Augen, und der Drang, sich zu übergeben, entzog sich jeder Kontrolle. Zweimal hielt er an und kippte würgend aus dem Sattel.
Doch schlimmer noch als Übelkeit und körperliche Schmerzen waren die seelischen Qualen, die Hendrik befallen hatten, kaum daß er aus der Bewußtlosigkeit erwacht war. Der Schock, von Willem van Wyken überrascht worden zu sein, erschütterte ihn im nachhinein stärker als in dem

Moment, da die Stimme des Farmers sie aus ihrem zärtlichen Liebesspiel gerissen hatte. Er wollte nicht darüber nachdenken, welche Konsequenzen ihnen drohten, doch es gelang ihm nicht, die Angst aus seinen Gedanken zu verbannen. Nicht einmal als sein Vater ihn verstoßen hatte, hatte er sich so elend gefühlt wie in dieser Stunde, die er brauchte, um den Hof der van Wykens zu erreichen.

Die unverhohlen feindseligen Blicke der Schwarzen beim Viehkraal und vor dem Melkhaus sagten ihm, daß Abihu schwer bestraft worden war. Und welche Begründung der Farmer ihnen auch gegeben hatte, sie wußten, daß er, Hendrik Magdenburg, für die Auspeitschung die Verantwortung trug. Das Schuldbewußtsein quälte ihn wie ein glühender Dorn und schien ihm die letzte Kraft rauben zu wollen.

Doch er durfte jetzt keine Schwäche zeigen. Er mußte um Franziska kämpfen und eine Möglichkeit finden, um die drohende Katastrophe irgendwie abzuwenden. Seine einzige Hoffnung jedoch war, daß sich Franziskas Liebe als stark und unerschütterlich erweisen würde.

Noch bevor er den Hof halb überquert hatte, flog die Tür des Farmhauses auf, und Willem van Wyken trat auf die Stoep, gefolgt von Jan. Beide hielten Gewehre in ihren Händen.

»Verschwinde augenblicklich von meinem Land!« brüllte der Farmer ihm zu. »Und wage es ja nicht, mir hier jemals wieder unter die Augen zu treten, du Lump!«

Jan bedachte ihn mit einem bösartigen, schadenfrohen Grinsen. »Ich habe immer gewußt, daß er nichts taugt. Überlaß ihn mir, Vater. Ich werde ihm zeigen, wie ein van Wyken mit seinesgleichen ...«

Willem van Wyken brachte ihn mit einer herrischen Handbewegung zum Schweigen. »Noch eine Pferdelänge weiter, und ich jage dir eine Kugel durch den Schädel!« drohte er.

Hendrik zügelte Whisper und riß sich zusammen. »Sie mögen von mir halten, was Sie wollen, aber Sie sind kein Mörder, Mijnheer van Wyken«, erwiderte er so ruhig, wie es seine Verfassung zuließ.

»Stell mich auf die Probe!«

»Ich verstehe Ihren Zorn ...« begann Hendrik.

»Einen Dreck verstehst du!« schrie der Farmer. »Ich habe dir eine Chance gegeben zu beweisen, daß du nicht der bist, für den ich dich von Anfang an gehalten habe. Ich hätte es besser wissen müssen. Du hast mich auf eine Weise hintergangen, für die es keine Entschuldigung gibt. Und du hast den Ruf meiner Tochter ruiniert!«

»Das ist nicht wahr!« begehrte Hendrik auf. »Sie haben mir und Franziska nie eine echte Chance gegeben, sondern vom ersten Tag an alles versucht, um uns auseinanderzubringen! Aber unsere Liebe zu zerstören ist Ihnen nicht gelungen. Franziska und ich gehören zusammen. Wir lieben uns, und Sie haben nicht das Recht, Ihrer Tochter das Glück zu verwehren ...«

»Das reicht!« schnitt Willem van Wyken ihm aufgebracht das Wort ab. »Das einzige Glück, das Franziska hat, ist, daß ich deinem berechnenden Treiben auf die Schliche gekommen bin und Franziska noch früh genug zur Besinnung gebracht habe. Sie will mit dir nichts mehr zu tun haben!«

»Das ist eine Lüge!«

»Du beleidigst meinen Vater und meine Schwester!« fauchte Jan ihn an. »Noch so eine Unverschämtheit, und ich peitsche dich vom Hof!«

»Und dennoch bleibt es eine Lüge!«

Der Farmer drehte sich kurz zur Tür um. »Franziska, komm auf die Stoep, und sag es ihm selber!« rief er ins Haus.

Franziska trat auf die Veranda hinaus, den Kopf gesenkt und

die Arme vor der Brust verschränkt, als wollte sie sich so klein wie möglich machen.
Hendrik mußte an sich halten, nicht vom Pferd zu springen, zu ihr zu laufen und schützend seinen Arm um sie zu legen. Es kostete ihn große Beherrschung, sich nicht aus dem Sattel zu rühren. Aber als Franziska neben ihren Vater trat, hatte dieser sein Gewehr auf ihn gerichtet, und Hendrik wollte ihm nicht den geringsten Vorwand geben, sich seiner mit einer Kugel entledigen zu können.
»Sag es ihm!« forderte der Farmer seine Tochter auf, ohne Hendrik aus den Augen zu lassen.
»Tu, was mein Vater gesagt hat. Bitte geh, Hendrik!« erklärte Franziska mit schwacher Stimme. »Es ... es war nicht richtig, und ich möchte, daß du mich vergißt.«
»Niemals! Ich liebe dich!« rief Hendrik bestürzt. »Franziska, laß dich um Gottes willen nicht einschüchtern! Wenn wir uns einig sind, kann niemand unserer Liebe etwas anhaben.«
Willem van Wyken zischte ihr etwas zu.
Franziska stand einen Moment stocksteif da. Dann hob sie ganz langsam den Kopf und sah Hendrik an. Ihr Gesicht war weiß wie ein Laken. »Es war niemals Liebe ... und es wird niemals Liebe sein«, stieß sie abgehackt aus. »Und ich will, daß du mich von nun an ... in Ruhe läßt.«
Hendrik glaubte ihr kein Wort. »Das bist doch nicht du, Franziska! Gib zu, daß sie dich gezwungen haben, so etwas zu sagen!«
»Nein!« antwortete sie, nun mit fester Stimme. »Ich sage das, weil es die Wahrheit ist. Ich möchte nicht, daß du mich noch einmal besuchst. Und ich möchte auch nicht, daß du mich ansprichst, wenn wir uns irgendwo begegnen. Das ist alles, was es zu sagen gibt!« Abrupt wandte sie sich um und verschwand im Haus.

Hendrik war wie betäubt.
Während Jans Gesicht blanken Hohn zeigte, verriet der Ausdruck seines Vaters Genugtuung. »Du hast gehört, was meine Tochter gesagt hat. Sie will nichts mehr von dir wissen. Und jetzt verschwinde von meinem Land. Das ist meine letzte Warnung!«
Hendrik war nicht fähig, etwas zu erwidern. Was hätte er auch sagen können, was die Situation nicht noch schlimmer gemacht hätte? Mit Willem van Wyken vernünftig reden zu wollen war sinnlos. Er konnte ebensogut mit dem Kopf gegen eine Felswand rennen. So zog er Whisper herum und machte sich auf den langen Weg nach GROOT FONTEIN.
»Tut mir leid, daß es so gekommen ist, aber es überrascht mich nicht«, sagte Hermanus, als Hendrik ihm in seiner Verzweiflung sein Herz ausgeschüttet und ihm erzählt hatte, was passiert war. »Habe ich dir nicht schon vor Monaten erklärt, daß Willem van Wyken so gerissen und hinterhältig wie eine Hyäne ist? Und du bist in deiner blinden Verliebtheit auch noch so dumm gewesen, ihm in die Falle zu gehen.«
»Von welcher Falle sprichst du?« fragte Hendrik verständnislos.
Hermanus lachte grimmig auf. »Natürlich davon, daß er dir nur alle drei Wochen einen Abend mit Franziska erlaubt hat. Er hat bestimmt fest darauf vertraut, daß du dich damit auf Dauer nicht zufriedengeben und ihm dann irgendeinen Vorwand liefern würdest, der es ihm gestattete, eurer Verbindung ein Ende zu bereiten. Und den Gefallen hast du ihm getan.«
Hendrik erkannte, wie recht Hermanus hatte. »Aber habe ich denn nicht Geduld gehabt und lange genug gewartet?« fragte er verzweifelt und von Selbstvorwürfen gequält.
»Du hast zweifellos einen Fehler begangen, aber keinen Grund, dich schuldig zu fühlen. Wenn es das nicht gewesen

wäre, hätte Willem einen anderen Vorwand gefunden, dich und Franziska auseinanderzubringen.«
»Das schafft er nicht!« versicherte Hendrik mit großem Nachdruck, als müßte er sich vor Selbstzweifeln schützen. »Ich bin überzeugt davon, daß er Franziska gezwungen hat, ihre Liebe zu verleugnen. Und das ist ihm bestimmt nur deshalb gelungen, weil sie völlig verstört und beschämt war. Aber lange wird sie sich seiner Tyrannei nicht beugen. Ich weiß, daß sich ihre Liebe zu mir letztlich als stärker erweisen wird. Früher oder später wird er nachgeben müssen, wenn er Franziska nicht ganz verlieren will.«
»Nicht, daß ich dir deine Hoffnung rauben möchte«, erwiderte Hermanus mit düsterer, ahnungsvoller Miene, »aber du hast dich schon einmal in Willem van Wyken geirrt, und wenn ich dich so höre, fürchte ich, daß es nicht bei diesem einen Mal bleiben wird.«
»Du magst Willem van Wyken besser einschätzen können als ich, aber dafür kenne ich Franziska besser als du«, beharrte Hendrik.
»So«, sagte Hermanus und fragte dann: »Und was willst du jetzt unternehmen?«
»Ich weiß es noch nicht«, gestand Hendrik.

30

Hendrik konnte nichts anderes tun als warten und hoffen – auf eine Nachricht von Franziska oder irgendein Zeichen, das ihm sagte, daß sich an ihren Gefühlen zu ihm nichts geändert hatte und sie gemeinsam einen Weg aus diesem dunklen Tal finden würden.
Daß Franziska am nächsten Sonntag nicht zum Gottesdienst

in Roodekroon erschien, damit hatte Hendrik gerechnet. Willem van Wyken sowie seine Frau Elisa und sein Sohn Jan würdigten ihn keines Blickes. Er war Luft für sie. Daß er nach der Kirche sofort nach GROOT FONTEIN zurückritt, verwunderte Theron, Wolfrich und Carolus und war im Zusammenhang mit seiner Wortkargheit und bedrückten Miene Anlaß zu ersten Spekulationen. Franziska nahm auch in den nächsten Wochen nicht an den Gottesdiensten teil. Hendrik hegte immer stärker den Verdacht, daß ihr Vater sie wie eine Gefangene auf ONVERWACHT hielt. In seiner wachsenden Verzweiflung versuchte er Rebecca zu überreden, Franziska einen Brief von ihm zu geben. Doch diese lehnte empört ab und behauptete von Franziska gehört zu haben, daß sie nichts mehr von ihm, Hendrik Magdenburg, wissen wolle und es längst bitter bereue, sich überhaupt mit ihm eingelassen zu haben.

»Liebeskummer?« erkundigte sich Wolfrich nach einem Treffen bei Vic van Hoorn.

Hendrik nickte und erzählte ihm von seinen geheimen Treffen mit Franziska, die ihr Vater zum Anlaß genommen hatte, ihm jeden Kontakt mit seiner Tochter zu verbieten.

»Alles hat seine zwei Seiten, Hendrik. Versuch die Sache doch von der guten Seite zu sehen. Wenn sie dich wirklich liebt, kann auch ihr Vater sie nicht halten, denn dazu ist Franziska schon zu alt. Aber wenn sie sich nicht durchsetzt, hat sie dich auch nicht genug geliebt – und dann kannst du froh sein, daß du das früh genug herausgefunden hast«, versuchte er ihn zu trösten.

Theron pflichtete ihm bei und bemühte sich ebenfalls, ihn aufzumuntern. Dagegen konnte Carolus, als er schließlich davon erfuhr, seine Schadenfreude nicht verbergen.

»Du hättest auf mich hören sollen, Hendrik. Ich habe dir doch gleich gesagt, daß dir Willem van Wyken niemals seinen Segen geben wird. Versteh mich nicht falsch, aber was kannst du als Verwalter von GROOT FONTEIN seiner Tochter auch schon groß bieten?«

Hendrik verstand ihn sehr gut, und während Theron und Wolfrich sichtlich verärgert waren, antwortete er eisig: »Ich danke dir für deine Offenheit, Carolus. Ich habe schon immer vermutet, daß es dir an Charakter fehlt, aber jetzt hast du mir den Beweis geliefert.«

Wenn Wolfrich und Theron nicht eingegriffen hätten, hätte sich aus dem kurzen Wortwechsel noch eine Schlägerei ergeben. Ihre Freundschaft, so lauwarm sie auch gewesen sein mochte, fand an diesem Nachmittag ein abruptes Ende. Hendrik trauerte ihm nicht nach, als Carolus wütend wegritt.

Er litt entsetzlich darunter, daß er Franziska weder zu Gesicht bekam noch etwas von ihr hörte. In seiner Verzweiflung bat er sogar Johan Vermaaken, mit dem er sich gut verstand, sowie Reverend Jakob Eksteen, auf ONVERWACHT für ihn vermittelnd tätig zu werden. Ohne jeden Erfolg.

Es war am letzten Tag im November, als der Zufall das Wiedersehen, um das Hendrik Woche für Woche gebetet hatte, in Roodekroon herbeiführte.

Franziska und ihre Mutter stiegen gerade vor STEENKAMPS WINKEL aus dem Wagen, als Hendrik über den Marktplatz kam. Verzweiflung und Schwermut fielen von ihm, und die Hoffnung erfüllte ihn mit neuer Kraft wie ein Regenschauer nach einer langen Zeit der Dürre.

»Franziska!«

Sie zuckte unter seinem Ruf zusammen und fuhr herum, wie auch ihre Mutter. Diese legte ihrer Tochter augenblicklich eine Hand auf die Schulter, als wollte sie Franziska zurückhalten und vor einer Dummheit bewahren.

»Belästigen Sie uns nicht, Mijnheer Magdenburg!« forderte

Elisa van Wyken ihn abweisend auf, als er auf sie zukam, und stellte sich zwischen ihn und Franziska.

»Ich flehe Sie an, Mevrouw van Wyken, lassen Sie mich mit Ihrer Tochter sprechen«, bat er inständig. »Nur fünf Minuten! Ich bitte Sie, haben Sie ein Herz.«

»Es gibt nichts mehr, was nicht schon gesagt worden wäre! Und unterstellen Sie mir gefälligst nicht, ich wäre hartherzig!« wies sie ihn kühl zurecht. »Ich weiß, was sich schickt und was gut für Franziska ist.«

»Haben Sie so wenig Vertrauen zu ihrer eigenen Tochter, daß Sie Franziska nicht mal mehr erlauben, am Gottesdienst teilzunehmen, geschweige denn mit mir ein Wort zu wechseln? Wovor fürchten Sie sich?«

Elisa van Wyken funkelte ihn an. »Ich fürchte nichts außer Gott!«

»Warum lassen Sie mich dann nicht mit Franziska sprechen? Sie können sie nicht ewig vor mir verstecken, es sei denn, Sie wollen Ihre Tochter wie eine Gefangene halten. Bei allem Respekt, aber waren Sie in Franziskas Alter nicht schon verheiratet und Mutter?«

»Was hat das damit zu tun?«

»Ich glaube nicht, daß ich Ihnen das erklären muß«, antwortete Hendrik ruhig, aber mit deutlicher Entschlossenheit, sich von ihr nicht abweisen zu lassen. »Ich bitte Sie nur darum, daß ich hier in aller Öffentlichkeit ein paar Minuten mit Ihrer Tochter sprechen darf, und ich glaube nicht, daß diese Bitte vermessen oder unverschämt ist, Mevrouw van Wyken. Es sei denn, Sie haben einen guten Grund, warum Franziska nicht mit mir reden soll.«

»Ich möchte ihr weiteres Leid ersparen, Mijnheer Magdenburg, denn sie will von Ihnen nichts mehr wissen«, erklärte sie grimmig. »Aber offenbar glauben Sie mir nicht.«

»Ich glaube nur, was ich von Franziska höre – unter vier Augen!«
Ein Anflug von Mitleid flackerte in Elisa van Wykens Augen auf, bevor ihr Blick wieder abweisend kühl wurde. »Also gut, Sie können mit Franziska reden. Vielleicht sind Sie ja danach endlich kuriert und lassen sie mit Ihren sinnlosen Nachstellungen in Ruhe.« Und zu ihrer Tochter gewandt, sagte sie: »Ich erwarte, dich in fünf Minuten bei mir im Geschäft zu sehen!«
»Ja, Mutter«, erwiderte Franziska, ohne daß ihrer Stimme Überraschung oder gar Freude anzumerken war.
»Fünf Minuten!« betonte Elisa van Wyken noch einmal, warf Hendrik einen verdrossenen Blick zu und ging dann schnellen, ärgerlichen Schrittes die Stufen zum Geschäft hinauf.
Hendrik wartete, bis die Tür hinter ihr zugefallen war. Dann sagte er aufgeregt: »Mein Gott, wie sehr habe ich mich danach gesehnt, dich zu sehen und mit dir zu sprechen. Die vergangenen acht Wochen waren die beiden schlimmsten Monate meines Lebens. Ich habe immer nur ...«
Franziska ließ ihn nicht ausreden. »Ja, sie waren schlimm, Hendrik«, fiel sie ihm ins Wort, doch ohne eine Spur von Zärtlichkeit und Sehnsucht, »aber es waren sehr heilsame acht Wochen. Ich habe genügend Zeit gehabt, in mich zu gehen und zu erkennen, wie falsch ich gehandelt habe.«
Hendrik wehrte sich gegen die unheilvolle Ahnung, die ihre distanzierte Erwiderung in ihm auslöste. »Ich weiß, es war mein Fehler, daß ich dich zu heimlichen Treffen überredet habe«, räumte er zerknirscht ein. »Und du kannst mir glauben, daß ich meine Ungeduld schon tausendmal bitter bereut habe. Aber das ändert doch nichts daran, daß wir uns lieben, nicht wahr?«
»Das ... das war ein schrecklicher Irrtum«, sagte Franziska.

»Was ich für Liebe hielt, war in Wirklichkeit nichts weiter als ein gedankenloses Abenteuer, in das du mich gelockt hast. Es war niemals Liebe, und es wird niemals Liebe sein.«

Hendrik war, als hätte sie ihm ins Gesicht gespuckt. Er erblaßte, und ein entsetzlicher Abgrund schien sich vor ihm aufzutun.

»Franziska!« Es war wie ein gedämpfter Aufschrei, der aus der Tiefe seiner Seele kam. »Das kann unmöglich deine wahre Überzeugung sein! Du redest doch nur nach, was dir deine Eltern zu sagen befohlen haben. Ich weiß doch, was du für mich empfindest. Deine Küsse und deine ...«

»Schweig! Ich will davon nichts hören!« stieß sie erregt aus. »Was du mit mir getan hast, ist schlimm genug, und ich möchte nicht noch von dir daran erinnert werden. Du hast meine Gutgläubigkeit und meine Unschuld ausgenutzt und mich verführt.«

Hendrik brach der Angstschweiß aus. »Aber das ist doch nicht wahr!«

»Und ob es wahr ist! Du hast mich verführt und mich mit deinen Liebesschwüren so schwach gemacht, bis ich nicht mehr wußte, was ich tat. Dem Allmächtigen sei gedankt, daß ich noch früh genug zur Besinnung gekommen bin!«

»Ich glaube dir nicht«, keuchte Hendrik. »Ich glaube dir kein Wort!«

Sie sah ihn an, und ihr Gesicht war eine starre Maske der Abwehr. »Glaube mir oder nicht, es berührt mich nicht. Ich schäme mich, daß ich mich beinahe an dich verschenkt hätte. Mein Vater hat völlig recht.« Sie holte Luft. »Ich habe etwas Besseres verdient als dich! Also nimm zur Kenntnis, daß ich von dir nichts mehr wissen will.«

Mit grenzenloser Bestürzung blickte er sie an. Jedes Wort war wie ein scharfes Messer, das sie ihm in die Brust stieß.

»Wie kannst du nur so grausam sein und unsere Liebe verleugnen?«

Ihr Blick flackerte wie eine Kerze kurz vor ihrem Verlöschen. »Ich bin nicht grausam, sondern nur ehrlich! Und du hörst besser auf, dich und mich zum Gespött der Leute zu machen!« fuhr sie ihn an, drehte sich um und eilte zu ihrer Mutter ins Geschäft.

Gebrochenen Herzens stand Hendrik auf der Straße und kämpfte gegen die Tränen an. Er hatte Franziska verloren, und ob nun ihre Eltern dafür verantwortlich waren oder nicht, war letztlich ohne Bedeutung. Sie hatte ihn aus ihrem Leben gestrichen, und er glaubte, den Schmerz, sie verloren zu haben, nicht ertragen zu können.

Hermanus litt mit ihm und machte sich selbst schwere Vorwürfe. »Ich hätte verhindern können, daß Willem van Wyken dir dieses schändliche Unrecht antut.«

»Nichts hätte das verhindern können, das hast du mir doch selbst gesagt«, entgegnete Hendrik tonlos.

»O doch, das hätte ich. Und vielleicht ist es noch nicht zu spät.«

Am folgenden Sonntag erfuhr Hendrik, wie Hermanus das gemeint hatte, als der Farmer im Gespräch mit Claas Groeneveld und Johan Vermaaken laut und vernehmlich sagte: »Mit meiner Gesundheit steht es nicht zum Besten. Es wird Zeit, daß ich meine letzten Geschäfte auf Erden in Ordnung bringe, solange ich noch dazu in der Lage bin. Zum Glück weiß ich GROOT FONTEIN nach meinem Tod bei Hendrik in den allerbesten Händen.« Hendrik traute seinen Ohren nicht, und es wurde plötzlich still um sie herum. Sogar Willem van Wyken schaute zu ihnen herüber.

»Hendrik übernimmt die Farm?« erkundigte sich Claas Groeneveld und versteckte hinter dieser vagen Formulierung die eigentliche Frage, die sich in diesem Moment alle auf dem Vorplatz stellten.

Hermanus schüttelte den Kopf. »Nein, Hendrik übernimmt sie nicht, sondern er wird sie erben. Ich werde ihn als meinen Alleinerben einsetzen!«

»Ich weiß nicht, was ich sagen soll, Hermanus«, gestand Hendrik auf dem Heimweg und schämte sich innerlich, daß er nicht die große Freude verspürte, die er eigentlich hätte haben sollen. Er schämte sich auch für den Gedanken, daß er GROOT FONTEIN ohne zu zögern gegen Franziskas Liebe und Willem van Wykens Segen eintauschen würde.

Hermanus erriet, was in ihm vorging. »Ein großes Geschenk zur falschen Zeit, ich weiß«, seufzte er. »Aber vielleicht ist Willem gierig genug, um es sich nun mit dir und Franziska noch einmal anders zu überlegen. Du bist jetzt eine hervorragende Partie, mein Junge, so wie du GROOT FONTEIN zu neuer Blüte geführt hast, auch wenn wir die Kolonie verlassen und die Farm verkaufen sollten. Die Herden, die wir dann mitnehmen, können sich sehen lassen.«

»Du beschämst mich«, gestand Hendrik. »Womit habe ich es verdient, dein Erbe zu sein?«

»Nicht nur mit deiner harten Arbeit oder weil du mir das Leben gerettet hast. Du bist mir ans Herz gewachsen«, sagte er grollend und scheinbar vorwurfsvoll. Doch Hendrik wußte, daß dies seine Art war, wenn er fürchtete, von seinen Gefühlen übermannt zu werden. »Du bist der Sohn, den ich mir immer gewünscht habe und der mir doch versagt geblieben ist. Du hast es mit mir aufgenommen, als ich für jeden eine unerträgliche Plage war. Du hast mir meinen Stolz wiedergegeben, als mich mein eigenes Angesicht angewidert hat. Und du hast mir neue Lebenskraft geschenkt, als alle mich und GROOT FONTEIN schon längst aufgegeben hatten – mich eingeschlossen. Aber, zum Teufel noch mal, wozu brauche ich dir Gründe zu nennen? Ich habe immer nur das getan, was ich wollte – und ich habe nun mal entschieden, daß du GROOT FONTEIN bekommst. Mehr gibt es dazu nicht zu sagen.«

»Danke.« Hendrik war tief bewegt und drückte die faltige, verkrüppelte Hand des alten Farmers. Er wagte nicht, ihm in die Augen zu sehen.

Seinen Tränen ließ Hendrik am späten Abend in der Groblaars Kloof ungehemmten Lauf. Er weinte um alles, was er verloren hatte. Als Junge hatte er sich nichts mehr gewünscht, als die Zuneigung seines Vaters und seiner Brüder zu erringen, doch sie hatten ihn verachtet, geknechtet und verstoßen. Als Mann nun hatte er Franziska seine Liebe geschenkt – und sie hatte diese Liebe verraten.

O ja, er hatte auch viel gewonnen: Wissen, handwerkliche Fähigkeiten, Freunde, Respekt, das Bewußtsein, daß er großen Herausforderungen gewachsen war und vor keinem anderen den Kopf zu beugen brauchte – und jetzt GROOT FONTEIN. Aber nichts davon wog den Verlust der Liebe auf.

Ihm war, als wäre sein Leben in tausend Teile zersprungen. Auch wenn es ihm gelang, die Scherben allmählich Stück für Stück zusammenzusetzen, würde nichts mehr so sein, wie es einmal gewesen war. Wie sollte es jetzt weitergehen?

Einen Tag später, am 22. Dezember 1834, stellten sich viele tausend Siedler entlang der Ostgrenze dieselbe Frage, als fünfzehntausend Xhosa-Krieger über den Great Fish River setzten und in einem wahren Vernichtungsrausch Hunderte von Farmen in Flammen aufgehen ließen und ihre Assegais im Blut der Kolonisten wuschen.

Der 6. Kaffernkrieg war ausgebrochen.

Teil III

Exodus

31

Schon Wochen vor dem Angriff der Xhosas standen die Zeichen im Kaffernland auf Krieg. In den Kraals waren die Krieger damit beschäftigt, ungewöhnlich viele Lanzen und Schilde anzufertigen, während die Frauen mehr Lebensmittelvorräte anlegten, als in Friedenszeiten nötig waren. Und statt von den grenznahen Farmen wie üblich Rinder zu stehlen, trieben die Diebe nun vorzugsweise Pferde davon.

Makomo, ein gefürchteter Stammeshäuptling, war in diesem Krieg die treibende Kraft. Ihm war nicht verborgen geblieben, daß Colonel Somerset, der Kommandant der Grenztruppen, vorgeschobene Militärposten geräumt hatte, um die Forts in Albany zu verstärken. Doch von wirklicher militärischer Stärke konnte keine Rede sein. Denn insgesamt waren nur achthundertfünfzig Soldaten im Grenzgebiet stationiert. Die Gelegenheit, über die Siedler in Albany herzufallen, war so günstig wie schon lange nicht mehr. Sie würden unermeßliche Beute machen! Mit dieser verlockenden Aussicht zog Makomo andere Stammeshäuptlinge, die er aufsuchte und zum Krieg anstachelte, auf seine Seite. Hintsa, Häuptling der Gaikas und das anerkannte, aber nicht immer zu Rate gezogene Oberhaupt aller Stammesführer, nahm an den Kriegsvorbereitungen nicht teil, tat jedoch auch nichts dagegen, als sich viele seiner Männer Makomo anschlossen.

Am 11. und 12. Dezember flammten auf jedem besonders

hohen Hügel zwischen dem Keiskamma und dem Bashhee River Signalfeuer auf, für die Krieger der verschiedenen Stämme das verabredete Zeichen, sich zu versammeln. Fahrende Händler wurden ohne Begründung aufgefordert, das Kaffernland zu verlassen und hinter die Grenzen der Kolonie zurückzukehren.

Fünfzehntausend Xhosa-Krieger vom Winterberg bis hinunter zur Küste zogen in den folgenden Tagen im Schutz der Nacht nach Westen. Tagsüber versteckten sie sich in den Wäldern und dem dichten Busch. Am Montag, den 22. Dezember, fielen Makomo und seine Anhänger in die Kolonie ein. Die Welle von Tod und Vernichtung, die über Albany in Gestalt von lanzenschwingenden Kriegern hereinbrach, war so gewaltig, daß es schien, als stünde in wenigen Tagen das ganze Zuurveld, die Heimat von vielen tausend Siedlern, in Flammen. Die Xhosas brannten Hunderte von Farmen nieder, raubten über dreihunderttausend Stück Vieh und stachen mit ihren Assegais jeden erwachsenen Mann nieder, der ihnen in die Hände fiel. Frauen und Kinder verschonten sie zumeist, zögerten jedoch nicht, das Familienoberhaupt erbarmungslos in Gegenwart seiner Frau und Kinder niederzumetzeln.

Eine panische Flucht in die wenigen größeren Siedlungen und in die Forts setzte ein, und zehn Tage nach dem Angriff lag das Land zwischen Uitenhage und Somerset East praktisch ausgestorben da, blutgetränkt und von schwelenden Trümmern und niedergebrannten Feldern übersät. Vernichtet die Arbeit von fünfzehn Jahren. Die Leichtigkeit, mit der die Krieger die Provinz Albany überrannten, und die reiche Beute ließen Gaika-Häuptling Hintsa nun anderen Sinnes werden. Er wollte nicht mit leeren Händen dastehen, während alle anderen Stämme mit Zehntausenden von Rindern in ihre Kraals zurückkehrten. Er gab seine Zurückhaltung auf und nahm noch rasch an den Überfällen teil, solange noch Beute zu machen war. Damit festigte er zugleich seine ins Wanken geratene Stellung als Häuptling aller Häuptlinge.

Die Nachricht vom Angriff der Xhosas verbreitete sich in der Kolonie schneller als ein Buschfeuer und erreichte Kapstadt noch vor dem Jahreswechsel. Colonel Harry Smith, Stellvertreter von Gouverneur Sir Benjamin D'Urban und ein überragender Befehlshaber, schickte die eine Hälfte seines 72. Highland Regiments mit Ochsenwagen auf den Weg nach Osten, während die andere auf dem Seeweg zum Krisenort aufbrach. Er selbst ritt, nur von einem Hottentotten begleitet, seinen Truppen voraus. Boten wurden vorgeschickt, damit er alle zwanzig, dreißig Meilen das Pferd wechseln konnte. Sieben Tage sollte der Gewaltritt von Kapstadt quer durch die Kolonie nach Grahamstown dauern. Colonel Harry Smith legte die mehr als sechshundert Meilen bei brütender Hitze in der Rekordzeit von nicht ganz sechs Tagen zurück und begann zusammen mit Colonel Somerset, die Verteidigung der Ortschaften zu organisieren und einen Plan für den Vergeltungsschlag auszuarbeiten. Aber auch mit dem Eintreffen des 72. Highland Regiments waren die Truppen zu schwach, um es mit einer solch großen Armee von Xhosa-Kriegern aufzunehmen. Wie stets in derartigen Krisenzeiten rief der Gouverneur die Buren in den Grenzbezirken zu den Waffen. Sogenannte Burgher-Kommandos wurden aufgestellt, die sich freiwillig unter die militärische Befehlsgewalt der britischen Offiziere begaben. Für die Dauer dieser kriegerischen Auseinandersetzung trat in den Hintergrund, was Buren und Engländer trennte.

Als am Fuß der Snow Mountains Nachricht vom Kriegsausbruch eintraf, zögerten die Siedler nicht einen Augenblick, ein eigenes Burgher-Kommando aufzustellen und zur Unterstützung der gemischten Truppen nach Süden zu schikken. Daß sie viele Monate weg sein würden und auf ihren Farmen dadurch vieles unerledigt blieb und daß sie zudem kaum Aussicht hatten, danach für den Verlust von Pferden und Ochsen sowie für Pulver und Blei entschädigt zu werden, wußten sie von früheren Gelegenheiten her. Auch daß die Mehrzahl der betroffenen Farmer im Zuurveld Engländer waren, die die britische Regierung 1820 dort angesiedelt hatte, um soziale Unruhen im Heimatland zu entschärfen und die Grenze am Great Fish River zu schützen. Doch das hielt die Buren nicht davon ab, unverzüglich Vorbereitungen zu treffen, diesen Siedlern zu Hilfe zu kommen und ihr Leben zu riskieren. Ihr Stolz und ihre Siedlermentalität ließen ein anderes Verhalten gar nicht zu.

Im Bezirk um Roodekroon übernahm Vic van Hoorn, unterstützt von seinem ältesten Sohn Lieven, die Aufstellung eines Kommandos. Theron, Wolfrich und Hendrik zählten zu den fünfundvierzig Männern, die von Roodekroon aufbrachen, um am 6. Kaffernkrieg teilzunehmen – wie auch Jan van Wyken.

»Ich weiß, du wirst jetzt im Süden dringender gebraucht als auf GROOT FONTEIN, und wenn ich zehn Jahre jünger wäre, würde ich sogar mit euch reiten«, sagte Hermanus, als Hendrik von ihm Abschied nahm, bewegt und besorgt. »Aber dennoch wünschte ich, du würdest dich nicht an diesem Krieg gegen die verdammten Kaffern beteiligen. Ich habe schon zu viele Menschen verloren, und ich glaube nicht, daß ich es ertragen könnte, nun auch noch dich zu verlieren.«

»Ich passe schon auf und habe auch nicht die Absicht, allein

gegen tausend Xhosas Attacke zu reiten«, versicherte Hendrik.
»Du bist in einer Verfassung, in der du zu leicht verwundbar bist.«
Hendrik lächelte gequält. »Ein gebrochenes Herz macht aus mir kein besseres Ziel, Hermanus.«
»Aber es macht dich unvorsichtiger und draufgängerischer, als du es sonst sein würdest. Magtig, ich weiß doch, wie man sich fühlt! Man glaubt, das Leben sei plötzlich ohne Wert. Aber das ist ein schrecklicher Irrtum, wie man erkennt, wenn nur genug Zeit verstrichen ist. Schwöre auf die Bibel und das Grab deiner Mutter, daß du dich nicht zu tollkühnen Aktionen hinreißen läßt.«
Die tiefe Sorge rührte Hendrik. Er legte seine Arme um ihn und zog ihn an seine Brust. »In ein paar Monaten bin ich zurück, Hermanus, gesund und munter, du hast mein Ehrenwort.«
Der alte Farmer drückte ihn an sich. »Ich werde dich vermissen.«
»Ich dich auch.«
Hermanus gab ihm plötzlich einen derben Stoß vor die Brust und trat einen Schritt zurück, das Gesicht zu einer scheinbar verdrossenen Miene verzogen. »Das reicht jetzt. Wir benehmen uns ja wie die Weiber. Sieh zu, daß du in den Sattel und zu deinen Freunden kommst. Ich kann dir doch vom Gesicht ablesen, wie sehr du darauf brennst, dich in dieses Abenteuer zu stürzen. Die Welt kennt wirklich keine größeren Narren als Kinder und Soldaten!«
Vom Alter gebeugt und auf seinen Stock gestützt, sah Hermanus ihm nach, wie er vom Hof ritt. Den Segen, den er Hendrik mit auf den Weg gab, hörte dieser jedoch nicht.
Das Kommando von Roodekroon vereinigte sich mit den

gut hundertsechzig Buren, die aus Graaff-Reinet kamen. Anfang Februar überquerten sie, eine gemischte Truppe aus Soldaten und Buren, den Great Fish River, und auf dem Weg nach Balfour bewährte sich Hendrik in seinen ersten Gefechten mit den Xhosas, die mutige Kämpfer waren und es ausgezeichnet verstanden, die natürlichen Gegebenheiten des Geländes zu ihrem Vorteil zu nutzen.

Den Truppen aus regulären Soldaten, Hottentotten und Burgher-Kommandos unter Colonel Harry Smith und Colonel Somerset gelang es im Laufe der nächsten beiden Monate, die Xhosas aus dem neutralen Territorium zwischen dem Keiskamma und dem Great Kei River, das die Kaffern im Dezember förmlich überrannt hatten, zu vertreiben. Die Xhosas waren der gewaltigen Feuerkraft der Truppen nicht gewachsen und praktisch geschlagen, obwohl es immer wieder zu Scharmützeln kam. Vorrangiges Ziel war nun die Wiedererlangung und Sicherung der großen Viehherden, mit denen die Xhosas die Flucht nach Nordosten angetreten hatten.

Am 15. April sah Hendrik, der einer Kundschaftergruppe zugeteilt worden war, zum erstenmal den Great Kei River und die steilen, grasbedeckten Hänge auf der anderen Uferseite.

32

Der Morgen in den Ausläufern der Amatola Mountains zwischen dem Great Kei und dem Kabusi River war kühl. Es war Anfang Mai, der Winter hatte begonnen. Tau glitzerte auf den Zelten und den Planen der Ochsenwagen. Die klobigen Fuhrwerke, gut dreißig an der Zahl, bildeten eine trutzige Wagenburg, die das Lager der gemischten Truppeneinheit kreisförmig umschloß. An einem Dutzend Stellen innerhalb der Wagenburg loderten Feuer. Der Duft von gebratenem Speck und Bohnen, gebackenem Mais und starkem Kaffee erfüllte das Camp, das schon im Morgengrauen zu regem Leben erwacht war. Außerhalb des Lagers warteten über tausend Rinder in einem provisorischen Kraal aus Dornengestrüpp darauf, versorgt zu werden. Die Pferde dagegen wurden innerhalb des Camps gehalten. Obwohl der Krieg so gut wie beendet war, gab es doch immer wieder vereinzelte Überfälle von herumstreunenden Xhosa-Banden.

Hendrik wärmte sich über dem Feuer die Hände und warf einen Blick nach Osten. »Sieht ganz so aus, als könnten wir wieder mit einem warmen, sonnigen Tag rechnen.«

»Ja, und nachts friert man sich im Zelt fast Eiszapfen an den Hintern«, sagte Wolfrich verdrossen, während er die Kaffeekanne weiter an den äußeren Rand des Feuers rückte. Unter einem eisernen Dreibein hing eine schwere gußeiserne Pfanne, in der Kartoffelscheiben, Speck und Kaffernbohnen brutzelten.

Theron reckte und streckte sich, daß die Knochen knackten. »Viereinhalb Monate im Feld, und ich beginne mein Alter zu spüren«, stöhnte er und kratzte sich den noch lückenhaften Bart, den er sich hatte wachsen lassen.

Wolfrich warf ihm einen spöttischen Blick zu. »Solange du dazu noch in der Lage bist, weißt du wenigstens, daß du noch lebst.«

Theron grinste schief. »Kein schlechter Trost«, räumte er ein, und ohne daß jemand Sebastian Ossenbuil erwähnte, dachten sie in dem Moment doch alle an ihren Kameraden, der erst letzte Woche den Tod gefunden hatte, als sie in einen Hinterhalt geraten waren. Die Lanze des Xhosa-Kriegers war rechts unterhalb der Rippen in seinen Körper eingedrungen, und auf der anderen Seite war die blutverschmierte Lanzenspitze wieder zum Vorschein gekommen. Sebastian hatte einen schrecklichen und qualvoll langen Tod gehabt.

»Was macht übrigens dein Bein?« fragte Wolfrich und sah Hendrik an, der bei diesem Gefecht eine tiefe Schnittwunde am rechten Oberschenkel von einem Assegai davongetragen hatte.

»Wieder fast wie neu«, versicherte Hendrik und dankte Gott im stillen, daß sich die Wunde nicht entzündet hatte. Er hätte die Verwundung vermeiden können, wenn er nach dem Abfeuern seines Gewehrs sein Pferd herumgerissen und sich für die Dauer des Nachladens außer Reichweite der Assegais gebracht hätte, so wie jeder Bure zu kämpfen gelernt hatte. Doch dann hätte ihr Kamerad Rykloff Blankenberg, mit dem sie seit Monaten ein Viermannzelt teilten, vermutlich das Schicksal von Sebastian geteilt. Deshalb hatte er das Gewehr am Lauf gepackt und den Kolben als Keule benutzt, während er im Galopp auf den Xhosa-Krieger zugeritten war, um zu verhindern, daß dieser ihrem am Boden liegenden Kameraden seinen Assegai in die Brust rammte.

»Genügt ja, daß du dich im Sattel halten kannst«, sagte Theron mit gutmütigem Spott, »denn die Gelegenheiten zum Tanz sind hier draußen doch recht spärlich gesät.«

Hendrik wünschte, Theron hätte nicht vom Tanzen gesprochen und ihn damit an Franziska erinnert. Es genügte, daß er nicht eine Nacht einschlief, ohne vorher an sie zu denken und sich mit hoffnungsloser Sehnsucht nach ihr zu verzehren. In seinen Träumen war er mit Franziska vereint, und um so schmerzlicher war das Erwachen, wenn die zärtlichen Bilder seines Traumes schlagartig verblaßten und sich das Wissen um seine verlorene Liebe wie Platten aus Blei auf seine Brust legte. Es gab auch jetzt immer noch Tage, an denen er glaubte, keine Kraft zu haben, aufzustehen und seine Pflicht zu tun. Allein der Freundschaft von Wolfrich, Theron und Rykloff verdankte er es, daß er seine schweren Depressionen immer wieder überwunden hatte und zu lernen begann, sich damit abzufinden, daß Franziska nicht die Frau war, mit der er sein Leben teilen würde.

Rykloff Blankenberg, ein kräftiger blonder Bursche mit der Konstitution eines Ochsen, hatte einen morgendlichen Gang durchs Lager gemacht. Wenn es irgendwelche Neuigkeiten gab, konnten Theron, Wolfrich und Hendrik darauf wetten, daß er der erste von ihnen war, der sie aufschnappte. Ebenso sicher war auch, daß ihr Freund keine Mahlzeit verpaßte.

Kaum klapperte Wolfrich mit den Tellern, als Rykloff auch schon wie gerufen zwischen den Zelten auftauchte, sich die Hände rieb und in bester Laune verkündete: »Bei aller Achtung für eure Kochkünste, Hendrik und Theron, aber wenn Wolfrich Küchendienst hat, könnte mich nicht mal ein Angriff der Kaffern davon abhalten, pünktlich zum Essen zu erscheinen.«

»Du erscheinst immer pünktlich zum Essen, egal, wer kocht und egal, welche Pampe es gibt«, sagte Theron darauf. »Jeder Ochse und jeder Kaffer ist wählerischer als du!«

Rykloff nahm das Gelächter von Wolfrich und Hendrik mit ungetrübter Fröhlichkeit hin und schaufelte sich als erster den Teller voll, während er erwiderte: »Freunde, ich weiß eure Bewunderung wirklich zu schätzen. Aber auch wenn euch die Gaben fehlen, mit denen ich gesegnet bin, braucht

ihr euch doch nicht zu grämen. Ich werde mir alle Mühe geben, euch eure Unzulänglichkeit nicht allzu stark spüren zu lassen.«
Hendrik füllte seinen Emaillebecher mit dampfendem Kaffee. »Was ist los, Rykloff, daß du heute morgen so aufgekratzt bist?«
Rykloff grinste. »Hintsa hat aufgesteckt und sich zusammen mit seinem Sohn und seinem Bruder in die Gewalt von Colonel Smith begeben. Er ist bereit, einen Friedensvertrag zu unterschreiben und die restlichen Viehherden, die die Kaffern noch versteckt halten, rauszurücken«, teilte er ihnen mit vollem Mund mit.
»Magtig, das ist die beste Nachricht, die ich seit langem höre!« rief Wolfrich begeistert, bedeutete das doch, daß sie bald nach Roodekroon zurückkehren konnten.
Rykloff nickte. »Aber das ist noch nicht alles. Gouverneur D'Urban ist auf dem Weg nach Fort Warden. Dort werden sich unsere Truppen versammeln, und in Gegenwart von Hintsa und seinen Beratern wird D'Urban eine Deklaration verlesen, mit der er das ehemals neutrale Territorium zwischen dem Great Kei und dem Keiskamma River im Namen der britischen Krone annektiert und zur Provinz Queen Adelaide erklärt. Damit wird der Great Kei die neue Ostgrenze der Kapkolonie.«
Hendrik, Wolfrich und Theron waren von dieser Nachricht angenehm überrascht, und Theron sagte: »So eine mutige Entscheidung hätte ich von Gouverneur D'Urban nicht erwartet. Die Missionare und Philanthropen werden sich vor Empörung nicht mehr einkriegen, wenn das in England bekannt wird.«
»Mit Sicherheit«, stimmte Hendrik ihm zu. »Aber D'Urban hat das einzig Richtige getan, und das wird das Kolonialamt

in London auch einsehen. Sechs Kaffernkriege haben doch wohl zur Genüge bewiesen, daß die Grenze weiter nach Osten verlegt werden muß, wenn die Siedler in Albany nicht ständig in Angst vor einem erneuten Überfall der Kaffern leben sollen. Zudem ist das Gelände jenseits des Keiskamma River auch einfacher militärisch zu sichern als am Great Fish River.«

»Außerdem bedeutet eine neue Provinz auch neues Land, das besiedelt werden kann«, sagte Wolfrich begeistert. »Und wir brauchen dringend mehr Land. Vielleicht erübrigen sich nun all die Pläne, die Kolonie zu verlassen.«

Theron machte eine skeptische Miene. »Darauf würde ich erst einmal nicht bauen. Gouverneur D'Urban mag die richtige Entscheidung getroffen haben, aber das bedeutet noch nicht, daß die den Segen aus London bekommt.«

»Woher weißt du das überhaupt?« fragte Hendrik Rykloff.

»Ich habe mit dem Adjutanten von Captain Williamson gesprochen. Gestern nacht ist ein berittener Bote von Colonel Smith eingetroffen. Wir sollen das Camp hier abbrechen und uns auf den Weg nach Fort Warden machen. Unser verehrter Gouverneur möchte, daß alle Truppen bei der Verlesung der Deklaration versammelt sind, damit Häuptling Hintsa den richtigen Eindruck unserer militärischen Stärke bekommt.«

Theron verzog das Gesicht. »Als ob solche Demonstrationen die Kaffern jemals dazu gebracht hätten, ihre Raubzüge einzustellen. Ich sage euch, nach einer kurzen Zeit trügerischen Friedens beginnt das alte Spiel von vorne. Vieh zu stehlen liegt den Schwarzen einfach im Blut. Wenn ein junger Kaffer den *lobola*, den Brautpreis bezahlen will, hat er die Alternative, Vieh von einem anderen Stamm oder von uns Weißen zu stehlen.«

Wolfrich nickte. »Und während die Kaffern untereinander auf Viehdiebstahl mit blutigen Vergeltungsschlägen antworten, ist es den Farmern entlang der Grenze in den letzten Jahren nicht mal erlaubt gewesen, gestohlene Herden mit Gewalt zurückzuholen. Und das ist doch gerade eine Einladung an die Kaffern, sich bei uns zu bedienen, wann immer ihnen der Sinn danach steht.«
»Das ist leider nur zu wahr«, pflichtete Rykloff ihm bei. »Und so vernünftig es von D'Urban auch ist, das Territorium zu annektieren, so halbherzig geht er die Sache doch an. Denn wie es heißt, läßt er Hintsa wie einen uns wohlgesonnenen Staatsgast behandeln und mit Geschenken geradezu überhäufen, unter anderem mit zwölf kostbaren Sätteln und Zaumzeug. Und Colonel Smith bläst in dasselbe Horn. Dabei vergessen sie, daß die Schwarzen eine andere Mentalität haben und dies ganz und gar nicht die Art ist, wie siegreiche Kaffernhäuptlinge mit ihresgleichen umgehen.«
»So edelmütig die Absichten von Gouverneur D'Urban und Colonel Smith auch sein mögen, Hintsa und seine Krieger werden solch ein Verhalten als Schwäche auslegen«, prophezeite Theron.
Wenig später kam Vic van Hoorn zu ihnen und teilte ihnen mit, daß ihnen die Aufgabe zugefallen war, die Rinderherde zuerst nach Fort Warden und von dort nach Grahamstown zu treiben. »Danach könnt ihr nach Roodekroon zurückkehren.«
»Nichts lieber als das, Vic«, sagte Theron und sprach damit seinen Freunden aus der Seele, denn sie hatten schon seit Monaten nichts mehr von ihren Familien gehört. »Nur werden wir mit der Herde zu viert kaum fertig werden.«
Vic van Hoorn nickte. »Das ist Captain Williamson und mir

klar. Deshalb haben wir euch noch drei Männer und vier Hottentotten zugeteilt.«
»In Ordnung«, sagte Hendrik, denn er wußte in diesem Moment noch nicht, daß einer dieser drei Männer, mit denen sie auf den langen Viehtreck nach Grahamstown gehen sollten, ausgerechnet Jan van Wyken war.

33

Lodewyk Potgieter, ein bulliger Farmer aus Graaff-Reinet und erfahrener Veteran des 5. Kaffernkriegs von 1818/19, führte auf dem Treck das Kommando. Seiner Autorität war es zu verdanken, daß die Feindschaft zwischen Hendrik und Jan nicht in offene Gewalt ausbrach.
Hendrik gab sich Mühe, jeden Kontakt mit Franziskas Bruder zu meiden. Aber ihre Aufgabe, fast tausend Rinder durch bergiges Buschland zu treiben, machte es unmöglich, sich ständig aus dem Weg zu gehen. Hätte auch Jan Zurückhaltung geübt, wäre es leichter gewesen, Auseinandersetzungen zu vermeiden. Er fand jedoch sichtlich Gefallen daran, ihn immer wieder zu reizen und ihn daran zu erinnern, daß Franziska ihm den Laufpaß gegeben hatte. Wenn sie gegen Mittag eine Rast einlegten und abends, wenn sie ihr Camp für die Nacht aufschlugen und die Wärme eines lodernden Lagerfeuers suchten, nutzte er jede Gelegenheit, ihn zu provozieren.
An jenem Mittag, als sie zwei Meilen vor Clifford's Drift am Kabusi River in einer weiten Senke lagerten und sich mit Biltong und harten Biskuits stärkten, kam das Gespräch auf die neue Provinz Queen Adelaide, die Gouverneur D'Urban proklamiert hatte.

Lodewyk Potgieter vertrat wie Theron die Auffassung, daß diese Annexion, so vernünftig sie auch war, nicht die Erwartungen erfüllen würde, die manche Buren in sie setzten. »Die Kapkolonie wächst um eine Provinz, und die neue Grenze zum Kaffernland wird der Great Kei River sein. Das ist vielleicht gut für die britische Krone und mit Sicherheit ein Segen für alle Siedler in Albany, die nun endlich nicht mehr die katastrophale Grenzpolitik der Herren in London mit ausbaden müssen, aber das ändert nichts daran, daß wir Buren in dieser Kolonie auch zukünftig keine gerechte Behandlung zu erwarten haben.«

»Zumindest wird es genug neues Land zur Besiedlung geben, und das ist immerhin schon etwas«, meinte Jan.

»Ja, wenn es einem nichts ausmacht, sich von den Engländern bevormunden zu lassen«, warf Wolfrich ein, was ihm einen wütenden Blick von Jan einbrachte.

Bevor dieser jedoch zu einer scharfen Erwiderung ansetzen konnte, sagte Lodewyk: »Außerdem habe ich so meine Zweifel, daß wir Buren bei der Landverteilung unseren verdienten Anteil bekommen werden. Wie ich übrigens auch nicht daran glaube, daß wir für die fast fünf Monate, die wir hier nun schon im Feld sind und die Arbeit der Rotröcke machen, auch nur einen lausigen Rixdollar Entschädigung zu sehen bekommen werden.« Er schüttelte finsteren Gesichtes den Kopf. »Nein, ich sehe nicht, daß sich in den achtundvierzig Jahren meines Lebens hier in der Kolonie für uns Buren auch nur etwas zum Besseren gewendet hätte.«

»Ganz im Gegenteil«, bemerkte Theron.

»Und noch länger auf eine Veränderung zu warten halte ich für zwecklos und für eine Vergeudung von kostbaren Jahren«, bekräftigte Lodewyk. »Ich möchte noch erleben, daß meine Kinder und Kindeskinder in einem freien Buren-

staat ihr Schicksal so bestimmen können, wie Gott es gewollt hat.«
»Sie tragen sich also auch mit dem Gedanken, die Kolonie zu verlassen?« fragte Hendrik.
»Ich trage mich nicht mit dem Gedanken, sondern ich bin fest entschlossen. Sowie ich zurück bin, werde ich meine Farm verkaufen und mich der ersten Gruppe anschließen, die diese Kolonie verläßt.«
Hendrik nickte. »Ich sehe auch keine andere Alternative.«
»Das verwundert mich nicht«, schoß Jan augenblicklich einen seiner Giftpfeile ab.
Hendrik versteifte sich. »So?« fragte er knapp.
Jan bedachte ihn mit einem geringschätzigen Blick. »Jemand wie du, der so tief mit seiner Heimat verwurzelt ist wie ein herumstreunender Hottentotte und nicht auf eigenem Land geboren ist, hat natürlich nichts zu verlieren.«
»Paß auf, was du sagst!« zischte Hendrik.
Theron blickte Jan scharf an. »Offenbar kannst du selbst nicht hören, was für ein dümmliches Gesülze dir häufig über die Lippen kommt, sonst würdest du dich dafür eigenhändig rechts und links ohrfeigen!«
»Und du hast wohl vergessen, daß Hendrik GROOT FONTEIN erben wird und deshalb genausoviel zu verlieren hat wie Lodewyk oder jeder andere, der seine Farm aufgibt und die Kolonie mit ungewissem Ziel verläßt!« rief Wolfrich ärgerlich.
Jan spuckte ein Stück Fett aus. »Richtig, er erbt ja GROOT FONTEIN. Möchte wirklich wissen, wie er es geschafft hat, den alten Hermanus so um den kleinen Finger zu wickeln und sich die Farm zu erschleichen. Aber ein alter Mann und Narr wie Hermanus ist natürlich leicht zu täuschen«, höhnte er. »Viel leichter jedenfalls als meine Schwester, die trotz

ihrer Gutgläubigkeit noch früh genug erkannt hat, was von ihm zu halten ist.«

Hendrik sprang wutentbrannt auf und schleuderte seinen Kaffee ins Feuer. »Diesmal bist du zu weit gegangen, Jan!« rief er. »Deine dreckigen Anspielungen und Verleumdungen höre ich mir nicht länger an!«

Jan war ebenfalls aufgesprungen und bereit, sich mit Hendrik zu prügeln. Doch Lodewyk Potgieter ging dazwischen. Er stieß Jan mit einem derben Schlag gegen die Brust zurück und verstellte Hendrik gleichzeitig den Weg.

»Wenn ihr euch unbedingt prügeln wollt, könnt ihr das gerne haben!« erklärte er zornig. »Aber nicht jetzt! Wir müssen die Herde heute durch Clifford's Drift treiben, und das ist schon schwierig genug, wenn alle von uns in bester Verfassung sind. Ich lasse nicht zu, daß ihr euch gegenseitig die Köpfe einschlagt und danach nicht in der Lage seid, eure Arbeit zu tun.«

»Ich habe mir in den letzten Tagen mehr als genug von ihm bieten lassen!« sagte Hendrik mühsam beherrscht. »Aber jetzt nehme ich seine Beleidigungen nicht länger hin, Lodewyk!«

Jan schnaubte verächtlich. »Dein Pech, wenn du die Wahrheit nicht verträgst!« reizte er ihn.

»Schluß! Kein Wort mehr!« donnerte Lodewyk. »Heute abend, wenn wir den Fluß hinter uns gebracht und die Herde gesichert haben, könnt ihr euch meinetwegen gegenseitig grün und blau schlagen. Aber bis dahin beherrscht ihr euch. Und wer sich nicht daran hält, den werde ich mir persönlich vornehmen, bevor ich ihn zum Teufel jage. Habe ich mich klar genug ausgedrückt?«

»Ja«, sagte Hendrik grimmig.

Jan verzog das Gesicht und nickte.

»Gut, dann laßt uns aufbrechen und die Herde wieder zusammentreiben! Jan übernimmt mit Jakobus die linke Flanke, Wolfrich die Nachhut, Rykloff und Theron die rechte Flanke, und Hendrik reitet mit mir an der Spitze. Noch Fragen? Nein? Dann an die Arbeit, Männer!«

Jan warf Hendrik einen herablassenden Blick zu und schlenderte dann zusammen mit Jakobus Donker, mit dem er befreundet war, zu den Pferden hinüber. Sie lachten, und Jakobus schaute über seine Schulter zurück.

»Dieser Schweinehund!« Hendrik kochte innerlich vor Wut, und die Funken stieben nur so unter seinen Stiefeln hoch, als er das Feuer austrat. »Ich wünschte, Lodewyk hätte nicht eingegriffen. Es ist Zeit, daß ich dem Burschen endlich mal das schmutzige Mundwerk stopfe!«

Theron hängte sich sein Gewehr um die Schulter und setzte seinen breitkrempigen Lederhut auf. »Heute abend hast du die Möglichkeit dazu. Jan ist so arrogant, daß er sich dir überlegen fühlt. Er hat einfach nicht genug Vernunft zu sehen, daß er in einem fairen Kampf gegen dich so wenig Chancen hat wie ein Stinktier gegen einen Leoparden. Also genieße die Vorfreude!«

»Ich nehme es schon mit ihm auf, aber ich glaube nicht, daß er es mir *so* leicht machen wird.«

»Du wirst mich schon nicht enttäuschen, denn ich beabsichtige, ein kleines Bündel Rixdollars darauf zu verwetten, daß er sich keine fünf Minuten auf den Beinen halten wird, und wie ich Jakobus kenne, wird er die Wette annehmen.«

Hendrik mußte gegen seinen Willen lachen, nahm sein Gewehr und folgte den anderen zu den Pferden.

Der Treck erreichte Clifford's Drift am frühen Nachmittag. Bis zum Einbruch der Dämmerung blieb noch Zeit genug,

um die Herde über den Fluß zu treiben und das freie Gelände mit gutem Weidegras zu erreichen, das eine halbe Meile jenseits des buschbestandenen Ufers lag.
Das Meer staubiger Leiber drängte zum Wasser hinunter. Das Ufer des Kabusi war mit Bäumen und verfilztem Busch dicht bewachsen. Nur dort, wo die Furt durch den Fluß führte, klaffte eine Lücke von etwa hundert Yard Breite.
»Los geht's, Männer!« schrie Lodewyk.
Die heiseren Rufe der Viehtreiber, das scharfe Knallen von Peitschen und das Blöken der Rinder vermischten sich mit dem trommelnden Geräusch von mehr als viertausend Hufen, als die Herde auf die Furt zuhielt.
Hendrik und Lodewyk nahmen den Leitochsen in ihre Mitte und setzten als erste über den Kabusi. Die Furt war recht tief, und zweimal verlor Hendriks Pferd den Grund unter den Hufen. Die Kälte des Wassers erinnerte Hendrik daran, daß der Fluß in den Bergen entsprang und eine beachtliche Strömung hatte. Glücklicherweise wies das Westufer einen weniger dichten Bewuchs mit dornigem Dickicht auf, denn sie wurden beim Übersetzen doch ein gutes Stück flußabwärts getrieben.
An die zweihundert Rinder hatten die Furt schon überquert, als die Xhosas angriffen. Wie aus dem Nichts tauchten sie plötzlich im Rücken der Herde aus dem Busch auf. Sehnige schwarze Gestalten, nackt bis auf einen gelegentlichen Kopfschmuck und ein Lendenband, mutig im Kampf und erbarmungslos im Töten. Es waren mindestens vierzig Krieger, von denen fast ein Drittel beritten war. Assegais blitzten in der Nachmittagssonne. Und einige Xhosas hielten sogar Feuerwaffen in den Händen.
»Heiliger Moses!« stieß Lodewyk entsetzt aus, als die ersten Gewehrschüsse krachten und die Xhosas auf dem östlichen

Ufer von drei Seiten angriffen. »Wissen die denn nicht, daß der verdammte Krieg vorbei ist?«

»Was immer sie wissen oder nicht wissen, sie meinen es tödlich ernst!« schrie Hendrik und griff zum Gewehr.

»Es sind zu viele! Mit solch einer Übermacht können wir es nicht aufnehmen, nicht wenn sie mit Gewehren bewaffnet sind!« Lodewyk verfluchte die skrupellosen weißen Händler, die den Kaffern Gewehre und Pulver verkauft hatten.

Hendrik feuerte auf einen Krieger, der Wolfrich bedrohlich nahe gekommen war und mit seiner Lanze zum Wurf ausholte. Die Kugel traf, der Xhosa brach zusammen, und die Lanze flog weit von ihrem Ziel entfernt in ein Gebüsch. Neben Hendrik krachte das Gewehr von Lodewyk.

»Bringt euch hierher in Sicherheit!« schrie ihr Anführer, während sie hastig nachluden. »Über den Fluß, Männer! Vergeßt die Herde! Bringt euch in Sicherheit, wir geben euch Feuerschutz!«

Wolfrich jagte zum Fluß, gefolgt von Theron und Jakobus und den Hottentotten. Auf dem Ostufer hatten sie keine Chance, sich lange zu halten. Ihre einzige Rettung bestand darin, rechtzeitig über den Fluß zu kommen. Vom Westufer aus, in Deckung und mit dem Kabusi als natürliche Barriere, konnten sie sich der Xhosa-Krieger leicht erwehren. Sie würden sich kaum auf ein langes Gefecht einlassen. Es waren die Rinder, auf die sie es abgesehen hatten.

Das Gewehrfeuer und die wilden Schreie, mit denen die Xhosas heranstürmten, versetzten die Herde in Panik. Die Rinder wichen vom Fluß zurück, der nicht ihr natürliches Element war, und stürmten wieder die Hügel hinauf. Dabei fächerte sich der Strom der Tiere in eine Unzahl von Gruppen auf, die in alle Himmelsrichtungen davonstoben.

Jan hatte das Pech, das Ufer noch nicht erreicht zu haben,

als die Xhosas angriffen und die Panik unter den Tieren ausbrach. Hunderte von Rindern versperrten ihm plötzlich den Weg zum Fluß, wo seine Rettung lag. Er war in der Menge der kopflos davonstürmenden Tiere gefangen, wurde von ihnen mitgerissen wie Treibholz in einem reißenden Strom. Verzweifelt versuchte er, sein mittlerweile gleichfalls in Panik geratenes Pferd unter Kontrolle zu bringen und gegen die anbrandende Welle aus Rindern zurück zum Fluß zu lenken. Doch sein Pferd scheute und widersetzte sich seinem Willen.

Brutal zerrte er an den Zügeln und riß das Pferd herum direkt in den Lauf eines tonnenschweren Ochsen. Das mächtige Gehörn bohrte sich in die rechte Flanke des Pferdes und spießte es förmlich auf. Der Zusammenprall war so gewaltig, daß das Pferd mitsamt seinem Reiter für einen kurzen Moment in die Luft gehoben wurde. Der qualvolle Todesschrei des Tieres wie auch Jans Schreie gingen in dem allgemeinen Tumult unter. Der Ochse schwang seinen mächtigen Schädel hin und her, um sein Gehörn freizubekommen, und riß dabei den Leib des Pferdes noch mehr auf.

Indessen galoppierten Theron, Wolfrich, Rykloff, Jakobus und die vier Hottentotten zum Fluß. Das Wasser spritzte unter den Hufen ihrer Pferde hoch auf, als sie die Tiere in die kalten Fluten jagten. Theron und Wolfrich feuerten noch im Galopp auf die Xhosas.

Eine Gruppe berittener Krieger nahm die Verfolgung bis ans Ufer auf. Hendrik und Lodewyk schossen und luden, so schnell sie konnten. Sie vermochten jedoch nicht den Tod von Jakobus zu verhindern, der am weitesten zurücklag. Bevor Lodewyk den Xhosa töten konnte, hatte dieser seine Lanze geschleudert. Sie traf Jakobus in den Rücken und war

mit soviel Kraft geworfen, daß die Lanzenspitze vorn aus der Brust hervortrat.
Mit Entsetzen sah Hendrik, wie Jakobus sich im Sattel aufbäumte, den Kopf in den Nacken warf und die Lanzenspitze mit beiden Händen umklammerte. Dann stürzte er vom Pferd und schlug im seichten Uferwasser auf. Leblos blieb er liegen.
Zur selben Zeit, als Theron und Wolfrich und die ersten beiden Hottentotten das rettende Westufer erreichten, kroch Jan auf der ehemals linken Flanke der Herde unter seinem verendenden Pferd hervor. Aus der undurchdringbaren Mauer massiger Rinderleiber war ein lückenreiches Durcheinander von ziellos dahinrennenden Tieren geworden. Durch diese Lücken raste Jan nun in einem wilden Zickzack zum Ufer. Es war ein Wettlauf um Leben und Tod, denn eine Gruppe von Xhosas war trotz der Staubwolken, die von den Hufen aufgewirbelt wurden, auf ihn aufmerksam geworden.
Hendrik sah Jan und wußte, daß er es allein niemals bis zum Fluß schaffen würde. Sein Tod war unabwendbar, wenn ihm niemand zu Hilfe eilte.
»Ich hole Jan! Gebt mir Deckung, und schießt, was ihr nur könnt!« rief er seinen Freunden zu, stieß seinem Pferd die Absätze in die Flanken und jagte es zurück in den Fluß. Es war keine bewußte Überlegung, die zu seiner Entscheidung führte. Er reagierte in dieser Notsituation spontan und instinktiv.
»Das ist Wahnsinn, Hendrik!« schrie Lodewyk. »Ihr werdet es beide nicht schaffen!«
Hendrik hörte nicht auf ihn, sondern holte alles aus seinem Tier heraus. Jan hatte sehr wohl noch eine Chance. Lodewyk und die anderen mußten ihnen bloß die Kaffern,

die mit Gewehren bewaffnet waren, weit genug vom Leib halten.
Eine Gewehrsalve schallte über den Fluß und brachte mehreren von Jans Verfolgern den Tod. Doch ein Assegai flog durch die Luft. Er fiel kurz, aber immer noch weit genug, um Jan hinten am rechten Oberschenkel zu treffen. Er ging mit einem Aufschrei zu Boden, riß den Assegai aus seinem Bein und kam mühsam wieder hoch, um schon nach zwei Schritten erneut unter Schmerzen zusammenzubrechen.
Hendrik jagte sein Pferd das Ufer hinauf. Jetzt trennte ihn bloß noch ein Dutzend Pferdelängen von Jan. Vom anderen Ufer kam unablässiges Gewehrfeuer und hielt die Xhosas auf Distanz. Mit ihren Assegais konnten sie ihn und Jan nun nicht mehr erreichen, aber doch mit ihren Gewehren. Die Kugeln schlugen um sie herum ein und ließen Sand aufspritzen.
Hendrik duckte sich im Sattel, war Augenblicke später bei Jan und beugte sich mit ausgestrecktem Arm zu ihm hinunter, während er ihm zurief: »Spring auf! Allmählich wird es hier ungemütlich.«
Mit von Todesangst und Schmerzen gezeichnetem Gesicht kam Jan auf die Beine. Hendrik zerrte ihn hoch, so daß er vor ihm quer über dem Pferd lag, und preschte zum Fluß zurück. Eine Kugel schlug in seinen rechten Stiefel ein und riß ihm den Absatz weg. Eine andere streifte ihn an der linken Schulter und hinterließ eine Fleischwunde.
Dem konzentrierten Feuer ihrer Kameraden und Hottentotten, die in diesem Krieg auf der Seite der Kolonisten tapfer gegen die Kaffern gekämpft hatten, verdankten Hendrik und Jan, daß sie das westliche Ufer lebend erreichten.
Das Gewehrfeuer verstummte. Die Xhosas hatten sich in den Busch zurückgezogen und trieben nun am Ostufer jenseits der Hügel die Rinder zusammen.

»Alle Achtung, das war ein ganz besonderes Bravourstück, das schon nach einem Selbstmordkommando aussah«, sagte Lodewyk mit einem seltsamen Gesichtsausdruck, als könnte er nicht verstehen, daß Hendrik ausgerechnet für Jan sein Leben aufs Spiel gesetzt hatte.
»Du hast ihm das Leben gerettet«, sagte Theron, und seine Miene wie auch die von Wolfrich und Rykloff drückten dasselbe Unverständnis aus wie Lodewyks.
Selbst Hendrik war merkwürdig zumute. Er zuckte mit den Schultern und verbarg seine eigene Verwirrung hinter der betont scherzhaften Erwiderung: »Ich wollte ihn nicht so leicht davonkommen lassen. Immerhin ist er mir noch einen Faustkampf schuldig.«
Niemand lachte, und Theron sagte mit Blick auf das andere Ufer, wo Jakobus mit dem Gesicht im flachen Wasser lag: »Ich wünschte, er hätte es geschafft – und nicht nur wegen unserer dummen Wette. Gott sei seiner Seele gnädig.«
Jan, der starke Schmerzen hatte, starrte Hendrik mit ungebrochener Feindseligkeit, ja jetzt sogar mit Haß an. »Glaube ja nicht, daß ich nun vor Dankbarkeit zerfließe und meine Meinung über dich ändere!« zischte er, damit ihn die anderen nicht hören konnten. »Du hast nichts weiter als deine verdammte Pflicht getan.«
»So ist es, Jan. Ich habe nur das getan, was jeder andere in meiner Situation auch getan hätte – sogar du, nicht wahr?« sagte Hendrik kühl.
Jan spuckte ihm vor die Füße. »Spiel dich bloß nicht als Held auf. Ich hätte es auch allein geschafft!«
Hendrik verzog keine Miene. »Sicher hättest du das«, erwiderte er und ging weg.
Sie holten Jakobus' Leiche, begruben ihn auf der Kuppe eines Hügels und verschanzten sich für die Nacht vorsichts-

halber hinter einer Umfriedung aus Dornengestrüpp, das sie zusammentrugen. Sie teilten Wachen ein und verbrachten die Nacht am Kabusi River mit schußbereiten Gewehren und in Erwartung eines zweiten Angriffs.
Dieser erfolgte jedoch nicht. Es blieb still, und am Morgen brachen sie zum nächsten Militärstützpunkt auf, wo sie Jan in die Hände eines Militärarztes gaben. Dort erfuhren sie, daß Häuptling Hintsa zwei Tage zuvor einen Fluchtversuch unternommen hatte – ohne sich um das Schicksal seines Sohnes und seines Bruders zu kümmern, die er bis zur Einlösung seiner Versprechungen den Engländern als Pfand übergeben hatte. Colonel Harry Smith, der ihn die ganze Zeit so respektvoll behandelt und mit Geschenken überhäuft hatte, verfolgte ihn, und als er ihn stellte, griff Hintsa ihn mit dem Assegai an. Daraufhin erschoß ihn der Colonel in Notwehr. Die Folge war ein kurzes Aufflackern von kriegerischen Handlungen, zu denen auch der Überfall am Kabusi River gehörte. Es kam jedoch glücklicherweise nicht zu einem erneuten Krieg. Gouverneur D'Urban und Colonel Smith handelten mit den Stammeshäuptlingen Friedensverträge aus. Makomo und Kreli, Hintsas Sohn, wurden ans Kap auf die Gefangeneninsel Robben Island geschickt, die in späteren Generationen zu trauriger Berühmtheit gelangen sollte.
Im Juni 1835 entließ der Gouverneur die Burgher-Kommandos. Hendrik beschloß, zuerst einen Umweg über HIGHLANDS und Grahamstown zu machen. Auf ein paar Tage mehr oder weniger kam es nach fast sechs Monaten Kommandodienst auch nicht mehr an. Er wollte noch einmal Douglas und Rachel besuchen. Aber was ihn noch stärker nach Grahamstown zog, war der Wunsch, seinen Vater wiederzusehen – zum erstenmal nach sieben Jahren.

34

Über ein halbes Jahr war vergangen, seit fünfzehntausend Xhosas wenige Tage vor dem Weihnachtsfest über die Provinz Albany hergefallen waren und die Heimat von Tausenden von Siedlern in einer wilden Orgie aus Feuer und Blut geplündert und verwüstet hatten. Das Land trug noch immer die häßlichen Narben des 6. Kaffernkriegs, es war geradezu übersät damit. Wohin man westlich des Great Fish River auch ritt, überall stieß man auf die verkohlten Ruinen einstiger Gehöfte. Hendrik, Rykloff, Wolfrich und Theron empfanden den Ritt nach Grahamstown als das bedrückendste Erlebnis ihres Kommandos. Die Verzweiflung, Hoffnungslosigkeit und ohnmächtige Wut in den Augen der Frauen, Kinder und wenigen Männer, die ihnen entlang ihres Weges begegneten und die mit dem wenigen, was sie hatten retten können, einen Wiederaufbau versuchten, war niederschmetternd.

»Und uns hat der Gouverneur verboten, die Kraals der Kaffern niederzubrennen!« zürnte Rykloff. »Ja, er hat ihre blutrünstigen Häuptlinge sogar noch mit Geschenken überhäuft. Und wo sind die Notmaßnahmen zugunsten der abgebrannten Farmer?«

»Sag bloß, du hast etwas anderes erwartet?« fragte Theron verbittert. »Die Kaffern dürfen getrost plündern und morden, ohne wirklich schwerwiegende Konsequenzen fürchten zu müssen. Ich gehe jede Wette ein, die eifrigen Missionare und Philanthropen in London werden alles so verdrehen, daß es nachher noch so aussieht, als hätten wir den Krieg vom Zaun gebrochen und die Kaffern förmlich gezwungen, Albany in Brand und Asche zu legen. Denn nach

deren Überzeugung sind die ›edlen Wilden‹ zu einer bösen Tat ja gar nicht fähig.«
»Das sollen sie mal den Eltern von Jakobus oder seiner Verlobten erzählen«, erwiderte Rykloff wütend, seufzte dann und fuhr resigniert fort: »Aber was regen wir uns darüber überhaupt noch auf? Wir Buren sind immer die Prügelknaben der Kolonie gewesen, und daran wird sich auch in Zukunft nichts ändern.«
»Grund genug, daß wir unsere Zukunft endlich in die eigenen Hände nehmen«, erklärte Wolfrich energisch. »Ich jedenfalls werde meinen Vater drängen, GELUK DRIFT so schnell wie möglich zu verkaufen. Ihr habt ja gehört, was Vic van Hoorn gesagt hat. Er will auch nicht länger darauf warten, daß sich in der Kolonie etwas zum Bessern für uns wendet. Er will mit der ersten Gruppe lostrecken.«
Theron lachte trocken auf. »Ich bin dabei, und zwar lieber heute als morgen.« Er wandte sich im Sattel nach links. »Was ist mit dir, Hendrik?«
»Wenn ich nur für mich zu entscheiden hätte, brauchte ich nicht lange zu überlegen«, antwortete Hendrik. »Ich bin für den Treck aus der Kolonie. Aber ich werde Hermanus nicht allein zurücklassen.«
»Du hast doch gehört, was Hermanus bei unserer letzten Zusammenkunft auf WELTEVREDEN gesagt hat«, erinnerte ihn Theron mit einem breiten Grinsen, »nämlich daß ein solcher Exodus in das freie, gelobte Burenland nicht nur aus jungem Gemüse bestehen darf, sondern auch ein gut Teil Dörrobst dabeihaben muß, wenn er gelingen soll. Und daß er entschlossen ist, sein Teil Dörrobst *in persona* beizusteuern.«
Dieser Kommentar des alten Hermanus Houtman hatte auf WELTEVREDEN Gelächter ausgelöst, in dem sich Vergnügen

wie Anerkennung vereinigt hatten. Und Therons Erinnerung daran führte auch diesmal zu Gelächter.

Wenige Meilen vor Grahamstown endeten die sechs Monate, die die vier Freunde gemeinsam Seite an Seite im Sattel verbracht hatten. Theron und Rykloff wollten eine kurze Stippvisite in Grahamstown machen und einige persönliche Einkäufe erledigen, um dann auf schnellstem Weg zurück nach Roodekroon zu reiten. Denn auf beide wartete zu Hause nicht nur die Familie, sondern auch eine junge Frau, mit der sie in naher Zukunft vor den Traualtar treten wollten.

Hendrik dagegen zog es vor, einen Bogen um Grahamstown zu machen und sich zuerst nach HIGHLANDS zu begeben. Zwar hatte er im Laufe der Monate von einem Soldaten, der in Grahamstown stationiert gewesen und dessen Onkel ein Nachbar der Mariks war, zu seiner großen Erleichterung erfahren, daß die Farmen im Tal am Kariega River von der Brandschatzung der Kaffern größtenteils verschont geblieben waren und daß insbesondere HIGHLANDS nicht in Flammen aufgegangen war, aber er wollte sich doch mit eigenen Augen vom Wohlergehen der Mackenzies überzeugen. Zudem war er sich mit jeder Meile, die er Grahamstown näher kam, weniger sicher, ob es eine so gute Idee war, nach sieben Jahren eine Aussprache mit seinem Vater zu suchen. Was geschehen war, ließ sich nicht wiedergutmachen. Er hatte nie eine Bindung zu seinem Vater gespürt, so sehr er sich auch danach gesehnt hatte. Und es würde eine solche auch nie geben. Dafür war es zu spät. Die Jahre, die vergangen waren, hatten ihn verändert und eine Distanz geschaffen, die nicht einmal erklärtes Schuldbewußtsein und Reue von Seiten seines Vaters überbrücken konnten. Und James McAllister war nicht der Mann, der über Nacht ein weiches

Herz bekam und eine Vaterliebe in sich entdeckte, die er fast achtzehn Jahre nicht empfunden hatte. Also was, um alles in der Welt, hoffte er, im Angesicht seines Vaters zu finden?

Wolfrich begleitete Hendrik nach HIGHLANDS, aus Freundschaft und weil es kein Mädchen gab, das im Bezirk von Roodekroon sehnsüchtig auf ihn wartete. Wie er sagte, wollte er sich vorerst auch nicht binden. »Frisch verheiratet, ja vielleicht sogar mit einer schwangeren Ehefrau auf den großen Treck in unbekanntes Land zu ziehen ist nicht gerade meine Idealvorstellung von einem aufregenden Abenteuer«, erklärte er.

Hendrik lachte, doch in seinem Herzen saß noch immer der Schmerz. Er hätte sich kein größeres Glück vorstellen können, als mit Franziska an seiner Seite den Aufbruch in ein neues, fremdes Land zu wagen.

Als Hendrik und Wolfrich auf HIGHLANDS eintrafen, war die Freude über das Wiedersehen groß. Das letztemal, daß Hendrik Douglas und Rachel besucht hatte, lag mittlerweile schon wieder vier Jahre zurück. Das war nach dem Viehtrieb gewesen und bevor er in Richtung Snow Mountains aufgebrochen war. Damals hatte sich zu Robin, Tim und Lena eine Schwester namens Frieke gesellt. Inzwischen war der Kinderreichtum auf HIGHLANDS noch um die zweijährigen Zwillinge David und Adriaan angewachsen.

»Der Herr meint es gut mit uns«, sagte Rachel mit glücklichem Strahlen in den Augen, als Hendrik ihr und Douglas zu ihrem Kindersegen gratulierte.

»Die Kaffern haben mir zweihundert Rinder gestohlen, doch nicht für tausend Zugochsen würde ich auch nur eines meiner *sieben* Kinder missen wollen«, sagte Douglas und drückte Hendrik an sich. »Es ist schön, daß wir dich wieder

bei uns haben, mein Junge, wenn auch nur für ein paar Tage.«
Hendrik empfand ebenso, und die Woche auf HIGHLANDS verging im Flug, denn es gab so viel zu berichten. Er erzählte Douglas und Rachel von Hermanus und GROOT FONTEIN, und was er in seiner Bescheidenheit ausließ, erfuhren die Mackenzies von Wolfrich, was diese mit Stolz auf Hendriks Leistung erfüllte. Nur über Franziska schwieg er sich mehr oder weniger aus.
»Ich habe gelernt, auch die langsamen und traurigen Lieder so zu spielen, wie du es mir einmal erklärt hast«, war der einzige Hinweis, den Hendrik sich erlaubte.
»Möchtest du darüber sprechen?« fragte Douglas.
Hendrik schüttelte den Kopf. »Das ist etwas, das ich allein mit mir ausmachen muß«, sagte er und wechselte das Thema, indem er das Gespräch auf die Absicht vieler Buren brachte, die Kolonie zu verlassen. »Ich bin entschlossen, mich diesem Treck anzuschließen, Douglas. Und du?«
Douglas schüttelte den Kopf. »Du weißt, daß auch ich kein Freund der Engländer bin und nicht weniger als du an der Politik, wie sie hier betrieben wird, auszusetzen habe. Aber Rachel und ich sind zu dem Entschluß gekommen zu bleiben. Wir haben HIGHLANDS aus dem Nichts aufgebaut, und mir fehlt einfach der Mut und die Abenteuerlust, in die Wildnis zu ziehen und dort noch einmal einen Anfang zu machen. Doch ich kann jeden verstehen, der anders denkt und seinem Traum von Freiheit folgt. Die Mariks werden übrigens auch gehen. Sie haben mir WELVERDIENT zum Kauf angeboten, und wenn ich es irgendwie finanzieren kann, werde ich ihr Angebot annehmen.«
Am dritten Tag ihres Aufenthalts im Kariega-Tal ritten Hendrik und Wolfrich nach WELVERDIENT hinüber. Martin und

sein Vater, die ebenfalls am Krieg gegen die Kaffern teilgenommen hatten und selbst erst vor zwei Wochen zurückgekommen waren, freuten sich sehr über den Besuch. Die größte Überraschung für Hendrik war jedoch Katharina.

Er erkannte sie im ersten Moment kaum wieder. Sie war gewachsen und hatte sich in eine bildhübsche junge Frau verwandelt.

»Katharina, bist du es wirklich?« entfuhr es ihm spontan, als sie mit einem strahlenden Lächeln auf ihn zukam. »Verrätst du mir, wer dich verzaubert hat?«

Sie lächelte und errötete. »Vielleicht war es der junge Mann, der einem kleinen Mädchen, das Ziegen gehütet hat, drei Zuckerstangen geschenkt hat.«

Hendrik lachte. »Wie vielen Männern hast du schon den Kopf verdreht?« neckte er sie.

»Ich hüte noch immer Ziegen und Schafe, Hendrik. Da bleibt nicht viel Zeit, irgend jemandem den Kopf zu verdrehen – auch wenn ich wollte.«

Als sie gegen Abend nach HIGHLANDS zurückritten, sagte Wolfrich: »Magtig, diese Katharina ist so hübsch wie eine junge Rose.«

»Ja, und ohne die Dornen.«

»Hast du bemerkt, daß sie dich die ganze Zeit angeschaut hat?«

Hendrik hatte es sehr wohl bemerkt, wehrte jedoch mit einem Anflug von Verlegenheit ab. »Ach was, das hast du dir bloß eingebildet, weil *du* die ganze Zeit kein Auge von ihr genommen hast.«

Wolfrich warf ihm einen spöttischen Blick zu. »Ich weiß nicht, warum, aber irgendwie macht deine Antwort nicht viel Sinn«, spottete er. »Es sei denn ...«

»Gib Ruhe, Wolfrich! Du siehst Bäume, wo keine stehen«, fiel Hendrik ihm ins Wort. »Laß uns lieber zureiten, damit wir noch vor Einbruch der Dunkelheit auf HIGHLANDS sind.« Und damit trieb er sein Pferd an. Sie trafen lange vor der Dämmerung auf der Farm ein.

Vier Tage später nahm Hendrik Abschied von Douglas und Rachel, und obwohl sich jeder bemühte, die Bedeutung dieses Abschieds herunterzuspielen, war doch allen klar, daß sie einander viele Jahre nicht wiedersehen würden, vielleicht sogar niemals mehr.

Wolfrich spürte die Bedrückung seines Freundes, als sie nach Grahamstown ritten, doch er unternahm keinen Versuch, das Schweigen zu brechen und Hendrik aufzumuntern. Er fragte auch nicht nach dem Grund, als Hendrik ihn bat, vor MCALLISTER'S EMPORIUM zu warten und ihn nicht ins Geschäft zu begleiten.

»Was ich hier erledigen muß, ist sehr ... persönlich«, sagte er entschuldigend, »und ich glaube nicht, daß es lange dauern wird.«

»Laß dir Zeit, Hendrik. Ich bin nicht in Eile«, erwiderte Wolfrich und wunderte sich doch, was sein Freund in diesem Laden so Persönliches zu erledigen hatte, daß er nicht einmal ihn dabeihaben wollte. Aber er respektierte seinen Wunsch.

Hendrik hatte geglaubt, nach all den Jahren, die vergangen waren, und mit seinem hart erarbeiteten Selbstbewußtsein seinem Vater ruhig und innerlich gefestigt entgegentreten zu können. Doch als er nun die Stufen zur Stoep hinaufging, bekam er feuchte Hände, und sein Herz begann wie wild zu schlagen. Ihm war bei jedem Schritt, als wären seine Stiefel aus Blei gegossen.

Warum tat er sich das an?

Er zögerte an der Tür, gab sich dann einen Ruck und trat in den Laden ein. Nichts hatte sich hier in all den Jahren verändert. Mit dem Anblick der vollgestellten Verkaufsregale und Vitrinen und dem vertrauten Geruch, der im Raum hing, kamen die Erinnerungen zurück. Sie stürzten mit einer Macht auf ihn ein, die ihm den Atem raubte. Er hatte plötzlich das Gefühl, als legte sich ein Eisenband um seine Brust, das mit jeder Sekunde enger wurde.

Es hielten sich mehrere Kunden im Geschäft auf. Er erblickte Colin hinter der Theke. Sein Halbbruder, den er als kräftigen Mann in Erinnerung gehabt hatte, hatte stark an Gewicht zugenommen und erschien ihm jetzt mehr dickleibig als muskulös. Und dann sah er seinen Vater, der gerade hinter einem Regal in der Mitte des Ladens hervortrat.

Und ihre Blicke begegneten sich.

James McAllister blieb abrupt stehen. Sein aufgeschwemmtes Gesicht mit den zahllosen geplatzten Äderchen unter der Haut wurde blaß.

»Vater ...« sagte Hendrik mit belegter Stimme und machte einen Schritt auf ihn zu.

James McAllister wich zurück. Sein Gesicht schien plötzlich wie aus grauem, kaltem Granit gemeißelt zu sein. »Was willst du?« stieß er hervor.

»Mit dir reden, Vater.«

»Es gibt nichts zu reden! Ich kenne dich nicht mehr! Ich habe dich schon vor Jahren aus meinem Leben gestrichen. Auch wenn du gekommen bist, um vor mir auf die Knie zu fallen und mich um Verzeihung zu bitten, werde ich mich nicht erweichen lassen, dich wieder unter meinem Dach aufzunehmen«, zischte er.

Hendrik schluckte schwer, doch der grausame Schmerz, der ihn vor sieben Jahren fast zerrissen hätte, blieb diesmal seltsamerweise aus. Er verspürte plötzlich vielmehr eine Abgeklärtheit, die er nie für möglich gehalten hätte.

»Weder bin ich gekommen, um vor dir auf die Knie zu fallen und dich um Vergebung zu bitten, noch will ich, daß du mich wieder aufnimmst«, erwiderte er ruhig und wußte auf einmal, weshalb er gekommen war. »Ich bin gekommen, damit wir, du und ich, unseren Seelenfrieden haben. Ich wollte dir nur sagen, daß ich all das, was du mir und meiner Mutter angetan hast, zwar nie vergessen kann, doch daß ich dich nicht hasse. Ich habe dir verziehen, Vater.«

»*Du* hast *mir* verziehen?« Das Gesicht seines Vaters verzerrte sich. Er zitterte plötzlich am ganzen Leib und schrie mit sich überschlagender Stimme: »Du elender Bastard! Raus! Geh mir aus den Augen! Für immer, hörst du ... Für immer!«

Hendrik nickte und verstand, was seinen Vater innerlich zerfraß. »Du tust mir leid, Vater«, sagte er, »denn du wirst dir selbst niemals verzeihen, was du meiner Mutter angetan hast, nicht wahr?«

James McAllister schleuderte die Blechkanne, die er in der Hand hatte, nach ihm und stieß einen entsetzlichen Schrei aus, den alle im Geschäft für den unbeherrschten Ausdruck maßloser Wut hielten – bis auf Hendrik. Er allein hörte die Qual und Verzweiflung heraus, die sich dahinter verbarg.

»Magtig, was hatte dieser Schrei zu bedeuten?« fragte Wolfrich verstört, als Hendrik aus dem Geschäft kam und sich in den Sattel schwang.

»Nichts ist schlimmer als die Hölle, in die man sich selbst einschließt«, antwortete Hendrik, rätselhaft für seinen Freund, und nahm die Zügel auf. »Laß uns nach Hause reiten!«

35

GROOT FONTEIN!

Die Monate, die Hendrik mit dem Buren-Kommando im Kaffernland verbracht hatte, waren ihm wie Jahre erschienen. Nun jedoch hatte er das Gefühl, als wäre er erst gestern fortgeritten. Die Snow Mountains mit ihrem grandiosen Panorama in der Ferne und das weite Veld, wo ihm die Konturen jeder Hügelkette und jeder Baumgruppe vertraut waren, übten einen wunderbaren Zauber auf ihn aus. In dieses starke heimische Gefühl mischte sich ein schmerzliches Bedauern, als er daran dachte, daß Hermanus und er dieses Land vielleicht schon im nächsten Jahr aufgeben und mit Vic van Hoorn auf den großen Treck ins Innere Afrikas gehen würden.

Als der Hof in Sicht kam, sagte Wolfrich: »Ich bleibe aber nur auf einen Becher Kaffee, dann reite ich weiter. Auf GELUK DRIFT werden sie schon auf mich warten.«

»Ich kann's deiner Familie nicht verdenken«, sagte Hendrik, froh, wieder auf GROOT FONTEIN zu sein. Er hatte Hermanus eine Menge zu erzählen.

»Wenn sich nur der eisige Wind für ein paar Stunden legen würde«, brummte Wolfrich und schlug den Kragen seiner Felljacke wieder hoch. Der Himmel leuchtete in einem klaren, kalten Kobaltblau.

Hendrik lachte. »Sei nicht so maßlos, Wolfrich. Man kann nicht alles haben. Wir sind zu Hause, und das ist ja wohl das wichtigste.«

»Du bist zu Hause. Ich habe noch gute anderthalb Stunden vor mir.«

»Das ist natürlich eine halbe Ewigkeit, wenn man vom Great

Kei River kommt und sechs Monate durch die Wildnis gezogen ist«, spottete Hendrik.
»Die letzten Meilen sind immer die längsten, das weißt du doch selber.«
»Aber auch die aufregendsten.«
Wolfrich seufzte. »Ich kapituliere und finde mich besser damit ab, daß du immer das letzte Wort hast.«
»Ich dränge mich nicht danach. Es ergibt sich eben manchmal so.« Hendrik lachte ihn entwaffnend an.
Sie lenkten ihre Pferde auf den sandigen, ausgefahrenen Weg, der um den äußeren Viehkraal herum auf den Hof führte. Inzwischen hatte man die beiden Reiter bemerkt, und eine Gestalt rannte ihnen entgegen.
»Das ist Carlson!« rief Hendrik erfreut.
»Habe noch keinen Schwarzen gesehen, der es so eilig hatte, seinen Baas zu begrüßen«, sagte Wolfrich verwundert, »und dabei verstehe ich mich mit einigen von ihnen besser als mit vielen Weißen.«
Hendriks unbekümmerte Freude fiel augenblicklich wie Brotteig in kalter Zugluft in sich zusammen, als er Carlsons Gesichtszüge erkennen konnte. Sie trugen den Ausdruck von Ratlosigkeit und Schmerz.
»Baas! ... Baas Hendrik!« rief der Schwarze schon von weitem und hob beide Hände, als wollte er ihnen den Zutritt zum Hof verwehren. »Dem Herrgott sei Dank, daß Sie endlich zurück sind!«
Die beiden Freunde brachten ihre Pferde vor ihm zum Stehen. »Was gibt es, Carlson?« fragte Hendrik, und ihm schwante nichts Gutes. »Schlechte Nachrichten?«
Carlson nickte heftig und sah ihn mit gequälter Miene an. »Es ist etwas Schreckliches passiert!«
Hendrik erschauerte und wußte instinktiv, welcher Art die

schreckliche Nachricht war, die ihn auf GROOT FONTEIN erwartete. Eine Gänsehaut bildete sich auf seinen Armen.
»Hermanus?« fragte er knapp.
Carlson nickte wieder. »Ja, Baas ... Baas Hermanus ist tot.«
»O Gott, nein!« Hendrik schloß die Augen. Er wollte einfach nicht glauben, daß Hermanus tot war. Das konnte ihm der Farmer doch nicht antun. Sie hatten doch zusammen auf den großen Treck gehen wollen. Das war so abgemacht gewesen. Hermanus konnte sich doch nicht einfach aufs Sterbebett legen, während er gegen die Kaffern zu Felde zog.
»Tut mir leid, Hendrik«, murmelte Wolfrich betroffen und berührte Hendrik am Arm. »Mein aufrichtiges Beileid. Ich weiß, wie nahe ihr euch gestanden habt.«
Hendrik schüttelte den Kopf und öffnete die Augen. Er war noch zu benommen, um Schmerz und Trauer zu verspüren.
»Wie ... wie ist das ... geschehen?« fragte er abgehackt.
»Baas Hermanus ist Mitte März gestorben. Es war wohl zuviel für sein Herz«, sagte Carlson bedrückt. »Und niemand von uns konnte nichts machen.«
»Wovon redest du? Was war zuviel für sein Herz?« fragte Hendrik verwirrt.
»Baas Nicolaas.«
Hendrik kniff die Augen zusammen. »Der Schweinehund hat es gewagt, hier wieder aufzutauchen?« stieß er aus.
»Ja, Baas ... und er hat GROOT FONTEIN seitdem nicht mehr verlassen. Er sagt, daß jetzt ihm die Farm gehört und er unser Baas ist.« Carlson zog den Kopf ein, als erwartete er schuldbewußt einen Schlag. »Wir haben nichts gegen ihn ausrichten können, Baas. Er hat keinen nicht ins Haus gelassen, als Baas Hermanus noch lebte. Nicht einmal Jakoba. Erst als Baas Hermanus es mit dem Herzen kriegte,

hat er sie gerufen. Aber da war es schon zu spät, und er ist in derselben Nacht gestorben.«

»Aber es ist doch absurd, daß dieser Kerl nun Anspruch auf die Farm erhebt!« sagte Wolfrich empört. »Jeder weiß doch, daß Hermanus dir GROOT FONTEIN vererbt hat.«

»Ja, so war es ausgemacht«, erwiderte Hendrik, von einer dunklen Ahnung befallen. »Wo steckt dieser Schweinehund von Neffe, Carlson?«

»Er ist schnell im Farmhaus verschwunden, als wir Sie erkannt haben, Baas.«

Hendrik galoppierte über den Hof, gefolgt von Wolfrich. Als sie vor dem Haus aus den Sätteln sprangen, ging die Tür auf, und Nicolaas Houtman trat auf die Stoep hinaus – ein Gewehr im Anschlag.

»Kommen Sie bloß nicht auf dumme Gedanken!« war das erste, was Nicolaas ihnen warnend zurief. »Auf GROOT FONTEIN habe jetzt ich das Sagen. Ich habe die Farm geerbt und ...!«

»Einen Dreck haben Sie!« überschrie Wolfrich ihn. »Hermanus hat Hendrik Magdenburg zu seinem Alleinerben gemacht. Das weiß im Bezirk Roodekroon jedes Kind – wie auch jeder weiß, was Sie Hermanus angetan haben, Sie Lump!«

Nicolaas nahm die Beleidigung mit einem höhnischen Lächeln hin. »Sie irren. Mein Onkel hat zwar einmal die *Absicht* verkündet, seinen Verwalter als Erben einzusetzen, wie man mir zugetragen hat«, sagte er genüßlich, »aber eine simple Absichtserklärung aus einer Laune heraus ersetzt noch lange kein Testament. Er hat auf jeden Fall kein Testament zugunsten seines Verwalters hinterlassen, und da er schon vor der Geburt des Kindes die Scheidung von seiner letzten Ehefrau erwirkt hat, bin ich damit gesetzlich der einzig rechtmäßige Erbe. Ich habe das mittlerweile gerichtlich klären lassen. Sie sind beide herzlich eingeladen, die entsprechenden Papiere einzusehen.«

Hendrik starrte ihn in ohnmächtigem Haß an. »Sie lügen!« rief er. »Ich bin sicher, daß Hermanus ein Testament hinterlassen hat! Nur haben Sie es vernichtet – wie Sie auch Hermanus' Leben auf dem Gewissen haben.«

Nicolaas zeige sich von den Vorwürfen nicht im geringsten beeindruckt. »Sie haben eine lebhafte Phantasie, und Ihre bösartigen Unterstellungen sollten mich eigentlich ärgerlich stimmen. Aber da sie völlig haltlos sind und sich natürlich auch nicht beweisen lassen, wie Sie selber wissen, will ich Ihnen ihre ausfälligen Bemerkungen wegen Ihrer verständlichen Enttäuschung nicht übelnehmen.«

Die bodenlose Unverschämtheit, die Nicolaas Houtman an den Tag legte, machte Hendrik einen Moment sprachlos.

»Übrigens wäre ein Testament zugunsten eines Hendrik Magdenburg auch kaum das Papier, auf dem es gestanden hätte, wert gewesen«, fuhr Nicolaas süffisant fort. »Stimmen Sie mir da nicht zu, *Mister McAllister?*«

Fassungslosigkeit trat auf Hendriks Gesicht.

»McAllister?« wiederholte Wolfrich verwirrt. »Wovon redet er?«

»Magdenburg ist der Geburtsname meiner Mutter«, stieß Hendrik gepreßt hervor und wußte spätestens in diesem Moment, daß er GROOT FONTEIN verloren hatte. »James McAllister ist mein Vater. Ich habe vor sieben Jahren den Namen meiner Mutter angenommen, wie es mein Recht ist.«

»Gewiß, gewiß«, gab sich Nicolaas verständnisvoll, während sein höhnisches Lächeln seine Worte Lügen strafte. »Nur haben mein verehrter Onkel und niemand sonst davon gewußt,

daß sich hinter seinem angeblich burischen Verwalter ein Engländer verborgen und sich bei ihm eingeschlichen hat.«
»Ich bin sowenig Engländer wie Sie oder Wolfrich!« schrie Hendrik ihn unbeherrscht an. »Ich mag schottisches Blut in mir haben, doch ich bin in diesem Land geboren und stolz auf meine Herkunft von Treckburen, die den Namen Magdenburg tragen! Außerdem hat Hermanus sehr wohl davon gewußt.«
Nicolaas schüttelte scheinbar mitfühlend den Kopf. »Wie bedauerlich, daß der alte Hermanus sein Wissen mit ins Grab genommen und nichts hinterlassen hat, was Ihre Behauptungen auch nur ein wenig untermauern könnte, nicht wahr? Aber ich bin von Natur aus ein versöhnlicher, großzügiger Mensch, Mister McAllister.«
»Sagen Sie diesen Namen noch einmal, und Sie werden es bitter bereuen!« drohte Hendrik, am Rande der Selbstbeherrschung.
Nicolaas lächelte nachsichtig. »Wie schon erwähnt, ich bin nicht nachtragend, Mijnheer *Magdenburg*. Ich bin sogar bereit, Ihnen die Hand zur Versöhnung zu reichen und Sie als *meinen* Verwalter einzustellen, denn Sie haben ja auf GROOT FONTEIN offenbar ganz ordentliche Arbeit geleistet.«
»Was für eine Unverfrorenheit!« zischte Wolfrich ungläubig und voller Abscheu.
»Vorausgesetzt natürlich, ich werde mit Willem van Wyken nicht handelseinig«, fügte Nicolaas hinzu. »Der gute Mann ist – sehr an GROOT FONTEIN interessiert, nur bewegen sich seine Preisvorstellungen immer noch in äußerst unrealistischen Regionen. Nun, was halten Sie davon, Magdenburg?«
»Fahren Sie zum Teufel!«
Nicolaas behielt sein aufreizendes Lächeln. »Überlegen Sie es sich in aller Ruhe, mein Bester.«

»Ein Teil der Herden gehört mir!« stieß Hendrik hervor. »Sie tragen mein Brandzeichen. Ich werde noch heute dafür sorgen, daß mein Vieh vom Rest der Herden getrennt und von GROOT FONTEIN getrieben wird.«

»Du kommst mit mir nach GELUK DRIFT«, sagte Wolfrich leise zu Hendrik. »Und du kannst dein Vieh auf unseren Weiden lassen.«

Nicolaas zögerte und zuckte dann mit den Schultern. »Wenn das Ihr Wunsch ist, bitte. Ich habe übrigens Ihre persönlichen Sachen von Jakoba zusammenpacken lassen. Sie finden die Kiste in der Scheune. Wirklich ein hübsches Stück, Ihr Dudelsack.«

Hendrik glaubte sich nicht länger beherrschen zu können. Der Drang, sich auf Nicolaas zu stürzen und ihn mit seinen Händen zu töten, war fast übermächtig.

Es war Wolfrich, der ihn zurückhielt. »Tu es nicht! Dieser Schweinehund ist es nicht wert!« beschwor er ihn mit gedämpfter, eindringlicher Stimme.

Hendrik starrte Nicolaas mit einem mörderischen Blick an. Er atmete schwer, und er spürte das Pochen seiner Stirnader, die vor ohnmächtigem Haß und Zorn angeschwollen war. Doch im nächsten Moment überfiel ihn eine entsetzliche Kraftlosigkeit. Hermanus war tot, und er stritt in einem sinnlosen Kampf mit Nicolaas um GROOT FONTEIN!

»Verflucht sollen Sie sein, Nicolaas Houtman!« stieß Hendrik heiser aus. »Dreimal verflucht!«

Unter dem Gelächter des Mannes, der Hermanus auf dem Gewissen und ihn um sein Erbe gebracht hatte, riß Hendrik sein Pferd herum und ritt zum kleinen Familienfriedhof auf dem Hügel, wo Hermanus begraben lag. Später schickte er Carlson in die Scheune, damit er ihm seinen Dudelsack brachte.

Hendrik nahm Abschied von Hermanus Houtman, indem er an seinem Grab *Flowers of the Forest* spielte, und plötzlich ruhte überall auf GROOT FONTEIN die Arbeit. Die Schwarzen ließen ihre Geräte sinken, schauten zum Friedhofshügel hinüber und lauschten ergriffen der ebenso fremdartigen wie aufwühlenden Melodie der Pipes. Sogar die Kinder und die Hirten auf den nahen Weiden vergaßen, womit sie gerade beschäftigt waren.
Die getragenen Klänge dieses traurigen Liedes erhoben sich von der Kuppe des Hügels wie zerbrechliche Vögel einer besonderen Magie und drangen weit in der klaren, kalten Luft des Wintertages. Tränen liefen Hendrik über das Gesicht. Er weinte am Grab von Hermanus Houtman, wie er noch um keinen Menschen geweint hatte.

36

Hendrik fand auf GELUK DRIFT herzliche Aufnahme und Beistand. Bertranella war inzwischen verheiratet und lebte auf der Farm ihres Schwiegervaters, worüber Hendrik froh war. Ihr täglich zu begegnen hätte ansonsten zu peinlichen Situationen führen und neue Hoffnung in ihr wecken können, die er nicht erfüllen wollte. Er hatte Franziska verloren, doch seine Liebe zu ihr quälte ihn noch immer, obwohl schon so viele Monate vergangen waren.
Ganz besonders dankbar war er den Vermaakens, daß sie ihm das Gefühl gaben, jederzeit für ihn dazusein, ohne ihm jedoch mit übersteigertem Mitgefühl die Luft zum Atmen zu nehmen. Er vergaß nie, was Johan Vermaaken an einem der ersten Tage zu ihm sagte.
»Wir fühlen in deinem Schmerz über Hermanus' Tod und

deinem Zorn über den Verlust von GROOT FONTEIN mit dir, Hendrik. Und was immer wir tun können, um dir sowohl zur Gerechtigkeit zu verhelfen als auch Trost zu schenken, werden wir tun. Nur mußt du wissen, daß wir Vermaakens unsere Gefühle nicht wie eine Monstranz vor uns hertragen. Wir machen nicht viel Worte darum, denn Worte kommen zu leicht und zu billig und werden den Gefühlen zumeist nicht gerecht. Aber wir sind für dich da, Hendrik, mit allem, was uns ausmacht. Und wenn dir nach Reden zumute ist, werden wir reden, egal zu welcher Stunde. Und noch etwas. Du hast jetzt eine schwere Last zu tragen, und bei aller Hilfe, die wir und andere dir geben können, so vermag sie dir doch keiner abzunehmen. Erst bei Verlust und Niederlage zeigt sich die wahre Stärke eines Menschen. Und du bist stark, Hendrik Magdenburg!«

Hendrik war zu aufgewühlt gewesen, um darauf die rechten Worte zu finden. Doch das war auch gar nicht nötig gewesen. Er hatte Johan Vermaakens festen Händedruck mit stummem Dank erwidert und es ihm hoch angerechnet, daß er ihn weiterhin als den akzeptierte, als der er sich auch fühlte – nämlich als Hendrik Magdenburg und nicht als Hendrik McAllister.

Nicolaas Houtman hatte nach dem Tod seines Onkels mit Hilfe von Willem van Wyken dafür gesorgt, daß Hendriks schottische Herkunft und sein »wirklicher« Name bekannt wurden, um ihn in Mißkredit zu bringen. Aber sie hatten sich damit keinen großen Gefallen getan. Respekt und Hochachtung, wie Hendrik sie sich erworben hatte, erwiesen sich als zu gefestigt, um auch nur ins Wanken zu geraten. Jeder wußte, aus welcher Richtung der faule Wind wehte und was der eigentliche Zweck war.

»Was soll dieser Unsinn?« kommentierte Theron auf seine

ihm eigene prosaische Art den Versuch, Hendrik wegen seiner schottischen Abstammung in ein schlechtes Licht zu rükken. »Haben Willem van Wyken und diese Ratte von Nicolaas Houtman vergessen, daß die Mehrzahl der Geistlichen in burischen Gemeinden Schotten sind? Magtig, wenn wir Schotten bedenkenlos unser Seelenheil anvertrauen und ihnen die Kanzeln unserer Gotteshäuser überlassen, dann ist schottisches Blut doch wohl eher eine Auszeichnung als ein Makel, oder habe ich irgendwo einen logischen Fehler gemacht?« Herausfordernd schaute er in die Runde.

Allein Carolus konnte es sich nicht verkneifen, ihn beim ersten Wiedersehen maliziös zu fragen: »Muß man dich jetzt mit McAllister ansprechen, oder möchtest du lieber weiterhin Magdenburg heißen. Sag mal, ist dir das nicht peinlich?«

Hendrik dachte nicht daran, sich ausgerechnet mit Carolus in eine Diskussion einzulassen. »Ich werde es dir ganz einfach machen: Du kannst mich mal!« erwiderte er kühl.

Wolfrich nickte nachdrücklich und mit ärgerlicher Miene. »Das einzig Peinliche ist deine schwachsinnige Frage, Carolus. Hendrik ist mit uns im Kaffernland ein halbes Jahr Kommando geritten, und wenn es jemals etwas zu beweisen gegeben *hätte*, was nicht der Fall gewesen ist, so hat er diesen Beweis, was er taugt, zehnmal und mehr an unserer Seite erbracht. Während du ...« er machte eine kurze Pause, die den Gegensatz betonte »... es vorgezogen hast, Hendrik für dich kämpfen zu lassen und mit deinem Vater beachtliche Vorteile aus der unsicheren Lage zu ziehen. Wie es heißt, habt ihr ja schon Johanna Papenboom ein Kaufangebot für ihre Farm BERGVLIET gemacht.«

»Ja«, warf Theron nun verächtlich ein. »Wie soll sie die Farm auch allein bewirtschaften, da ihr Mann und ihr einziger Sohn doch den Tod gefunden haben – in einem Krieg, in dem ihr Hofmeyers und van Wykens zu feige oder zu schade wart, daran teilzunehmen.«

Carolus wurde feuerrot im Gesicht. »Das nimmst du sofort zurück!« keuchte er.

»Einen Dreck werde ich!« fauchte Theron ihn an. »Ich werde dir vielmehr zeigen, was ich von jemandem halte, der nicht nur feige, sondern auch noch so perfide ist, einem Ehrenmann wie Hendrik aus purer Niedertracht etwas am Zeug flicken zu wollen!« Er spuckte ihm ins Gesicht.

Carolus stieß einen schrillen Wutschrei aus, taumelte zwei Schritte zurück und wischte sich den Speichel angewidert weg.

»Was ist, Carolus?« höhnte Theron. »Verlangt es dein Ehrgefühl nicht, es mir mit den Fäusten heimzuzahlen?«

»Ich ... ich ...« stammelte Carolus und wich noch mehr zurück. Wut und Haß sprühten aus seinen Augen, doch ihm fehlte der Mut, die Herausforderung anzunehmen. Er hastete zu seinem Pferd und saß auf. »Mit euch bin ich fertig!«

Theron lachte verächtlich. »Sprach die feige Hyäne, als sie kampflos und mit eingezogenem Schwanz das Revier räumte!«

»Zähl deine Silberlinge, Judas!« rief Wolfrich ihm nach.

Etwas weniger drastisch als Theron und Wolfrich, aber doch nicht weniger eindrucksvoll ließen die Farmer und Siedler von Roodekroon Nicolaas Houtman spüren, daß sie nichts mit ihm zu tun haben wollten.

Als der neue Herr von GROOT FONTEIN den Gottesdienst besuchte und sich in eine Bankreihe setzte, in der schon sechs andere Kirchgänger Platz genommen hatten, erhoben sich diese und suchten sich neue Plätze. Die Reihe vor und hinter Nicolaas leerte sich ebenfalls, so daß dieser inmitten von drei leeren Bankreihen wie ein Ausgestoßener saß.

Auch die Reihe, in die sich Willem van Wyken setzte, lichtete sich, wenn sie sich auch nicht völlig leerte.
Diese schweigende Demonstration der Verachtung empfand Hendrik nicht nur als Ehre für seine Person, sondern noch mehr als eine achtungsvolle Geste gegenüber Hermanus. Viele Jahre mochte er ein unerträglicher Nachbar und Kauz gewesen sein, doch er gehörte zu den Pionieren von Roodekroon, und in seinen letzten Lebensjahren hatte er die Achtung und Integrität wiedergewonnen, die ihn in seinen ersten Siedlerjahrzehnten am Fuß der Snow Mountains ausgezeichnet hatten.
Nicolaas Houtman hielt nicht mal bis zur Mitte des Gottesdienstes durch. Mit bleichem, versteinertem Gesicht stand er noch vor Beginn der Predigt auf und verließ hölzernen Schrittes die Kirche – und kam nie wieder zum Gottesdienst.
»Ich habe gehört, daß Willem van Wyken die Ratte auf GROOT FONTEIN noch mehr am langen Arm zappeln läßt«, teilte Theron Hendrik Tage später mit. »Der Kerl will die Farm jetzt so schnell wie möglich loswerden, was kein Wunder ist, denn niemand will etwas mit ihm zu tun haben. Es könnte nicht schlimmer sein, wenn er Lepra oder die Pest hätte. Mittlerweile hat er bloß noch vier Hottentotten!«
Als Hendrik seine Rinder, Schafe und Ziegen von GROOT FONTEIN geholt und auf die Weiden von GELUK DRIFT getrieben hatte, waren auch Carlson, Ahmsat, Hawila, Laban und Jakoba mit ihm gegangen.
»Ich bin zu alt, mich noch einmal an einen neuen Baas gewöhnen zu wollen«, erklärte Carlson.
»Er wird kaum lange auf GROOT FONTEIN bleiben. Baas Nicolaas wird verkaufen und den Bezirk so schnell wie möglich verlassen.«
»Und dann soll ich Befehle von Baas Jan van Wyken entge-

gennehmen?« Carlson schüttelte heftig den Kopf und fügte dann mit einem treuherzigen Lächeln hinzu: »Nein, dann doch lieber von einem halben Schotten.«
Hendrik lachte, und das war selten in dieser Zeit. »Auch ich werde nicht mehr lange bleiben. Ich werde mit einigen anderen Farmern die Kolonie verlassen und nach Norden ziehen, um dort eine neue Heimat zu suchen.«
»Ich weiß, ich habe davon gehört, Baas. Ich will mit auf diesen Treck, und die anderen auch. Irgendwer muß das Vieh ja zusammenhalten und Ochsenwagen lenken, oder wollen Sie das alles ganz allein machen?«
»Nein, nicht wenn ich diese Alternative habe, Carlson«, antwortete Hendrik gerührt.
Die Vorbereitungen für den großen Treck wurden von Vic van Hoorn und seinen Gefolgsleuten nach dem Ende des 6. Kaffernkriegs mit großer Zielstrebigkeit vorangetrieben. Die Farmen zu verkaufen war dabei nur ein Hindernis von vielen, die zu überwinden waren. Denn trotz aller Geheimhaltung sickerte es allmählich doch durch, daß viele tausend Buren die Kolonie verlassen wollten, und so manch ein Spekulant gedachte die Gunst der Stunde zu nutzen und sich für einen Spottpreis in den Besitz besten Farmlandes zu bringen. Manche Farmer sahen sich gezwungen, einen Kaufpreis zu akzeptieren, der nur ein Drittel des tatsächlichen Wertes darstellte. Doch als das Jahr sich dem Ende zuneigte, kamen Nachrichten aus England, die den ohnmächtigen Zorn der Buren aufgrund der Ungerechtigkeiten, die ihnen auferlegt wurden, noch mehr schürten. Und viele, die bis dahin noch unschlüssig gewesen waren, ob sie an dem Exodus mit ihren Familien teilnehmen sollten, zögerten nun nicht länger, sich der Bewegung der *voortrekker*, wie man sie später nennen würde, anzuschließen.

Der Tod von Häuptling Hintsa wurde in der englischen Presse, in blinder Ignoranz der vorliegenden Tatsachen, als heimtückischer Mord gegeißelt. Die burenfeindlichen Interessengruppen verstanden es, die Verantwortung für den 6. Kaffernkrieg den Siedlern in die Schuhe zu schieben und es so aussehen zu lassen, als hätten die Xhosas sich nur feindlicher Übergriffe erwehrt. Damit nicht genug, erreichte Gouverneur D'Urban eine Depesche des Kolonialministers Lord Glenelg, in der dieser ihm mitteilte, daß die Errichtung neuer Militärposten und die Ansiedlung von Farmern in der neuen Provinz Queen Adelaide zu unterlassen sei, ja daß diese Provinz aufgegeben werden müsse und die Kaffern das Land zurückerhalten sollten.
Diese Nachricht war für alle Farmer im Osten ein Schock und rief Empörung und hilflose Proteste hervor. Nun war für alle offensichtlich, daß London nichts unternahm, die Grenze zu sichern und zu verhindern, daß in Zukunft ein erneuter Krieg Tod und Verwüstung über das Land am Great Fish River brachte. Zudem wurde bekannt, daß die Regierung nicht daran dachte, in der Frage der Entschädigung für die freigelassenen Sklaven der Kolonie zu ihrem Wort zu stehen. Statt der versprochenen 2,8 Millionen Pfund wurden nun noch weniger als die Hälfte davon, nämlich 1,2 Millionen, zur Verfügung gestellt. Das bedeutete, daß viele Siedler, die den Kauf der Sklaven über Hypotheken finanziert hatten, einen enormen Verlust hinnehmen mußten. Manche von ihnen wurden dadurch ruiniert. Und was die Situation noch verschlimmerte, war der Umstand, daß die ehemaligen Sklavenbesitzer zuerst Geld zahlen mußten, bevor ihr Antrag auf Entschädigung bearbeitet wurde. Sie erhielten danach jedoch kein Bargeld ausgezahlt, sondern Wertpapiere, die nur in London eingelöst werden konnten. Kaum ein Kolonist war

in der Lage, die lange Seereise nach England anzutreten. Und so zogen britische Agenten über das Land, die ein Vermögen damit machten, indem sie den Farmern die Papiere weit unter Wert abkauften.

Das Maß war voll. Die ersten Voortrekker unter der Führung von Louis Trichardt und Hans van Rensburg verließen mit ihren Anhängern die Kolonie.

Im Januar 1836 waren die Vorbereitungen in Roodekroon so weit gediehen, daß die Buren unter Vic van Hoorn in wenigen Wochen aufbrechen konnten, um sich jenseits des Orange River einem der größeren Trecks anzuschließen.

Zehn Tage vor dem Aufbruch traf in Roodekroon eine Gruppe von Farmern aus dem Kariega-Tal ein, die sich gleichfalls für den Exodus entschlossen hatten und den Weg über die Snow Mountains nehmen wollten. Sie kamen mit mehreren Dutzend Ochsenwagen und über achttausend Stück Vieh und lagerten zwei Meilen außerhalb des Ortes, wo sie einen Zwischenstopp für ein paar Tage einlegten, bevor es über die Berge ging. Vic van Hoorn nahm sofort Kontakt mit dem Führer der Gruppe auf, und es wurde beschlossen, gemeinsam die Berge zu überqueren.

Unter den Familien befanden sich auch die Mariks von WELVERDIENT. Es war Wolfrich, der Hendrik die Nachricht überbrachte. »Katharina und ihre Familie sind unter ihnen. Magtig, dein blonder Schatz ist in Roodekroon und geht mit uns nächste Woche auf den großen Treck!« Er lachte Hendrik dabei an, als hätte er seinem Freund damit ein großes Geschenk gemacht.

Hendrik dagegen konnte an nichts anderes denken als daran, daß Franziska zurückbleiben und bald Diederik Smuts, den Bruder ihrer Freundin Rebecca, heiraten würde.

37

WELTEVREDEN war verkauft wie auch GELUK DRIFT, KRONENDAL und all die anderen Farmen, deren Besitzer mit ihren Familien auf den großen Treck gehen wollten. Vic van Hoorn hatte beim Verkauf jedoch ausgehandelt, daß alle Voortrekker seine Farm als Sammelpunkt nutzen und ihre Herden auf seinem Land weiden lassen konnten, bis die letzte Familie mit ihren Ochsenwagen und ihrem Vieh eingetroffen war. Der Aufbruch war für Ende Februar festgelegt.

Das Lager der Voortrekker auf WELTEVREDEN wuchs beträchtlich, als die Siedler aus dem Kariega-Tal zu ihnen stießen. Ochsenwagen und Zelte bildeten unregelmäßige Reihen und Kreise. Die große Senke vermochte all die Menschen, die mit vierzehnspännigen Ochsenwagen an diesem Ort zusammenkamen, nicht mehr zu fassen, und das Camp erstreckte sich bald auch noch über die umliegenden Hügel. Drei schwerbeladene Feldschoner pro Familie waren die Regel. Es gab jedoch auch sehr wohlhabende Buren, die mit sechs, sieben und mehr Ochsenwagen auf die Reise ins Ungewisse gingen. Zudem brachte jede Familie noch eine beachtliche Anzahl schwarze Bedienstete mit.

Das Vieh, fast fünfzehntausend an der Zahl, war weit über das Farmland rund ums Lager verstreut. Es waren diese gewaltigen Rinderherden mit ihrer scheinbaren Unersättlichkeit an Gras, die das Tempo der Trecks bestimmen und den Voortrekkern auf ihrem Vorstoß nach Nordosten im Durchschnitt nicht mehr als acht Meilen Wegstrecke pro Tag ermöglichen würden. Manche Trecks sollten Jahre unterwegs sein, bis sie die Odyssee der Mühsal – die blutigen Gefechte mit kriegerischen Stämmen, die verheerenden

Krankheiten des Sumpflandes und die heroische Überwindung der zerklüfteten Drakensberge – hinter sich gebracht und das Gelobte Land gefunden hatten. Und die meilenbreite Spur, die Rinderherden und Ochsenwagen durch die grüngoldene Grassteppe des südafrikanischen Highvelds auf ihrem langen und gefährlichen Treck hinterließen, sollten Reisende noch zehn Jahre später in der Wildnis deutlich erkennen können.

All das lag jedoch noch vor den Männern, Frauen und Kindern, und es war gut, daß es keinem gegeben war, einen Blick in die Zukunft zu werfen und zu sehen, was sie erwartete und wie entsetzlich hoch der Preis war, den viele von ihnen für ihren Traum von einem freien Burenstaat zahlen mußten. Die Zukunft war ein fremdes, unbekanntes Land – ein verlockendes Land.

Am letzten Abend vor dem Aufbruch herrschte im Lager der Voortrekker die typisch fiebrig freudige Erregung, die allen großen Ereignissen vorhergeht, ganz gleich welchen Ausgang sie nehmen. Der Exodus hatte biblische Dimensionen und war ihnen von Gott vorbestimmt, davon waren fast alle Buren überzeugt. Sie waren Gottes auserwähltes Volk in Afrika, und was für Moses und sein Volk der Auszug aus Ägypten gewesen war, war für sie der Auszug aus der Kapkolonie. Und ihr Kanaan, ihr Gelobtes Land, wartete irgendwo in der afrikanischen Wildnis darauf, von ihnen in Besitz genommen und besiedelt zu werden. Was immer zwischen ihnen und ihrem afrikanischen Garten Eden sein mochte, mit unerschütterlichem Glauben an die göttliche Vorbestimmung und eisernem Durchhaltewillen würden sie alle Prüfungen bestehen und ihr Ziel erreichen. Daß die Schwarzen in diesem göttlichen Plan nur die untergeordnete Rolle der Knechte spielten, die den weißen Herren zu dienen hatten, und mit Waffengewalt in die Knie zu zwingen waren, wenn sie sich ihnen in den Weg stellten, stand für die Buren außer Frage. Denn sagte die Bibel nicht klar und deutlich, daß sie sich die heidnischen Völker untertan machen sollten?

Ein langer Gottesdienst mit vielen Gesängen im Freien vor Einbruch der Dunkelheit beendete den letzten Tag im Camp, und mit einem feierlichen Gottesdienst am folgenden Morgen sollte der Tag des Aufbruchs gesegnet werden. Als die letzten Hymnen verklungen waren, flammten überall im Lager die Kochfeuer auf, als die Frauen die letzte Mahlzeit auf heimatlichem Boden zubereiteten. Befreundete Familien kamen zusammen, denn dies war ein besonderer Abend, an den sie alle wohl noch oft zurückdenken würden und der gebührend gefeiert werden mußte.

Hendrik hatte am Nachmittag ein letztesmal das Grab von Hermanus besucht und mit sich gekämpft, ob er nicht nach ONVERWACHT hinüberreiten sollte. Der Wunsch, Franziska noch einmal zu sehen, war stärker als seine Vernunft gewesen. Doch dann, auf halbem Weg, hatte er den Mut verloren, kehrtgemacht und war in tiefer Verzweiflung ins Lager zurückgeritten. Ihm war ganz und gar nicht nach Feiern zumute, schon gar nicht gemeinsam mit den Mariks. Doch er hatte ihre Einladung nicht ausschlagen können, ohne sie zu verletzen.

Katharina, die in den Tagen zuvor schon jede Gelegenheit genutzt hatte, um in seiner Nähe zu sein, saß beim Essen an seiner Seite. Die Freude, ihn unter ihrem Dach aus Segeltuch zu Gast zu haben, stand ihr im Gesicht geschrieben, und sie gab sich Mühe, ihm jeden Wunsch von den Augen abzulesen. Es schmerzte Hendrik zu sehen, wie verliebt sie in ihn war, und zu wissen, daß er ihre Liebe nie in gleicher

Stärke würde erwidern können. Er dachte an Hermanus und dessen erste Frau Mari, und ihn quälte die Frage, ob jedem nur einmal im Leben die große Liebe vergönnt war.
Als Wolfrich sich später noch zu ihnen gesellte, wich die innere Anspannung ein wenig von Hendrik, denn sein Freund verstand es, das Gespräch mit lustigen Geschichten zu beherrschen und Katharinas Aufmerksamkeit zeitweise auf sich zu ziehen. Dennoch war er froh, als er sich verabschieden und zu seinen Wagen zurückkehren konnte.
Wolfrich begleitete ihn. »Ich verstehe dich nicht, Hendrik.«
»Was verstehst du nicht?«
»Daß du in Gegenwart von Katharina so scheu bist wie eine junge Antilope. Siehst du denn nicht, wie verliebt sie ist und nur darauf wartet, daß du ihr ein Zeichen der Ermunterung gibst?«
»Ich möchte ihr keine Hoffnungen machen, die ich einfach nicht erfüllen kann.«
»Magtig, ich verstehe dich wirklich nicht. Katharina ist so hübsch und begehrenswert, wie man sich eine junge Frau nur wünschen kann!«
»Ich mag sie, Wolfrich, aber ich werde sie niemals so lieben können, wie sie es verdient hat«, erwiderte Hendrik ehrlich und bog in eine Gasse ein, die von einer langen Reihe Ochsenwagen gebildet wurde.
»Aber das ist doch Unsinn! Du mußt nur vergessen, was einmal war. Du kannst doch nicht für den Rest deines Lebens der Vergangenheit hinterhertrauern«, redete Wolfrich ihm zu. »Katharina ist es wert, daß man sich um sie bemüht. Sie wird eine wunderbare Ehefrau sein.«
Hendrik blieb am Ende der Gasse stehen. »Mein lieber Wolfrich, du klingst ja so, als könntest du dir sehr gut vorstellen, sie zur Frau zu haben.«

Es war zu dunkel, als daß Hendrik hätte sehen können, wie sein Freund errötete, doch er spürte es förmlich. Und als Wolfrich ihm antwortete, verriet ihm dessen Stimme, daß er mit seiner Vermutung gar nicht so falsch lag. »Unsere Freundschaft bedeutet mir zuviel, als daß ich versuchen würde, dich bei Katharina auszustechen.«

Hendrik lachte leise auf. »Eine wirklich sehr diplomatische Antwort, die nichts gesteht, aber doch alles verrät, mein Freund.«

»Hendrik, bitte ...«

»Nein, es ist schon gut, Wolfrich. Du brauchst auf mich keine Rücksicht zu nehmen, wenn es dir mit Katharina ernst ist. Ich wäre dir sogar dankbar, wenn du sie dazu bringen könntest, mich zu vergessen.«

»Ist das dein Ernst?«

»Ja, das ist es«, versicherte Hendrik. »Ich wünsche dir alles Glück und würde mich aufrichtig freuen, wenn du Katharinas Liebe gewinnen könntest. Und ich glaube, daß du sehr gute Chancen hast.«

»Ich weiß nicht«, sagte Wolfrich, doch es lag Hoffnung in seiner Stimme.

Wenig später erreichten sie die beiden Wagen von Hendrik, die in einem rechten Winkel zueinander standen und mit einem Vordach miteinander verbunden waren.

Eine Gestalt löste sich aus der Dunkelheit hinter einem der Wagen. Es war Jan van Wyken, der in den vergangenen Monaten jede Begegnung mit ihm vermieden hatte.

Hendrik und Wolfrich blieben abrupt stehen.

»Was willst du?« fragte Hendrik argwöhnisch und wachsam.

»Mit dir sprechen«, antwortete Jan.

»Paß bloß auf!« sagte Wolfrich warnend. »Der Bursche ist für jede Gemeinheit gut.«

»Ich bin nicht gekommen, um Ärger zu machen«, entgegnete Jan. »Ich will nur mit Hendrik sprechen – allein.«
»Kommt gar nicht in Frage!« sagte Wolfrich grimmig.
Hendrik wandte sich seinem Freund zu. »Es ist in Ordnung, Wolfrich. Ich weiß mich schon meiner Haut zu wehren. Laß uns allein. Wir sehen uns morgen.«
Wolfrich zögerte einen Moment. »Wie du willst. Aber wenn er ...«
»Es ist gut«, fiel Hendrik ihm sanft, aber bestimmt ins Wort.
Wolfrich murmelte eine Verwünschung in Jans Richtung und entfernte sich.
»Was willst du?« fragte Hendrik seinen nächtlichen Besucher noch einmal.
Jan sah ihn einen Augenblick schweigend an. Dann sagte er: »Ich mag dich nicht, Hendrik Magdenburg.«
»Das beruht auf Gegenseitigkeit!« erwiderte Hendrik kühl.
Jan lachte trocken auf. »Ich weiß, aber auch ich habe meinen Stolz.«
»So?« Hendrik zog spöttisch die Augenbrauen hoch.
»Ja, und wenn ich etwas ganz besonders hasse, dann das, in der Schuld eines Mannes zu stehen, mit dem ich nichts zu tun haben möchte.«
»Du stehst nicht in meiner Schuld.«
»O doch, das tue ich!« widersprach Jan ärgerlich. »Du hast mir am Kabusi River das Leben gerettet.«
Hendrik zuckte mit den Schultern. »Ich hatte nicht viel Zeit, darüber nachzudenken, daß ich dich nicht ausstehen kann, als die Xhosas angriffen«, sagte er sarkastisch. »Hätte ich mehr Zeit gehabt, hätte ich es mir vielleicht noch überlegt. Es ging einfach zu schnell.«
»Wenn es dir dort so ergangen wäre wie mir, hätte ich mir die Zeit zum Überlegen sehr wohl genommen«, gestand Jan

mit rauher Stimme. »Ich wäre nicht über den Fluß gekommen, um mein Leben ausgerechnet wegen dir aufs Spiel zu setzen. Ich denke, das unterscheidet uns.«
Hendrik war von dem Geständnis überrascht. »Das mag so sein.«
»Wie gesagt, ich habe nichts für dich übrig und hasse es, in deiner Schuld zu stehen. Und deshalb bin ich gekommen. Ich will, daß wir quitt sind und ich nicht immer daran denken muß, daß du mir das Leben gerettet hast.«
»Du überraschst mich. Wie willst du deine angebliche Schuld denn bezahlen?« fragte Hendrik.
»Mit Franziska!«
Hendrik zuckte zusammen. »Was ist mit ihr?« stieß er aus, augenblicklich in einen Zustand höchster Anspannung versetzt.
»Sie liebt dich noch immer, Hendrik.«
»Das habe ich aber anders in Erinnerung. Und wie ich gehört habe, will sie doch Diederik Smuts heiraten!«
»Vater will es so, wie er und ich damals auch wollten, daß sie dich niemals wiedersieht. Es war nicht leicht, sie dazu zu bringen«, sagte Jan mit einem merkwürdig verlegenen Unterton. »Sie wollte mit dir durchbrennen. Wir mußten sie einsperren und ihr drohen, daß dir ... nun ja, daß dir etwas zustoßen würde, sollte sie nicht Vernunft annehmen und die Beziehung nicht abbrechen.« Er räusperte sich. »Franziska hat aus Angst um dein Leben alles getan, was wir von ihr verlangt haben.«
Hendrik starrte ihn an. »Was habt ihr uns angetan!« keuchte er mühsam beherrscht.
Jan wich seinem Blick aus. »Franziska hat sich in den letzten Tagen in ihr Zimmer eingeschlossen, kaum noch etwas gegessen und sich die Augen aus dem Kopf geweint. Ich ...

ich konnte es nicht länger mit ansehen. Mir ist lieber, sie geht mit dir, als daß ich für den Rest meines Lebens ...« Er brach ab und machte eine unwillige Handbewegung. »Mein Vater weiß nichts davon, daß wir hier sind. Und von mir wird er es auch niemals erfahren. Ich habe, wenn man mich fragt, nichts mit ihrem Verschwinden zu tun. Sie hat sich in der Nacht von der Farm gestohlen.«

»Franziska ist hier?« stieß Hendrik ungläubig aus.

»Ja. Ich habe ihr gesagt, sie soll dort drüben bei den Akazien warten. Sie hat Angst, daß du ihr nicht verzeihen kannst und sie nicht mehr liebst.«

»Mein Gott, wie könnte ich sie nicht mehr lieben!« Hendrik war wie benommen.

»Du wirst sie also mit auf den Treck nehmen?« fragte Jan schroff.

»Ja, ja, natürlich!«

»Dann sind wir quitt, Hendrik Magdenburg. Ich reite jetzt zurück. Und du sollst verflucht sein, wenn du meine Schwester nicht glücklich machst.« Er wandte sich zum Gehen.

»Warte!« rief Hendrik.

»Was ist?«

»Ich mag dich nicht, und du magst mich nicht, Jan. Nichts wird daran etwas ändern.«

»Richtig.«

»Aber müssen wir deshalb Feinde sein und uns hassen?« fragte Hendrik. »Ist es nicht möglich, daß wir als Gegner mit einem Minimum an gegenseitigem Respekt voneinander scheiden? Ich mag Mut am Kabusi River bewiesen haben, aber es hat auch viel Mut gekostet, mit Franziska zu mir zu kommen und mir zu sagen, was du und dein Vater getan habt. Das werde ich dir nie vergessen, Jan.« Er streckte ihm die Hand hin.

Jan lächelte schwach und nickte. »Damit kann ich leben, Hendrik Magdenburg«, sagte er und drückte ihm die Hand. »Guten Treck!«

Jan wandte sich schnell um und war im nächsten Moment in der Dunkelheit verschwunden.

Mit jagendem Herzen rannte Hendrik nun zu den Akazien hinüber, deren schwarze Silhouette sich vor dem Nachthimmel abzeichnete.

»Franziska! ... Franziska!«

»Hendrik!«

Sie liefen sich entgegen und fielen sich weinend und lachend zugleich in die Arme. Ihre Lippen verschmolzen zu einem Kuß voller Sehnsucht und Liebe. Die Verzweiflung der Vergangenheit löste sich in ihrem Glück auf wie die Schatten der Nacht im goldenen Licht der aufsteigenden Sonne.

Sie waren zusammen, und nichts würde sie je wieder voneinander trennen. Vor ihnen lag die Zukunft, und allein der Himmel war die Grenze. Alles, alles, was sie sich erträumten, war kraft der Liebe und des Glaubens möglich!

Nachwort und Danksagung

Die Niederschrift eines solch umfangreichen historischen Romans bedeutet für den Autor eine scheinbar endlose monatelange und insbesondere einsame Reise durch ein fremdes Land. Da heißt es tiefe Täler der Selbstzweifel und der Erschöpfung zu durchstehen und auf den gelegentlichen Gipfeln der Euphorie die Balance nicht zu verlieren. Und wie in den wunderbaren, faszinierenden Ländern des südlichen Afrika selbst, so erstreckt sich, kaum daß man eine Ebene von unermeßlicher Weite durchquert und eine Bergkette erklommen hat, vor einem eine neue Ebene bis an den fernen Horizont, leer und weit und ebenso verlockend wie erschreckend.

Doch keine Reise, auch nicht die am Schreibtisch eines Schriftstellers historischer Romane, hat ohne gründliche Vorbereitung und Hilfe von Experten Aussicht auf Erfolg. Daß ich auf diesem langen Treck des Schreibens nicht ohne Orientierung blieb und mich in die bewegte Kolonialgeschichte sowie die Gefühle und Gedankenwelt der damaligen Siedler und Farmer hineinversetzen konnte, verdanke ich der intensiven Unterstützung von einer Vielzahl von schwarzen wie weißen Afrikanern aus den verschiedensten sozialen Schichten. Archivare, Professoren, Farmer und Safariführer haben mir auf meinen Recherchenreisen durch Südafrika, Zimbabwe (das frühere Rhodesien) und Botswana bereitwillig viele Stunden und manchmal auch viele Tage geopfert, um meine unzähligen Fragen zu beantworten sowie Bücher und Karten aus Archiven herauszusuchen oder mir ihre Familiengeschichte zu erzählen.

Alle zu nennen, die zum Gelingen meiner Arbeit beigetragen haben, würde den mir zur Verfügung stehenden Platz bei weitem sprengen. Einigen bin ich jedoch zu sehr zu Dank verpflichtet, als daß ich ihre Namen ungenannt lassen könnte.

Mich auf langen, unvergeßlichen Pirschgängen in der Waldsavanne am Okavango-Delta und am Rand der Kalahari mit der afrikanischen Wildnis und ihrem Tierreichtum vertraut gemacht zu haben ist das Verdienst des Safariführers Willy Zingg (Botswana).

Ian Milne vom Krüger National Park vertiefte als Zoologe meine Kenntnisse über afrikanische Wildnis, Ökosystem und Tierverhalten.

Margaret und Douglas McMaster in Ladysmith (Natal) ließen uns an der bewegten Geschichte ihrer Vorfahren teilnehmen, die vor hundertsiebzig Jahren nach Südafrika kamen und mir in Bruchstücken Modell für manche meiner Romanfiguren gestanden haben.

Mary und Peter Terry von HIGHGROVE HOUSE bei Whitriver (Eastern Transvaal) machten mir nicht nur das Geschenk ihrer unvergleichlichen Gastfreundschaft, sondern gaben mir großzügig Einblick in ihr Leben als Kleinhoteliers, Farmer und weiße Südafrikaner, die auf einen gewaltlosen Machtwechsel und ein friedliches Miteinander von Schwarz und Weiß hoffen.

Als Schriftsteller historischer Romane, der auf umfangreiches Hintergrundmaterial angewiesen ist, gilt mein Dank insbesondere den Archivaren und Bibliothekarinnen, deren Geduld und hilfreiche Anteilnahme unerschöpflich waren und die mich mit vielen tausend Fotokopien von alten Aufzeichnungen, Tagebüchern, Abhandlungen und Karten versorgt haben.

Strange Library of Africana/Johannesburg: Irene Brendle, Ian Grinkler, Moses Baloyi, Eric Itzkin

Siege Museum/Ladysmith: Elizabeth Spiret

Albany Museum/Grahamstown: Direktor B. Wilmot, Marijke Cosser, Fleur Way-Jones, Gerard Corsane

South African Library/Kapstadt: Arlene Fanarof, Tom Behnisch

McGregor Museum/Kimberley: Fiona Barbour

Africana Library/Kimberley: Mary Brits

De Beers Archiv/Kimberley: Dr. Moonyean Buys, Brenda Feder

Großzügige Hilfe und wertvolle Informationen verdanke ich auch dem Minen- und Diamantenexperten Dennis Knox in Kimberley wie auch Thys und Alminda Grobler sowie Johann und Ingrid Swanepoel in Ladysmith. Ein besonderer Dank gilt dem südafrikanischen Gesandten Johan Paul Schutte für seine Unterstützung.

Sie alle und viele andere haben es möglich gemacht, daß ich schreibend zu dieser langen Reise aufbrechen konnte, die mit dem Abschluß von KÜSTE DER VERHEISSUNG und VERLOCKENDES LAND noch längst nicht ihr Ende gefunden hat. Der Treck durch die Kolonialgeschichte Südafrikas geht weiter.

ASHLEY CARRINGTON
1. Juni 1993
Palm Coast, Florida